Der blinde Hirte von Prag

Roman

Für Giordano Bruno,
meinen apostatischen Lehrer

Manfred Böckl

Der blinde Hirte von Prag

Neue Presse Verlag

Mittelbayerische Zeitung

1. Auflage 10/1992

ISBN 3-924484-49-x

Titelbild: Hans Friedl

Gesamtherstellung: Neue Presse Druckservice GmbH, Passau

Inhaltsverzeichnis

Prolog

Als im Hochsommer dieses Jahres 1313 die erste glühäugige Ratte über den Anger gehuscht war, hatte kein Mensch sie beachtet. Das Leben in dem abgelegenen Rodungsflecken war weitergegangen wie eh und je. Doch jetzt, im späten September, lag die Ansiedlung in Agonie.

Gnadenlos hatte die Pest gewütet in dem namenlosen Böhmerwalddorf, hatte ihre armseligen Opfer angesprungen mit Rattenbiß und Rattenwut. Kaltschweißig waren die Leibeigenen zusammengebrochen, hatten auf ihren elenden Strohlagern in den Katen gefiebert und phantasiert, bis ihnen dann am dritten Tag die eitrigen Beulen unter den Achseln und am Leib aufgebrochen waren. Danach war der Tod zumeist sehr schnell gekommen, hatte keckernd in die Hütten geprankt, hatte keinen Unterschied gemacht zwischen Weib und Mann, zwischen jung und alt, hatte sich die Betenden gekrallt und ebenso die Fluchenden, hatte über der Waldsiedlung geflügelt für viele Wochen.

Zu Beginn waren die Toten noch unter die Erde gebracht worden von den Lebenden; zu Anfang hatten die Dörfler noch Gebete gesprochen an den Gräbern und hatten die christlichen Riten beachtet. Später dann, als die Zahl der Weggerafften die der anderen zu übersteigen begonnen hatte, waren die Leichen bloß noch verscharrt worden wie Aas auf dem Schindanger. Nun, da über dem Waldgebirge schon die Herbstnebel brüteten, blieben die menschlichen Kadaver unbestattet in den Hütten liegen. Es gab niemanden mehr, der sie hätte heraustragen, der sie hätte zur Grube zerren können. Es gab lediglich noch die letzten Sterbenden im Dorf – und dazu in einer der Katen das Kind.

Ein Knabe war es, ungefähr drei Jahre alt. Die Pestwochen hatten ihn bis aufs Skelett abmagern lassen; sein Leib aber war gleichzeitig vom Hunger aufgetrieben worden gleich einer Trommel. Es war keine Ernte eingebracht worden in diesem Jahr; der Bub hatte die neuen braungoldenen Brotlaibe nicht aufblühen sehen, nur die bitteren Disteln des Todes. Er hatte gewimmert und gebettelt, als die Beulenpest ihm die Mutter genommen hatte. Er hatte gewinselt wie ein Tier, als die drei Geschwister ihr Leben verröchelt hatten. Als zuletzt auch die Augen des Vaters gebrochen waren, hatte das Kind selbst nur noch aus scheinbar uralten Augen zu starren vermocht. Seitdem hatte der Knabe in der Kate gekauert, zusammengekrümmt und vor Grauen keuchend, und hatte in diesen Tagen gehört, wie die finale, die absolute Stille sich über den Waldflecken gesenkt hatte. Nun, da sich über all dem sinnlosen Sterben ein neuer herzloser Morgen erhob, befiel den Buben der Fluchttrieb.

Das Kind schob sich an dem braunfleckigen Etwas vorbei, das einmal sein Vater gewesen war. Draußen glitschten die nackten Füße des Dreijährigen durch den Schlamm. Ein Stück entfernt, wo die große Grube lag, sah er die Geier aufgeregt tanzen. Es würgte ihn; er wählte den entgegengesetzten Weg und erreichte den Dornenhag, der das Dorf nicht hatte schützen können. Der Knabe fand einen Durchlaß, überwand den Bach und den Hang auf der gegenüberliegenden Seite und befand sich in der Wildnis. Er drang tiefer ein, manchmal auf allen Vieren, und wählte seinen Weg nicht bewußt. Er wollte nur weg vom Tod, weg vom Grauen, weg von all dem Leid, und da er noch nicht zu reflektieren gelernt hatte, machte er sich auch keine Gedanken darüber, warum und wie er eigentlich überlebt hatte.

Der Dreijährige stolperte und lief den ganzen Tag weiter, immer der Sonne nach, verschlang zwischendurch späte Beeren und Pilze. Einmal glühten ihn von einem Felsen herunter die Lichter eines Luchses an; schon duckte sich die Raubkatze zum Sprung auf die hilflose Beute. Doch dann schien aus unsichtbaren Bereichen etwas gegen sie heranzufegen; sie fauchte erschrocken, warf sich herum und verschwand wie ein Spuk. Der Knabe setzte seinen Weg fort; in der Dämmerung dann entdeckte er seinerseits ein wirres Steingetrümmer, im Süden von Brombeerranken überstrüppt. Das Kind verkroch sich in einer Kluft; das Dorf war jetzt weit weg, und so kam schließlich der Schlaf.

*

Die Jagdgesellschaft preschte den versumpften Wasserlauf herauf, die Bracken fetzten ein Stück weiter nördlich durchs Unterholz. Als die Meute sich verknäuelte und erregt Hetzlaut gab, ließ der Hundeführer sein Hifthorn gellen. Fulk von Degenberg, der junge Ritter und Anführer des Trupps, riß seinen Rappen in die Hanken. Gleich darauf stieg der Hengst; seine stampfenden Hinterhufe schleuderten Steingrus aus dem Bachbett.

„Dort hinauf!" rief der Meutenführer. Er deutete zu der Stelle, wo das Rudel der Bracken sich jetzt wieder auseinanderzog. „Sie haben Großwild gewittert!"

„Vielleicht den Hirsch, hinter dem wir schon gestern her waren!" frohlockte Fulk und schwang den Speer. Der Rappe setzte von der Sumpfwiese direkt ins Dickicht; in den Augen des etwa zwanzigjährigen Reiters stand jetzt das heiße, bedenkenlose Jagdfieber.

Dem Ritterroß nach suchten sich die übrigen Waidmänner ihren Weg. Und die Bracken führten sie nach Norden, bis der Waldgrund immer steiniger und steiler wurde und sich zuletzt ein brombeerüberstrüpptes Felsgetrümmer zwischen den Bäumen erhob.

Dort gab die Meute Standlaut; seitlich des Steinkegels hing der Sonnenball an diesem Morgen noch niedrig. Während die Bracken sich wie verrückt gebärdeten, starrten die Jäger verdattert auf die zahlreichen Tierspuren, die sich unterhalb des Felsens abzeichneten. Raubtiersiegel waren es von Fuchs, Wolf und Luchs, dazwischen die ganz schweren eines Bären. Sie zogen sich heran aus dem Forst, als hätte ein geheimnisvoller Ruf sie dazu bewogen; sie liefen durcheinander am Sockel des Granitkegels, als hätte eine größere als die Hand eines Menschen dort zu schreiben versucht, zu schreiben in seltsam unentwirrbaren magischen Zeichen – und dann verschwanden sie wieder im Wald, als hätte etwas die Bestien gescheucht und sie wieder vertrieben, nachdem sie ihre Aufgabe erfüllt und ihr Werk getan hatten. Die Reiter gafften, die Bracken standen jetzt mit eingekniffenen Ruten da und winselten leise, und über dem Felsen schien das schwere Atmen der böhmischen Wälder urplötzlich ausgesetzt zu haben, schien die Erde selbst in ihrem Lauf innehalten zu wollen.

Die Zeit zuckte und zitterte, und dann greinte auf einmal eine Stimme auf, scheinbar mitten aus dem Herzen des wüsten Getrümmers heraus. Das Weinen eines Kindes war es; der Laut löste den Bann und schien ihn gleichzeitig noch zu vertiefen; alles hätten die Jäger erwartet im magischen Kreis der Tierfährten, nur das nicht. Manche bekreuzigten sich, andere murmelten Beschwörungen; Fulk aber sprang aus dem Sattel, ging dem Greinen nach und entdeckte zuletzt in der tiefsten der Klüfte den Knaben aus dem Pestdorf.

Der Ritter sah, daß es sich um das Kind von Leibeigenen handeln mußte, um ein armes Wurm. Er streckte die Hand aus und half dem Dreijährigen ins Freie; er erkannte, daß der Bub dem Tod näher war als dem Leben. Die aufgetriebene Leibtrommel bewies es ihm, auch das Alte, das irgendwie Entrückte in den Augen des hilflosen Wesens. Während er dies aber verwirrt wahrnahm, erinnerte er sich wieder an die Siegel, welche die Raubtiere so zahlreich in den Waldboden gezeichnet hatten. „Ein Biß, ein Prankenhieb“, murmelte Fulk, „hätte genügt! Und doch bist du unversehrt, hast bloß unter dem Hunger und der Nachtkälte gelitten. – Sag mir, wer bist du?!“

Erst nachdem die Worte in der Stille hingen, wurde dem Ritter bewußt, wie unsinnig die Frage gewesen war. Das verängstigte, halbverschmachtete Kind würde ihm keine Antwort geben können. So nahm Fulk es auf den Arm, spürte, wie das Balg gierig seine Körperwärme suchte, und dann blickte der Ritter wie flehend auf seine Gefährten.

„Möglich, daß man ihn einfach im Wald ausgesetzt hat", murmelte einer der Jäger. „Das kommt vor, wenn eine Dienstmagd ihr Wurm ledig zur Welt bringen muß . . ."

„Dafür ist er zu alt", versetzte ein anderer.

Der Meutenführer murmelte: „Gerüchte hat man gehört, daß der Schwarze Tod jetzt wieder in dem einen oder anderen Dorf zugeschlagen hat! Wenn's aber die Pest gewesen ist, die den Kleinen in den Wald trieb, dann sollten wir schleunigst verschwinden!" Er spuckte aus und bekreuzigte sich dabei fahrig.

„Was redest du?!" wies ihn der Degenberger zurecht. „Das Kind trägt keinerlei Male!" Er starrte auf den Knaben, dann erneut auf die Fährten rings um den Felsen. „Und das da?" schnappte er, wies dabei mit der freien Hand auf die Siegel. „Kann sich einer das erklären? Da liegt das Geheimnis! Daß der Bär ihm nichts tat, daß Luchs und Wolf und Fuchs friedlich blieben! So etwas hat's noch nie gegeben, seit Menschengedenken . . ."

„Ja, es ist wie ein Wunder!" fiel der Knappe Fulks ein. Der Fünfzehnjährige kam näher, berührte vorsichtig die Wange des Findelkindes, kramte dann in seiner Umhängetasche nach Brot. Als der Kleine den Brocken sah, blähten sich seine Nasenflügel gierig. Gleich darauf kaute er, immer noch in den Armen des Degenbergers liegend, mit vollen Backen. „Seht Ihr", wandte sich der Knappe an seinen Herrn. „Das ist's, was er zuallererst nötig hatte. Und wenn er gesättigt ist, versucht's noch einmal mit ihm."

Fulk nickte und wollte das Kind absetzen. Aber etwas in den Augen des Buben hinderte ihn letztlich doch daran. Und so stand er, fast hilflos, im Kreis seiner Gefolgsleute und der Bracken da, während der Knabe das Stück Brot verschlang. Zuletzt seufzte der Dreijährige wie erlöst; seine Augen wirkten jetzt klarer. Ganz behutsam klang die Stimme des Ritters, als er sagte: „Ich heiße Fulk, mein Kleiner. Und du?"

Da schien etwas wie eine ferne Erinnerung in die Augen des Knaben zurückzukehren, gleich darauf witterte und wetterleuchtete es in ihnen auf ganz seltsame Weise. Und dann kam die Antwort, brüchig und wie krächzend: „Vác . . . lav."

„Wenzel!" rief der Meutenführer wie erleichtert aus.

„Ein kleiner Böhmischer ist's, und wir haben, bei Gott, schon geglaubt . . ."

Er sprach nicht aus, was er gedacht hatte; es wäre vermutlich sowieso nicht mit Worten auszudrücken gewesen. Die anderen aber verstanden ihn auch so, und nun bemühten sich einige der Jäger, die der böhmischen Sprache mächtig waren, noch mehr aus dem Kind herauszulocken. Wenzel jedoch, wie der Hundeführer ihn genannt hatte, konnte oder wollte keine weiteren Auskünfte geben. Damit mußten die Jäger und auch der Ritter selbst sich bescheiden; daß sie Wenzel mit sich nehmen würden, war ohnehin längst beschlossene Sache.

Nachdem sie alle zusammen noch einmal kopfschüttelnd die unerklärlichen Fährten betrachtet hatten, setzte Fulk den böhmischen Knaben vor sich auf den Sattel, dann suchten sie sich den Weg zurück ins Bachtal. Später am Tag meinten sie in der Ferne einen verlassenen Siedlungsfleck auszumachen, und im gleichen Augenblick begann das Kind zu weinen. Für einen Moment war Fulk versucht, der Sache nachzugehen, aber dann traf ihn ein stummer, tränenverschleierter Blick seines Schützlings, und er wußte, daß es falsch gewesen wäre. So setzte er lediglich die Sporen ein und führte seine Männer im Galopp weiter, bis der Knabe sich allmählich wieder beruhigte.

Wenige Tage später senkten sich die waldbepelzten Hügelrücken zur Donauebene hinunter ab, und auf einem ihrer letzten Ausläufer tauchte der Degenberg[1]) auf, wo die Sippe Fulks herrschte. Als die Reiter, Wenzel immer noch im Sattel des Erben, den Torschlund passierten, wußte der junge Ritter nach wie vor nicht mehr von dem Knaben als dessen Namen. Doch er hatte den Dreijährigen mittlerweile in sein Herz geschlossen; möglicherweise ahnte er auch, daß ihm mehr anvertraut worden war als lediglich ein Findelkind. Und nun, während er den böhmischen Buben im Innenhof der Burg vorsichtig zur Erde gleiten ließ, versprach er ihm: „Dies ist jetzt deine Heimat, und auch wenn du nicht im Palas[2]) aufwachsen wirst, will ich dennoch stets ein Auge auf dich haben!"

Es war nicht klar, ob Wenzel den Sinn dieser Worte begriff; in seinen dunklen Augen jedenfalls lag etwas Dankbares und Warmes, und Fulk freute sich darüber, ehe die Mägde kamen und den Dreijährigen hinwegführten.

Die Geschichte aber, wie man das Kind im wilden Wald gefunden hatte, machte die Runde in der Festung, und so geschah es, daß der Waise von allem Anfang an eine besondere Stellung einnahm. Einerseits wuchs Wenzel behüteter auf als die anderen Knechtskinder auf dem Degenberg, andererseits jedoch schien etwas um ihn zu wabern, vor dem man sich besser hütete.

---

[1]) Hochgestellte Ziffern siehe Anhang!

Der Degenberg

Rauch hing unter der böhmisch gewölbten Decke der Kochhöhle; schwere, beißende Schwaden waren es, und im offenen Kamin selbst schien das Feuer wie Sturmwind zu brausen.

Wenzel, ungefähr zehnjährig jetzt, saß seitlich der Herdstelle auf dem zerschrundeten Hackklotz. Gret, die Köchin, schob eines nach dem anderen die gerupften Rebhühner auf den Bratspieß. Im Hintergrund des Raumes waren die beiden Mägde mit der Zubereitung des Beiessens beschäftigt. Ab und zu schenkte Gret ihrem halbwüchsigen Schützling einen Blick, dann lief jedesmal ein Lächeln über ihr gutmütiges, breitflächiges Gesicht. Die Mittdreißigerin, der eigene Kinder nicht vergönnt gewesen waren, die immer nur der Herrschaft gedient hatte, vertrat so etwas wie Mutterstelle an Wenzel, seit er damals von Fulk auf den Degenberg gebracht worden war. Gret war auch die einzige, die das Böhmkind, wie manche den Jungen noch immer nannten, nie verzärtelt und nie gefürchtet hatte; sie war anders mit Wenzel umgegangen, hatte ihm einfach immer das gegeben, was er ihrem Gefühl nach gebraucht hatte. So hatte der Bub Vertrauen zu ihr gefaßt, und dieses Vertrauen war mittlerweile so tief geworden, daß Wenzel in Gegenwart Grets manchmal sogar zu träumen, mental wegzugleiten vermochte.

Auch jetzt wieder, während der Rauch waberte und das Feuer brauste, geschah es ihm. Etwas saugte und trug den Zehnjährigen heraus aus der Zeit, trieb ihn zurück, versetzte ihn in einen immer wilderen Torkelflug hinein in die dunklen und zugleich irrlichternden Jahre seines ersten Ursprungs. In jene Jahre, an die Menschen üblicherweise keine Erinnerung besitzen, und auch das, was der Halbwüchsige nun erlebte, konnte nicht so bezeichnet werden – dennoch war es da. Wärme spürte Wenzel, die von verarbeiteten Händen ausging, von einer frühzeitig dürr gewordenen Frauenbrust auch. Eine Geborgenheit, die spröder und härter war als die, welche er später bei Gret kennengelernt hatte. Und doch war dieser Brutdunst drängender um ihn als je etwas anderes, und jetzt brach im Herzen des Zehnjährigen wieder die Sehnsucht danach auf und damit das Weh, das Leid. Unbewußt kam das, nicht wirklich fassen ließ es sich; hinter den Zeitschleiern blieb das verborgen, was Wenzel in seinem Wachtraum so inbrünstig zu greifen versuchte. Oft und oft war ihm das schon geschehen, doch er hatte immer nur einen Hauch davon erlangt, ein Ahnen, ein halbes Nichts und eine nichtige Hälftigkeit.

Der Halbwüchsige auf seinem Hackklotz stöhnte; Gret warf ihm einen besorgten Blick zu, nickte dann verständnisvoll und ließ ihn in Ruhe. In ihrem Bauch, nicht in ihrem Verstand wußte sie, was in ihrem Schützling jetzt wieder vorging. Und Wenzel trieb weiter, spürte in seinem gequälten Inneren das neuerliche Mißlingen. Er spürte es so stark, daß es ihn mental würgte; er wollte das Dunkle wegreißen, das Antlitz der einen mit den verarbeiteten Händen und den ausgedörrten Brüsten erkennen. Er wollte es mit aller seelischen Kraft, derer er fähig war, und dennoch scheiterte er wiederum.

Ehe jedoch darob etwas in ihm zerspringen, zerreißen konnte, fegten die unsichtbaren Bilder jäh weg und machten einem anderen dunklen und hellen Flirren Platz. Ein Dorf war jetzt da und dennoch unendlich fern; Hütten, ein Dornenhag und ein schlammiger Angergrund. Dies sah Wenzel in der Erinnerung deutlich, aber das, was innerhalb der Katen geschah, verfluderte neuerlich; der Halbwüchsige spürte nichts als das Grauen, die Furcht, doch wiederum konnte er kein einziges Antlitz erkennen, vermochte nichts greifbar zu machen, nichts einzugrenzen, um es endlich packen zu können; war dem schauerlichen Wabern lediglich blind ausgesetzt. Und blind torkelte er weiter durch seinen Wachtraum; gegen Steine rannte er jetzt, gegen borkige Stämme tief im Wald. Luchslichter sah er glühen, Wölfe streichen, Füchse schnüren; ein Bär fetzte mit seinen Tatzen. Im Mutterschoß kauerte er dreijährig, im steinigen, starren und kalten Gekröse, und das Raubzeug kam näher und kreiste ihn ein. Wenzel wand sich jetzt auf seinem Hackklotz, als würde er geschlagen, gepeitscht, aber ehe sein mentales Anderswo-Sein erneut unerträglich werden konnte, hielt ihn ein Gewappneter in seinen starken Armen fest; Fulk, und der Halbwüchsige kam mit einem Schrei zu sich – und sah, daß nicht der Ritter ihn barg, sondern Gret. Und er hörte die Köchin sagen: „Hast wieder geträumt, Bub! Gepackt hat es dich wieder einmal, du armer Kerl! Hätte ich gewußt, daß es heute so schlimm wird, wäre ich schon vorhin zu dir gekommen . . .“

„Aber ich muß doch durch die Schlucht, bis zu ihrem Ende“, murmelte der Zehnjährige, noch immer verstört.

„Ich weiß ja“, erwiderte Gret – und wußte es wirklich, wiederum in ihrem Bauch. Auch im Gespräch, wenn sie es gemeinsam versucht hatten, hatte der Bub sich niemals an etwas erinnern können, was vor jenem Tag lag, da Fulk und die anderen ihn drüben im Böhmischen aufgefunden hatten. Kein Muttergesicht und keinen Vaternamen kannte Wenzel, und Gret hatte schon oft gespürt, wie sehr er sich deswegen quälte. Deswegen hatte sie ihn vorhin nicht aus dem Wachtraum reißen wollen, weil sie mit ihm gehofft hatte, aber dann hatte sie seine Qual beim besten Willen nicht mehr ertragen können. Jetzt drückte sie ihn, streichelte ihm den dunklen Haarschopf und setzte hinzu: „Bald sind die Rebhühner gar, dann trägst du sie zusammen mit mir hinauf zur Tafel. Ohnehin hat der Ritter heute schon ein paarmal nach dir gefragt . . .“

Wenzel nickte, war von einem Augenblick auf den anderen wieder ganz er selbst. Er befürchtete lediglich noch, daß Fulk ihn schelten könnte, weil er sich den halben Nachmittag in den Ställen herumgetrieben hatte und deswegen nicht aufzufinden gewesen war.

*

Fulk, der nach dem Tod seines Vaters Herr auf dem Degenberg geworden war, schalt den Halbwüchsigen an diesem Abend nicht. Er blickte nur manchmal nachdenklich auf den Dunklen, der am unteren Ende der Tafel zwischen den Knechten und Mägden saß. Im Flackerschein der Fackeln wirkte Wenzels Antlitz noch fremdartiger als sonst. Schmaler war es als die derben Gesichter der anderen Halbwüchsigen auf der Burg; Wenzels Haar schien manchmal blauschwarz wie Rabengefieder zu schimmern. Am ungewöhnlichsten aber waren seine Augen. Etwas Gespaltenes, das wußte der Ritter längst, lebte in ihnen. Manchmal, wie auch jetzt wieder, spähten sie scharf und neugierig. Doch dann konnte jäh das andere in ihnen aufquellen, das Verschleierte und Milchige; dann schien es das Alltägliche für den Burschen gar nicht mehr zu geben, schienen unbegreifliche Barrieren sich zwischen ihm und allen anderen Menschen aufzubauen. Ein Abergläubischerer als Fulk hätte angesichts des Entrückten vielleicht an Dämonen gedacht, hätte möglicherweise geglaubt, daß der Junge besessen sei. Doch der Degenberger Ritter hielt nichts von derartigen Spintisiereien; das so schwer Erklärbare an Wenzel faszinierte ihn ganz einfach.

Auch jetzt wieder war das so, und nachdem die Tafel aufgehoben worden war, winkte Fulk den Dunklen zu sich, klopfte ihm auf die schmale Schulter und sagte: „Morgen landet das Eisenschiff drüben unterm Bogenberg an. Ich ziehe mit einem Dutzend Knechten hin, um die Barren abzuholen, und du kommst mit, Wenzel! Damit du etwas siehst von der Welt!“

Lachend nickte der Zehnjährige. Gleich darauf jedoch schrammte ihm etwas Häßliches und Schartiges durchs Gehirn, und er spürte wieder den Ansprung des Fremden, sah Bilder, die er dennoch nicht greifen und begreifen konnte. So krächzte er bloß noch mühsam seinen Dank, floh auf sein Strohlager unter der Turmstiege und wurde in der Nacht wiederum von wüsten Träumen heimgesucht.

Am nächsten Morgen dann wirkte er blaß, half aber eifrig mit, die schweren Zugrösser an die Wagen zu schirren und die leichteren Reitpferde des Ritters sowie der Waffenknechte aufzusatteln. Die Sonne stand erst ellenhoch über dem östlichen Horizont, als die Karren einer nach dem anderen durchs Burgtor polterten und dann den engen, gewundenen Schluchtweg hinunter ins Tal nahmen. Hinter die rauschenden Baumwipfel glitten die Schildmauer und zuletzt auch der Wehrturm von Degenberg zurück. Am Flüßchen Schwarzach entlang ging es hinaus ins Donautal; ab und zu passierte der Wagenzug einen Weiler oder ein Dorf, in deren Umkreis die Leibeigenen auf den Feldern schufteten. Wenn sie die Gepanzerten erblickten, duckten sie sich; Abgerissene und Geschundene waren es allesamt, und doch lebte das Land und lebten die Menschen auf den Burgen allein von ihrer Hände Arbeit.

Wenzel, der auf einem der Karren hockte, spürte sein Herz beim Anblick der Hörigen sich verkrampfen. Nahe waren sie ihm, sehr nahe, obwohl er doch keiner von ihnen war, obwohl er zum Gefolge Fulks gehörte. Doch schärfer als die Burgknechte und wohl auch der Ritter selbst sah der Böhmische die Kerben des Leids in den Gesichtern der Fronbauern; ihre verkrümmten, rachitischen Knochen schien er zu sehen, die Wunden der Armut und Erniedrigung auch, die ihnen unsichtbar in den Seelen schwärten. Mitleid empfand der Dunkle mit denen, die der Abschaum und dennoch das Salz der Erde waren, und als er es nicht mehr ertrug, wandte er den Blick ab und starrte hinaus auf die weite Donauebene, die jetzt im späten Morgenlicht aufzugleißen und etwas Schöneres und Gerechteres zu verheißen schien.

Dann stieß der Wagenzug in dieses Lichtsprühen hinein, scheinbar zumindest, denn je weiter die Karren vordrangen, um so mehr schien sich das Blendende vor ihnen zurückzuziehen. Wieder spürte Wenzel etwas undefinierbar Schmerzhaftes, und es blieb in seinem Inneren haften, bis der Strom selbst zuletzt alles auslöschte, zumindest für diesen Tag. Unter dem erratischen Hügel des Bogenbergs trafen die Degenberger auf die Donau; breit kam sie von Nordwesten heran und flutete nach Südosten weiter, und darüber stand die uralte Grafenburg, die sich jetzt freilich schon längst in der Hand des Herzogs von Bayern befand[3]).

Fulk ließ die Rösser von den Karren schirren, wies seinen Leuten einen Platz an der Lände an und ritt dann selbst, nur in Begleitung seines Knappen, zur Festung hinauf, wo der wittelsbachische Ministeriale[4]) ihn bewirten würde. Doch auch die Fuhrknechte und die Reisigen hatten Wein und Brot bei sich; im Ufergras hockten sie jetzt, während die Rösser ringsum weideten, und spähten ab und zu stromaufwärts, ob sich die Plätten aus Regensburg bereits zeigten. Wenzel saß ein wenig abseits der anderen, und das Spiegeln und Schillern des Flusses, der Wein dazu, brachten ihn wiederum nahe an den Abgrund seiner Träume. Ehe es jedoch soweit kommen konnte, schien der Strom im Nordwesten jäh aufzulichteln, und dann zeigten sich dunkle Flecken im Graugrün des Fließenden.

Schnell und zügig kamen die flachbordigen Schiffe heran, schnitten noch weit oberhalb des Bogenbergs schräg über den Strom und machten zuletzt unter den heiseren Rufen der Ruderknechte und Steuerleute fest. Tief lagen die Plätten im Wasser, vom Bug bis zum Heck stapelte sich das rostbraune Roheisen. Was unterhalb der Wittelsbacherfestung nicht ausgeladen wurde, würde weiter nach Passau, Linz und Wien gebracht werden; überall hatte man das Oberpfälzer Erz[5]) nötig, um Schwerter oder Pflugscharen daraus zu schmieden, je nachdem.

Am Fuß des Bogenbergs begannen die Schiffsknechte und die Degenberger jetzt zu schwitzen, zu fluchen und zu keuchen, doch zuletzt waren die Karren beladen, kehrte Fulk zurück und entlohnte die Händler mit Gold. Heimwärts dann hockte Wenzel auf schwer schütterndem und klirrendem Eisen; wiederum sah er die Dörfer und Weiler der Leibeigenen, doch nun fühlte er sich noch elender als am Morgen, denn zusätzlich zu seinem Mitleid peinigte ihn auch die Kälte, der eher mental spürbare Frost, der aus dem Erz kam und ihm tiefer und tiefer in den schmalen Knabenkörper kroch. Zu schneiden und zu beißen schien das Eisige dort, zu sägen, zu reißen und zu ritzen, und dann, der Degenberg war noch immer ein gutes Stück entfernt, vermochte der Dunkle die mentale Pein nicht mehr zu ertragen. Er sprang vom Karren, flüchtete an den Wegrain, wo es federndes Gras gab und warme, nachgiebige Erde. Die Fuhrknechte verlachten Wenzel deswegen, schalten ihn einen Narren, weil er lieber zu Fuß laufen wollte, als gekarrt zu werden. Wenzel aber hielt sich abseits der schütternden und klirrenden Lasten, bis sie den Burgberg erreicht und den Torschlund passiert hatten. Dann floh er in die Küchenhöhle, zum Rauch, zum Feuersausen und zu Gret, und als die Köchin ihn fragte, wie es draußen im Donautal gewesen sei, erwiderte das Böhmkind dunkel: „Es ist soviel Eisen auf die Burg gekommen, daß es mir Angst macht, und mehr noch schwimmt auf dem Strom . . .“

Mehr redete Wenzel an diesem Tag nicht mehr; Gret nahm es hin, und schon wenige Tage später begannen auf dem Degenberg die Schmiedefeuer zu glühen und die Blasbälge zu fauchen.

*

In der Tat gewitterte es schon seit einigen Jahren eisenschrill über Bayern, Österreich und das Abendland hin. Schon 1313, etwa zur gleichen Zeit, da die Pest ein ganzes Dorf tief drinnen in den böhmischen Wäldern dahingerafft hatte, war es wegen der Machtgier der Fürsten zu einem noch ungleich sinnloseren Massensterben gekommen. Da sowohl die Wittelsbacher als auch die Habsburger Anspruch auf das Teilherzogtum Landshut erhoben hatten, da jede dieser hochadligen Sippen raffen und schlucken wollte, was immer sie nur in den Rachen bekommen konnten, war zuletzt giftig der Krieg aufgeblüht, und im November dieses Jahres 1313 war es zu Gammelsdorf bei Moosburg zur Schlacht gekommen. Auf der einen Seite der Front hatte Herzog Friedrich der Schöne von Österreich im Verband seiner Gepanzerten gestanden; ihm gegenüber hatten sich die Truppen des Herzogs Ludwig IV. von Bayern formiert. Auch Schwaben und Franken waren mit von der blutigen Partie gewesen, ebenso Ungarn, und dann waren die Heerhaufen übereinander hergefallen. Schon wenig später war der Talgrund der Isar mit Sterbenden und Verwundeten übersät gewesen; ohne Unterschied ihrer Herkunft hatten sie im eigenen Blut und im eigenen Kot gelegen. Der Wittelsbacher aber hatte von einem Sieg prahlen können, denn der Habsburger war rechtzeitig geflohen und hatte auf diese Weise das eigene Fell retten können.

In der Folge dann hatte Ludwig IV. von Bayern das Gemetzel kräftig für sich ausgemünzt, und da das Reich zu dieser Zeit zudem herrscherlos gewesen war, hatte ein Teil der deutschen Kurfürsten den Sieger von Gammelsdorf schon im Oktober 1314 zum König gewählt. Es war jedoch auch der Unterlegene, Friedrich von Habsburg, nicht untätig geblieben. Auch er hatte sich etliche Kurfürstenstimmen gekauft und war daraufhin in das gleiche Amt wie sein wittelsbachischer Widersacher berufen worden. Durch diesen Wahnwitz aber hatten die Erzbischöfe von Mainz, Trier und Köln, der Pfalzgraf bei Rhein, der Herzog von Sachsen, der Markgraf von Brandenburg sowie der König von Böhmen [6]) gewissenlos den Keim zum Bruderkrieg im Reich gelegt, und in den folgenden Jahren hatte der Konflikt zwischen dem Habsburger und dem Wittelsbacher erneut gräßlich zu schwelen begonnen.

Keiner der beiden Gekrönten hatte sich seiner fragwürdigen Würde wirklich erfreuen können. Der eine hatte da residiert, der andere dort, und zwischen den ständig wechselnden Königssitzen waren die Heerhaufen hin und her gezogen und hatten im Namen des einen oder des anderen Gottesgnadentums [7]) die vermeintlich feindlichen Dörfer niedergebrannt und die Bauern gemetzelt. Gleichzeitig hatte jeder der beiden Gesalbten Bundesgenossen zu gewinnen versucht; es war weiter intrigiert und geschmiert worden, alles mit dem Ziel, eines Tages zur großen, zur entscheidenden Schlacht zu kommen. Und nun, im Jahr 1320, war dieses zweite Gemetzel zwischen Bayern und Österreich nur noch eine Frage der Zeit, weswegen nunmehr auch auf den kleineren Burgen gerüstet wurde wie nie. Genau aus diesem Grund war auch Fulk von Degenberg zur Donau gezogen, um Eisen zu erwerben, und aus diesem Grund litt Wenzel, das Böhmkind, nun Tag für Tag unter den zubeißenden Hammerschlägen und dem Fauchen der Blasbälge auf der Burg.

*

Die kriegstreiberischen Geräusche begleiteten den Dunklen sein ganzes elftes Lebensjahr hindurch und auch noch einen großen Teil des zwölften. Wenzel sah, wie die Barren aus der Oberpfalz zu rotglühenden Stäben ausgetrieben wurden, wie aus den Stäben Klingen entstanden, wie diese wieder und wieder geschmiedet wurden, bis die Schneiden messerscharf und stahlhart geworden waren. Und er sah Spießblätter entstehen, Pfeilspitzen und Morgensterne, und das Kreischen und Hämmern verfolgte ihn wiederum bis in seine Träume hinein. Es ließ ihn Bilder sehen, die er nicht greifen konnte; Bilder, die ihn dennoch entsetzlich beutelten. Immer häufiger floh er in dieser Zeit zu Gret, barg sich in der Kochhöhle, suchte dort im Rauchwabern und im Feuersausen Vergessen und konnte dem schrillenden Eisen dennoch nicht entkommen; auch die Breitgesichtige vermochte ihn nicht davor zu schützen.

Erst im Hochsommer 1322 erkalteten die Schmieden auf dem Degenberg wieder, doch deswegen wurde es auf der Burg nicht ruhiger. Denn jetzt preschten beinahe ununterbrochen gewappnete Boten von den umliegenden Festungen heran, brachten Meldungen und galoppierten, nachdem sie hastig ein paar Becher Wein hinuntergestürzt hatten, wieder davon. Auch der Degenberger selbst hetzte seine vertrautesten Knechte dahin und dorthin; die Donau entlang, in den Gäu hinaus oder hinauf in den Nordwald[8]). Gleichzeitig wurde über mehrere Tage hinweg im Zwinger[9])

Roßschau gehalten, wurden die mutigsten Tiere den verwegensten Männern zugeteilt, übten die Schwergepanzerten brüllend das Reiten im Rudel, den Massenangriff mit der Lanze. Von den Dörfern und Weilern, deren Bewohner Fulk hörig waren, kamen die Bauernburschen auf den Degenberg; diejenigen, die das Los getroffen hatte. Auch diese Blaßgesichtigen wurden bewaffnet, mußten die Bogen und die Pfeilköcher schultern, und dann jagte der Vogt den armseligen Haufen gnadenlos übers Vorgelände der Burg, bis die Dörper gelernt hatten, seinen Befehlen willenlos zu gehorchen.

Während all dies geschah, waren aber auch die Mägde und die Alten auf der Festung im Vorwald nicht untätig. Sie hatten die Fuhrwerke zu beladen, die mit ins Feld gehen sollten; Hafer- und Kornsäcke schleppten sie, Speckseiten dazu, Brotlaibe und Weinfässer. Für den Ritter selbst und die anderen, die darauf Anspruch hatten, wurden die Zelte aufgepackt, die Kleidertruhen und die zerlegbaren Bettgestelle, und einige der Karren dienten zu nichts anderem, als die Reservewaffen zu transportieren; die schweren Bündel der Stoßlanzen, die Körbe mit den Pfeilen und Armbrustbolzen. Hinzu kamen die Fahnen der Degenberger; diejenige der eigenen Sippe und auch die anderen, fremden, die das Geschlecht in früheren Fehden erbeutet hatte.

Ebenso wie die anderen war Gret in diesen hektischen Tagen vom Morgen bis zum Abend auf den Beinen. Ihr war der Marketenderwagen anbefohlen worden, wo es vor und nach der Schlacht den Branntwein geben sollte und außerdem die Verwundeten notdürftig versorgt werden konnten. Wenzel ging der Köchin bei den nötigen Arbeiten zur Hand, auch wenn ihm das Herz dabei schwer war, und als er und Gret gerade den letzten Behälter mit Scharpie[10)] unter die Plache hievten, tauchte, ziemlich angetrunken, Fulk auf.

„Morgen", belferte er, „morgen ziehen wir in den Krieg und treiben die Österreicher zu Paaren!" Er hieb dem Zwölfjährigen auf die Schulter, dann setzte er hinzu: „Und du kommst als Troßjunge mit, Wenzel! Fährst auf dem Marketenderkarren mit der Gret!"

Danach verschwand der Ritter mit unsicheren Schritten wieder in der einfallenden Nacht, die vom Grölen der Reisigen und vom Stampfen der Rösser durchdrungen war. Der Halbwüchsige starrte ihm stumm nach, gleich darauf begann er zu zittern, immer stärker. Erst als Gret ihn in die Arme nahm, ihn auf diese Weise so barg, wie sie ihn schon als Kind geborgen hatte, wurde er allmählich wieder ruhiger, drehte seine Furcht sich um und wühlte nur mehr inwendig.

Bis der neue Tag anbrach, kauerten sie zusammen in der Küchenhöhle, dann schirrten sie gemeinsam die Maultiere an den Planwagen, passierten das Burgtor und reihten sich in den buntscheckigen Zug all der anderen ein. Weiter vorne sah Wenzel den Degenberger auf seinem Schlachtroß reiten. Am Waldrand, jenseits des Blachfelds, wandte sich der Ritter noch einmal um und schaute zum Wehrturm seiner Burg zurück. Unwillkürlich folgte der Dunkle seinem Blick; auf der zinnenbewehrten Plattform sah er Fulks Weib mit einem kleinen Kind stehen. Wenzel dachte daran, wie er erst kürzlich noch mit der fünfjährigen Ludmilla gespielt hatte, und nun zog ihr Vater in den Krieg – und das jähe, unabwendbare Wissen darum erschreckte Wenzel so sehr, daß er wiederum wie Espenlaub zu zittern begann.

Der Troßjunge

Am Morgen dieses 28. September 1322 zerfaserten die Nebelbänke über dem Inntal zwischen Mühldorf und Ampfing nur zögernd. Aus dem wäßrigen Dunst heraus schälten sich die aufmarschierten Heerhaufen. Mit etwa fünftausend Mann im Gefolge, die Unbewaffneten nicht gerechnet, stand der Wittelsbacher im struppigen Flußried. Südöstlich seiner Stellung, den graugrünen Strom im Rücken, lauerte der Habsburger. An Reisigen führte Friedrich der Schöne ungefähr ebensoviele wie Ludwig der Bayer. Der Österreicher freilich hatte noch einen zusätzlichen Trumpf im Ärmel. Westlich von Ampfing, wo das Land sich zu hügeln begann, hielt Friedrichs Bruder Leopold weitere starke Truppenverbände in Reserve. Mit ihrer Hilfe hoffte der habsburgische König, sobald die Hauptheere sich erst ineinander verbissen hatten, die Schlacht zu seinen Gunsten zu entscheiden.

Vorerst allerdings wirkte die Szenerie noch unausgegoren. Während von Leopolds Verbänden gar nichts zu sehen war, herrschte sowohl im österreichischen als auch im bayerischen Lager das Chaos. Rösser keilten aus, sperrten sich gegen die Sättel und Panzerplatten, welche die Stallburschen ihnen aufzuzwingen versuchten. Peitschen knallten, Flüche stiegen zum verhangenen Himmel, vor ihren tragbaren Altären psalmodierten gleichzeitig die Feldgeistlichen. Von den Rittern waren die einen bereits gewappnet, während andere sich erst jetzt mühsam in die Harnische zwängten. Von Mann zu Mann rannten die Marketenderinnen mit ihren Branntweinfäßchen. Aus manchen der Zelte, wo die Insassen die ganze Nacht vor Angst nicht zum Schlafen gekommen waren, drang besoffenes Grölen.

Dort griffen jetzt die Profosen[11]) der jeweiligen Könige ein, scheuchten die Zaudernden ins Freie, drohten in hartnäckigen Fällen auch mit dem Galgen. An den überquellenden Rändern der offenen Latrinen hockten die Bauernburschen, die einfachen Schützen und Plänkler, reihenweise. Doch alsbald wurden auch dort die Knüttel geschwungen, wurden die vom Dünnschiß und vom Kotzen Geplagten unter ihre Fahnen getrieben. So nahmen die Fronten, die österreichische und die bayerische, aus dem Chaos, dem Schmutz und der Verzweiflung heraus allmählich Gestalt an. Als der Tag schon beinahe in seinem Zenit stand, hatten sich die kriegerischen Formationen endlich voll ausgebildet, und nun schien sogar so etwas wie Glanz über den Heeren zu liegen – zumindest von der Ferne aus betrachtet.

Wenzel hatte zusammen mit Gret Branntwein an die Degenbergischen ausgeschenkt; jetzt kauerte er untätig und schon wieder zitternd auf dem klobigen Karren und sah hüben wie drüben die kampfbereiten Reihen der Ritter. Mann neben Mann verharrten sie auf ihren schweren, bissigen Hengsten, hatten die Visiere bereits geschlossen und die Lanzen im Sattelschuh stecken. Barbarischen Dämonen glichen sie, denn über dem glänzenden oder dunklen Stahl ihrer Topfhelme wuchsen Büffelhörner, eingefärbte Geierschwingen oder gar ausgestopfte Schädel von Raubtieren auf. Breitschwerter, Äxte und Morgensterne führten sie, an die Sättel geschnallt, bei sich, dazu die gewölbten, hohen Schilde. In der zweiten Reihe der Berittenen hielten auf etwas leichteren Pferden die Knappen, von denen jeder Adlige mindestens drei mit ins Feld geführt hatte. An die furzenden, stampfenden und sich immer wieder gegeneinander drängenden Gäule schlossen sich rückwärts die Haufen der einfachen Krieger an; der gepreßten Bauernburschen und minderwertigen Burgknechte. Die wirkten im Gegensatz zu denen, die auf dem hohen Roß saßen, verängstigt und verstört, doch die Büttel umkreisten sie wie Wachhunde und belauerten sie mit Argusaugen, so daß sie letztlich der eisenklirrenden Front folgen würden, sobald erst der Befehl dazu kam.

Wenzel kannte viele der degenbergischen Dörper, die jetzt ins Schlachten getrieben werden sollten. Und dann, schon gellten die Fanfaren und begannen die Trommeln zu dröhnen, sah er überhaupt bloß noch sie. „Nein!" keuchte er in den markerschütternden Lärm der anreitenden Heerhaufen hinein. „Nein! Tut's nicht!" Er klammerte sich an Gret, suchte ihre Brust wie früher als Vier- oder Fünfjähriger, spürte ihre zittrige Hand in seinem Haar, schrie jetzt unartikuliert – und konnte dennoch nichts aufhalten.

Die schweren Rösser fielen in Galopp, auf beiden Seiten der Front; hinter ihnen her hetzten die Bauernhaufen. Das magere, verstrüppte Innried schien aus sich selbst heraus aufzubrechen, schien Steine und Erdklumpen himmelwärts zu schleudern, schien sich unter einem hochquellenden Staubvorhang verbergen zu wollen. Und der Staub wölkte gegen die wäßrige Sonne hin; Steine und Kotbrocken schienen ihr das entsetzte Antlitz zu spicken, und so verdunkelte sich das Firmament unter dem Wahn der Menschen, und weit vorne, mitten im unschuldigen Flußtal, prallten die lanzenbestachelten Heerhaufen aufeinander. Ein metallener Schrei gellte über das Innried hin, ein Reißen und Bersten, als die stählernen Lanzenspitzen auf die Schilde und Rüstungen trafen, als sie die erzenen Platten durchschlugen und durchfetzten, und dann brach über dem metallischen Gellen ein anderes auf, eines aus Menschenkehlen, und es war hundertfach tierisches Todesgebrüll.

Es schnitt Wenzel ins Herz, in den Leib, ins Gekröse; es peitschte ihm durchs Gehirn, so daß es ihm zu zerspringen drohte. Doch schärfer denn je in seinem Leben sah er; sah, wie die Reiterhaufen sich jetzt ineinander verknäuelten, wie sie in ganzen Rudeln übereinander und durcheinander stürzten. Er meinte die Knochen unter dem Stahl brechen zu hören, vermeinte zu sehen, wie die Hälse der Ritter sich in der erzenen Klammer von Helm und Halsberge zerwürgten. Gleichzeitig zernadelten drüben die Lanzen der Überlebenden wiederum den verhangenen Himmel, senkten sich erneut, bissen neuerdings zu, spießten Fleisch und Gebein der anderen an die aufstöhnende Erde.

In einen Strudel schien sich die Schlacht jetzt hineinzudrehen, in einen gnadenlosen Mahlstrom, und so blieb es für eine ganze Weile, bis das Metzeln sich nach Südosten weiterwälzte; in jene Richtung, aus der die Österreicher zuvor angegriffen hatten. „Der Wittelsbacher! Er gewinnt's!“ hörte Wenzel einen der alten Troßknechte fisteln. Niemand gewinnt bei so etwas, dachte der Halbwüchsige selbst. Er wollte nichts mehr sehen, wollte den Blick abwenden und war dennoch gezwungen, weiter hinüber zum Inn zu spähen; etwas, das er nicht hätte benennen können, trieb ihn unbarmherzig dazu.

In der sumpfigen Ufermarsch rannten sich die Habsburgischen fest. Was an österreichischen Rittern überlebt hatte, kam auf den schweren Panzerrössern nicht weiter. Auch das Fußvolk Friedrichs des Schönen zerfaserte; manche sprangen in ihrer Todesangst in den Strom. Die bayerischen Haufen hingegen, die Dorfburschen von der Isar, von der Donau, aus dem Nordwald, blieben, wie es schien, zusammen. Wenzel erkannte, wie ein Teil der wittelsbachischen Adligen ihre Führung übernahm, wie sie sich im Halbkreis um die unterliegenden Österreicher ballten, wie sie dann stuckernd und scheinbar unbeholfen zum Angriff vorgingen. Manchmal schien es aufzuflirren vor dieser zerstückelten, irgendwie unfertigen Front; dann wußte der Halbwüchsige auf dem Marketenderkarren, daß Pfeilwolken abgeschnellt worden waren. Gleich darauf stürzten dann wiederum habsburgische Ritter, und um diese Gefallenen und Hilflosen rudelten sich anschließend die Plänkler zusammen, die blutsäuferisch gewordenen Bauern mit ihren Waidmessern, Holzäxten und Würgeschlingen, und was dann folgte, war ein viehisches Abtun, ein Metzeln und Schlachten, dessen Urgrund nichts als die eigene Angst der Fußtruppen war.

Als die matte Sonne schräg über dem Innried stand, war es vorüber. Ludwig von Bayern hatte seinen Rivalen Friedrich von Österreich vernichtend geschlagen. Zumindest sollte es später so in den Geschichtsbüchern stehen; in Wahrheit hatte keiner der beiden Blaublütigen ernsthaft in die Schlacht eingegriffen; sie hatten die Blutarbeit den Kleineren überlassen, den Hörigen, den von ihnen Abhängigen. Auch als der Habsburger zuletzt gefangengesetzt wurde, ging dies glimpflich für ihn ab. Der Wittelsbacher ließ ihm die Waffen, das Roß, das engere Gefolge dazu, auch das Zelt. Ludwig spöttelte lediglich über den Bruder dessen, der ihm den deutschen Königsthron jetzt nicht mehr streitig machen konnte: Wo denn der Leopold geblieben sei, der Hinterhältige? Friedrich senkte die Lider; sein Streitgenosse hatte den Angriff gar nicht mehr gewagt, nachdem sich die habsburgische Niederlage abzuzeichnen begonnen hatte. Jetzt mochte er abziehen, durchs Hügelland nach Nordosten und über die Grenze, das Blatt war ohnehin nicht mehr zu wenden.

Auch Ludwig von Bayern wußte das; der Sieg stimmte ihn großmütig, und so geleitete er seinen gewesenen Widersacher in höchsteigener Person zu dessen Quartier, während gleichzeitig Gret die Maultiere antrieb und zu Wenzel sagte: „Los, wir müssen nach vorne! Uns um die Verwundeten kümmern!“

*

Die Leichen, die Sterbenden, diejenigen mit den abgehauenen Gliedmaßen, den zersplitterten Knochen und den aufgeschlitzten Leibern gingen dem Zwölfjährigen nach bis spät in die Nacht. Im Schädel dröhnte ihm nach dem langen Tag die Schlafsucht, doch er fand keine Ruhe, keine Erlösung, auch wenn er trotz der Vorhaltungen Grets den Wein wie Wasser in sich goß. Am Lagerfeuer kauerte Wenzel, neben dem Marketenderkarren, bei jedem Schluck würgte es ihn, aber die Bilder ließen ihn nicht los. Immer wieder sah er den einen aus Degenberg im Geschlinge seiner eigenen Eingeweide scharren, und das hatte unendlich lange gedauert, bis aus dem Brüllen zuletzt ein Röcheln und dann das Verhauchen geworden war. Und er sah einen anderen, der sich vor Schmerzen in seinen eigenen Armstumpf verbissen hatte; den hatte Gret dann mit Branntwein traktiert, bis ihm die Sinne geschwunden waren, und dann war der Feldscher gekommen mit dem Glüheisen. Die Überreste eines Ritters hatte der Halbwüchsige erblickt; als man die blutigen Fleischklumpen aus dem zerspellten Eisen geschält hatte, hatte Wenzel sich übergeben müssen. Doch dies waren nur einige wenige der entsetzlichen Erinnerungen, die ihn in dieser Nacht verfolgten; sie grellten immer wieder auf neben all den anderen, trieben in einem schaurigen Strom aus Fleischfetzen, Eiter, Kot und Blut, und der Strom schwoll weiter und weiter an und schlug zuletzt über dem Zwölfjährigen zusammen.

Eben noch hatte er sich, wenn auch vollrauschig, mitten im Feldlager befunden; irgendwo in der Nähe war Gret gewesen, dazu das Schreien, das rüde Lachen, das Prahlen, das Stöhnen. Doch nun riß der Strom den Dunklen fort wie mit mentalen Faustschlägen; aus der Zeit und aus der Welt schwemmte er ihn heraus, ließ seinen Leib und seinen Geist durchs Nichts schaudern, zerrte an ihm, wirbelte ihn und ließ ihn zuletzt fernab an einem verschollenen Gestade stranden. Aus dem dröhnenden Flug heraus wuchs ein scheinbar endloses Waldgebirge auf, granitdurchsetzt, dann brach aus dem Forst und aus dem Steingetrümmer ein Dorf. Ein dorniger Hag umzäunte es, der Anger war schlammig; armselig rudelten sich die Hütten zusammen.

Das Bretterwerk schien zu splittern, als der mental reisende Leib hindurchgeschleudert wurde; storr spürte er von der Krankheit versudeltes Bettstroh, Menschenkörper krümmten sich in der Agonie, unter ihren Achseln und an den Lenden blühten giftig die Beulen. In der grauenhaften Vision schrie Wenzel auf – und sah und hörte gleichzeitig den anderen schreien, den Dreijährigen, der Václav hieß. Von verheultem Angesicht zu verheultem Angesicht stand er sich selbst gegenüber; zurückgeschnellt war die Zeit um volle neun Jahre. Jetzt schnellte auch er, schnellte hinein in sein damaliges Ich. Er schloß den Bogen seiner Erinnerung; jener bisher nicht greifbaren Erinnerung, die ihn so sehr gequält hatte. Den Pestbrodem roch er wieder, das vom Tod gezeichnete Antlitz des Vaters sah er, dann auch das seiner Mutter. Das Abscheiden, das Sterben, das Weggehen irrlichterte bereits in ihren Augen, schon verwich ihnen der Atem, aber die Gesichter waren da und brannten sich ihm nach neun Jahren wieder ein, und über die Zeitkluft sprang auf diese Weise der Funke.

Das Licht der Erinnerung sprotzelte, glühte dann horizontweit auf, drückte ihn aus der Leichenhütte hinaus, führte ihn, atemlos, weiter bis zu jenem Steingetrümmer, bis in die Nacht, die den Raubtieren, ihrer Drohung und ihrer Gnade gehört hatte. Blitzkurz grellte das Wissen um den Sinn dieser Verschonung in ihm auf; er wollte es greifen und vermochte es nicht; vor das eisige Wegschimmern schoben sich das Antlitz und die Hände Fulks. Kaum lag der Dreijährige geborgen an der Brust des Ritters, kaum war der Kreis geschlossen, schnalzte die Zeit neun Jahre vorwärts, schnalzte aufs Schlachtfeld am Inn. Unter verhangenem Himmel stand das Gesicht des Degenbergers jetzt, Pein, Trauer und dummer Kriegerstolz war darauf eingemeißelt, und dann schloß sich das Helmvisier knallend. Übers verstrüppte Ried preschten die Reiter und rannten die Dörper; der Strudel kam, der Mahlstrom der Schlacht. Doch nicht Sieg oder Niederlage sah der Dunkle in seiner Vision jetzt mehr, sondern nichts weiter als ein grauenvolles Geschlinge; verkotete Därme, Ehrgeiz, blutende Stümpfe, Machthunger, brodelnde Eiterpfützen, Rechthaberei, Menschenverachtung und den Pfuhl in einem. Aus dem blasphemischen Brodem heraus grinsten und fratzten die bekrönten Knochenschädel, derjenige Friedrichs und derjenige Ludwigs, und aus den beinernen Höhlen bleckten Raubtiergebisse, kroch Gewürm, hackten die krummen Schnäbel der Geier.

Der Körper des Zwölfjährigen neben dem Marketenderkarren zuckte jetzt konvulsivisch, Speichel und Erbrochenes liefen ihm übers Kinn, Gret schüttelte ihn, versuchte verzweifelt, ihn wieder zu sich zu bringen. Doch Wenzel verharrte in seinen Visionen, wie stählerne Klammern hielten sie ihn mental fest, und der Zeitfluß schütterte ihn weiter, schütterte ihn jäh in die Zukunft.

Dämonisch begannen die Königsschädel zu keckern; ins irre Gelächter hinein quoll der Sumpf hoch, verschlang den einen und trieb den anderen jäh himmelwärts. Über blutig gesäumten Wolken hing Ludwigs des Bayern Haupt nun; aus dem Pfuhl aber fuhr eine Tiara auf, das Zeichen des Papsttums, schwankte auf glitschigem, weiß und gelb gescheckterm Stengel, peitschte ins Firmament, näherte sich dem Antlitz des Bayern. Der wittelsbachische und der päpstliche Schädel umspielten einander, umzüngelten sich gleich Natternköpfen, verschmolzen, schwankten und gaukelten jetzt auf einem blasphemischen Leib. Und dann grellte über dem einen Haupt die Kaiserkrone auf, das Karlsdiadem[12]), der Reif des Reiches. Entsetzlich gellte der Triumphschrei des Bayern über den Erdkreis hin, nachdem, in der Zeitspanne eines Lidschlags, der Globus sich sechsmal um die Sonne gedreht hatte. Und nun raste der Erdball neunzehn weitere Male im Kreis, wiederum ließ die eigentliche Zeit dabei sich nicht messen, aber der Dunkle sah, wie das päpstliche Gebiß schon bald wütend nach der Karlskrone schnappte. Auf einem Drachenleib saß das Haupt der Kirche jetzt, wieder getrennt davon schimmerte der Leib des Kaisers gepanzert, die Rüstung jedoch schützte ihn kaum. Verschlingen wollte die Tiara den Reif, letztlich aber gelang es ihr doch nicht; es war ein Bär, der die mörderische Tat vollbrachte.

Aus dem Sumpf stieg er empor mit flegelnden Tatzen, suchte und fand das kaiserliche Herz, krallte sich fest und zerriß es. Und die Welt begann unter einem schauerlichen Orgelton zu schwanken, hektisch zuckte der Zeitfluß, schnalzte zurück in jene Septembernacht des Jahres 1322 und spie den Seher, den Zwölfjährigen aus sich.

Ins verstörte Gesicht Grets starrte der Halbwüchsige, ein Stück weiter flackerte das Lagerfeuer, stand der Marketenderkarren, tranken, prahlten und stöhnten wieder die Degenberger Dörper und Burgknechte. Fackelschein schimmerte durch die Leinwand von Fulks Zelt, das in einiger Entfernung aufgebaut war, und nun öffnete sich der Eingangsvorhang; in Gesellschaft einiger anderer Kleinadliger trat der Ritter ins Freie.

„Nein!" rief Gret, als Wenzel auf die Beine zu kommen versuchte. „Bleib hocken, du Narr! Bist besoffen genug!"

Doch der Zwölfjährige war nicht mehr betrunken, der Rausch war verflogen ins Nichts; seine Schwäche rührte anderswo her. „Laß mich!" bat er die Marketenderin jetzt mit klarer Stimme. „Ich muß es tun!" Er wischte sich den Geifer vom Kinn, schnellte hoch, schwankte kein bißchen mehr. Verdattert bemerkte es Gret, ließ ihn jetzt gewähren. Wenzel erklomm den Karren. Die anderen, auch der Ritter und die übrigen Adligen, wurden auf ihn aufmerksam, und dann klang seine Stimme, die in diesem Augenblick absolut nichts Kindliches an sich hatte, über den Lagerplatz hin.

„Sechs Jahre wird's dauern, bis aus dem Mühldorfer Blutsumpf die Kaiserwürde für Ludwig von Bayern steigt", rief der Dunkle. „Krönen wird man den Wittelsbacher zu Rom, bald aber wird der Papst giftig nach ihm schnappen! Wird neunzehn Jahre nach ihm beißen, wird weitere Kriege deswegen geben! Doch nicht nur vor dem dreifachen Reif muß der Kaiser sich hüten, auch ein Bär wird ihm gefährlich! Wird ihm gefährlicher noch als der Priester! Wird zuletzt dermaßen nach ihm pranken, daß er's nicht überlebt . . ."

Der Halbwüchsige brach ab, mit einem Ächzen, wie über sich selbst erschrocken. Während die anderen auf ihn glotzten, verdattert murmelten, sich da und dort auch gegenseitig spöttisch in die Rippen stießen, begannen Wenzels Lippen zu zittern, verzerrte sein dunkles, fremdartiges Antlitz sich erneut wie im Krampf. Verkriechen wollte er sich plötzlich, fliehen, wollte von nichts, von gar nichts mehr etwas wissen. Er taumelte vom Karrenbock, wäre gestürzt, wenn Gret ihn nicht in ihren Armen aufgefangen hätte. An ihrer Brust verlor er das Bewußtsein, schwanden ihm die Sinne. Die Marketenderin, während die Umstehenden jetzt zu johlen begannen, bettete ihn auf die Strohschütte unter dem Wagen.

Wenzel bemerkte nichts mehr davon; er war in Tiefen abgestürzt, die mehr Agonie als Schlaf waren. Der Zeitwirbel, in dem er gefangen gewesen war, das unerhörte Rauschen und Hallen, das ihn zuerst zurück zu seinem eigenen Ursprung und dann weit hinauf in die Zukunft getragen hatte, der wahnwitzige anderweltliche Ansprung – dies alles hatte ihn erschöpft bis ins Mark, hatte ihm die Seele bis auf den nackten, innersten Kern aufgeschrundet. Jetzt bezahlte der Zwölfjährige den Preis dafür, jetzt war er ausgelöscht, jetzt war er für viele Stunden, bis weit in den nächsten Tag hinein, nur noch Schatten, nur noch Hülle.

Noch Tage später, als der Marketenderkarren und die Überlebenden des Degenberger Haufens bereits wieder nach Norden zogen, schien der Troßjunge anderswo zu weilen. Mit leeren Augen kauerte er neben Gret, redete nur das Nötigste, reagierte kaum, wenn er angesprochen wurde. Spott oder auch drängende Anteilnahme der Reisigen ließen ihn gleichgültig. Selbst Fulk, dem die Prophezeiung sehr zu denken gegeben hatte, der deswegen mehrmals in den Zwölfjährigen zu dringen versuchte, stieß auf nichts weiter als maulfaule Ablehnung. Ein anderer hätte den Waisenknaben möglicherweise dafür verprügelt, doch der Degenberger nahm es hin. Schon in der Nacht nach der Schlacht hatte er sich wieder an die Umstände erinnert, unter denen das Kind damals tief in den böhmischen Wäldern, im Steingeklüft und im Kreis der Tierfährten, aufgefunden worden war. Je mehr er aber darüber nachdachte, desto sicherer wurde der Ritter, daß es eine Verbindung zwischen der Herkunft des Knaben und seinen hellseherischen Worten im Heerlager geben mußte. So begnügte sich der Ritter schließlich damit, seinen seltsamen Schützling für den Rest des Heimweges bei Gelegenheit bloß noch nachdenklich zu mustern und auf die Zukunft zu hoffen, die vielleicht einiges von dem entschlüsseln würde, was jetzt noch verborgen war.

In der Oktobermitte dann kehrten die Reiter, die Fußtruppen und der Troß auf die Burg und die umliegenden Dörfer heim. Der Vorwald hatte sich bereits herbstlich bunt einzufärben begonnen. Obwohl die Ernte wegen des Krieges in diesem Jahr magerer als sonst ausgefallen war, ließen Fulk und sein erleichtertes Weib ein Fest steigen. Wenzel freilich fehlte; während die Banzen angestochen und die Würste aufgeschnitten wurden, während im Burghof die Feuer flackerten und das frischgebackene Brot duftete, hockte er einsam in der Küchenhöhle, schien sich dort wie ein Tier in seinem Bau bergen zu wollen. Manchmal kam Gret herein, schüttelte den Kopf wegen des Benehmens des Dunklen, verstand ihn dennoch, verschwand wieder.

Irgendwann in der Nacht gähnte der Köchin der verräucherte Raum leer entgegen. Der Dunkle schien sich in Luft aufgelöst zu haben gleich einem Gespenst. Auch sonst in der Burg konnte keiner der Angetrunkenen sagen, wo er steckte. Einen Tag später aber meldeten Hörige, die ihren mageren Zins ablieferten, daß sie den Böhmischen hinunter zur Donau hatten ziehen sehen. Dahingelaufen sei er mit abwesendem Blick und hätte anscheinend keinen von ihnen erkannt.

Zunächst war Fulk versucht, ihm ein paar Knechte nachzusenden, vielleicht sogar die Büttel. Doch dann überlegte er es sich, auch auf Anraten Grets, anders. „Er ist nicht wie wir", hatte ihm die Köchin gesagt, „man muß ihm seine Freiheit lassen! Wenn er spürt, daß er er selbst sein darf, dann wird er auch wieder zurückkehren. Wenn nicht, dann werden wir ihn für immer verlieren! Denn zwingen kann man einen wie ihn nie! Seit Mühldorf weiß ich's, daß ich keinen Einfluß auf das Dunkle in ihm habe, und dasselbe gilt auch für Euch, Fulk von Degenberg!"

Nun saß der Ritter im Söller, spähte über den herbstlichen Waldpelz hin und hoffte. In den Augen der Welt war Wenzel nichts; wer scherte sich schon um ein Findelkind, einen Besitzlosen, einen halbwüchsigen Hörigen? Doch Fulk, da er ihn nicht länger in den Ställen, im Burghof oder in der rußigen Kochhöhle wußte, sehnte sich nach ihm. Wünschte sich den zurück, den er nicht verstand, den er tief in seiner Seele höchstens erahnen konnte – und den er gerade deswegen liebte, weil er etwas besaß, was ihm selbst, dem Adligen, nicht in die Wiege gelegt worden war.

Während der Ritter über die Wipfel spähte, während Gret ihren Schmerz so gut wie möglich in sich verschloß, kauerte draußen im Gäu der Dunkle am Strom, kauerte tief drinnen im Schilfried, an einem Ort, wohin noch nie ein anderer Mensch gekommen war, und ließ das Wasser auf sein Inneres wirken.Tagelang rührte sich Wenzel kaum vom Fleck. Er hatte den Ruf gespürt und war ihm gefolgt, und nun erlebte er zum Lohn dafür den Ausgleich für Mühldorf; fühlte er von Tag zu Tag mehr, wie die Schrunden in seiner Seele sich wieder glätteten, wie sein eigener Lebensstrom angesichts des bedächtigen Ziehens dort draußen wieder ruhiger und weicher wurde. So gesundete der Zwölfjährige, den es mental bis zum Zerreißen gebeutelt hatte, und fand sich für immer ab mit dem, was ihm gleichermaßen Geschenk und Fluch war, und zuletzt kehrte er auf den Degenberg zurück, wo Gret und auch der Ritter ihn erleichtert und ohne Vorwürfe empfingen.

Interregnum

Im Freiraum lebte der Dunkle von da an, trieb ohne Einengung durch Fulk oder Gret dahin und dorthin im Spannungsdreieck von Burg, Wald und Strom.

Zusammen mit den Bogener Fischern stakte Wenzel die Zille[13]) hinaus in die flutenden Morgennebel über dem Fluß. Durchs Nichts schien die Welt in solchen Augenblicken zu schweben, dem wahrhaft Sehenden verhüllt und entschleiert zugleich, und dann fing das Namenlose sich im Aufklatschen des Wurfnetzes oder in der Reuse, die durch die Wasseroberfläche brach, und im jähen Zerspringen des Fließenden wurde die andere Seite des Daseins schmerzhaft direkt erkennbar, ließ sich schmecken gleich Wein oder Brot. Griffig wie nie waren dem Böhmischen in solchen Momenten die derben Gesichter der Kameraden gegenwärtig, ihre schwieligen Hände, die nackten Füße, die sich gegen die Bootsspanten spreizten. Ihren erdigen Körperdunst roch er mit bebenden Nüstern, ihre bescheidenen Uferhütten sah er vor sich, wo die Weiber warteten und die Kinder, und wenn dann die stromkühle Beute auf die Planken klatschte, wenn die Schuppen übers feuchte Holz schabten, dann wurden ihm Leben und Tod, Aufwachsen, Vergehen und Umwandlung eins, dann quoll der Strom über sein reales Bett hinaus, wirbelte in mentalen Schluchten dahin und brachte das Begreifen der allumfassenden kosmischen Einheit mit sich.

Später mochte dann die Sonne kommen, mochte der Erkenntnishauch in ihrem Licht verzischen; die magischen, die zwischenweltlichen Erinnerungen blieben eingeschrundet dort, wo der innerste Kern, das ureigenste Samenkorn des Sehers pulsierte.

So trug der Strom den Böhmischen mit sich; wochenlang manchmal vermochte Wenzel sich nicht von ihm zu lösen. Das rutschige Bootsholz war ihm dann Heimat, der fischdämpfige Strohsack in einer der Hütten, der Geruch nach Schilf und Schlick und Ewigkeit dazu. Doch dann wieder, jäh und unvermittelt konnte das geschehen, vermengten sich der Dunst des Flusses und der andere des nahen Nordwaldes. Von den bepelzten Hügelrücken fluderte es herunter in die Ebene, sämig und fruchtig und in pludernden Stößen, und dies war der zweite Ruf, dem der Dunkle ausgeliefert war.

Manchmal hetzte er dann wie gejagt hinauf ins Moderwarme, ins Granitdurchtrümmerte; das Stromrauschen blieb unter ihm zurück und machte dem anderen Platz, dem Sumsen und leisen Dröhnen, dem Atem der scheinbar endlosen Wälder. Zuzeiten durchpirschte Wenzel die Wildnis bis weit hinauf in den Norden; kein Hochmoor hielt ihn dann auf, keine Gipfelschroffe, kein Grenzkamm. Tief ins Böhmische hinein drang er vor, und wenn er dort auf Jäger, Köhler oder Rodungsbauern traf, dann vernahm er wieder die verschollen geglaubten Laute seiner frühesten Kindheit, dann klang die weiche, melodische Sprache ihm wie Musik in den Ohren, und aus dem eigenen, nie völlig verschütteten Erinnern heraus formte er die slawischen Wörter neu. Er schmeckte sie ab, er spürte ihnen seelisch wieder und wieder nach, wenn er anschließend einsam weiterlief durch die Šumava[14]), und sein Leben lief in solchen Abschnitten noch elementarer ab als unten am Strom. Mit bloßen Händen haschte er sich die Forelle zur Nahrung aus dem zischelnden Bergbach; stand ihm der Sinn nach kräftigerem Fleisch, ließ er den Pfeil von der Sehne schnellen. Blitzartig und beinahe schmerzlos zu töten lernte er im Nordwald, doch allein um der eigenen Notdurft willen raubte er das Leben der schuppigen, pelzigen oder gefiederten Kreatur, und wenn die kleinen Körper verzuckten, schämte er sich nie seines Mitleids und bewahrte sich auf diese Weise trotz allem die Unschuld.

Es konnte jedoch auch geschehen, daß er in der hohen Šumava tagelang völlig ohne Nahrung blieb. Auf einem der windumpfiffenen Gipfel kauerte er dann, badete Antlitz und Herz im Atem der Welt, machte sich die Seele leicht und luftig, und nach einer ausreichenden Zeitspanne des Fastens und Meditierens dann konnte es geschehen, daß sein innerster Kern, das nicht Greifbare und dennoch so Bestimmende, sich sanft von allem Materiellen löste und gleich einem gleitenden Vogel abhob vom Berghang und sich ohne jegliche Kraftanstrengung hinausschwang ins Ewige, ins Rotieren des Erdballes, ins Kreisen des Kosmos. Dann strömten und wirbelten die Bilder; die sichtbaren und auch diejenigen, die sich von Menschen stets nur erahnen lassen, und in der dahinziehenden Seele des Dunklen wurde das All-Sein licht, leuchtete der Friede dessen, was so voller Sehnsucht und so unzulänglich als Gott bezeichnet wird.

In seltenen, verzückten Augenblicken erspürte Wenzel dieses Unnennbare; wirklich greifen und festhalten konnte er es freilich nicht. Vielmehr schien es ihn, nachdem er es zittrig ertastet hatte, sofort wieder wegzustoßen und in den Abgrund zu schleudern, und dann irrlichterte die Seele des Dunklen zornig davon ins gegenteilige Extrem, dann schrien sein Geist und sein Leib jäh wieder nach der niedrigen, erdverhafteten Welt, nach den krummen und steinigen Wegen, nach den von Dornenhecken umzingelten Dörfern, nach der Burg.

Auf dem Degenberg tauchte er dann auf, struppig und abgerissen wie ein Strolch. In die Küchenhöhle fiel er ein, umarmte Gret derb und schlug sich anschließend den Bauch voll bis zum Platzen. Wenn die Köchin ihn sodann in die Badestube[15]) scheuchte, schäkerte er unverfroren mit den Mägden. Fünfzehn-, sechzehn-, siebzehnjährig, wußte er durchaus schon mit der Brunst in seinen Lenden umzugehen. Auch gierte er, nach den Wochen der Askese in den Wäldern, heftig nach Wein. Fulk pflegte ihn dann in den Wohnturm zu laden; dort ließen der Herr und sein seltsamer Knecht in Gesellschaft der anderen die Humpen kreisen. Von Mühldorf schwadronierte der Ritter in solchen nächtlichen Stunden. In der Erinnerung hatten sich ihm die Schlacht und das Metzeln verklärt, und Wenzel widersprach ihm nicht. Auch er konnte, zumindest beim Pokulieren, das Zittern vergessen, das ihn damals befallen hatte. In der Mühldorfer Zeit war er noch fast ein Kind gewesen, jetzt war er beinahe schon ein Mann, und das wollte er, so er auf der Festung weilte, auch sein; es drängte ihn förmlich dazu, sich gemein zu machen mit den Kriegsknechten und seinem Ziehherrn. Er erlag der schimmernden und eisenklirrenden Faszination, er war auch nur aus Fleisch und Blut, war auch nur ein Mensch, und weil es so war, stritten in seinem Inneren das Grelle, das Weiche und das Unnennbare, und weil er der Böhmische war, der Dunkle, fochten diese Facetten in ihm noch heftiger gegeneinander als in anderen Menschen, und um so wüster und schonungsloser, um so heiliger und entrückter konnte all dies zu gewissen Zeiten auch aus ihm brechen.

Deswegen hatte Fulk in diesen Entwicklungsjahren seines Schützlings leichtes Spiel, wenn er Wenzel zum Waffendienst aufforderte, wenn er ihm die Rösser und die Scheinkämpfe schmackhaft machte, die harte Schule der Knappen und der sonstigen Dienstmannen. Auf dem Degenberg lernte der Dunkle den bissigen Streithengst zu meistern, das Schwert zu führen und sich hinter dem Schild zu bergen. Er lernte Schläge auszuteilen und sie hinzunehmen; neben der Klinge wurden ihm Morgenstern, Breitaxt und Lanze vertraut, und wenn er in diesen Wochen und Monaten auf der Festung mit dem Bogen zugange war, dann benutzte er nicht die dünnen, selbstgeschnitzten Eschenpfeile, sondern die schweren, mit Widerhaken versehenen Geschosse, die geschmiedet worden waren, um Panzerplatten zu durchschlagen und in Menschenfleisch zu beißen. Die ließ er heulend in die Übungsscheiben hageln, und mit der Zeit vervollkommnete er sich gerade in dieser mörderischen Kunst dermaßen, daß es auf dem Degenberg zuletzt keinen besseren Bogenschützen als ihn gab.

Fulk schenkte ihm daraufhin mehr Zuneigung denn je; Gret freilich wirkte in Gegenwart dessen, den sie aufgezogen hatte, jetzt manchmal still und gedrückt. Doch weniger die Ziehmutter suchte Wenzel in jenen Jahren seiner späten Jugend, vielmehr verlangte es ihn nach dem Ruppigen, dem Gepanzerten, der indirekt und immer ein wenig aus der Ferne die Vaterstelle an ihm vertreten hatte, und oft zog er nun im Gefolge Fulks hinaus in die Wälder oder in den Gäu. Den Bären jagten sie, den Schwarzeber, im Winter auch den Wolf; vertrauter denn je wurden sie einander im Kampf mit der Wildnis, mit der reißenden Kreatur, und wenn es den Böhmischen dann doch wieder packte, wenn er erneut die Weisheit des Stromes oder die Einsamkeit der unberührten Forste suchte, dann ließ der Ritter ihn gutwillig scheiden wie eh und je, denn er hatte nie vergessen, was Gret ihm einmal zu verstehen gegeben hatte: daß der Dunkle mit der gewöhnlichen Elle nicht zu messen war.

So irrlichterte das Leben Wenzels zwischen den verschiedenen Polen, das Reich aber ächzte in diesen Jahren von 1323 bis 1327 in seinen Grundfesten.

*

Bei Mühldorf hatte der Wittelsbacher sich die Königskrone erstritten; mehr als zwei Jahre hatte Friedrich von Habsburg als Gefangener auf der Burg Trausnitz im Tal[16]) zubringen müssen, ehe es dann zum endgültigen Friedensschluß gekommen war. Unangefochten hätte der Bayer nun auf dem deutschen Thron sitzen und, zumindest im unzulänglichen feudalen Rahmen, zum Wohl des Reiches regieren können, wenn nicht der Papst, der andauernde Dorn im Fleisch Deutschlands, alsbald gegen ihn zu wühlen und zu hetzen begonnen hätte. Äußerer Anlaß war gewesen, daß Ludwig einen Reichsvikar[17]) nach Italien entsandt hatte, der dort die deutschen Interessen hatte wahrnehmen sollen. Dies hatte der Träger der Tiara, Johannes XXII., als einen Affront aufgefaßt und hatte deswegen höllisch zu geifern begonnen; in Wahrheit freilich war es der katholischen Kirche, wie seit Jahrhunderten schon, um nichts anderes gegangen, als die Alleinherrschaft über das Abendland an sich zu reißen, das Kaisertum zu stürzen und anstelle der weltlichen Monarchie die klerikale Autokratie aufzurichten. Der Zeitpunkt für diesen Putsch, für diesen Anschlag auf die Vernunft hätte dem Geweihten nicht günstiger erscheinen können, denn noch war der Wittelsbacher nicht zum Kaiser gekrönt worden, noch herrschte er lediglich als legitimer deutscher König über das Reich.

In solchen Situationen lag die Gefahr einer abendländischen Anarchie stets nahe, und genau diese schwankende Situation, dieses Interregnum, hatte der Papst mit allen unheiligen Mitteln auszunützen versucht. Er hatte die Entsendung des Vikars im Jahr 1323 zum Anlaß genommen, gegen den deutschen König einen Prozeß zu eröffnen, weil sich der Wittelsbacher angeblich zu Unrecht in die inneritalienischen Belange eingemischt hatte. Schon 1324 hatte Johannes XXII. von Avignon aus[18]) dieses schändliche Verfahren, bei dem der Beklagte sich noch nicht einmal hatte zur Wehr setzen können, zum von allem Anfang an angestrebten Abschluß gebracht: Ludwig der Bayer, der deutsche König, war für exkommuniziert und zudem für abgesetzt erklärt worden. Das Papsttum hatte zugeschlagen ohne Recht und ohne Legitimation; es hatte auf die Anarchie gesetzt und hatte sie gefördert, allein um der eigenen Macht und des eigenen Größenwahns willen. In Kauf genommen hatte Johannes XXII., daß das Reich ins Verderben stürzte, bloß damit er selbst und die Tiara sodann um so höher aufsteigen konnten.

In Deutschland hatten die Mönche zu wühlen begonnen, die papsthörigen Kleriker, auch Teile des Adels, die von Avignon gekauft worden waren. Daß der Bayer vom Teufel besessen sei, hatte man den Dörflern und Stadtbürgern einzublasen versucht, daß es nichts Böseres und Ärgeres gäbe als Ludwig, den Wittelsbacher. Daß man ihn erschlagen, vierteilen und ausdärmen müsse, daß er eines der Ungeheuer aus der Apokalypse sei. Daß Gott seine Hand von Deutschland abziehen werde, daß das ganze Reich in den Abgrund gestürzt werde, so dem Bannspruch des Papstes nicht schleunigst Gehorsam geleistet werde. Und so war es, aus der abergläubischen und dummen Furcht der Menschen heraus, zu Aufruhr und Aufständen gegen die Königsmacht gekommen, hatten Truppen in Deutschland zu marschieren begonnen, schien der Träger der Tiara, obwohl er im Exil saß, den ersten Schritt zur absoluten Macht bereits getan zu haben.

Der Wittelsbacher jedoch hatte die Anfeindungen und Anwürfe des vorgeblich göttlichen Stellvertreters nicht einfach hingenommen. Zum Gegenschlag hatte Ludwig ausgeholt, freilich mit anständigeren und aufrechteren Mitteln als der Papst. Ein Konzil hatte der deutsche König gefordert, eine Versammlung sämtlicher Bischöfe der Kirche. Denen hatte sich der Monarch stellen, vor diesem Gremium hatte er sich verteidigen und rechtfertigen wollen; der Papst indessen hatte sich geweigert, eine solche Kirchenversammlung einzuberufen.

Daraufhin hatten die gegenseitigen Anfeindungen, die juristischen und theologischen Winkelzüge sich weiter zugespitzt, war die Unruhe im Reich weiter gewachsen, hatte in Deutschland auch wieder die Inquisition zu wüten begonnen, die man bereits überwunden geglaubt hatte, seit das Scheusal Konrad von Marburg[19]) drei Generationen zuvor von aufgebrachten Adligen erschlagen worden war. Jetzt jedoch flammten dort, wo die Kirche mächtig war, wiederum die Scheiterhaufen auf, schmachteten wiederum Unschuldige in den klerikalen Kerkern, und als dann das Jahr 1327 heraufgekommen war, sah der König keinen anderen Ausweg mehr, als seine Gefolgsleute zum Italienzug aufzurufen, um die Päpstlichen dort zu Paaren zu treiben, für sich selbst die Kaiserkrone zu erringen – und damit dem Reich endlich wieder die Einheit und den Frieden zu schenken.

Auch auf dem Degenberg tauchte ein Bote des Wittelsbachers auf, und Wenzel, der zu diesem Zeitpunkt gerade im Torschlund gestanden hatte, begleitete den Gewappneten mit den weißblauen Rauten auf dem Schild zum Palas. Anschließend wurde der Dunkle Zeuge, wie der Kurier dem Ritter das königliche Schreiben vorlas und ihm das daranhängende Siegel wies.

„Melde meinem und deinem Herrn, daß ich mit einer starken Schar so schnell wie möglich aufbrechen und zum Heer stoßen werde“, sagte Fulk zuletzt. Danach bewirtete er den Boten eigenhändig mit Wein, doch schon nach dem zweiten Becher zog der mit den weißblauen Schildfarben weiter, und der Ritter und sein böhmischer Knappe waren wieder allein im Söller. Fulk hielt sich weiterhin an das berauschende Getränk, musterte Wenzel dabei immer wieder mit seltsamen Blicken, sprach aber nicht, bis es dem Siebzehnjährigen zu dumm wurde und er sich erkundigte: „Was ist denn los mit Euch, Herr? Bereut Ihr es etwa schon, daß Ihr dem Mann des Königs die Zusage gegeben habt?“

Fulk ruckte wie aus einem Wachtraum hoch, dann erwiderte er: „Das ist es nicht. Wir Degenberger sind Gefolgsleute der Wittelsbacher und stehen treu zu ihnen! Auch freue ich mich darauf, mit den Päpstlichen Kernschläge zu tauschen, sollte es denn in der Tiberstadt zum Kampf kommen! Lange genug hat das Ungeheuer unter der Tiara den rechtmäßigen deutschen Herrscher kujoniert! – Nein, Wenzel, es ist etwas ganz anderes, was mich bewegt. Mit dir selbst hängt es zusammen, denn im gleichen Augenblick, in dem der Kurier vom Krönungszug sprach, mußte ich an die Nacht nach der Schlacht von Mühldorf denken. Damals, 1322, hast du gesagt, daß Ludwig in sechs Jahren die Kaiserkrone tragen werde, und nun scheint genau das einzutreffen, denn bis wir Italien erreicht und uns bis Rom durchgeschlagen haben, kann leicht das Jahr 1328 heraufdämmern. Und das gibt mir zu denken, daß du es schon bei Mühldorf gewußt hast, Wenzel!"

Während der Blick des Dunklen jetzt plötzlich nach innen zu gehen schien, griff der Degenberger nach seinem Pokal, leerte ihn hastig, fuhr dann fort: „Manche haben dich verlacht in jener Nacht, als du auf dem Marketenderkarren standest. Und auch ich war einen Augenblick lang versucht, dir den Vorwitz mit Maulschellen auszutreiben. Aber dann tat ich's doch nicht, denn du hattest etwas an dir, was mir sehr zu denken gab, weil ich es beim besten Willen nicht begreifen konnte. Eine Zeitlang fürchtete ich dich beinahe deswegen, doch dann lehrte mich Gret, dich so zu nehmen, wie du bist; auch gingen die Jahre hin und halfen mir, den Vorfall fast wieder zu vergessen. Aber dann kam vorhin der Bote, und da brach die Erinnerung mächtig wieder auf ..."

Wie hilfesuchend starrte Fulk auf den Knappen. Der Siebzehnjährige suchte nach einer Antwort, doch dann verfolgten auch ihn auf einmal wieder die gräßlichen Bilder von damals, wollten ihn erneut überwältigen, wollten erneut verbal aus ihm brechen. Ehe es jedoch wirklich passierte, ruckte Wenzel ein Quentchen in die Gegenwart zurück. Die Visionen verschauerten wieder, verschwanden zuletzt ganz. Nur ein undefinierbarer Schmerz in den Augen blieb übrig, fahrig strich sich der Böhmische mit der Hand übers Gesicht, dann trat er nahe an seinen Herrn heran und sagte leise: „Ich weiß ja auch nicht, was damals bei Mühldorf mit mir geschah. Damals und auch später noch manchmal. – Aber es ist nichts Böses, Herr! Nichts, was Ihr fürchten müßtet ..."

Beschwörend hatte die Stimme des Dunklen geklungen, als spräche er zu einem Kind, nicht zu einem Mächtigen. Und der unbewußte Wortzauber wirkte, Fulks Gestalt straffte sich, von einem Lidschlag zum anderen war er wieder der selbstsichere Adlige. Mit jetzt wieder ruhiger Hand füllte er Wein für sich und den Knappen in die Becher, dann erwiderte er: „Vorausgesehen hast du's, Wenzel, auch wenn es keine vernünftige Erklärung dafür gibt. Aber ich glaube an dich, mehr denn je, und deswegen will ich dich an meiner Seite haben, wenn ich im Gefolge des Königs über die Alpen ziehe."

Er reichte dem Böhmischen den Pokal, stieß mit ihm an, trank und setzte hinzu: „Das Waffenhandwerk beherrschst du inzwischen wie kaum ein anderer auf dem Degenberg, treu bist du auf deine Art auch, und deswegen sollst du in Zukunft als mein Schildknappe zu meiner Linken reiten! – Nun, was sagst du dazu, mein Sohn?"

„Irgendwie wußte ich schon lange, daß es so kommen würde“, entfuhr es dem Siebzehnjährigen.

„Selbstverständlich!“ polterte Fulk, zwischen Lachen und Staunen schwankend; dann gab er seinem seltsamen Schützling Befehl, die Reisigen auf der Burg zu alarmieren.

Der Giftbecher

Noch im Spätwinter dieses Jahres 1327 war Ludwig über den Brenner gezogen, kaum mehr als hundert Ritter mit ihren jeweiligen Fähnlein[20]) im Gefolge. Der König hatte Bozen passiert, hatte einige Tage Hoflager in Trient gehalten, war am 14. März von dort aus weitergeritten nach Bergamo. Dort waren Fulk und sein Schildknappe Zeugen des begeisterten Empfangs geworden, den die Bevölkerung dem bereitet hatte, der dem Papsttum nun endlich energisch die Stirn zu bieten versuchte. Unter dem gescheckten Aprilhimmel waren die Menschen, unter ihnen auch der gesamte Klerus, aus den Toren geströmt, hatten unter Glockengeläute den Jubelgesang angestimmt: „Gepriesen sei der, der da kommt im Namen des Herrn!“ Unwillkürlich hatte der Dunkle dabei an ein anderes Halleluja gedacht, aber dann hatte auch ihn die allgemeine Begeisterung mitgerissen, und lachend war er an der Schildseite Fulks in die Stadt getrabt, dem König in seinem lichtblauen Mantel nach.

Der Wittelsbacher hatte eine Amnestie verkündet und hatte auf der Stelle die Gefängnisse öffnen lassen, anschließend hatten die deutschen Adligen und die Patrizier von Bergamo gemeinsam getafelt. Auf den Straßen und Plätzen waren Weinfässer aufgestellt worden für die einfacheren Bürger, hatten sich ganze Ochsen an den Bratspießen gedreht, hatten Gaukler ihre Künste gezeigt, hatten die Dirnen noch offenherziger als sonst ihre Dienste angeboten. Drei Tage und drei Nächte war die Stadt nicht mehr zur Ruhe gekommen; erst dann hatten der König und seine Deutschen wieder in die Sättel gefunden, hatten bei Lecco die Adda überquert und waren weiter nach Como geritten.

Wieder hatte es eine Amnestie gegeben, wieder Gelage, wieder begeisterte Reden, und dann hatte sich von Norden her eine weitere Armee der Stadt genähert. Ludwigs Gattin Margarete hatte dem König das deutsche Hauptheer zugeführt; fünfhundert Ritter, siebenhundert Bogenschützen, dazu mehrere tausend mindere Gefolgsleute. Und während der nunmehr wirklich schlagkräftige Verband dann vom Comer See über Monza weiter in Richtung auf Mailand gezogen war, hatte er sich durch kleinere Zuzüge aus dem Reich noch einmal verstärkt. Nun, da der Mai dieses Jahres 1327 in seiner Mitte stand, lag die mächtige oberitalienische Stadt vor dem Wittelsbacher und seinen Truppen, und hinter ihren scheinbar unbezwinglichen Mauern harrte die eiserne Krone der Lombardei des Bayern.

Fulk, Wenzel und ihr Fähnlein ritten an diesem Tag ganz in der Nähe des Monarchen. In ihrem Rücken wölkte über dem Tal der Adda meilenweit der Staub; die einzelnen Teile des Heeres hatten sich während des Anmarsches notgedrungen auseinandergezogen. Weiter vorne schien Mailand stumm unter dem stahlblauen Himmel zu brüten. Kein Tor war bislang geöffnet worden, keine Abordnung hatte sich mit fliegenden Fahnen gezeigt. Der Wittelsbacher jedoch trieb seinen Schimmelhengst unverdrossen weiter; einige gepanzerte Glieder hinter ihm kamen die Degenberger, und aus dem Schaukelgalopp heraus wandte sich der Ritter an seinen Schildknappen: „Schlafen sie denn in Mailand? Oder wollen sie sich etwa gar gegen ihren Herrscher stellen?“ Stoßend, wie gehetzt hatte Fulk diese Sätze von sich gegeben, und nicht das Sattelschuckern allein schien daran schuld gewesen zu sein.

Der Böhmische jedoch lachte nur, dann versicherte er: „Es wird hier nicht anders ablaufen als in Como und Bergamo. Gleich werden sie die Glocken läuten, und später werden wir wiederum schlaudern wie im Schlaraffenland.“

Kaum hatte er geendet, klang das erzene Hallen und Dröhnen über der Flußebene auf, die Zugbrücken von Mailand senkten sich, aus den Stadttoren quollen die Bürger, die Banner, die berittenen Abordnungen.

„Du hast es gesagt, und schon ist es eingetroffen“, wandte sich Fulk, nunmehr gelöster galoppierend, an seinen Knappen. Seine Stimme klang deutlich erleichtert; auch auf seinem Antlitz, im Schatten des Helmvisiers, zeichnete sich jetzt ein Lachen ab. Im nächsten Augenblick jedoch erstarrten Fulks Züge, denn Wenzel schien plötzlich Schmerzen zu spüren; er krümmte sich im Sattel, schien von den Glockentönen wie von Hammerschlägen gebeutelt zu werden. Der Ritter beugte sich hinüber, packte ihn am Arm, herrschte ihn an: „Was ist dir?! Gerade eben warst du doch noch . . .?!“

Er vollendete den Satz nicht; der Dunkle fiel ihm mit heiserer, fauchender Stimme ins Wort: „Ja! Schon! Einziehen werden wir in Glanz und Gloria! Werden fressen und huren und saufen! Werden sehen, wie der eiserne Reif aus dem Schrein fährt!“ Milchig wirkten die Augen des Knappen jetzt; sie schienen durch den Ritter hindurchzustarren, schienen ihn gar nicht mehr wahrzunehmen, schienen unsichtbare Mauern zu durchdringen, noch mächtigere und gewaltigere als die von Mailand. Und dann fauchte es weiter aus der Kehle des Schildknappen: „Aber bald entsteht Tumult, wird ein Anschlag ins Werk gesetzt, wird doch noch einmal vereitelt! Von da an werden die Schwerter in den Scheiden zucken, werden schließlich gezogen werden, lange, ehe wir Rom erblicken! Falsch und verräterisch ist der Klang der Glocken! Und wird immer falscher und giftiger werden, je näher die Heilige Stadt, die heilig nicht ist, uns rückt!“

Gegen das Erzdröhnen, gegen das bronzene Wummern angebrüllt hatte der Dunkle seine letzten Sätze. Erschrocken hatten die in der Nähe dahinziehenden Ritter herübergeblickt; selbst der König weiter vorne schien zusammengefahren zu sein. Jetzt, da ihm das letzte Wort aus dem Rachen gefahren war, sank der Siebzehnjährige wie kraftlos im Sattel zusammen. Wie eine schlaffe Gliederpuppe hing er einen Augenblick auf seinem Roß; Fulk zerrte am Zügel von Wenzels Pferd, machte Anstalten, den Böhmischen und sein Reittier aus der geschlossenen Reihe der Kavalkade zu führen, hinaus ins freie Feld, wo Bäume standen und Schatten war. Und auf dem Antlitz des Ritters witterten dabei die alte Furcht und das alte Erstaunen. Ehe sich der Rappe des Knappen aber wirklich aus dem Pulk lösen konnte, schien sein Reiter jäh wieder zu sich zu kommen. Verwirrt blickte er sich um, dann wurden seine Augen wieder klar, seine Schenkel fanden wieder Schluß; elastisch federte sein Körper die Sprünge des Hengstes nun wieder ab. Dann wandte Wenzel den Kopf, seine Augen trafen sich mit denen Fulks, und er fragte: „Was ist geschehen? Wie kommt es, daß wir in der Spanne eines einzigen Lidschlags um so viel näher an die Stadt herangerückt sind?“

Der Degenberger begriff, daß sein Schildknappe sich an nichts erinnerte. Er begriff es und verstand es doch nicht; es war das alte Lied. So gab er einfach die Zügel von Wenzels Hengst wieder frei und antwortete eher beiläufig: „Es hatte dich wieder einmal gepackt, du weißt schon! Wenn die Zeit kommt, werden wir erkennen, ob es Wahn war – oder Wahrheit. Auf jeden Fall habe ich mir jedes Wort gemerkt ...“

„Dann ist es gut“, erwiderte der Böhmische; er sagte es leichthin, als sei dies alles jetzt gar nicht mehr wichtig. Und dann trafen ein Stück weiter vorne die Spitzen des Königsheeres auf die ersten Abordnungen aus Mailand. Die Gepanzerten und die in den Prunkkleidern verknäuelten sich; noch wuchtiger und atemberaubender dröhnten drinnen in der hunderttürmigen Stadt die Glocken auf, und zuletzt zogen die Deutschen unter dem Jubel der vielen tausend Bürger durch die Tore und nahmen in den Häusern und Palästen Quartier.

In der Kirche des heiligen Ambrogio drängten sich an diesem Pfingstsonntag des Jahres 1327 die Menschen. Der Reichsadel samt seinem Gefolge hatte sich eingefunden, die Mailänder Patrizier, dazu in hellen Haufen der lombardische Klerus. Auf den Altarstufen stand der Wittelsbacher, ihm zur Seite prunkten in ihren Rauchmänteln die Bischöfe von Arezzo und Brescia. Zu den Mächtigsten unter den Ghibellinen[21]) zählten diese Kirchenfürsten; den scheinbaren Makel, daß der Papst sie gleich dem Bayern mit dem Bannfluch belegt hatte, trugen sie trotzig. Mehr kriegerisch als priesterlich wirkten ihre Gesichter, als sie nun den Schrein öffneten, in dem das schlichte Kleinod auf blutrotem Samt ruhte.

Um die uralte Krone der Langobardenkönige handelte es sich, um den eisernen Reif, der die Herrschaft über Norditalien symbolisierte. Dunkel angelaufen war das Metall, die Spangen und einfachen Zierate schienen von der Zeit selbst abgeschliffen. Dennoch, oder vielleicht gerade deswegen, malte sich etwas wie Ehrfurcht auf dem Antlitz Ludwigs, als die Bischöfe jetzt die erzene Helmzier aus dem polierten Kasten hoben, sie der illustren Versammlung zeigten und sie dem Wittelsbacher dann aufs Haupt setzten. Gleich darauf klang das Tedeum durch das Kirchenschiff, Weihrauch wölkte verschwenderisch zur Decke empor, und der deutsche Monarch wußte, daß er nunmehr die Hälfte des Weges nach Rom, machtpolitisch zumindest, zurückgelegt hatte; das Welschland zwischen Alpen und Arno war sein.

*

Wenzel war nicht Zeuge der Krönung gewesen; sein Rang war zu gering, als daß er Zutritt zur Kirche des heiligen Ambrogio hätte finden können. Am Nachmittag dieses Pfingstsonntags jedoch erlebte er mit, wie der Wittelsbacher auf dem weitläufigen Marktplatz Mailands die Lehenseide der lombardischen Edlen entgegennahm, wie er anschließend zur Feier seiner Krönung Dutzende junger italienischer Adliger zu Rittern schlug. Wieder jubelte die Menge, wieder wummerten und dröhnten die Glocken; die Stadt schien sich in einem einzigen Freudentaumel zu befinden. Bald würde das Reich wieder einen Kaiser haben, Handel und Wandel würden wieder gedeihen, die Rechtssicherheit von Sizilien bis Skandinavien wieder gewährleistet sein. Ein Hochruf nach dem anderen wurde auf den Plätzen und in den Gassen auf den Bayern ausgebracht, gleichzeitig wurde der Papst immer lauter und heftiger verflucht. Der Untergang Johannes XXII. schien an diesem Tag bereits besiegelt worden zu sein; der bösartige, greise Moloch, der halb Europa in Zwietracht und Anarchie gestürzt hatte, würde nun mit seiner Macht und seinen Truppen endgültig zurückweichen müssen in seine französische Höhle. Der Lichte von nördlich der

Berge würde dies ins Werk setzen, und das Leben in Italien würde dann wieder freundlicher und heller aufblühen können.

So dachten die Menschen, so hofften und redeten sie. Von einer Taverne zur nächsten zogen sie in ihrem Überschwang, und nachdem der Festakt auf dem Marktplatz beendet war, trieb auch Wenzel mit ihnen. Auch er lachte und schwadronierte, auch er schwor, den Weinpokal schwingend, dem Papst den verdienten Lohn zu. Einer unter vielen tausend Begeisterten war er, nichts schien ihn von den sich verbrüdernden Lombarden und Deutschen zu unterscheiden; nichts, bis zuletzt die Nacht in ihre schwärzeste Stunde kam.

Dann aber wurde dem Böhmischen der Falerner von einem Lidschlag zum anderen schal im Mund. Etwas Gallebitteres schien er zu schmecken, der Magen rebellierte ihm, würgend spie er einen wäßrig-roten Schwall über den Wirtshaustisch. Jäh schlug die Stimmung unter den italienischen Zechgenossen des Knappen daraufhin um, Flüche wurden laut, ein Dolch gezückt. Doch ehe die Klinge zubeißen konnte, war der Dunkle in die fackeldurchglühte Finsternis hinaus entflohen.

Er irrte übers bucklige Pflaster, durch Schlammpfützen, stolperte über hingestreckte menschliche Leiber. Der von den Türmen zernadelte Himmel schien zu rasen, zu wirbeln, schien auf einmal schwefelfahl verfärbt. Etwas Undefinierbares schien herunterzunattern vom Firmament; etwas, das der Böhmische mehr peinvoll roch als wirklich sah. Mental schmetterte ihm der Gifthauch durch die Nüstern ins Gekröse, noch einmal erbrach sich Wenzel, gleich darauf irrlichterte der grauenvolle Ansturm zu seinem Ausgangspunkt zurück. Unter dem Säulenportal einer der vielen Mailänder Kirchen kam der Knappe wieder zu sich, die Sterne schienen unversehens um einen wahnwitzigen Sprung weitergeschnellt zu sein; der Abgehetzte erkannte, daß der Morgen bereits nahe war.

Taumelnd fand er den Weg zurück zur Unterkunft, die er sich mit Fulk teilte. Er polterte in den balkenverstrebten Raum, fiel aufs Bett. Aus schwerem, rauschigem Schlaf fuhr der Degenberger hoch. „Wer da?!“ lallte er, wälzte sich gleich darauf krachend auf seinem Lager herum, stöhnte, war fast schon wieder weggeglitten in die Betäubung. Doch da fauchte rauh die Stimme des Böhmischen in sein wüstes Schädelrauschen hinein: „Gallegelb hat's der Himmel aus sich gekotzt! Das Gift! Das Gift, das den König . . .“

Wie mit letzter Kraft hatte der Dunkle die Sätze aus sich herausgebellt, war mittendrin mit einem Krächzen verstummt, weil die Erschöpfung und der Wein ihn endgültig übermannt hatten. Jetzt lag er besinnungslos auf dem Strohsack; sein Atem ging röchelnd. Fulk wiederum hörte die Worte noch einen dröhnenden Augenblick lang nachhallen; er versuchte sie zu greifen, zu packen, aber er schaffte es nicht. Der Suff fegte ihn zurück ins Nichts, und gleich darauf war nur noch das Schnarchen des Ritters und seines Schildknappen zu hören.

Am nächsten Tag dann, als sie beide spät und verkatert erwachten, wußten weder Fulk noch Wenzel mehr etwas von ihrem nächtlichen Lallen und Stammeln, und aus dem Gehirn des Dunklen war auch die Erinnerung an alles andere gewichen. Im Taumel der folgenden Wochen, als die Feste in Mailand ununterbrochen weitergingen, stürmten zahllose andere Eindrücke auf sie ein, doch dann kam der Moment, in welchem dem Wittelsbacher in der Tat ein verhängnisvoller Becher gereicht wurde.

Mit unschuldigem Lächeln hielt Stephano Visconti, dessen Sippe man ausgezeichnete Verbindungen zur päpstlichen Hofhaltung nachsagte, den vergoldeten Pokal in den Händen. Eine freundliche Aufforderung sprach der Italiener aus; arglos griff der König zu. Ehe Ludwig jedoch den ersten Schluck zu nehmen vermochte, gellte der Warnruf seines Vertrauten Heinrich von Montfort durch den Saal: „Vorsicht! Der Welsche hat nicht vorgekostet!“[22])

Der Wittelsbacher erbleichte, ein wenig Wein schwappte über, netzte seinen Prunkmantel blutfarben ein. Im Umfeld des Herrschers waren die Gespräche jäh verstummt. Erschrocken stand Stephano Visconti da; unwillkürlich hatte er nach der Anschuldigung Montforts zum Dolch gegriffen. Doch er zog die Waffe nicht, er brachte sie nicht mehr aus der Scheide, denn schon saßen ihm andere, bayerische, Klingen an der Kehle, und dann war erneut die Stimme des Königsvertrauten zu vernehmen: „Ihr selbst werdet aus dem Becher trinken, Visconti!“

Mit einem fahrigen Nicken signalisierte der Wittelsbacher seine Zustimmung; der Pokal wanderte zurück in die Hand dessen, der ihn kredenzt hatte. Einen Lidschlag lang sah es so aus, als wollte der Italiener trotz der gezückten Schwerter die Flucht versuchen. Dann aber ergab er sich mit stieren Augen in sein Schicksal und leerte das vergoldete Gefäß bis zur Neige, während überall im Saal das verstörte Zischeln der Mailänder Adligen und Kleriker lauter wurde. Zittrig stellte Stephano Visconti zuletzt den Becher ab, die Eisen der Bayern fuhren zurück in die Scheiden, Montfort nahm zum dritten Mal das Wort und sagte: „Jetzt geht oder bleibt, Stephano, ganz wie es Euch beliebt. Sollte man Euch aber unrecht getan haben, so werdet Ihr später selbstverständlich Genugtuung bekommen!“

Der Welsche erwiderte nichts; er wischte sich bloß den Schweiß von der Stirn, wandte sich dann wie gehetzt um und verschwand. Wenzel, der zusammen mit einigen Degenberger Reisigen draußen auf dem Platz stand, sah den protzig ausstaffierten Patrizier sich in den Sattel schwingen. Es fiel dem Dunklen auf, daß die Bewegungen Viscontis schwerfällig wirkten, daß er sich dann im Abreiten zusammenkrümmte, als hätte er Leibgrimmen. Für einen kaum faßbaren Moment schauerte eine dumpfe Erinnerung durch Wenzels Gehirn. Mit der durchzechten Nacht nach der Krönung hatte sie zu tun, aber der Böhmische konnte sie nicht präziser greifen, und einen Atemzug später war auch dieser winzige mentale Anhauch wieder verweht. Nur das Gefühl, diesen Augenblick auf der Piazza schon einmal erlebt zu haben, blieb noch für eine Weile zurück, bis dann einer der degenbergischen Bogenschützen einen Witz riß und der Schildknappe sich endgültig wieder seinen Kameraden zuwandte.

Noch in der folgenden Nacht jedoch lief wie ein Lauffeuer die Nachricht durch Mailand, daß der Patrizier Stephano Visconti unter entsetzlichen Qualen verstorben sei.[23])

Der König, sein Lebensretter Montfort sowie viele andere bayerische Ritter vernahmen die Kunde beim Bankett. Auch Fulk war zugegen, und während nun das Geschrei im Festsaal laut wurde, glaubte der Degenberger eine andere Stimme zu hören. Die so seltsam fauchende seines Schützlings Wenzel war es, und dann stand dem Burgherrn plötzlich wieder jene Szene damals vor den Toren Mailands vor Augen, als der Böhmische, im Sattel wankend, etwas von einem Anschlag aus sich gebellt hatte; von einem Attentat, das aber doch noch einmal vereitelt werden könne. Jetzt war genau das eingetroffen; erschüttert begriff der Degenberger die nunmehr unwandelbare Wahrheit, und dann erinnerte er sich auch wieder an das, was sein Schildknappe an jenem Tag weiter prophezeit hatte: „Von da an werden die Schwerter in den Scheiden zucken, werden schließlich gezogen werden, lange, ehe wir Rom erblicken! Falsch und verräterisch ist der Klang der Glocken! Und wird immer falscher und giftiger werden, je näher die Heilige Stadt, die heilig nicht ist, uns rückt!“

Zumindest ein Teil dieser Weissagung war dem Ritter nun ebenfalls entschleiert. Er hatte miterlebt, wie sich nach dem Warnruf Montforts Dutzende von Fäusten jäh um die Waffengriffe geklammert hatten. Ein bedrohliches Klirren und Eisenschüttern war durch den Festsaal gelaufen, auch wenn schließlich nur wenige Klingen wirklich gegen den Visconti gezückt worden waren. Kein Schwert hatte zugebissen, der Stahl hatte in der Tat bloß kurz und warnend gezuckt; trotzdem lag der Giftmischer nun auf dem Bahrtuch.

Daß dieser Tod böses Blut machen würde, konnte sich der Degenberger, konnten sich all die anderen deutschen Adligen an ihren fünf Fingern abzählen. Dabei stand das Heer erst in Mailand, war der Weg bis an den Tiber noch grauenhaft lang, und in einem kaltschweißigen Aufschauern wußte Fulk auf einmal, daß der bisherige Triumphzug sich nun alsbald in einen blutigen Krieg verwandeln würde. Er wußte es, weil der Böhmische es aus sich gebellt hatte, und aus seinem Erschrecken, aus seiner Verwirrung heraus griff der Degenberger zittrig zum Humpen und betrank sich in dieser denkwürdigen Nacht ärger denn je.

*

In der Augustmitte dieses Jahres 1327 befahl der Wittelsbacher den Weitermarsch nach Süden. Noch einmal schien in Cremona, Pontremoli und Pietra Santa sein Stern zu leuchten. Noch einmal jubelten die Italiener ihm zu, doch von Avignon aus intrigierte Johannes XXII. jetzt ärger denn je gegen den Deutschen. Verwünschungen und giftige Dekrete sandte er übers Mittelmeer, schweres Gold setzte er ein, seine blasphemische Macht, die antijesuanische, dazu, und im Spätsommer dann ging diese klerikale Saat auf. Als das Krönungsheer das Blachfeld vor Pisa erreichte, fiederten Pfeilwolken über die Mauerzinnen und verdunkelten den Himmel.

Als traditionell kaisertreu hatte die Stadt seit Jahrhunderten gegolten, nun jedoch hatten die Papsthörigen die Herrschaft an sich gerissen, hatten die Andersdenkenden vertrieben und die Tore gesperrt. Dem Wittelsbacher blieb nichts anderes übrig, als seinerseits ein Feldlager aufschlagen zu lassen. Anfang September dann, nachdem die Pisaner sich noch immer uneinsichtig zeigten, begann die eigentliche Belagerung.

Fulk mit seinem Fähnlein half den Hafen zu sperren; kein Schiff kam jetzt mehr den Arno herauf oder aus der widerspenstigen guelfischen Stadt hinaus. Nachdem den Päpstlichen auf diese Weise der Nachschub abgeschnitten worden war, griff Ludwig von Bayern zunächst die verschiedenen Kastelle in der Umgebung von Pisa an. Seine Ritter und Reisigen stürmten diese im Hinterhalt lauernden Burgen, und nachdem die Festungen gefallen waren, rückten die königlichen Pioniere unangefochten bis direkt ans Ufer des Arno vor und begannen dort anstelle der von den Pisanern vorsorglich zerstörten neue Brücken zu schlagen. Während die

Pfähle eingerammt und die Bohlen gelegt wurden, kam es immer wieder zu Scharmützeln. Einmal wurden auch Fulk und sein Schildknappe in einen solchen Kampf verwickelt; sie deckten sich gegenseitig den Rücken, und nachdem sie die Pisaner in die Flucht geschlagen hatten, rief der Degenberger zwischen nachhallendem Entsetzen und grellem, erleichtertem Lachen aus: „Jetzt sind die Schwerter endgültig aus den Scheiden gefahren! Ganz, wie du es damals vor Mailand sagtest, Wenzel!"

Der Böhmische, der einst vor dem Krieg gezittert hatte, blickte grimmig über den Fluß zur Stadt hinüber. Dann, während er das Blut von der Klinge wischte, zischelte er: „Unsere Schuld ist es nicht, ist die ihre! Von einem, der Unheil über die Menschen bringt, haben sie sich aufstacheln lassen! Werden noch schlimmeren Lohn als heute dafür ernten! Ungleich ärger aber als Pisa wird der bezahlen müssen, dessen Thron schon jetzt wankt . . ."

„Der König?!" fiel Fulk seinem Schildknappen erschrocken ins Wort.

„Nicht der Wittelsbacher!" versetzte Wenzel knurrig, dann wandte er sich ab und kehrte zurück ins Lager.

Kaum eine Woche später wurde der erste Teil seiner Prophezeiung wahr. Nachdem sie den Arno auf den Pionierbrücken überschritten hatten, hatten die wittelsbachischen Truppen mit dem Unterminieren der Stadtmauern begonnen, und der Oktober stand noch nicht ganz in seiner Mitte, als die steinernen Bastionen an mehreren Stellen krachend einstürzten. Dutzende, möglicherweise Hunderte von Pisanern wurden unter den Trümmern begraben und bekamen so den Lohn für ihre Papsttreue und ihren Verrat. Wenig später näherte sich dem königlichen Heerlager eine guelfische Delegation und bot Ludwig die Unterwerfung an. Am 11. Oktober dann zog der deutsche und lombardische König als Sieger in Pisa ein. Er bewies dabei Großherzigkeit und politischen Weitblick, denn er ließ die Stadt, obwohl dies sein Recht gewesen wäre, nicht plündern, sondern bemühte sich nach Kräften um einen dauerhaften und für beide Seiten annehmbaren Frieden. Die Pisaner nahmen dies dankbar hin, und so kehrte sich der Krieg erfreulicherweise wieder ins Becherschwingen und Bankettieren um; der Papst freilich verzehrte sich nach diesem Friedensschluß in um so teuflischerem Haß.

*

Gegen den Bayern schleuderte er den Vorwurf der Ketzerei. Trotz des Bannfluches, der schon längst auf ihm lastete – so Johannes XXII. –, habe er sich erfrecht, den Gottesdienst zu besuchen. Auch andere Verworfene habe er zur Feier des Abendmahls ermutigt. Mit den ebenfalls ketzerischen Ghibellinen habe er sich gemein gemacht, habe diese Verbannten nach Pisa zurückkehren lassen und habe im Verein mit ihnen die Guelfen der genannten Stadt zum Frieden verführt. Zur Strafe für diese Verbrechen müsse dem Wittelsbacher die Herrschaft über sein angestammtes Herzogtum Bayern genommen werden. Auch als Pfalzgraf bei Rhein und als Kurfürst dürfe er keinen Tag länger mehr amten. Alles, was er an beweglichen und unbeweglichen Gütern besitze, müsse ihm – vorerst zugunsten des päpstlichen Stuhles – weggenommen werden. Landflüchtig müsse der Usurpator werden, vogelfrei für jedermann.

Der „verdammungswürdigste Wahnsinn" sei es, daß Ludwig die päpstlichen Erklärungen zur Armut Christi leugne.[24]) Ein Feind des Glaubens und der Kirche sei er, weil er vom Beherrscher aller Gläubigen und vom Klerus dazu die schändliche jesuanische Besitzlosigkeit fordere. Den Franziskanern hänge er darin an, die in dieser Frage entsetzlich irrten. Ein Diener der Hölle sei er deswegen, von Satan besessen; von Belial, Asmodi und Luzifer dazu.

Vors Inquisitionstribunal müsse der Ketzer wegen seiner Todsünden! Mehrmals forderte der Papst dies nach dem Waffenstillstand von Pisa. Kirchenprozesse, allerdings ohne den Beklagten, ließ er gleichzeitig zu Avignon in Szene setzen. Ankläger und Richter gleichzeitig war dabei Johannes XXII.; Schandurteile geiferte er aus sich, um nichts anderes als Macht und Gold ging es ihm dabei. Von Frankreich aus setzte dieser infame Kleriker neue Kirchensteuern für Deutschland fest. Das Volk versuchte er so für seine Königstreue zu bestrafen. In Zukunft sollten die päpstlichen Büttel die Bauern auspressen bis aufs Blut, sollten die Städter schröpfen bis zum Gehtnichtmehr, und der ungesetzliche Tribut sollte dann nach Avignon und an den kirchenhörigen Adel Italiens fließen, damit weitere Truppen gegen den Bayern ausgehoben und ins Feld geführt, weitere Intrigen gegen ihn gesponnen und Anschläge geplant werden konnten.

Unter solchen Vorzeichen verweilte der König in Pisa bis zum 4. November dieses Jahres 1327, während in Florenz jetzt französische Truppen lagen und in der Nähe des Arno andere päpstliche Heere unter dem Kommando der Feldherren Karl von Kalabrien und Bertrand de Poget lauerten. Doch auch zum König waren mittlerweile frische Truppen gestoßen, und so trat er nun den Weitermarsch nach Süden an. Um die 5000 Ritter befanden sich jetzt in seinem Gefolge, dazu die Knappen, die einfachen Mannschaften und der Troß. Deswegen wagten die Päpstlichen weder den Angriff von Florenz aus, noch stellten sich der Kalabrier oder de Poget zur Schlacht. Lediglich militärisch unbedeutende Scharmützel fanden statt, doch auch bei solchen Gelegenheiten floß Blut, hielten die Schwerter ihre entsetzliche Ernte. So ging es den November, den Dezember und noch ein Stück in den Januar hinein, und dann, am siebten Tag des neuen Jahres 1328, stand das Krönungsheer vor den Toren Roms.

Die Kaiserkrone

Die Bevölkerung der Tiberstadt hatte Ludwig den Bayern begeistert begrüßt. Die Mehrzahl der Kleriker und Mönche freilich war rechtzeitig geflohen. Zuvor hatten diese Pfründner und Geschorenen Rom allerdings noch mit dem Interdikt[25]) belegt. Diese Maßnahme war jedoch ohne die erhoffte Wirkung geblieben, denn der Wittelsbacher hatte in seinem Gefolge genügend Geistliche herangeführt, um die Altäre und Beichtstühle flugs wieder zu besetzen. Daß es sich bei diesen Priestern, zumindest in den Augen Johannes XXII., durchwegs um Ketzer handelte, scherte die Bewohner der vorgeblich ewigen Stadt wenig. Rom, das seit Jahrhunderten unter der Diktatur des Papsttums gelitten und geblutet hatte, gab sich in diesem Januar des Jahres 1328 reichs- und kaisertreu wie nie.

Am Morgen des vierten Tages nach dem Einzug des Heeres hatte Fulk mit seinem Degenberger Fähnlein die Wache vor dem Palast Santa Maria Maggiore, wo der König Quartier genommen hatte. Die einfachen Knechte fröstelten in ihren klammen Lederkollern. Der Ritter und sein Schildknappe waren besser dran. Sie versahen ihren Dienst hoch zu Roß, spürten dankbar die Wärme der Tierleiber und trugen Mäntel über den eisernen Rüstungen. Jetzt trieb Fulk sein Pferd ein, zwei Schritte an das des Böhmischen heran, dann murmelte er: „Er hat es also geschafft, der Wittelsbacher! In wenigen Stunden werden die Welschen ihm auf dem Kapitol huldigen. Von dort aus ist's dann nur noch ein kleiner Schritt bis zur Krönung selbst. Und der Pfaffe zu Avignon wird's jetzt nicht mehr verhindern können, daß unser Herr über die Stadt herrscht, welche die Kirche sich für alle Zeiten unter den Nagel zu reißen versuchte."

Wenzel nickte geistesabwesend, stierte dabei in die Richtung des doppelten Burghügels[26]), wo der antike Versammlungsplatz der Römer lag. Noch hingen die Morgennebel über den Palästen und Ruinen dort drüben; unwirklich war der Anblick, festgegründete Materie und flüchtiger Hauch schienen gegeneinander und durcheinander zu changieren. Im Nordwald, wenn Granit und Bergdunst miteinander stritten, hatte der Dunkle früher Ähnliches gesehen, und nun richtete er sich plötzlich, wie von einem Hieb getroffen, im Sattel auf und zischelte: „Ja, in den Kirchen werden sie heute die Glocken läuten zur Ehre und zum Ruhm des Wittelsbachers. Werden ihn mit Hilfe des tönenden Erzes bis in den Himmel schwingen wollen. Und doch wird's falsch hämmern von den

Türmen herunter, werden die Schlegel sich alsbald wie Natternzungen spalten ...“

Mit einem pfeifenden Atemzug brach der Böhmische ab, gleichzeitig scheute sein Roß, drängte auskeilend gegen die Palastmauer hin, scheuchte die Fußknechte links und rechts weg. Der Reiter benötigte eine Weile, um das Tier wieder in seine Gewalt zu bekommen. Danach schien er sich an nichts mehr zu erinnern; er nahm die Lederflasche mit dem Branntwein vom Sattelhorn und trank grinsend.

Fulk aber hockte jetzt wie verprellt auf seinem Hengst. Die Sätze, die er eben gehört hatten, und die anderen, die der Dunkle damals vor Mailand von sich gegeben hatte, schwirrten ihm im Schädel. Der kapitolinische Hügel erschien ihm auf einmal bedrohlich, und dann merkte er, daß er jetzt ärger fröstelte als der Geringste unter seinen Waffenknechten, obwohl inzwischen die Sonne durch die Wolken gebrochen war.

Das Gestirn stand noch nicht hoch, als der Wittelsbacher unter dem Torbogen von Santa Maria Maggiore auftauchte. Seinem Schimmel nach trabten Montfort und andere Große des Reiches, Deutsche und Italiener in scheinbar trauter Eintracht. Auch Königin Margarete war da; auf einer zierlichen Stute saß sie, und weiter hinten schloß sich die mindere Ritterschaft von Ludwigs engerem Gefolge an. Während die degenbergischen Kriegsknechte nun abtraten, reihten sich auch Fulk und sein Schildknappe in den Zug ein. Auf dem Weg zum Kapitol dann stießen zahlreiche andere Gewappnete zu ihnen; aus den Seitengassen kamen sie, aus Tavernen und Bürgerhäusern, und zuletzt zog die gesamte Ritterschaft des Reichsheeres den doppelten Burghügel hinauf, wo bereits Abertausende von Römern zusammengeströmt waren.

Die Drahtzieher des Wittelsbachers hatten die Volksversammlung, obwohl sie dafür nur wenige Tage Zeit gehabt hatten, glänzend vorbereitet. Weinfässer standen bereit, dazu Tische mit Brot und Fleisch; unter die durcheinanderwogende Menschenmenge hatten sich Einpeitscher und Stimmungsmacher gemischt. Auch der papstfeindliche Klerus war eifrig zugange, und aus all diesen Gründen zusammen schwoll der Jubel beinahe frenetisch an, als Ludwig samt seinen nächsten Vertrauten sich nun den Weg zu jener erhöhten Stelle bahnte, von der aus einst die antiken Volkstribunen und gelegentlich auch die Kaiser zu den Römern gesprochen hatten. Fulk, Wenzel und die vielen anderen Gewappneten schirmten diese Terrasse nun ab, so gut sie konnten. Als der Degenberger und sein Schildknappe ihre Rösser zur Ruhe gebracht hatten, sahen sie weiter oben neben dem Königspaar einen Kleriker im golden und purpurn verbrämten Rauchmantel auftauchen. Um den Bischof von Aleria handelte es sich; mit dem Papst zu Avignon lag er seit Jahren in heftiger Fehde, und an diesem 11. Januar 1328 sollte er die Schlüsselrolle auf dem kapitolinischen Hügel spielen.

Im Umgang mit aufgestachelten Menschenmassen geschult, ließ er dem wilden Jauchzen und Grölen der Menge zunächst noch freien Lauf. Als den Römern dann aber der Atem knapp wurde, breitete er wie segnend die Arme aus. Das Tosen flachte ab; von der antiken Terrasse herunter ließ sich der Bischof mit einschmeichelndem Tonfall vernehmen: „Er, Ludovicus, ist gekommen, um das Zeichen seiner Herrschermacht aus der Hand des römischen Volkes entgegenzunehmen! Nicht der Antichrist von Avignon soll den Erlauchten krönen, sondern die, denen das Recht zur Kaiserwahl seit den ältesten Tagen verliehen ist! Ihr seid es, die Bürger der Ewigen Stadt, die Ludovicus zu erhöhen vermögen, auf daß er die Herrschaft antrete über die sieben Hügel und das Abendland dazu! Zeigt euch der Ehre würdig, die Gott euch vergönnt, und . . ."

Hatte ihre Begeisterung schon vorhin kaum noch Grenzen gekannt, schlug sie nunmehr beinahe in Wahnwitz um. Meisterlich hatte der Bischof von Aleria seine Aufgabe erfüllt. Den strahlenden deutschen König auf seinem Schimmel hatte er gegen den Verhaßten aus Avignon ausgespielt; in den Schmutz getreten hatte er endlich die usurpierte Macht des Papsttums und hatte den Römern dafür ihren Stolz und ihr Selbstwertgefühl zurückgegeben. In ihrer Hand lag es jetzt, scheinbar zumindest, den Deutschen in den Himmel zu heben, oder ihn zu verwerfen, und dies brachte ihr heißes Blut zum Kochen, dies riß sie fort, und tausendfach schlug der Schrei zur Kuppe des Hügels empor: „Es lebe unser Herr, der Erste der Römer!"

Gleich darauf bäumte sich der Schimmelhengst des Bayern; in seiner ganzen schimmernden Ritterpracht zeigte sich der erwählte Herrscher den Italienern. Zu einem Imperator der Antike wurde er in ihren Augen, zu einem wiedergeborenen Marcus Antonius, einem Cäsar gar, und damit hatte Ludwig sein Ziel erreicht; die eigentliche Krönung würde jetzt nur noch eine Frage von Tagen sein.

Auf dem Kapitol waren die Würfel gefallen; noch an Ort und Stelle riefen die Römer den Bayern zum militärischen Oberbefehlshaber ihrer Stadt und dazu zum Senator aus. Die Kaiserkrönung selbst wurde für den 17. Januar festgesetzt, den folgenden Sonntag. Auch dabei hatte wieder der Bischof von Aleria seine

Hände im Spiel, und als es geschafft war, breitete er erneut die Arme aus. Die Türmer der nächststehenden Kirchen und Campaniles hatten auf dieses Zeichen nur gewartet. Jetzt schlugen sie die Glocken an; das Erzdröhnen wummerte um den antiken Hügel herum auf und setzte sich dann innerhalb weniger Augenblicke fort bis zu den Stadtgrenzen und weiter hinaus in ihr Weichbild. Der Himmel schien bersten zu wollen angesichts dieses Hämmerns und Wütens, doch die Menschen, die Italiener und die Deutschen, tanzten und lachten unter dem so unerhört tobenden Firmament. Auch Fulk ließ sich mitreißen, trotz der durchwachten Nacht hatte er sich nie gelöster und machtvoller gefühlt. Als er aber dann mit den Augen den Böhmischen suchte, der eben noch an seiner Seite gehalten hatte, mußte er feststellen, daß Wenzel spurlos verschwunden war.

*

Auch sechs Tage später, am Sonntagmorgen, hing die betäubende Klangglocke über der Stadt.

Roms Plätze, seine Straßen und Gassen, seine Paläste, seine Burgtürme und Bürgerhäuser und selbst die Ruinen waren wie schon seit vielen Menschenaltern nicht mehr geschmückt. Mit Myrte und Lorbeer war das Pflaster bestreut, von den Fassaden flatterten bestickte Tücher und hingen schwere, orientalische Teppiche. Man hatte die zahllosen Heiligenfiguren bekränzt und die antiken Statuen dazu. Buden waren aufgeschlagen worden; wieder floß der Wein in Strömen, brutzelten an den mannslangen Eisenspießen die Hammelkadaver und Ochsenviertel.

Ebenso wie beim Zug auf das Kapitol begleiteten auch heute an die 5000 Ritter das Königspaar auf seinem Weg von Santa Maria Maggiore zum Petersdom. Fulk und Wenzel, die in der Kirche im Ehrenspalier stehen sollten, hielten sich an diesem Tag nur ein knappes Dutzend Roßlängen hinter Ludwig und Margarete. Ab und zu warf der Degenberger einen forschenden Blick auf seinen Schildknappen. Fulk hatte, aus einer geheimen, uneingestandenen Scheu heraus, seit Montag nicht zu fragen gewagt, wohin Wenzel damals so jäh verschwunden war. Nun befürchtete er einen möglichen weiteren Ausbruch des Unberechenbaren, doch das Antlitz des Böhmischen wirkte an diesem Morgen neutral; nichts deutete darauf hin, daß hinter seiner Stirn wiederum das Unnennbare irrlichterte und hervorbrechen wollte.

Auf dem Petersplatz dann staute sich die Menge scheinbar unübersehbar. Über dem Portal wehten die Fahnen der einzelnen römischen Stadtbezirke; sie fanden ihre Entsprechung in den 52 Bannern, die nun – dem Königspaar voran – von prächtig ausstaffierten Herolden in den Dom getragen wurden. Ludwig und Margarete selbst waren von vier Syndicis umgeben, welchen Patriziern das Volk von Rom für diesen Tag symbolisch die Herrschergewalt übertragen hatte. Am auffälligsten unter ihnen war Sciarra Colonna, ein hochangesehener Adliger, dem an diesem Tag jene Aufgabe zufallen sollte, die seit der Zeit Karls des Großen allein den Päpsten vorbehalten gewesen war.

An die Syndicis schlossen sich die 52 Mitglieder des römischen Stadtrates an, die Senatoren, dazu der Stadtpräfekt und weitere Adlige Italiens.

Der Wittelsbacher selbst ritt wiederum seinen Schimmelhengst; weiße Prunkdecken zierten den Vollblüter, in ebenfalls weißen Atlas war der König gekleidet. Gleich den sie begleitenden Edelleuten saßen der deutsche Herrscher und seine Gemahlin vor dem Portal des Petersdomes ab, dann schritten sie schwertklirrend hindurch, während das Glockenläuten über den sieben Hügeln sich zum Crescendo steigerte.

Zusammen mit den anderen Rittern und Edelknechten stellten sich Fulk und Wenzel ins Spalier; Ludwig und sein Anhang erreichten den Altarraum, wo bereits die reichstreuen Bischöfe von Venedig und Aleria warteten. Noch walteten diese Kleriker jedoch ihres Amtes nicht, denn ehe es zur eigentlichen Krönung kommen konnte, hatte der Wittelsbacher einem alten Brauch zu gehorchen. Eine Reihe junger Adliger kniete sich vor ihn hin, der König berührte ihre Schultern mit der blanken Klinge und sprach dazu die überlieferten Worte, und als diese Knappen sich wieder erhoben, waren sie ritterlich und damit turnierfähig geworden.

Nachdem der Wittelsbacher auf diese Weise seine Macht und sein Herrschertum demonstriert hatte, wandte er sich den beiden Bischöfen zu. Weihrauch wölkte in schweren Schwaden ins Kirchenschiff hinauf, Mönche, die weiter im Hintergrund standen, stimmten gregorianische Psalmengesänge an. Vor solcher Kulisse, dumpf, schwer und symbolträchtig, nahmen die Kirchenfürsten aus Venedig und Aleria nun die kaiserlichen Weihen an Ludwig und seiner Gemahlin vor, und nachdem dies geschehen war, konnte sich die Zeremonie zu ihrem absoluten Höhepunkt aufschwingen.

Der Dunkle, der jetzt mit angehaltenem Atem im eisernen Spalier stand, sah, wie der Patrizier Sciarra Colonna die Krone vom Altar nahm, wie er sie der illustren Versammlung zeigte, wie er sie dem Wittelsbacher aufs Haupt drückte. Gleichzeitig stimmten die Mönche im Hintergrund das Tedeum an, draußen schien der

Himmel über Rom wiederum unter dem Glockendröhnen aufzureißen. Unendlich stolz, beinahe unnahbar nunmehr, stand Ludwig von Bayern da. Er kostete seinen Triumph aus; er hatte sein Ziel erreicht, er hatte das Papsttum in seine Schranken gewiesen; aus dem römischen Volk heraus war die absolute Macht über das Abendland auf ihn übergegangen, und damit war eine Brücke geschlagen worden von der Antike herauf ins vierzehnte Jahrhundert, hatte der Wittelsbacher angeknüpft an die Tradition der alten römischen Cäsaren.

Der Böhmische, eher mental als aus politischem und historischem Verständnis heraus, spürte, was in dem eben Gekrönten vorging. Er verstand den Wittelsbacher, er gönnte ihm den Sieg – und dem gottesverräterischen Moloch zu Avignon die Niederlage. Krusten aufgebrochen und einen Befreiungsschlag geführt hatte Ludwig von Bayern, nichts war mehr so, wie es gewesen war; Wenzel, der Schildknappe, war Augenzeuge einer Sternstunde in der Geschichte Europas geworden.

Unwillkürlich suchte der Dunkle aus dem Dämmer des Domes heraus das Antlitz des Hellen, des Schimmernden. Und das Unglaubliche geschah, denn während Sciarra Colonna jetzt auch Margarete krönte, kreuzten sich die Blicke des Kaisers und des Schildknappen für einen kurzen Moment, der dennoch unendlich lange zu währen schien.

Das Rauschen und Fließen der Zeit schien zu verschwimmen für den Böhmen, auch der Petersdom wich weg ins Nichts, dazu all die anderen Menschen. Nur der majestätische Schädel blieb zurück, blieb da; wie ein Strahlenkranz gleißte und schillerte um Haar, Bein und Fleisch die Krone. Ein anderweltliches Fegen und Dröhnen spürte Wenzel durch sein Innerstes sausen und peitschen, es schien ihn hinzuschmettern gegen die Gesichtslandschaft des anderen, und dann wurden die Konturen des kaiserlichen Hauptes weit und endlos wie Himmel, Erde und Meer. Grenzenlos wurde das Antlitz, dimensional und mental, und so entschlüsselte es sich dem Seher und schleuderte ihm seine Geheimnisse entgegen; die verhangenen Tiefen der Zukunft.

Ins Lichte versuchte der Gekrönte das Reich zu stoßen, heraus aus dem Sumpf der Katakomben und Kathedralen, die das Abendland so lange in dumpfer und schauriger Gefangenschaft gehalten hatten. Einen Aufbruch strebte er an, einen Aufbruch ganz Europas hin zu neuen Ufern; ein Aufblühen unter dem Schirm des Reiches und eines erneuerten Kaisertums. Das Papsttum dagegen, ohnehin schon aus der Tiberstadt vertrieben, sollte geschlagen bleiben für alle Zeiten. Den Lohn sollte es nunmehr ernten für seine Verworfenheit und seinen Menschenhaß; nie wieder sollten die Scheiterhaufen der Inquisition brennen, nie wieder durften Juden und Ketzer geschlachtet werden, nie wieder würden die Völker des Kontinents zu Kreuzzügen und damit zum Massenmord im Namen eines geschändeten und verratenen Gottes aufbrechen müssen. Kein Papst mehr sollte das Reich in Anarchie und Verwirrung, in Brudermord und Meuchelei stürzen dürfen; vernichtet werden sollte die schändliche Tiara, zurückgeschleudert in den Sumpf, aus dem sie so blasphemisch und gotteslästerlich aufgestiegen war.

Einen Glauben, eine Gottsuche sah der Böhmische aus dem horizontweiten Antlitz des Bayern brechen; ein Verschmelzen mit dem Unsagbaren, wie es der Menschheit bislang nur in ihren edelsten Träumen geschenkt worden war. Nicht die Kulte des Moses, des Christus, des Mohammed würden mehr zählen, nicht länger das Falsche und Götzische, das man diesen Menschheitslehrern übergestülpt hatte; statt dessen der reine Geist, das Barmherzige, das Milde, das Liebevolle, das den Seelenkern jener Sanften und Versöhnlichen ausgemacht hatte. Und mit den falschen Bildstöcken würden die Heiligen stürzen, die Seligen, die Kirchenlehrer, die Fanatischen, die Intoleranten, die Geißelnden, die Leibabtöter, die Körperverachtenden; diejenigen auch, die den freien Geist wieder und wieder in den Kerker der Dogmen, der Glaubenssätze, der Sentenzen und Episteln zu zwingen versucht hatten.

Als die pludernden Bilder bis zu diesem Erkenntnispunkt herangerauscht waren, sah der Böhmische das Antlitz des Kaisers hineinchangieren in die Züge eines anderen, eines Großen, der ein Jahrhundert früher als Ludwig gelebt hatte. Ohne es mit dem Verstand erfassen zu können oder zu wollen, wußte Wenzel, daß er das Gesicht Friedrichs II. erblickte, des Staufers.[27]) Als „Stupor Mundi“ hatten den seine Zeitgenossen bezeichnet, als das „Staunen der Welt“; in Frieden hatte er in seinen sizilianischen und süditalienischen Erbländern Juden, Moslems und Christen unter dem einen herrscherlichen Dach vereint. Und der Dunkle spürte, wie der Geist dieses Edlen, dieses dem Papsttum so sehr verhaßten Monarchen auf einem mentalen und zeitlosen Steg hineinlichterte in das Denken des Wittelsbachers; hier lagen die seelischen und philosophischen Wurzeln des Bayern; das wollte er weiterbauen, was dem Staufer durch die Infamie seiner dreifach gekrönten Widersacher mißlungen war.

Im Innersten jubelnd, hatte der Böhmische die Botschaft von jenseits des für andere undurchdringlichen Schleiers empfangen;

jetzt aber, jäh, verzerrten sich die vom Augen-Blick ausgeschleuderten Bilder. Etwas blähte sich giftschillernd auf, platzte und brach knirschend in sich zusammen. Ein Schimpfwort hallte durch Wenzels Gehirnwindungen, ein blasphemischer Ton, und der hieß Stolz, hieß Machtgier, hieß Größenwahn. Häßlich schrillte er über das Antlitz des Wittelsbachers hin, und nun erblickte der Böhmische die andere Seite des Erhöhten, sein Janusgesicht. Kleinlich war es in seinem Anspruch auf Einzigartigkeit; wo es firmamenthoch steigen wollte, suhlte es sich doch im Sumpf; wo es sich Gottähnlichkeit und Gottesstellvertreterschaft einbildete, fratzten Dämonenmasken und bleckte abstoßend Götzisches aus ihm. Einen Wurm, ein Insekt, eine schleimige Kröte sah der Dunkle im Inneren des goldenen Reifs kriechen, und dann verfärbte sich das Güldene, wurde schwarz und rostig und zerblätterte zu schierem Kot. Nichts blieb vom Glanz der Krone, weil ein Eitler nicht würdig gewesen war, sie zu tragen; weil er – und dies war das infame Schicksal der Herrschenden von allem Anfang an – die Machtgier über die Menschenliebe, den Größenwahn über die Großherzigkeit, den Stolz über die stille Bescheidenheit gestellt hatte.

Wenzel stöhnte in seiner Vision, das lidschlagschnell zwischen ihm und dem Kaiser geknüpfte Band zerriß; vor dem Altar stand wieder der Unnahbare, im Spalier der einfache Schildknappe. Immer noch hielt Sciarra Colonna die Krone über das verschleierte Haupt Margaretes; nicht mehr als ein dünner Hauch Zeit war verstrichen, während der Dunkle durch mentale Äonen gerast war.

Jetzt wölbte ihm ein gequälter Atemzug das Kettenhemd auf, den verwirrten Blick Fulks spürte er gleichzeitig; der Ritter schien zu ahnen, was soeben in der Seele seines Waffenträgers vorgegangen war. Noch ehe der Degenberger aber eine Silbe flüstern oder seinem Schützling rempelnd einen Anstoß zur endgültigen Rückkehr in die Realität geben konnte, schwirrte das Ruhelose, das im innersten Kern des Sehers pulsierte, erneut weg. Der Dom selbst war jetzt schuld daran, das Protzgebäude, die vorgeblich ehrwürdigste Kathedrale der Christenheit. Etwas packte den Knappen, zwang ihm den Schädel ins Genick, riß ihm das äußere und zugleich das geistige Auge nach oben. Die dumpfen, brutalen Steinpfeiler entlang ging es, in die Kreuzbögen und Gewölberippen hinein, dann immer höher hinauf ins schaurige Halbdunkel der Vierung [28]), wo auf einmal Fledermäuse zu flattern und faustgroße Spinnen zu kriechen schienen.

Inmitten der Hautlappigen und Haarigen hing der Visionär nun körperlos, tief unten sah er sich selbst im plumpen Ringelpanzer, die Lanze mit der mörderischen Eisenspitze in der Faust. Und jetzt senkte sich diese Lanze wie unter hallenden Hieben; auf den Altarraum deutete sie, wo eben noch das Kaiserpaar gestanden hatte, dazu der Colonna und die beiden Bischöfe. Jetzt jedoch schien etwas diese popanzigen Figuren beiseite geschmettert zu haben; eine bodenlose Leere gähnte unter der Domvierung, ein Abgrund hatte sich aufgetan, flammendurchlodert.

Das Knattern der Hautflügler, das haarige Schleifen der Spinnen steigerten sich wie wahnwitzig, als die Lohe aufbrach und aus der höllischen Tiefe herauf der Thron stieg, der vermeintliche Stuhl Petri, der Herrschersitz der Päpste. In die kalte, steinerne Hülle der Kathedrale knallte er hinein, wurzelte sich knirschend fest dort; gleich darauf wuchs aus dem Thron ein Leib, ein Greisenkörper war es, der des Hohenpriesters und Pharisäers aus Avignon. Auf einem gefällten, besudelten Kreuz standen die hornigen Füße des Alten, hatten sich eingekrallt dort unten ins Weh und ins Leid eines anderen, hatten dessen geschundenen Körper noch einmal durchbohrt, noch einmal durchnagelt, noch einmal durchspeert. Weh und hilflos wimmerte es aus den grob zugehauenen Kreuzbalken heraus; dennoch gesichtslos blieb der, welcher dereinst gekommen war, doch das Antlitz des Papstes nahm nun schauerliche Konturen an. Runsen und Abgründe bildeten sich heraus in den blasphemischen Regionen dieses Hauptes. Eine Golgathaschroffe nach der anderen schien es aus sich zu treiben, und in solchem Urgrund schienen die Leiden und schien die Verzweiflung von tausend und abertausend Erlösern zu wurzeln. Das Haupt schlachtete die verkrümmten Körper, es weidete sich an ihrem ausgurgelnden und im Nichts verhallenden Schreien. Freudig und triumphierend bleckte dazu der Mund mit den dornenspitzen Zähnen, gleichzeitig schlugen dem Schädel Scheiterhaufenflammen aus den Augen, züngelten über das Abendland hin und setzten es in Brand von Horizont zu Horizont.

Das Grauen kulminierte, schauerte haarscharf an die Grenzen des absolut Unerträglichen heran. Ehe jedoch die Vision des Dunklen darüber zusammenkrachen konnte, schrumpfte das Haupt des Papstes wieder ein, verhüllte ein Prunkgewand seinen faltigen Greisenleib, verschwand das geschundene Kreuz, zogen die hornigen Klauen sich in atlasschimmerndes Schuhwerk zurück. Tief unten im Kirchenschiff spreizte Johannes XXII. sich nun auf dem römischen Thron. Psalmen erklangen und Weihrauchdünste quollen auf, in feierlicher Prozession umschritten Scharen von Priestern das Presbyterium von St. Peter. Für einen Moment verfiel der Geist des Sehers hoch oben in der Vierung der Illusion, daß der Friede gekommen sei, doch dann gellte jäh ein Kreischen durch die

Kathedrale. Knirschend ruckte der protzige Papststuhl beiseite; ein zweiter Thron wuchs auf, unter seinem Baldachin saß der Kaiser.

Die Krone senkte sich herab auf ihn, Jubelgeschrei drang von draußen herein. Ludwig von Bayern breitete die Arme aus; in der einen Hand hielt er eine Taube, in der anderen aber das Schwert. Unsichtbare Kräfte schienen mit dem Friedenssymbol und dem des Krieges zu spielen, schienen am Lebendigen wie am Stahlkalten zu reißen, schienen um die Zukunft des Monarchen zu ringen. Das Antlitz des Wittelsbachers verzerrte sich wie unter entsetzlicher innerer Qual; noch war der Kampf unentschieden, doch da kreischte es wiederum durch die Steingewölbe des Doms.

Der Papst war es, der den fledermausspitzen Schrei ausgestoßen hatte. Ein Kriegsheulen war es gewesen, aus unsäglichem Haß geboren, und nun schleuderte der klerikale Thron Blitze gegen den weltlichen. Stolz hießen die eisig knisternden Flammen, Machtgier und Größenwahn. Mordlüstern und eifersüchtig umzüngelten sie den Prunkstuhl des soeben gekrönten Kaisers; verbrennen wollten sie ihn, ihn auslöschen, ihn ins Nichts jagen. Im Bannkreis des Herrschersitzes prallten sie jedoch auf ihresgleichen, und während sie sich gegeneinander bäumten, während sie hochfauchten bis zum Firmament, verkohlte kläglich die Taube, wurde hingegen das Schwert siebenfach ausgeglüht und gestählt. Weiter blühten die eisig knisternden Flammen auf; einen blasphemischen Baldachin aus Menschenverachtung und Gotteslästerung bildeten sie über der Welt. Keifend und keckernd fachte der Papst sie immer noch schrecklicher an. Der Kaiser wiederum tat notgedrungen nichts anderes, und dann begannen unter dem glühenden Himmel die Säulen der Kathedrale zu wanken. Steine lösten sich aus den Kreuzbögen und Gewölberippen; aus der Vierung prasselte es in die Tiefe, und als dies alles hinunterschlug in den Abgrund, wurde auch der Seher mitgerissen. Sein Geist schnalzte zurück unters Kettenhemd, in den schwitzenden Körper; die Vision verflachte zu einem letzten, schauerlichen Bild: Granit und Marmor sah Wenzel auf die Köpfe des Kaisers und seines Gefolges hageln, unter den Steinwürfen der Römer dröhnten die Helme und Rüstungen – und dann wirbelte gegen den Dunklen ein feuerlohender Balken heran; furchtbar schlugen ihm die Flammen in die Augen, gleich darauf war Todesfinsternis um ihn.

Mit einem unterdrückten Schrei kam der Böhmische zu sich. Er spürte Fulks harten Griff am Arm, auf dem Antlitz des Ritters malten sich Verwirrung und Angst. Belegt klang die Stimme des Degenbergers, als er raunte: „Geht's wieder?! Reiß dich zusammen, Wenzel! Der Kaiser . . .“

Erst da bemerkte der Schildknappe, daß das Krönungszeremoniell vorüber war, daß das Herrscherpaar samt seinem illustren Gefolge bereits dem Ausgang des Petersdomes zuschritt, daß Ludwig und Margarete schon fast die Stelle erreicht hatten, wo er selbst im Spalier stand. Wenzel versuchte sich zu entkrampfen, wieder festen Stand zu fassen, die Lanze gerade zu halten, dazu ein gleichmütiges Gesicht zu zeigen. Doch es gelang ihm nicht, noch einmal kehrten ihm offenen Auges die schrecklichen Bilder zurück. Freilich waren sie verschwommen jetzt und schienen sich irrsinnig schnell weiter und weiter zu entfernen. Eine Vision blieb jedoch nah, die letzte war es, und ihr Trümmern, Jaulen und Dröhnen quoll in die Kehle des Böhmischen hinein. Er vermochte sich nicht dagegen zu wehren, seine Stimmbänder schienen sich selbständig zu machen, und dann, gerade als der Monarch auf gleicher Höhe mit dem Böhmischen war, fauchte es, gegen dessen eigenen Willen, aus ihm heraus: „Werden Steine auf den Wittelsbacher und sein Heer geworfen werden! Wird auch Feuer vom Himmel regnen in Rom! Wird Blutige geben und Tote!“

„Schweig, du Narr!“ zischelte Fulk. Gleichzeitig schien der Schritt des Kaisers zu stocken. Und dieses Stocken war es, dieser Ruck im scheinbar fest vorgegebenen zeitlichen Ablauf dieses Moments, der der Dunklen noch einmal rettungslos ins Anderweltliche schleuderte, der ein weiteres Gesicht auslöste. Das Bild des Gefährlichen, des Päpstlichen grellte neuerdings auf in Wenzels innerstem mentalen Kern. Jäh riß er sich von Fulk los, dann bellte er aus sich: „Stürzen wird der Wittelsbacher den in Avignon! Wird ihn vom angemaßten Thron schmettern! Wird die Tiara einem anderen aufsetzen!“

Ludwig von Bayern mußte es gehört haben. Der Blick, den er jetzt voll auf den Böhmischen richtete, bewies es. Verstört wirkte der Kaiser einen Lidschlag lang, gleich darauf aber glimmte in seinen Augen das Verstehen auf. Der Wille des Monarchen schien mit dem Wissen des Schildknappen zu verschmelzen. Sekundenlang durchschlierte der Geist des einen den des anderen. Dann, ohne daß der Zug des Hochadels wirklich gestockt hätte, schritt der Wittelsbacher weiter, schritt zum Portal und dann hinaus in den tosend aufbrandenden Jubel der Italiener und Deutschen.

Drinnen in der Kathedrale löste sich das Spalier auf; die Gepanzerten strudelten zusammen um den Degenberger und seinen Knappen. Die Nächststehenden der Ritter hatten vorhin, genau wie Fulk, die Prophezeiung vernommen; jetzt wollten sie Genaueres wissen, wollten auch ihren Kitzel befriedigen und begannen den Dunklen zu löchern. Der Böhmische indessen, der nun außerordentlich erschöpft wirkte, vermochte ihnen nicht mehr zu sagen, als daß irgend etwas ihn zum Fauchen und Bellen gedrängt habe, etwas, das er selbst nicht begreifen könne, aber manchmal sei es eben in ihm.

„Und es trifft ein, ich schwöre es euch!“ rief an dieser Stelle der Degenberger. Nachdem der Zwischenfall mit dem Kaiser glimpflich abgegangen war, trug er seinem seltsamen Waffenträger jetzt auch nichts nach. Auch waren ihm andere erstaunliche Geschehnisse in Erinnerung, schon seit der Mühldorfer Schlacht, und so setzte er hinzu: „Die Zukunft wird's beweisen, daß heute in der Kathedrale von St. Peter nicht nur der Wittelsbacher gekrönt wurde! Noch etwas anderes ist geschehen, das wir alle nicht recht zu fassen vermögen – auch der Wenzel nicht, den es am meisten angeht. Aber ihr könnt sicher sein, daß er kein Scharlatan und kein Spintisierer ist, dafür lege ich meine Hand ins Feuer!“

Fulks letztes Wort schien unter den Kreuzrippen des Domgewölbes hängenzubleiben, als die Gepanzerten, die meisten von ihnen noch immer um den Dunklen geschart, mit verwirrten, spöttischen oder ungläubigen Gesichtern ins Freie gingen.

Sturz der Tiara

Zu Avignon tobte Johannes XXII. gleich einem Irrsinnigen in seinem Palast. Der Zorn hatte ihm fast das Leben abgewürgt, nachdem die Boten aus Rom eingetroffen waren. Speichelsprühende Bannflüche, den bedauernswerten Kurieren entgegengeschleudert, waren die erste Reaktion des Papstes gewesen. Inzwischen schien er das Gallespucken zum theologischen Prinzip erhoben zu haben. Neue Anklagen gegen den Wittelsbacher saugte sich das Kirchenoberhaupt beinahe Tag für Tag aus den Fingern. Des Kaisers erste Regierungsmaßnahmen in Italien erklärte er auf der Stelle wieder für null und nichtig und rief dabei Gott zum Garanten für die Rechtmäßigkeit seiner Entscheidungen an. An die deutschen Kurfürsten sandte er gewichtige Bullen. Zu Felonie[29]) und zu neuer Königswahl versuchte er die Fürsten mit Hilfe dieser schändlichen Schriftstücke aufzustacheln. In seinen Formulierungen verlor Johannes dabei jedes diplomatische Maß.

Ein „neuer Pharao und Teufelsdiener" sei Ludwig, hetzte der Papst. Ein „Sohn Satans, der Rom durch seine verdammten Tritte entweiht" habe. Das Handwerk müsse ihm auf der Stelle gelegt werden, nicht länger dürfe ihm und seinen Spießgesellen erlaubt werden, Rechte und Gut des Reiches zu plündern und zu verprassen. Ludwig, „um Gottes Zorn noch heftiger gegen sich zu erregen, strecke seine kirchenschänderischen, gottlosen Hände gar nach geistlichen, kirchlichen Gütern aus, damit die Seinen zu bereichern!"[30])

Mit solchen Schmähungen ließ der Papst es jedoch nicht bewenden, sondern griff zu einem noch infameren Mittel in seinem hirnrissigen Kampf gegen den Kaiser. Johannes XXII. verstieg sich nämlich sogar dazu, das Kreuz gegen den Wittelsbacher zu predigen. Dies bedeutete nichts anderes, als daß er die gesamte Christenheit zum Kampf gegen den Kaiser aufzuwiegeln versuchte; zum Glaubenskrieg gegen denjenigen, der nach Recht und Gesetz nichts anderes als der Beschützer und Beherrscher eben jener Christenheit sein wollte. Nunmehr aber, wäre es nach dem Willen des Papstes gegangen, hätte jeder Strolch den Monarchen ungestraft erschlagen können; ja, es wäre einem solchen Meuchler dann sogar reicher Lohn aus Avignon sicher gewesen.

Das Volk freilich und der Adel dazu widerstanden dem verbrecherischen Ansinnen des außer Rand und Band geratenen Greises. Im gesamten Reich hatte sich nach der römischen Wahl Erleichterung breitgemacht; zu lange hatten die Menschen unter dem

Interregnum gelitten. Deswegen stand Ludwig der Bayer für sie nun für den Frieden und für neuen Aufschwung, und der Papst erreichte mit seinem Hetzen und Stacheln nichts anderes, als daß die Wut der europäischen Völker sich zuletzt gegen ihn selbst richtete. Am meisten brodelte es in Deutschland und Italien, und in Rom brachte eine weitere irrwitzige Maßnahme Johannes XXII. das Faß schließlich zum Überlaufen.

Ende März dieses Jahres 1328 hatte der Wahnsinnige der gesamten römischen Bevölkerung die Exkommunikation angedroht, falls sie den Bayern bis zum ersten Juni des gleichen Jahres nicht vertrieben und womöglich ermordet hätte. Es dauerte nur wenige Tage, bis daraufhin die Forderung der Italiener laut wurde, daß der verworfene Papst nun um jeden Preis abgesetzt werden müsse.

„Ein Ketzer ist er, nichts Christliches lebt in ihm!“ riefen die Menschen auf dem Kapitol. „Ins Unglück treibt er uns und das Reich! Wird ihm der Stachel nicht gezogen, wird das Abendland erneut zu bluten beginnen!“

Zuerst waren es einzelne Gruppen, dann ganze Scharen, zuletzt sprach ganz Rom mit dieser einen Stimme. Volkstribunen wurden ernannt, bei den Patriziern sprach man vor, und dann kam eine Abordnung zum Kaiser und bat den Wittelsbacher dringend, „daß der allgemeine Wunsch zur Tat werde“.

Ludwig, der seinen ewigen Widersacher damit auf der Stelle hätte stürzen können, zeigte sich maßvoll. Er ließ sich, anders als Johannes XXII., nicht vom blinden Haß leiten, sondern berief seinen Kronrat ein und bat dazu einige der angesehensten Gelehrten Italiens an seinen Hof. Auch den von Avignon gebannten römischen Klerus hörte er an, und erst nachdem er sich des einstimmigen Willens der Konsultierten versichert hatte, beauftragte er den Philosophen Marsilius von Padua, die Absetzungsproklamation anzufertigen.

*

„Du hast es schon damals gewußt, bei der Krönung!“ murmelte Fulk. Andere Ritter, die zusammen mit ihm und dem Böhmischen an diesem 18. April auf den Platz vor der Peterskirche gekommen waren, nickten betroffen. Die meisten von ihnen hatten damals mit im Spalier gestanden, und nun erlebten sie mit, wie zumindest ein Teil von Wenzels Prophezeiung eintraf.

Auf der Freitreppe vor der Kathedrale war der Kaiserthron aufgestellt worden. Im Purpur des Richters nahm der Wittelsbacher Platz. Krone und Szepter trug er an diesem Tag, hielt zudem den Reichsapfel[31]) in der Linken. Um ihn scharten sich die Reichsritterschaft, die Barone, die gebannten Prälaten. Als ein Herold seinen Stab erhob, trat auf dem Vatikanischen Hügel angespannte Stille ein. Unter dem Domportal erschien ein Augustinermönch, im härenen Gewand stand er da, bar aller klerikalen Protzerei, und dann klang seine düstere Stimme über die Versammlung der Italiener und Deutschen hin: „Ist ein Bevollmächtigter da, der den Priester Jacques von Cahors, der sich Papst Johannes XXII. nennt, verteidigen will?"

Die Stille dauerte an, begann zu lasten; niemand fand sich, der für den Verhaßten in die Schranken getreten wäre. Der Geschorene zog sich zurück, das Haupt jetzt von der Kapuze verhüllt; der Herold gab wiederum ein Zeichen. Daraufhin schritt ein Abt aus der Kathedrale, entrollte die von dem Paduaner erstellte Anklageschrift und begann sie zu verlesen.

Daß es Aufgabe des Kaisertums sei, die Kirche und das Volk vor Feinden zu schützen, hieß es darin zunächst. Aus diesem Grund dürften die Vergehen jenes Jacques, der sich fälschlich als Oberhaupt der Christenheit bezeichne, nicht länger übersehen werden. Jacques sei nicht nur der Anstifter zahlreicher Rebellionen im Reich, sondern habe durch seine Verbrechen auch die Kirche in Gefahr gebracht.

Das Organ des Abtes schwoll an, als er konkreter wurde. Als sei der Widersacher des Herrschers und des Glaubens persönlich anwesend, rief der adlige Mönch über den Petersplatz hin: „Du, Jacques von Cahors, hast Italien mit Krieg überzogen! Die wirksame Bekämpfung der Sarazenen hast du verhindert, indem du die Eintracht des Abendlandes zerstörtest! Die heidnischen Litauer hast du dazu aufgehetzt, die christliche Mark Brandenburg zu überfallen, weil deren Graf deinen Machenschaften entgegenzutreten versuchte!"

Empörte Schreie gellten an dieser Stelle auf, Fäuste wurden geballt, da und dort sogar Waffen gezückt. Ein Wogen und Zucken lief durch die Menschenmenge; wie ein wildes Tier knurrte sie jetzt, jederzeit zum vernichtenden Ansprung bereit. Das Schicksal des Heuchlers, Mörders und Erzschurken war besiegelt, jeder wußte es jetzt, doch der Abt war noch nicht fertig; er hatte noch mehr und noch Schlimmeres anzuklagen.

„Die Armut des Jesus von Nazareth hast du geleugnet, Jacques von Cahors!" schallte es vom Domportal herunter. „Als Ketzer hast du die Franziskaner verteufelt, die in ihrer Besitzlosigkeit dem Herrn und seinen Aposteln nachzueifern versuchten! Gott in höchsteigener Person hast du gelästert, als du verkünden ließest, daß sein eingeborener Sohn in Wahrheit kein Bettler, sondern wohlhabend gewesen sei! Als du weiterhin erklärtest, daß deswegen auch der Reichtum und das Gold der Kirche vom Schöpfer gewollt seien, hast du dich übelster satanischer Umtriebe schuldig gemacht! Verraten hast du Jesus von Nazareth, als du in seinem Namen die Menschen mit Steuern belegtest und sie wie Schafe schorst, damit du selbst samt deinen götzischen Anhängern prassen und dich im Überfluß suhlen konntest! Dafür verstößt Christus dich, Jacques von Cahors, verstößt dich siebenmal, und stürzen sollst du nunmehr, du belialische Brut, nach göttlichem und dazu menschlichem Recht!“

Unter dem Wutausbruch der Menge schien der Petersplatz bersten zu wollen, nachdem der Ankläger geendet hatte. Das Unbehagen, das die Christenheit seit Anbeginn des Papsttums, seit mehr als 300 Jahren nun schon[32]), quälte, brach sich in dieser denkwürdigen Stunde brüllend Bahn. Die Menschen spürten genau, daß nicht nur ein Jacques von Cahors seiner usurpierten Macht entkleidet werden sollte, sondern daß der heutige Tag ihnen den seit langem verschütteten Zugang zu Jesus von Nazareth wieder aufsprengen wollte. Sie sahen den Weg plötzlich wieder vor sich, den die Tiara ihnen so blasphemisch verrammelt und verstellt hatte; den Pfad ihrer Sehnsucht, die Brücke hin zu dem jüdischen Wanderprediger, der – im diametralen Gegensatz zu den Protzigen und Raffgierigen auf dem sogenannten Thron Petri – nichts als Nächstenliebe und Barmherzigkeit gelehrt und gelebt hatte. Verfälscht und verfinstert, in ihr Gegenteil verkehrt hatten die Päpste seine Botschaft seit Jahrhunderten, und die Bischöfe von Rom hatten das gleiche getan seit mehr als einem Jahrtausend, nun aber sollten die Italiener und Deutschen die Befreiung erleben, den Sturz des Verhaßten, zumindest den Versuch eines Neuanfangs. Und so riefen sie, nachdem ihr erster zorniger Ausbruch abgeflaut war, nach dem Kaiser, damit der Bayer verkünden sollte, was in den Herzen der zu Abertausenden zusammengedrängten Menschen ohnehin längst beschlossen war.

Ludwig von Wittelsbach tat es; er sprach das Urteil. Er berief sich dabei auf das Evangelium, erinnerte auch an seinen Vorgänger Otto den Großen, welcher mit Fug und Recht einen anderen Johannes, den XII., verjagt hatte. Und nachdem aus dem Kriegshetzer und Geiferer von Avignon ein Vogelfreier geworden war, juristisch wenigstens, tat der Wittelsbacher den nächsten Schritt und forderte den Klerus von Rom auf, einen Nachfolger für Johannes XXII. zu wählen.

Unter dem Vorsitz des jungen Sciarra und des Philosophen Marsilius von Padua bildeten die Mönche und Priester der verschiedenen Klöster und Kirchensprengel einen Ausschuß.[33]) Dieser zog sich in den Petersdom zurück und entschied sich dort alsbald für Petrus de Corvara, einen einfachen Minoriten. Die Krönung des Geschorenen wurde für den 12. Mai dieses Jahres 1328 festgesetzt, und nachdem diese Nachricht unters Volk gebracht worden war, flammten überall in Rom Freudenfeuer auf, flackerten schon nach kurzer Zeit über die Stadtgrenzen hinaus und waren während der folgenden Wochen überall in Italien zu sehen.

Am genannten Tag dann erfüllte sich ein weiterer Teil von Wenzels Prophezeiung; die Tiara ging im Beisein des Kaisers auf das Haupt Nikolaus' V. über. So war das eingetroffen, was der Böhmische über die Turbulenzen innerhalb der Kirche vorhergesagt hatte; das andere aber, die Heimsuchung des Wittelsbachers und seines Heeres, wovon der Schildknappe damals ebenfalls gesprochen hatte, blieb noch im dunklen. Dies änderte jedoch nichts daran, daß der nunmehr Achtzehnjährige im Ansehen der deutschen Ritterschaft nun gewaltig gestiegen war. Ähnlich wie Fulk sahen jetzt viele einen nicht Meß- und Wägbaren in dem Schwarzhaarigen; sie wußten, daß er über Fähigkeiten verfügte, die sie nicht begreifen konnten, aber das Unheimliche und Ungeheuerliche war da, und daran ließ sich, spätestens nach dem Sturz des einen und dem Aufstieg des anderen Papstes, auf keinen Fall mehr rütteln. So begegneten die Adligen und auch die Reisigen im deutschen Heer dem Knappen des Degenbergers zumeist mit scheuer Achtung, manchmal sogar mit offener Verehrung. Sie ließen ihm Freiräume, die andere seines minderen Standes auf gar keinen Fall hätten beanspruchen dürfen, und wenn er nur gewollt hätte, dann hätte Wenzel nun auch im materiellen Sinn das Leben eines Herausgehobenen, eines Privilegierten führen können.

Doch danach trachtete er nicht; Pracht, Prunk, gesellschaftliche Stellung und schillernde Freundschaften schienen ihm völlig gleichgültig zu sein. Wie zuvor auch, pflegte er lediglich mit Fulk und einigen anderen Degenbergern vertrauteren Umgang, doch auch denen gegenüber verschloß er sich zuzeiten wieder, zog sich zurück, kapselte sich ein, verkroch sich in seiner unsichtbaren mentalen Schale. Und während Rom noch wochenlang frenetisch den neuen Kaiser und den neuen Papst feierte, ging der Böhmische dann seine eigenen Wege; tief hinein ins oft schauerliche Gekröse der Stadt führten sie ihn, manchmal auch hinaus in ihr glühendes Weichbild, und dort fand der Dunkle wiederum die ihm gemäße Anderwelt.

Er strich über die Ruinenfelder, die Relikte des antiken Imperiums, des Kaiserreichs, das einst die Welt beherrscht hatte. Das triumphiert hatte von Afrika bis zur Nordsee, um schließlich mürbe im Rauschen der Zeit zu zerschellen. Wenzels Fuß stieß gegen die Trümmer dieses Reiches; um seine Knöchel wölkte der modrige Staub, der ständig von den windverschliffenen Siegestoren oder den zerspellten Firsten der einsturzgefährdeten Paläste herunterzuregnen schien. Rom, das einstmals Tag und Nacht nicht zur Ruhe gekommen war, dessen Bevölkerung nach Millionen gezählt hatte, lag jetzt seit vielen Jahrhunderten schon in Agonie, auch wenn es bis zum Jahr 1309 noch die Päpste beherbergt hatte – und manchmal auch einen Kaiser. Dennoch war es tot, Wenzel erkannte es mit scharfem, zeitübergreifendem Blick; es war ein Kadaver, ein in der eigenen Auflösung schwärender Koloß. Nur das Gestern, nur die längst verschollene Vergangenheit schien es gleich mürber, abblätternder Tünche noch zusammenzuhalten, doch überall schien darunter das faulige Fleisch aufzuplatzen, schienen die Würmer durchs stinkende Aas zu kriechen, schienen Leichenfahles und Verwesendes zu lauern.

Ganze Stadtviertel wirkten wie ausgestorben; seit den Zeiten Theoderichs[34]), welcher der letzte und vielleicht beste der römischen Herrscher gewesen war, schienen sie nie wieder besiedelt worden zu sein. Der Böhmische entdeckte Fuchsfährten und Wolfstritte zwischen den Trümmerhaufen und entlang der gestrüppverfilzten Stränge, die einst Straßen gewesen waren; die Brunnen waren verschüttet oder faulig geworden, giftgrüne Eidechsen huschten über die Quader hin, zäh hatten die wuchernden Pflanzen im Lauf der trostlosen Jahrhunderte eine Mauerfuge nach der anderen gesprengt, hatten Frost und Sonnenglast ein übriges getan.

Rom war die Stadt der Kirche gewesen, seit diese Kirche am Ostgotenreich ihren ersten Völkermord[35]) begangen hatte, doch der Klerus hatte niemals ein Herz für die antike Metropole besessen. Lediglich stützpunktartig hatte er sich in ihr festgesetzt und hatte sie benutzt; auf dem Lateran und auf dem Vatikan vor allem. Dort hatten die päpstlichen, die Bischofs- und Kardinalspaläste die alten Mauerzüge überwuchert; in den Gärten Neros und in den Lusthallen Diokletians hatten sie sich eingewurzelt, hatten Kirchenkuppeln und Thronsäle aus sich getrieben, Bordelle, Prunkställe und Kerkertürme dazu. Mauern hatte dies alles um sich gezogen, Wehrmauern aus dem weißen Marmor der untergegangenen, heidnischen Welt, und in heidnischen Marmorschalen ruhten nunmehr auch die christlichen Reliquien, die beinernen

Bruchstücke der frühen Toten und Märtyrer, die silbergefaßten Zehenknöchelchen und goldverbrämten Zahnsplitter, die in Brokat gehüllten Schienbeine, Rippen, Speichen und Ellen; die grinsenden und glotzenden Schädel auch, die man in den römischen Sarkophagen aufbewahrte, die mürben Hinterlassenschaften der Vergänglichkeit, aus deren leeren Augenhöhlen Rubine und Türkise glotzten; ein glaskalter Mummenschanz, der götzisch die einstige Auferstehung beschwören sollte.

Dies alles sah der Böhmische, wenn er durchs Gekröse dieses ungeheuerlichen Kadavers strich, und mental erblickte er dann oft auch die andere Seite des Wahns, das geschundene Volk von Rom. Um die klerikalen Paläste, die Kathedralen, Kapellen und Klöster, die wie Bastionen über dem agonischen Leib der Stadt lauerten, lagen die Elendsviertel der Armen, der Gläubigen, der Verführten. Zusammengeschustert und zusammengekleistert aus Planken, Schutt und Dreck waren sie, und hinter diesen ekligen Fassaden brütete die Not, lasteten Verzweiflung und Ausweglosigkeit, schlierte und kroch das Leben vergällt dahin; dumpf und chancenlos im Angesicht des Thrones Petri. Wenzel, von seiner Sehergabe gequält wie nie, schaute hinter diese Fassaden, die der Hütten und die häutigen der Menschen. Er drang ein in das unaussprechliche Leid, er sah die Säuglinge der Armen verrecken in Hungerszeiten, er sah die Brüste der Mütter verdorren, weil der Mangel in der Kirchenstadt zu groß geworden war. Er sah die Pest, die Ruhr und den Typhus schleichen und zuschnappen unter dem verrotteten, schimmeligen Gebälk, er sah Familienväter wahnsinnig werden, weil sie keine Rettung für die Ihren mehr wußten. Mädchen sah er, zehn-, zwölfjährig erst, die sich unter den Schlägen ihrer Erzeuger oder um des eigenen nagenden Leibgrimmens willen prostituierten, und überall fratzten und keckerten dazu die Ratten, während über der geschlagenen, der bis ins Mark getroffenen Stadt die erzenen Glocken tönten, die klingenden Schellen der Kirche, die in ihrem eigenen prunkvollen Ghetto nie ein Herz für die Armen gehabt hatte.

Lediglich mit denen hatte sie paktiert, die sich im allgemeinen Untergang Roms dennoch Reichtum und weltliches Ansehen zu bewahren gewußt hatten; mit den Patriziern, den Kriegs- und Handelsherren, die ihre Stammbäume noch auf Cäsar, Augustus oder andere uralt eingesessene Sippen zurückzuführen vermochten. Ihnen allein hatte in der Vergangenheit stets das Interesse der Päpste gegolten, den Bewaffneten und Wucherern, und im bösartigen Spiel um die Macht hatten sich die einen mit den anderen vernetzt, hatten sie sich verstrickt im klebrigen Spinnennetz, waren die Söhne der Krieger und Raffer mit Tiaren gekrönt und in Kardinalsmäntel gehüllt worden, hatten die Päpste wiederum sich sehr erfolgreich als Landräuber, als Seeräuber, als Mordgesindel versucht, freilich stets mit dem Schein des Rechts im Kreuz, mit der Legalität zu ihrer Rechtfertigung; auch diesen Anspruch hatten die miteinander Vernetzten frech ins klebrige Gespinst gewoben, in dem sie alle existierten; unendlich reich und mächtig waren sie geworden dabei, und das Volk hatte geblutet und war im Elend verkommen und verreckt, hatte gelitten, ärger als das Vieh und von Säkulum zu Säkulum mehr.

Der Böhmische hatte die Kaiserkrönung gesehen, er hatte die Erhöhung des neuen Papstes miterlebt; er hatte den vermeintlich erhabensten Glanz des Abendlandes geschaut, doch nunmehr, auf seinen Martergängen durch die von Menschen geschaffene Wildnis, durch den Dschungel der Herzlosigkeit, war er oft versucht, auf diese schillernde und gleißende Fratze zu speien. Als Moloch erschien sie ihm jetzt, als Goldenes Kalb, als Götzentum; Ekel erregte sie ihm und Abscheu, wertlos war das Christentum und dazu das Reich, weil sie beide nur auf der trügerischen Oberfläche des Daseins glänzten, weil sie nicht in die Tiefe drangen, weil das wahre Leben, das der kleinen Menschen, welche doch in Wahrheit die Menschheit ausmachten, sie nicht berührte, sie nicht kratzte, sie auf so entsetzliche Weise kalt ließ.

Das Wissen darum, das, was ihm ganz persönlich als Erkenntnis aus dem Romzug aufblühte, trieb den Dunklen oftmals wieder an die Grenzen seiner seelischen Belastbarkeit. Es schauerte ihm ins Mark und in die mentalen Knoten hinein, und jäh konnten dann neue Visionen über den Böhmischen hinflügeln; Gesichte und Bilder, von denen er freilich niemals sprach. Den Papst sah er dann nicht nur abgesetzt und aus Rom verjagt; er sah, wie die berstende Wut der Menschheit ihn über die gesamte Erdscheibe hetzte gleich einem geprügelten Hund. Und dann blähte sich die Scheibe und wurde zur Kugel, um die Pole knisterte und knirschte das Eis, von der Arktis zur Antarktis aber zog sich ein riesiger Ozean, ein Meer, das hinüber bis zu einem neuen Kontinent reichte; eine Unendlichkeit, die es nach dem Wissen von Wenzels Zeit eigentlich gar nicht geben durfte. Doch die graugrün flutende See mit ihren haushohen Wellenbergen war da, und die Zeit brodelte vorwärts um fast genau sieben Jahrhunderte. In Rom schien in jenem Sommer die Erde aufzubrechen, aus den Kellern und Katakomben heraus quollen die Geschundenen der Jahrtausende, zum Petersplatz hinauf rasten sie, dort barsten die Säulen, und dann färbte sich das Protzpflaster blutig ein, und auf den Quadern krümmten sich Priester mit weißen Haaren und Wunden, die schrecklich waren.[36])

Der Böhmische sah, wie die Menschen über den Sterbenden tanzten; er hörte sie auch etwas rufen, doch er verstand es nur halb: „Den Globus ins Elend getrieben ... wegen des Gebots der Geburten! Die Krankheit ... die Seuche, die ihr nicht verhindern halft ... in eurem Wahn! Die Kriege ... die südlichen Horden ... der Ansturm der Zahllosen ... auf Europa! Mehr Christen ... mehr Moslems ... mehr Hindus ... immer mehr ... wie die Ratten! Um eurer Machtsucht willen ... um eurer Gier willen, die Alleinherrschenden auf Erden zu werden! Weil ihr nicht hörtet ... wie wir euch anflehten. Wie wir bettelten ... aus unserer Gewissensnot heraus! So seid ihr schuld ... am unsäglichen Jammer der Erde!"

Und das Schreien schwoll an, tausendmal so stark wie bei der Absetzung des Jacques von Cahors. Aus dem Vatikan wankte der Papst, Uniformierte mit natternschnellen Waffen schützten ihn gegen die aufgebrachte Menge. Ein hornissenartiges Fluggerät mit peitschenden Metallgliedern schoß herab aus dem verhangenen Himmel; es senkte sich auf den Platz, etwas Feuriges knatterte aus seinem Leib; zwischen die sterbenden Priester schleuderte es Männer, Frauen und Kinder, ihre Körper waren von zahlreichen kleinen Wunden gezeichnet. Im davonsirrenden Ungeheuer hockte der Papst, westwärts wurde er getragen, zur Küste, dann hinaus aufs Mittelmeer. Auch dessen Wasser färbte sich jetzt blutig ein; aus allen Kirchen und Klöstern Italiens sprudelte der vieltausendfingrige Strom heran und mischte sich mit der See. Der Papst aber rauschte unter den Hornissenflügeln hinweg, floh nach Jahrhunderten noch einmal nach Avignon.

Doch auch im Palast über der Rhône wollten sie ihn nicht dulden; an den Cahors erinnerten sie sich und an andere, welche die Kerker tief im Gekröse der Zwingburg erbaut hatten[37]), und deswegen stand auch dort das Volk nun auf und jagte den Römer weiter. Über die Pyrenäen, über das ausgedörrte Spanien sirrte der Hornissenflügler hin, erreichte schließlich die atlantische Küste, und dort wartete ein Schiff. Ein Geschlagener wankte an Bord; einer mit irren Augen und besudelten weißen Kleidern. Am Kai jubelten die Menschen, nur noch Spott und Verachtung hatten sie übrig für den aus Italien. Plötzlich tauchten aber andere auf, aus dem Sonnenuntergang heraus stampften sie mit schweren Schritten, und sie trugen die muffigen Baldachine mit sich, die schweren Kruzifixe, die geschnitzten und bombastisch ausstaffierten Heiligenfiguren. Fackeln glühten und schwarze Kapuzen flatterten, Peitschenschnüre bissen in nachgiebiges Fleisch; wie Blutstropfen schienen die Perlen der Rosenkränze über der schauerlichen Szenerie zu hängen. Und dann wuselten die Katholiken und die anderen auf dem Kai durcheinander, Fäuste droschen zu, Klingen blitzen, Kreuzstangen splitterten, Sakralbildnisse barsten, Explosionen krachten. Wieder starben Menschen und verröchelten auf den Steinen; der Papst aber, dessen Schiff längst in See gestochen war, blickte starr nach Westen, wo er sich in jenen Ländern, die einst von Spanien und Portugal bis aufs Blut ausgeschunden worden waren, Asyl erhoffte.[38])

Doch er fand es nicht; Menschen mit blauschwarzem Haar und sanften Augen scharten sich zusammen und bildeten eine schweigende, anklagende Mauer gegen ihn. Gleichzeitig schien hoch über einer unerhörten Bergkette die Sonne zu wirbeln, schienen sich feurige Buchstaben auszubilden, und die Worte hießen ATAHUALPA und MOTECZUMA[39]). Ein Sturmwind fegte von den Gipfeln herunter; über den ausgedörrten und geplünderten Halbkontinent, dessen Wälder abgeschlagen, dessen Flüsse vergiftet und dessen Bewohner verelendet waren, trieb der Papst gleich einem welken Blatt. Ab und zu tauchten aus dem miasmischen Dunst Kathedralen auf, dann hieb er sich die Knöchel blutig an den Portalen, doch sie öffneten sich ihm nicht, sie blieben ihm verschlossen; sie waren nichts weiter als verkrustetes Steinwerk und leere Schalen mehr, und keiner lebte mehr in ihnen, der dem Römer aufgetan hätte. Vogelfrei war er im Land seiner letzten, verzweifelten Hoffnung; die mit dem blauschwarzen Haar und den sanften Augen wollten ihn nicht ertragen und ihn auch nicht mehr dulden, und so spie der Halbkontinent ihn zuletzt zurück an die östliche Küste.

Der Ozean kochte, die Wolken trieben niedrig; es war ein Jahr, in dem es keinen Winter gegeben hatte und es nunmehr auch keinen Sommer gab. Zuletzt tauchte der verschmutzte Strand Italiens vor dem rostigen Schiffsbug auf. Gleich einem Bettler ging der Papst an Land; während er weiter nach Rom wankte, sah er die vielen Gräber, sie reihten sich ihm zur Würgeschnur seiner eigenen Schuld, und aus dieser Abfolge der zahllosen Toten heraus erwuchs ihm mental eine andere Linie – es war die lange Reihe der Tiarenträger, die vor ihm gewesen waren. Beinahe zwei Jahrtausende lang waren sie gekommen und gegangen; die ersten hatten sich noch in den Katakomben verborgen, ihre Nachfolger hatten sich mit den Kaisern verbündet und waren nach dem ersten Fall Roms selbst kaisergleich geworden. Im 14. Jahrhundert hatte es einen gegeben, der hatte sich Johannes XXII. genannt; dem war die dreifache Krone vom Schädel geschlagen worden. Doch die Linie hatte sich weitergeschlängelt, bis herauf in die Zeit dessen, der über das große Wasser geflohen war und jetzt zurückkehrte, und der Vorgänger des Flüchtigen hatte ebenfalls Johannes geheißen, Johannes Paul II., und war von Krakau an den Tiber gekommen. Nun lag er in seinem Grab, und sein Nachfolger wankte dem Vatikan entgegen. Dann, ins Dahinstolpern hinein, scholl ihm eine irische Stimme entgegen, einem Priester namens Malachias[40]) gehörte sie, und der schrie nun laut den Namen Johannes Paul, dann den des Vertriebenen, schließlich noch einen, und der beschloß die beinahe zweitausendjährige Reihe der Tiarenträger; nach ihm kam nichts mehr.

Der unumstößliche Ruf verhallte, der Vorletzte erreichte Rom, der Petersplatz lag verwaist da; auf den Quadern schienen noch immer die Blutflecken zu schillern, schienen sich die Kleriker mit den weißen Haaren zu krümmen. Auf dieser Richtstätte brach der Vorletzte zusammen; wie gelähmt vegetierte er noch eine Reihe von Jahren dahin, dann wischte der Tod ihm seine Erinnerungen weg.

In der Zeit nach der letzten christlichen Jahrtausendwende tagte noch einmal das Kardinalskollegium, es tagte in einem wankenden Palast; der Rauch, der schließlich zum verhangenen Himmel stieg, war nicht weiß, war nicht schwarz, war vielmehr schmutzfarben. Kaum ein Mensch achtete noch auf das klägliche Schlieren und Züngeln, trotzdem war noch einmal ein Papst gewählt worden und trat sein Amt an. Doch wenn er predigte, predigte er ins Leere hinein, und wenn er rief, wollte niemand mehr ihm zuhören. Die Geschichte seiner eigenen Kirche war schuld daran, dieser unerhörte Taumel, der auf den Tränen, dem Leid und dem Tod von Millionen und Abermillionen Menschen begründet worden war, doch dies begriff der Letzte nicht, das wollte er nicht wahrhaben, und so verfiel er schließlich darauf, noch einmal gegen seine Mitmenschen zu geifern, sie Sünder und Bösartige, Verdammte und Verfluchte zu nennen.

Sein eigener Untergang kam daraufhin schnell. Eine neue und endgültige Revolution löste der Verbohrte aus; die Römer drangen in den vatikanischen Palast ein, ergriffen den, der jetzt zum unabdingbaren Untergang seiner eigenen Institution wurde, zerrten ihn heraus, schleppten ihn über den Petersplatz und zum Tiber, und dann gischtete die Brühe im toten Flußbett auf – und die Weissagung des irischen Priesters hatte sich bewahrheitet.[41])

*

Diese und andere schreckliche Bilder sah der Böhmische, wenn er in jenem Frühsommer des Jahres 1328 durch die zwischen Elend und Prunk changierende Stadt trieb. Noch nie waren seine Visionen so beklemmend und direkt gewesen wie jetzt. Manchmal ertrug er sie nicht mehr; sein Fleisch, seine Seele schienen unter ihrem Ansturm bersten zu wollen, und dann floh er wie gehetzt vor sich selbst, hinein in die nächste Spelunke oder ins nächste Bordell. Im Suff, in den Armen der Dirnen suchte er die erlösende Betäubung; hemmungsloser war er darin als selbst die Abgebrühtesten unter den kaiserlichen Landsknechten. Er brauchte das, er hätte sonst in dieser unerhörten Stadt nicht überleben können. Wenn er die Gesichte dann verscheucht hatte, kehrte er wie geprügelt ins Quartier zu Fulk und den anderen Degenbergischen zurück, und dann konnte er auch für eine Weile wieder der Alte sein; der zuverlässige Kamerad und von allen geachtete Schildträger. Doch das seelische Wühlen, das Unwägbare, das Gegenweltliche steckte in ihm und konnte jederzeit erneut ausbrechen.

Seine Gefährten wußten das, sie nahmen es hin; der Dunkle war eben nicht wie sie. So verstrich langsam der Sommer und kam in seine hohen Tage – und dann ballten sich am Himmel über Rom bedrohliche Unwetterwolken zusammen.

Dunkelheit

Abgesetzt war Johannes XXII., geschlagen nicht. Nach wie vor saß er sicher in Avignon unter dem Schutz des französischen Königs. Sein immenser Reichtum sicherte ihm das politische Überleben trotz des Urteilsspruchs von Rom. Hinzu kam, daß sein Nachfolger und Gegenspieler Nikolaus V. sich zwar als achtenswerter Priester, aber als kläglicher Intrigant und Staatsmann erwies. Nikolaus, der zuvor nichts anderes als ein bescheidener Mönch gewesen war, zeigte sich nicht fähig, die Führung der Kirche auch de facto zu übernehmen. So war sein Niedergang vom Tag seines Aufstiegs an bereits vorgezeichnet, und der nur scheinbar Gestürzte zu Avignon eroberte von Woche zu Woche Terrain zurück.

Der Unterstützung durch Paris konnte Johannes XXII. ohnehin sicher sein. Doch auch in Italien selbst besaß er einen wichtigen Verbündeten: König Robert von Neapel aus dem Hause Anjou [42]). Dieser Monarch hatte den Krönungszug Ludwigs von allem Anfang an mit Argusaugen beobachtet, hatte kurz vor dem Einmarsch des Wittelsbachers in die Tiberstadt sogar versucht, die römischen Wälle mit seinen eigenen Truppen zu besetzen. Der Überfall war damals mißlungen, doch im Süden der Halbinsel stand der Franzose noch immer mit beträchtlicher Heeresmacht, und zwischen seinem und dem Hof von Avignon segelten jetzt beinahe ununterbrochen die Kurierschiffe hin und her.

Jedoch gelangten nicht nur Depeschen des abgesetzten Papstes nach Italien; zunehmend ließ er jetzt auch eigene militärische Verbände dort anlanden. Ebenso hatte Jacques von Cahors einen Legaten übers Mittelmeer gesandt; einen Kleriker im Kardinalsrang, der mit beinahe unbeschränkten Vollmachten und dazu mit riesigen Geldmitteln versehen war. Dieser Gesandte tat nun im Verein mit dem Neapolitaner alles, um den gewesenen Johannes XXII. wieder in seine vermeintlichen Rechte einzusetzen.

*

„Sie wollen es auf dem Rücken des Volkes austragen! Lassen es schmachten, um ihrer schändlichen Machtgier willen!“ rief an diesem gewitterschwangeren Abend Fulk aus. Da er und Wenzel soeben vom Wachdienst zurückgekommen waren, trug der Degenberger noch immer Harnisch und Helm. Jetzt nahm er die Schallern[43]) ab, schleuderte sie auf das Ruhelager und setzte hinzu: „Das gesamte Heer müßte der Kaiser aufbieten, den Würgering um Rom sprengen, dann nach Süden ziehen und den Anjou samt dem pfäffischen Legaten in Neapel ausräuchern!"

„Du weißt, wie es kurz nach der Krönung des Petrus von Corvara ging", versetzte der Böhmische mit einem Achselzucken. Seit einiger Zeit duzte er den Burgherrn; die gemeinsamen Erlebnisse hatten eine ruppige Freundschaft zwischen ihnen wachsen lassen. „Der Wittelsbacher versuchte den Franzosen zum Kampf zu stellen, doch Robert wich ihm aus. Ebenso würde er jetzt wieder handeln. Er setzt auf Hinterhalte, Intrigen und Schmiergeld, um unserem Herrn zu schaden, die offene Feldschlacht aber meidet er. Bei dem Heerzug Ludwigs ist damals nichts weiter herausgekommen, als daß er schließlich die unbedeutenden Nester Molera und Cisterna belagerte. Diese Städtchen eroberte er zuletzt auch, aber damit hatte er mehr verloren als gewonnen, denn seither sind seine Reserven an Gold und Silber erschöpft . . ."

„Da hast ja recht. Der Kaiser pfeift aus dem letzten Loch", gab Fulk zu. „So befreiend es wäre, den Neapolitaner und den Legaten in ihrer Räuberhöhle anzugreifen – der Wittelsbacher kann sich's nicht leisten!" Der Degenberger griff nach dem Weinkrug, schenkte sich ein, trank hastig. „Aber daß jetzt in Rom eine Hungersnot droht, dürfen wir trotzdem nicht einfach hinnehmen! Das ist doch das Hinterfotzigste im Krieg, daß man eine gegnerische Stadt von ihren Lebensmittelzufuhren abschneidet – und den Feind dann über die Not der unbewaffneten Bevölkerung in die Knie zu zwingen versucht! Himmelsakrament nochmal! Genau das tun der Anjou und der Kardinallegat nämlich im Fall von Rom!"

„Mit Drohungen, im Hinterhalt liegenden Truppen und Geld allein hätten sie es wohl nicht geschafft", murmelte Wenzel. „Da ist noch mehr im Spiel! Die abergläubische Furcht der Bauern vor der Kirche vor allem! Die Einbläser des Schurken in Avignon machen ihnen vor, daß der Kaiser der Antichrist sei, Nikolaus V. aber sein oberster Teufel. Gegen den Christus hätten sich die beiden verschworen, und deswegen müsse man ihnen und ihren Anhängern schaden, wo man nur könne. Denn der wahre Papst säße nach wie vor in Frankreich; der allein entscheide über Seelenheil und Verdammnis, und wenn man ihm, dem verfluchten Cahors, nicht gehorche, dann müsse man für alle Ewigkeit in der Flammenhölle braten!" Auch der Schildknappe langte sich jetzt einen Becher Wein; nachdem er getrunken hatte, setzte er noch hinzu: „Und das wirkt bei den Tölpeln! Das ist die uralte Peitsche des Papsttums! Die trifft schärfer als Schwert oder Pfeil!" Der Dunkle verschluckte sich vor Empörung. Nachdem er sich wieder beruhigt hatte, schloß er: „Wird bald noch viel schlimmer werden als jetzt, Fulk! Wirst's erleben! Wir alle werden's erleben müssen!"

„Du meinst, daß das, was du damals bei der Kaiserkrönung prophezeit hast, jetzt eintrifft?!" schnappte erschrocken der Ritter.

„Meinen, wissen, glauben – was kommen muß, wird geschehen", erwiderte der Böhmische verschwommen. Einmal mehr schien er geistig jäh weggetreten zu sein. Und dann sah sich der Degenberger plötzlich allein im Raum; hinausgewischt war der Dunkle; die brodelnde, über dem Abgrund tanzende Stadt hatte ihn mit einem mentalen Schrei gerufen.

In dieser Nacht und auch in den folgenden erlebte Wenzel mit, wie der Wille der Römer zur Rebellion wuchs. Schon immer war die Tibermetropole unberechenbar wie ein Vulkan gewesen. Das Volk, ständig im Spannungsfeld zwischen Elend und Protz lebend, war wankelmütig wie keines in seiner Fähigkeit zur Begeisterung und gleichermaßen zur Verteufelung dessen, was es eben noch hatte hochleben lassen. Der geistige Bruch der Menschheit schien in Rom seit jeher seinen Kulminationspunkt gefunden zu haben. Und nun kochte in der Rißspalte wiederum die Lava; das Pendel, das vor wenigen Wochen noch auf den Wittelsbacher gedeutet hatte, kam zitternd zum Stehen – und dann schlug es unvermittelt zurück und schwang hinüber zu Jacques von Cahors, den die Römer in ihrem Irrsinn jetzt wieder als Johannes XXII. feierten.

Der Hunger hatte sie dazu getrieben, die Einflüsterungen der im Januar geflohenen Kleriker dazu, die jetzt in ganzen Rudeln zurück in die Stadt geschlichen waren. Die hatten gewühlt und versprochen und gedroht, während nach wie vor die Lebensmittel fehlten und die Hungersnot immer größer geworden war. So trieb in diesen ersten Augusttagen die Spannung auf ihre Bruchkante zu; von der römischen Bevölkerung flirrte sie hinüber auf die Kaiserlichen, und schließlich schuf sie sich unter den Truppen des Wittelsbachers in einer jähen Explosion Bahn.

Auch die Deutschen hungerten, nicht die Adligen, aber doch die einfachen Reisigen, und dann wurde das Nagen in den Eingeweiden unerträglich. Zuerst glimmte es nur fünkchenartig da und dort auf; zuerst drangen bloß einige besonders Rauhbauzige in die wohlhabenderen italienischen Häuser ein. Ein paar Krüge Wein schleppten sie heraus, den einen oder anderen Laib Brot trugen sie mit sich; Dinge, die von denen, die es sich noch leisten konnten, gegen viel Gold in die Stadt geschmuggelt worden waren. Es gab Geschrei deswegen; da und dort fielen auch Hiebe, doch zum eigentlichen Ausbruch kam es erst, als die wenigen Plünderer in den Quartieren mit ihren Taten prahlten. Da packte auch die anderen die Gier, da begriffen auch sie, wo die Erlösung von der Qual zu suchen und zu finden war, und jetzt, es geschah so gut wie im Handumdrehen, rudelten sie in ganzen Horden durch Rom. Die Tore der Paläste und reichen Bürgerhäuser krachten ein; wo sich Widerstand zeigte, wurde er mit blanker Klinge gebrochen. In den Kellern splitterten die Faßdauben unter dem Ungestüm; nicht mehr um Brot allein ging es anderswo, sondern um alles, was sich greifen und schlingen ließ, und weil das Wüten nun einmal angefangen hatte, schnappte man sich alsbald auch die Mägde und Matronen, drängte sie in die verborgenen Nischen und lüftete ihnen die Röcke – oder vergewaltigte sie gleich ohne weitere Umstände in den Gassen.

So flammte der Wahnsinn auf über Rom innerhalb einer einzigen Nacht, und am Morgen war der Krieg da; der Kampf der Einheimischen gegen die Fremden, die man jetzt bloß noch abgrundtief haßte. Zwei Krönungen hatte die Stadt gesehen in diesen Monaten, jetzt sah sie nur noch den Irrwitz, und mitten im Strudel fanden sich unversehens auch Fulk und Wenzel wieder.

*

Schaum flockte von den Mäulern der Rösser, die Gebißstangen mit ihrem Kettenzeug klirrten, wie gequält knarzte das Sattelleder, dazu kreischte und raspelte der Rüstungsstahl. Der Degenberger und sein Knappe trieben die Hengste im Stechtrab in die Gasse hinein; irgendwo in den heruntergekommenen Häusern hatte sich angeblich ein Trupp Neapolitanischer verschanzt. Dem Ritter und dem Böhmischen nach hasteten die Knechte, die meisten von ihnen besoffen, und ihre Spieße schwankten wirr durcheinander, schienen in dieser verfluchten Tagdämmerung ums Verrecken nicht in die anbefohlene Ordnung kommen zu wollen.

Zu allem Überfluß scheute jetzt auch noch Fulks Gaul. Der Huf des Rappen war in einen Katzenkadaver gestampft und im Verwesungsbrei weggeglitscht; das Roß bäumte sich halb, stand plötzlich schräg und versperrte dem Dunklen sowie den Rennenden den Weg. Durch den Helmschlitz des Degenbergers fauchte ein Fluch; gleichzeitig setzte der Ritter die Sporen ein, um den Hengst weiterzuzwingen, doch da war es bereits zu spät.

Hoch oben, in einem der Hausgiebel, krachte eine Luke weg. Wirbelnd kam das schwere Holzgefüge herunter, schmetterte mit schrägem Kantenhieb mitten hinein in den Degenberger Haufen. Wenzel glaubte die Knochen des getroffenen Mannes knirschen zu hören; er wollte hin, wollte helfen, aber da kam auch schon der Steinhagel. Zentnerweise prasselte es in die Gassenschlucht hinunter, doppelt faustgroße, im Auftreffen zersplitternde Brocken. Der Böhmische riß den Schild hoch, versuchte sich und den Roßschädel darunter zu decken; ebenso handelte Fulk. Dennoch warf es den Ritter im nächsten Augenblick auf den Hals seines Rappen. Unter der eigenen, sich zerbeulenden Schutzwaffe heraus sah es Wenzel; er sah auch, daß die Spießknechte noch ungleich schlimmer dran waren. Die führten ja nur ihre Langwaffen, die hatten keinen zusätzlichen Schutz, und jetzt wälzten sich schon drei oder vier von ihnen auf dem Pflaster, während im Rinnstein einer lag, der überhaupt kein Lebenszeichen mehr von sich gab.

„Unter die Torbögen! In die Türnischen!" brüllte der Knappe. Im gleichen Moment begriff er, daß dies höchstens einen kläglichen Aufschub bewirken konnte. Die Aufständischen hatten mit Sicherheit nicht nur die eine Dachluke besetzt. Auch von der gegenüberliegenden Giebelreihe her konnte jederzeit ein Angriff erfolgen. Und das wiederum bedeutete, daß die Degenberger nicht hier unten bleiben durften, daß sie die Häuser stürmen mußten – es sei denn, sie hätten sich zur Flucht gewandt, doch dann wären die Verwundeten hilflos liegengeblieben.

„Stürmen!" schrie nun auch der Ritter; er hatte sein Roß wieder in der Gewalt, hatte es unter einen auskragenden Mauerbalken gedrängt. Sein Streitkolben drosch gegen einen verrammelten Fensterladen, und dann begannen da und dort auch die Spießklingen ins Türholz zu beißen. Die Knechte kamen jedoch nicht wirklich vorwärts; die Steine waren schuld, die nach wie vor in die Gassenschlucht prasselten, jetzt auch von der gegenüberliegenden Seite her, ganz wie der Böhmische es befürchtet hatte. Wieder gab es Verwundete unter den Degenbergern, die Sache stand Spitz auf Knopf jetzt; die hinterhältigen Kerle oben in den Giebelluken mußten um jeden Preis weg!

Die Todesgefahr ließ den Dunklen zur bedenkenlosen Kampfmaschine werden. Er sprang eisenklirrend aufs Pflaster, zerrte sein Tier in den für sein Vorhaben günstigsten Winkel, deckte sich hinter dem schaumbeflockten Leib, so gut er konnte, und riß Bogen und Pfeilköcher von der Schnalle am hinteren Sattelbug. Damit hielt er die Waffen in Händen, die ihm seit seinen Pirschgängen im Böhmerwald am vertrautesten waren; die Sehne sirrte im blitzschnellen Aufziehen, Auge und Eisenspitze verschmolzen zu einer gemeinsamen Zielrichtung, einen Lidschlag später fiederte der Pfeil weg. Ein Gurgeln ertönte hoch oben, ein Mensch kam ins Wanken, stürzte, klatschte mit häßlichem Geräusch unten auf. Über das Knochenbersten und Fleischplatzen hinweg schnellte das nächste Geschoß und dann mit jedem Atemzug Wenzels ein weiteres. Als der Köcher zur Hälfte leer war, gähnten auch zwei Dachluken wie tot, und in der Gasse zersplitterten jetzt die Türplanken. Die Degenberger brüllten ihren Triumph heraus, dann drangen sie in die Häuser ein. Aber von anderen Giebeln herunter prasselten noch immer die Steine; also suchte sich der Böhmische neue Ziele und schoß weiter, bis der Köcher leer war.

Aus den verwinkelten Gebäuden heraus drang jetzt Eisenklirren. Wenzel ließ den Bogen fahren, ließ seinen Hengst stehen, hetzte, so schnell seine Rüstung es ihm erlaubte, über die Gasse.

Beißender Rauch schlug ihm entgegen, als er den Torschlund des Hauses gewann, in dem auch Fulk verschwunden war. Auf dem untersten Treppenabsatz lag ein Erstochener, einer der Rebellen; Blut und Erbrochenes hatten ihm den Brustharnisch versudelt, seine Augen blickten im Tod stier. Wenzel hatte Mühe, über ihn hinwegzukommen; als er es schon beinahe geschafft hatte, schien ihm etwas jäh übers Gesicht zu wischen. Von der Stirn her begann es, dann schien es ihm den Blick zu verdunkeln, schien sich einzugraben unter den Brauen ins Fleisch, und gleichzeitig wurde dem Böhmischen der Atem wie unter einer entsetzlichen Beklemmung knapp.

Es muß der Qualm sein, dachte er verwirrt; mit der Schwertfaust fuhr er sich übers Antlitz, rieb er sich den Schweiß weg, das finstere Schlieren verschwand. Der Erstochene lag jetzt ein paar Staffeln unter ihm, mit gezückter Klinge hastete Wenzel weiter und wünschte sich, er hätte den Schild noch bei sich, doch der lag zerdellt draußen auf der Gasse. Aber auch Fulk, das sah der Böhmische, als er den Raum im oberen Stockwerk erreichte, focht ohne Schild. Mit einem Ruppigen und einem wieselschnell Wendigen hatte der Degenberger es zu tun, im gleichen Gemach kämpften andere von der Donau, und der Rauch wölkte hier oben viel ärger als im Erdgeschoß. Doch darum kümmerte sich keiner der ineinander Verbissenen, auch der Schildknappe nicht. Nur ganz flüchtig schoß es ihm durchs Gehirn, daß das Feuer im Dachstuhl ausgebrochen sein mußte; möglicherweise hatten die Verteidiger unter dem Gebälk noch Pech zu erhitzen versucht, ehe dann die Kaiserlichen eingedrungen waren.

Gleich darauf wischte diese Überlegung wieder weg, denn eine Schwertspitze natterte gegen den Böhmischen heran. Er parierte mit einem wütenden Schrei; der Wieselflinke war es, der ihn angegriffen hattte, und nun flirrten die Klingen immer schneller gegeneinander, während ihre Träger um den Preis von Leben oder Tod zu tanzen schienen. Der Italiener war gewandt und trickreich; er machte dem Knappen schwer zu schaffen. Ein unverhoffter

Rückhandschlag des Welschen fegte dem Böhmischen den Helm vom Kopf, auch ein paar Hautfetzen gingen mit, und wieder schien ihm etwas den Blick zu verschlieren. Doch Wenzel hielt stand, gewann wieder Luft, trieb den anderen jetzt mit beidhändigen Hieben zur gegenüberliegenden Wand hinüber, wo die Stiege hinauf ins nächste Geschoß führte. Dort umlauerten und umtanzten die Gegner sich erneut, bis auf einmal im Rücken des Böhmischen ein Todesschrei aufgellte.

Fulk hatte den Ruppigen geschlachtet, jetzt hetzte er heran, um seinem Knappen beizuspringen; sein Schwert traf den Arm des Flinken und zog Blut. Der Italiener keuchte auf, wandte sich zur Flucht, versuchte die Treppe zu gewinnen. Im Nachdrängen prallten Fulk und Wenzel gegeneinander, der Ritter strauchelte und taumelte zurück; der Knappe, im Mordrausch jetzt, gewann zwei, drei Stufen. Schon meinte er, den Verwundeten wieder in Reichweite zu haben, als der Körper des Fliehenden jäh von einem Miasma aus Rauch und Glut verschluckt wurde. Das ganze obere Stockwerk des Gebäudes schien herunterzukommen; der Schwelbrand dort hatte sich von einem Augenblick auf den anderen zur Feuersbrunst ausgeweitet.

Dies begriff der Böhmische noch, dann wirbelte, zusammen mit einem kreischenden Menschenleib, der funkensprühende Balken herunter. Im dröhnenden Aufschlagen, im scheinbaren Zerbersten über alle Dimensionen hinaus verschattete er dem Schildknappen das Augenlicht, das Empfinden und das Bewußtsein, und dann spiralte Wenzel ins Nichts, in die absolute Dunkelheit davon.

*

Die Dunkelheit aber ließ wiederum Licht aus sich knattern. Denn sie war das Schauern des Todes, und der ließ in der Tat die Zeitbilder so rasen, wie die Eingeweihten im Heer es gelegentlich behauptet hatten. Ins sich auflösende Gehirn trieb er seine finalen Blitzfunken hinein; ein Kaleidoskop von Erinnerungen und Eindrücken, von Sehnsüchten, Verzweiflungen und Enttäuschungen, von Siegen und Niederlagen körperlicher sowie seelischer Art. Ein ganzes Leben brach hervor im Zusammenbruch dessen, der es geführt hatte. Ein Strom glitzerte auf, ein irrlichternder Regenbogen zog sich aus dem Abgrund der Jahre von einem Pestdorf herauf bis nach Rom.

Die Eltern sah der mental verlöschende wiederum, die Gräber, die eitrigen Beulen der Seuche, den Dornenhag, durch den er damals als Kind gekrochen war. Noch einmal tappte es weichpfotig und spitzkrallig ums Granitgetrümmer; aus dem Walddunkel heraus schimmerte ein Helm, und dann lachte Fulk und hatte gleichzeitig etwas wie Furcht in den Augen. Die Degenberger Küchenhöhle war da, Gret mit dem breitflächigen Antlitz, der Marketenderkarren, das Schlachten zwischen Mühldorf und Ampfing. Dort schlierte der Nebel und wölkte der blutig verfärbte Staub, Stahl verzahnte sich, der Menschenschrei stieg auf; das grauenhafte Geräusch verzerrte das eigentlich milde Antlitz des Todes zur Fratze, vergötzte es blasphemisch, und daraus wieder stieg für den, den es jetzt anging, ein erstes Seelenlernen auf.

Das Metzelfeld verblitzte, der Strom war da, das Forstrauschen und Waldsingen, das leise Knistern des Lebens in der bergenden Pflanzenhülle. Ein Halbwüchsiger spürte dem nach, sein Innerstes ließ er sich streicheln vom Anhauch der Natur, zur dahingleitenden Barbe wurde er in der Donau und zum huschenden Wildtier in der Šumava. Doch Mensch war er, Mensch blieb er, auch in der Traumverlorenheit der Einöden; zerrissen im Kern, ruhelos, heimatlos. So riß es ihn auch wieder heraus aus dem ziehenden und wehenden Dämmer; die Kulissen, die Spektralflächen verschoben sich, der Degenberg quaderte hoch aus dem Tal, die Burg mit ihren kantigen Steinblöcken, mit ihrem Erzkreischen und Lärmen innerhalb der dräuenden Zwinger- und Schildmauern. Die Türme und Zinnen zernadelten den Himmel, Eisen klirrte gegen Eisen, Helmstahl dröhnte, in die weidengeflochtenen Rundschilde hagelten die Übungspfeile, rauh und heiser schrie es über den Weinbechern, und ins geröstete Tierfleisch hinein fetzten beim Mahl die gebleckten Zähne.

Aber immer noch Gret mit ihren zuverlässig zupackenden Händen, trotz allem das Weibliche; derb in der Gestalt der Köchin; zart, geheimnisvoll unter dem fließenden Kinder- und Mädchenkleid Ludmillas, der hellen Tochter Fulks. Deren Aura verwob sich friedlich und weich mit dem Zeitblitzen, einen erlösten mentalen Moment lang zumindest, aber dann lichtelte es wieder metallisch; trügerisch golden glänzte zu Mailand der Giftbecher auf. Der Mörder starb, vor Pisa schnalzten wenig später die schenkelstarken Katapultsehnen, hämmerten die Rammböcke, wurden die tückischen Minen vorangetrieben, brachen Menschenverachtung und Machtgier sich neuerlich Bahn, und es stieg für den, den es jetzt anging, ein zweites Seelenlernen daraus auf.

Dann Rom, der Ansturm des Ungeheuerlichen von den Kreuzrippen und Gewölbebögen der Kathedrale herunter. Der König, der zum Kaiser ward durch den Willen des Volkes; Sciarra Colonna, die Krone, der Jubel. Ein Blick hin und her zwischen dem

Wittelsbacher und dem Schildknappen; herausgebellt, herausgefaucht die Prophezeiung. Zu Avignon gleichzeitig der Lauernde, der Hinterhältige, der Mißgünstige, der vom absoluten Machtwahn befallene Priester. Im Zeitknattern die lange Reihe der Päpste, die allesamt dem Irrwitz verfallen waren, Gottesstellvertreterschaft und Gottgleichheit beanspruchen zu dürfen, doch aus dem Kreisen und Kochen der Ewigkeit heraus entstand dem Verlöschenden ein anderes, ein höheres Wissen; das Göttliche nahm den dreifach gekrönten Wurm noch nicht einmal wahr. Menschen zerrten den Geistlosen von seinem usurpierten Thron, sie waren es, die ihn ins Nichts schleuderten; das Göttliche hingegen schwieg. Gestürzt wurde Jacques von Cahors, ein anderer in der Minoritenkutte emporgeschnellt auf den vorgeblich heiligen Stuhl, und wieder jubelte Rom, wieder gleißte es trügerisch über die zwischen Not und Protz changierende Stadt hin, bis das Kaleidoskopfunkeln ins Bissige umschlug und der jähe Aufstand sich Bahn brach.

So zog noch einmal das dumpfe Grollen der vergangenen Nacht herauf, das erste, wäßrig-rote Morgenlicht dann, und wenig später flockte der Schaum von den Mäulern der Rösser, klirrten die Gebißstangen mit ihrem Kettenzeug, knarzte wie gequält das Sattelleder, kreischte und raspelte der Rüstungsstahl. Im Stechtrab gingen die Hengste, auf einem Katzenkadaver glitschte ein Huf weg, dann hagelten von den Giebeln herunter die Steine. Durchs agonische Grellen hindurch fiederten die Pfeile, ein Tor barst, über die Gassen hetzte einer in Todesangst, Klingenstahl klirrte ins Rauchwabern hinein, und dann explodierte dies alles und zeichnete unabwendbar den Weg vor für den heransausenden Balken.

Noch einmal traf der funkensprühende Hammerschlag auf, doch jetzt löschte er nichts aus, jetzt stürzte er sein Opfer keinesfalls ins Nichts, in die absolute Dunkelheit. Im Zusammenschüttern des ersten und zweiten schmetternden Schlages wurde die Zeitbrücke geschlossen, wurden Sterben, Tod und Wiederauferstehung eins, lebte neben der dunklen Leere die schrankenlose Weltsicht, und aus diesem Unfaßbaren heraus stieg für den, den es jetzt anging, das dritte Seelenlernen auf.

Mühldorf. Pisa. Rom. Der Dreiklang des Metzelns, die Dreifaltigkeit des Machtwahns und der Menschenverachtung. Ein Kaiser, zwei Päpste. Auch die wieder dreifach verflucht, dreifach in den Strudel gestürzt. So gurgelten sie in der Hellsichtigkeit des Verlöschenden in die Tiefe, so saugte der miasmische Sumpf, der Menschheitsgeschichte hieß, sie ein, so spie er sie wieder aus. Auf blutigem Schaum trieben sie jetzt dahin, blasphemisch ineinander verflochten, sich brünstig umschlingend, sich gegenseitig zerfleischend, sich gleichzeitig immer wieder zwanghaft begattend. Aneinandergeschmiedet mit den goldenen Fesseln der Tiaren und Kronen waren sie, verdammt in ihren belialischen Verknotungen, und wohin der blutschaumige Strom sie auch trug, stöhnte unter ihrer Last die Erde auf, von einem Pol zum anderen, von Kontinent zu Kontinent.

Der Globus ächzte gequält, doch bei diesem unerhörten Wehlaut blieb es nicht; noch Ärgeres, noch Leidvolleres gebar das gotteslästerliche Schlangenknäuel der Macht. Myriaden anderer Herrscher krochen aus seinem schuppigen Leib; alle, die gewesen waren, und alle, die zum Unglück der Menschheit noch kommen sollten. Weltliche und priesterliche Despoten waren es, Szepter, Hirtenstäbe, Krummsicheln, Roßschweife, Stierhörner, Gesetzestafeln, Würgeisen und vorgeblich heilige Bücher hielten sie in den Krallen, dazu stets das Schwert. Im Namen zahlloser Götter geiferten sie. Eifrig beschworen sie die Überirdischen und wußten doch, daß sie diese Götzen selbst erschaffen hatten, um der eigenen Despotengier, um des eigenen Machthungers willen. Die Kaiser handelten so, die Pharaonen, die Päpste, die Cäsaren; Alexander hatte die Völker damit gepeitscht, auch der Hohepriester Moses, der Kehrseitige; einer wie der andere, ob Paulus, Karl der Große oder Mohammed in seinem Samen, sie alle hatten die Fuchtel geschwungen und schwangen sie immer noch. Myriadenfach trieben sie dahin im blutigen Schaum und verschonten keinen Menschen; den Nomaden nicht, dem sie die Herden nahmen, den Bauern nicht, dem sie den Acker verwüsteten, den Städter nicht, dem sie die Mauern schleiften, die er aus Furcht vor ihnen um sich gezogen hatte. Sie schlachteten die Männer und schlachteten mit noch größerer Begeisterung die Frauen und Kinder; sie erschlugen, was höher als ein Schwertknauf aufgewachsen war, sie metzelten hin, was in seiner Unschuld mehr als drei Jahre zählte. Wenn ihre Heerzüge die Erde zerstampften, schleppten sie Seuchen mit sich, Pestratten liefen in ihrem Gefolge, die Blattern, der Typhus, die Ruhr dazu. Wo sie einen Hügel fanden, holzten sie ihn ab und richteten Galgen auf seiner Kuppe auf. Wo die Erde sich ihnen nachgiebig zeigte, schachteten sie Kerker und Faulgruben aus, und darüber türmten sie ihre Zwingfesten, ihre Pyramiden und Zikkurate, ihre babylonischen Wolkenkratzer und Priesterpaläste auf.

Leid und Tod säten sie aus, von Äon zu Äon, und ihre Opfer hatten sich vor ihnen im Staub zu krümmen, hatten zu dulden und zu dulden, unmenschlich weit über jedes menschliche Maß hinaus.

Doch aus der Erniedrigung, der Versklavung, der Unterdrückung heraus barst denen, die so mühselig und beladen waren, schmetternd das Befreiende. Die flehend ausgestreckten Hände bildeten sich zu Fäusten um, die zerdroschenen Leiber spannten sich zum Sprung, aus dem Wimmern wurde der Wutschrei. Die geschundene Erde trieb sie aus sich wie Magma, wie glühendes Gefels; in gerechter Rebellion sprangen diejenigen, welche die eigentliche Menschheit ausmachten, die Sklaventreiber, die Peitschenschwinger, die Dogmenkeckerer an. Den Mördern, den Lügnern, den Wucherern, den Zynischen und maßlos Egoistischen wurde endlich der verdiente Lohn; jetzt ernteten sie kreischend den Haß, den sie von Jahrtausend zu Jahrtausend gesät hatten. In Flammen gingen ihre Paläste auf, die Zwingmauern krachten zusammen. Zerschmettert wurden die Altäre, und aus ihrem Inneren, aus ihren stets klüglich verborgenen und verschleierten Geheimkammern, troff nichts als Unrat und Schleim. Nackt und haarig waren die Priester unter den Kutten, Tuniken und Meßgewändern, die man ihnen jetzt vom Leib fetzte; schmerbächig, wanstfaltig die Kaiser, die Könige, die Fürsten, als sie ihre Harnische und Roben verloren. Minderwertiges Gewürm und asselekliges Krabbelzeug waren die, welche sich zu Herren der Erde und des Lebens aufzuwerfen versucht hatten, und jetzt, da man sie zum Schindanger schleppte, waberte abstoßender Fäkalgeruch über ihnen. Sie zeigten keine Größe, keinen Mut, keine Einsicht, als die riesigen Messer mit den schrägen Kanten aus dem Himmel blitzten. Sie konnten bloß kreischen, fluchen, verteufeln und ihren Machtwahn beschwören bis zuletzt.

Dann aber, als ihre abgehauenen Schädel auf den Lanzenschäften schwankten, als man die Häupter der Hydra durch die Straßen der befreiten Städte trug, waren sie stumm, hatten sie endlich das Geifern verlernt. Gleich fauligen Kürbissen rumpelten und rollten sie zuletzt in ihre Massengräber; ein verächtlicher Furz des Globus schleuderte Erde und Vergessen über sie, und auf dem vom Joch erlösten Land tanzten jetzt die Menschen.

Gleichheit, Freiheit, Brüderlichkeit hießen die heiligen Worte, die nun, nach Jahrtausenden der Ungerechtigkeit, der Skaverei und des Machtwahns zur Geltung kommen sollten. Eine große Hoffnung brach auf in jenem Land Europas, wo die Revolution ihren Anfang genommen hatte; eine Hoffnung, die bald den gesamten Kontinent überstrahlte und gleichzeitig übers Meer bis zu einem neuen Erdteil sprang. Vom Westen bis zum Osten leuchtete die weiße Flamme, wehten im frischen Wind die Trikoloren und Sternenbanner, und für eine Weile schien es so, als schickte der ganze Planet sich an, den Sprung in die helle Zukunft zu tun. Doch mitten im Aufschwingen traf ihn hinterhältig noch einmal der Hieb des Alten, des Stinkenden, des schon verschüttet Geglaubten; noch einmal reckten sie sich aus ihren Gräbern heraus, die milbenversudelten Schädel. Gegen die Trikoloren und Sternenbanner sandten sie ihre kadavergehorsamen Heerscharen; noch einmal hatten sie es geschafft, aus dem Sumpf ihres eigenen Zusammenbruchs die Schlächter zu stampfen.

Dennoch wären sie samt ihren Bütteln und Schergen neuerlich untergegangen, wenn die Machtseuche jetzt nicht die Revolution selbst befallen hätte. Ein Korse war es, welcher dem Pesthauch als erster erlag; vom Kanonier wurde er zum Kaiser und kartätschte in der Folge die drei bewußten Worte wiederum ins Leere zurück. Ein Reich von eigenen Gnaden versuchte er zu errichten, den Garten der Menschheit hatte er darüber vergessen. Nichts anderes als die alten Imperien trieb er dadurch noch einmal zu giftiger Blüte, und als er auf einer Insel weit draußen im Westmeer verreckte, hatte das Stöhnen und Flehen der Unterdrückten den alten Kontinent bereits wieder eingeholt. Umgeschlagen war der Aufstand der Großherzigen in sein Gegenteil; eisengerüstet bis an die Reißzähne standen die Kronländer Europas jetzt wieder da, und dann bissen sie noch einmal gegeneinander. Wieder folgte ein Krieg dem nächsten, bis zu Beginn eines neuen Jahrhunderts der ganze Erdkreis brannte. Millionenfach wurden die Kleinen, die Gepreßten, die Wehr- und Hilflosen in ihren Gräben zu Fleischbrei zerrissen und zermalmt; sie wurden geschlachtet von den wieder Mächtigen gleich Myriaden Herden von hirnlosem Vieh. Gräßlich bezahlten die Völker dafür, daß sie erneut auf die gekrönten Keckerer gehört hatten, daß sie den Rattenfängern nachgerannt waren. Jedoch lebte der Geist selbst im absoluten Grauen fort, und so kam es nach dem ersten Weltschlachten erneut zu Empörung, erneut zur Revolution.

Unter der blutroten Fahne leuchtete sie im Osten auf; die glühenden Kugeln der Vergeltung schlugen in die Brust eines Zaren und seiner Sippe, verscharrt wurden die Kadaver an einem Ort namens Jekaterinenburg. Verjagt waren wenig später auch die Könige und der Kaiser in Deutschland; das zweite Hochgrellen der Freiheit hatte Europas Landkarte neuerlich verändert. Und doch genügte dies immer noch nicht, denn wiederum schlug die Hoffnung der gequälten Menschheit in bittere Enttäuschung um; aus einem katholisch gebliebenen Land im Südosten des alten Reiches erstand grölend und geifernd der Ärgste von allen Gekrönten und blutsäuferischen Führern – der mit dem schwarzen Fliegenschiß in der Fratze; der Trommler, der Peitscher, der Judenhasser.

Der erzböse Lügner dazu. Der keckerte von der Revolution und wollte in Wahrheit nichts als ihr Gegenteil. Der verbündete sich heimlich mit der anderen rattenborstigen Schnauze, die im Osten der zaristischen Sippe auf den Thron gefolgt war. Der hatte die Bibel gründlich gelesen und wählte das Volk, das ihm in die Klauen gefallen war, aus; der trieb den Rassenwahn zu nie gesehener menschenverachtender Blüte. Der schlachtete die kleinen Länder Europas. Der trieb die Andersartigen in die Gaskammern und Vernichtungslager. Der verbunkerte die Erde und ließ seine heulenden Jagdvögel vom Himmel schießen. Der paktierte mit dem Papst, der schloß ein Konkordat mit dem, der sprang den Rattenborstigen an. Der trat den Vertrag mit dem Roten in den Schmutz, als ihm der Sinn danach stand. Der hetzte seine Heere in den russischen Winter und ins russische Grauen hinein, der wollte schlachten von Norden bis Süden, von Osten bis Westen, der versuchte den gesamten Erdball mit Stacheldraht zu erwürgen.

Der herrschte zwölf Jahre, dann verbrannte er jäh in seinem zertrümmerten Metropolis. Im Westen ward das Volk wieder frei, im Osten aber war der Rattenborstige nach dem Verglimmen der Fliegenschißfratze mächtiger geworden denn je. Wo der eine die Todeslager erbaut hatte, benutzte der andere sie weiter. Einen Archipel von Menschenkäfigen legte er über sein Land, der reichte von Polen bis ans Eismeer. Zuletzt verreckte jedoch auch er qualvoll und wimmernd[44]); sein böses Werk aber wirkte fort in seinen Nachfolgern, ein weiteres Menschenalter lang, bis im düsteren Reich einer aufstand, dem das Mal des versunkenen Kontinents[45]) auf die Stirn gezeichnet war.

Von da an veränderte sich der andere, der immer noch vorhandene Erdteil wie rasend. Über einen berstenden Vorhang aus Stahl hinweg reichten die Menschen sich die Hände, verdutzt zunächst, dann immer freudiger. Und glaubten, nach nunmehr zwei großen Revolutionen sei ihnen der Friede beschert und sei ihnen der Griff nach den Sternen erlaubt, doch in ihr Aufjauchzen hinein mischte sich noch einmal das Brüllen der Hydra. Der eine Hals war ihr in Paris abgeschlagen worden, der andere endgültig in Jekaterinenburg, aber ein dritter gierte noch immer über den Erdkreis hin. Die Throne waren gestürzt worden; das Unrecht, daß der eine Herr und der andere Knecht sein sollte, war beseitigt worden. Dies war die erste und die zweite Befreiung der Menschheit gewesen; der Untergang der Monarchien und das Hinwegfegen der Ausbeutung. Doch das dritte Aufbäumen stand noch aus! In Persien zeigte die letzte Geißel der Menschheit zu dieser Zeit ihre Krallen; ein Islampfaffe geiferte bösartig seine Botschaft aus sich, hetzte Kinder über explodierende Felder und hetzte die Völker des Turbans auf, den sogenannten Heiligen Krieg von Horizont zu Horizont zu tragen.

Freudlosigkeit und Fanatismus standen ihm auf dem widerwärtigen Antlitz geschrieben; morden ließ er, ohne eine Miene zu verziehen; gegen die Freiheit des Wortes wandte er sich und ließ einen Dichter von Assassinen verfolgen[46]). Persien versank in Trostlosigkeit, der Wahn des Priesters aber breitete sich aus über viele andere Länder. Der Libanon blutete und flammte, der Norden Afrikas glühte fanatisch auf, vom Sprung auf Europa faselten da und dort bereits wieder die uralten Unverbesserlichen. Doch nicht nur der Islam zerrte und nagte am Gebäude des Weltfriedens; auch im wiedererstandenen Land der Juden waren die fundamentalistischen Wühler zugange und wollten – gegen den Willen der meisten Menschen, gegen den Willen der Mehrheit des eigenen Volkes – das Großreich errichten, die neue Davidsherrschaft[47]). Ebenso zeigten sich die Vertreter des dritten Astes am Baum der Bibel in diesen Tagen verbohrt; Rom, das seine geistigen Fesseln während eines vatikanischen Konzils kurzfristig zu lockern versucht hatte, war nun ebenfalls wieder abgestürzt in die seit Jahrtausenden gelebte Engstirnigkeit. Ein Rückschrittlicher und Unbelehrbarer saß auf dem vermeintlichen Stuhl Petri zu dieser Zeit. Er weihte Kathedralen in Afrika und kniete in den Privatkapellen menschenverachtender Diktatoren in Amerika; in seinem polnischen Heimatland versuchte er dumpf den überkommenen Staatskatholizismus durchzusetzen[48]). Hellhörig witterte er jede Gelegenheit, das zu restaurieren, was die Menschheit nicht länger ertragen wollte, doch gegenüber dem Rufen der aufrechten Priester in seiner Kirche blieb er taub. Schmoren ließ er sie in ihren Ängsten und Wirrnissen und vergrößerte ihr Unbehagen noch durch seine Dogmatik.

Die Frauenliebe mißgönnte er ihnen, die Kinder, ein bißchen natürliches Glück; theologisch zwang er sie darüber hinaus zu Dingen, die sie in ihren Herzen nicht länger mehr anzunehmen vermochten, gegen die ihr wach gewordener Verstand sich zu Recht sträubte. Einen Reformator versuchte er mundtot zu machen zu Paderborn; nicht länger mehr Prediger durfte der sein, der die Antworten auf die drängenden Fragen der Ehrlichen gekannt hätte.

Rom verbohrte sich also, Rom kapselte sich ein, Rom zeigte sich bockbeinig über die ohnehin so lange ertragenen Grenzen hinaus; kurz vor dem Ende seiner Herrschaft schnalzte Rom zurück ins dumpfe Loch seiner eigenen verdorbenen Geschichte. Und dies wiederum löste, zusammen mit der Halsstarrigkeit der anderen

Religionen, das dritte Weltgeschehen aus, die dritte Revolution nach der Französischen und der Roten. Der gemeinsame Aufschrei der Menschheit gegen die geistige Bevormundung und das geistige Einkleistern kam. In der Wüste stiegen Feuer- und Rauchpilze zum Himmel, am Rande des Meeres wurde Palästina erschüttert, aus Rom floh der vorletzte Papst über das große Wasser, im Tiber wurde der letzte vatikanische Autokrat ertränkt . . .

*

Neuerlich hatte sich ein visionärer Kreis geschlossen; ins Endlose hinaus und dann zurück auf den Punkt waren die Bilder im erschütterten Gehirn des Sehers gestrudelt. Jetzt, da die unerhörte Spirale in ihrem innersten Kern verwirbelte, wirbelte auch das normale Bewußtsein Wenzels hinter sein Stirnbein zurück. Er begann sich zu krümmen, aus dem Rachen drang ihm ein Stöhnen, und dann – Stunden, nachdem der funkensprühende Balken ihn getroffen hatte – kam auch der Schmerz. Er schmetterte dem Böhmischen, wie vor einer Unendlichkeit der eigentliche Aufschlag, übers Gesicht; der Schildknappe brüllte, bis ihm der Atem versagte, und dann hörte er die Worte Fulks: „Ruhig , mein Freund! Bist in Sicherheit! Der Aufstand ist niedergeschlagen! Ich und die anderen haben dich ins Quartier gebracht! Gleich kommt der Arzt! Bist bald wieder auf den Beinen, wirst's sehen . . .“

Sehen, dachte der Böhmische. Warum ist denn alles so dunkel um mich?

Der Schmerz über den Augen wurde ihm neuerdings bewußt; er begriff, daß dort etwas Krustiges war, das ihm die Lider niederpreßte. Im gleichen Moment ertrug er diesen Zustand nicht mehr, fühlte er sich panisch eingezwängt wie ein Tier im Käfig, ein Deliquent im Kerker. Sein ganzes Sinnen und Trachten richtete sich jetzt auf seine Augen. Er versuchte sie zu öffnen, doch das Kleben und Krusten blieb. Erst als er, einen Warnruf Fulks mißachtend, die Finger zu Hilfe nahm, gelang es ihm. Der Schmerz schien ihm das Gesicht entzwei zu reißen, aber dann lösten sich die oberen von den unteren Lidern, lösten sich jäh innerhalb eines pfeifenden und gequälten Atemzugs.

Wenzel suchte Fulks Antlitz; er starrte mit flackernden Pupillen – und sah nichts. Die Dunkelheit blieb, und mit einem weiteren Aufschrei begriff der Böhmische, daß er blind war.

Danach verstummte er, verkroch sich in die Schale seiner Qual wie ein Krebs, krustete sich ein, zog mental den Panzer um sich. Auch die Geräusche sperrte er in seinem entsetzlichen Leid aus;

Fulks Stimme verwaberte, später drang auch die des Arztes nicht ins Bewußtsein des Böhmischen vor. Selbst sein blutrünstiger Leib wurde in der Folge völlig empfindungslos. Die Magd, die ihn notdürftig reinigte, flüsterte einmal völlig verstört, er fühle sich an wie ein versteinertes Stück Holz.

Die Vision von Grosseto

Im August dieses Jahres 1328 war die Armee des Wittelsbachers aus Rom abgezogen; jetzt, im September, belagerte sie die nach wie vor avignonhörige Stadt Grosseto. Über den eilig aufgeworfenen Erdwällen, welche den Ort von seinem Umland abschnüren sollten, lastete der Geruch nach Verwesung und Kot, der solch kriegerische Maßnahmen stets begleitete. Auch jetzt, im Frühherbst, brannte die Sonne noch gnadenlos. Tag und Nacht waren das Wummern der Katapulte zu hören, das Aufkrachen der Felsbrocken auf den Dächern von Grosseto, dann wieder das Schreien der Verletzten, wenn die Belagerten zurückschossen und die Steintrümmer ihre Ziele zwischen den kaiserlichen Zelten fanden.

Nichts von alldem drang jedoch ins Bewußtsein des Degenberger Schildknappen vor. Er hatte wie eingekrebst dagelegen, als seine Kameraden ihr römisches Quartier aufgelöst hatten; später dann hatten sie ihn gleich einem leblosen Bündel in einer Sänfte zwischen zwei Maultieren nach Nordwesten bis zum Ombrone[49]) transportiert. In einer Zeit, in der ein Menschenleben wenig oder gar nichts galt, war dieser Aufwand ungewöhnlich gewesen. Doch Wenzel, auch wenn von ihm scheinbar nichts geblieben war als die Agonie, war nicht irgendwer, nicht mehr seit seiner Vision im Petersdom, und besaß zudem verläßliche Freunde. Noch in der gleichen Stunde, in welcher der römische Arzt ihm eröffnet hatte, daß ein Aufkommen des Böhmischen höchst unwahrscheinlich sei, hatte der Ritter sich und den übrigen Degenbergern geschworen, trotzdem alles in seiner Macht Stehende für den Verwundeten zu tun. So hatten sie Wenzel bis in die Toskana mitgeschleppt, und nun lag er, bis auf die Knochen abgemagert, in der durch den Krieg schon ziemlich zerrupften Behausung Fulks.

Ein Windstoß wühlte sich in den Brodem des Heerlagers, die Zeltleinwand begann wie hektisch zu flappen. Der Knecht, der auf Befehl des Ritters am Fußende der Siechenbahre kauerte, blähte gierig die Nüstern zum Eingang hin. Wenigstens einen Teil der Schwüle schien der jähe Luftzug weggeblasen zu haben. Der Reisige wischte sich den Schweiß von der Stirn, dann langte er nach dem Tonkrug mit dem Wein und trank gierig. Gleichzeitig schien draußen der Himmel aufzuheulen; ein Fetzen und Fegen schien das Heerlager hämisch ducken zu wollen, dann schlug das Katapultgeschoß der Grossetaner ein Stück weiter ein. Ein Roß schrie auf gleich einem gefolterten Menschen; der erschrockene Knecht versudelte sich das Koller mit einem überschwappenden Schwall

Rotspon. Als er, verhalten fluchend, den Krug abstellte, fiel sein Blick auf den Agonischen. Der Reisige sah, daß Wenzels Augen sich geöffnet hatten, daß der Böhmische auf ihn starrte. Daß der Dunkle ein derart deutliches Lebenszeichen von sich gab, war seit dem Unglückstag in Rom nicht mehr vorgekommen. „Bei der Jungfrau! Bei allen Heiligen!“ keuchte der Waffenknecht, dann stolperte er hinaus, den Degenberger zu verständigen.

Wenzel hörte die Schritte, doch das Bild, das er sah, war nicht das reale. Er hatte den Burschen, obwohl er ihn scheinbar scharf fixiert hatte, überhaupt nicht wahrgenommen. Anstelle des Reisigen hatte er sich vorhin selbst erblickt, eine verschwommene Gestalt auf der Bahre, und nun wurden die Konturen schärfer; gnadenlos scharf.

Der Böhmische, die Augen noch immer auf den Zelteingang gerichtet, fixierte seinen eigenen abgezehrten Leib. Er bemerkte, wie ihm die Knochen durch die Haut zu brechen schienen, dann sah er sein Antlitz mit den fahl vernarbten Wunden auf der Stirn, mit der gespaltenen Braue, die anders war als früher; die jetzt jäh nach oben, der Schläfe entgegen, zu flügeln schien. Er fixierte die eingefallenen Wangen, den scharf gewordenen Nasenrücken, den verkniffenen Mund; er sah den Adamsapfel im faltigen Halsfleisch rucken. Alles in allem erblickte er keinen Achtzehnjährigen, sondern einen wie rasend Gealterten, dem von der Jugend nichts mehr geblieben war.

Als der Dunkle dies erschüttert dachte, verschlierte sich ihm der eigene Körper zu dem eines Fremden. Ein Größerer, Schwererer lag jetzt auf der Bahre, einer im brokatenen Prunkkleid, und dann verwandelte sich auch das dürftige Lager, wurde zur breiten Bettstatt aus Edelhölzern und gedrechselten Pfosten, zum Pfühl eines Großen, eines Hochadligen. Bleich lag der Unbekannte da; etwas näßte unaufhaltsam durch den dicken Tuchpacken auf seinem Leib, und während das Blut floß, schien ihm das Antlitz mehr und mehr einzuschrumpfen. Den Tod sah der Böhmische hinter dem schwindenden Fleisch flattern, doch ehe der Knochige endgültig zu sensen vermochte, bäumte sich der Körper des Verwundeten noch einmal auf.

Ein Rudel von Edelleuten hatte den Sterbenden aufgeschreckt; sie strömten in das Gemach, scharten sich um die Bettstatt, und dann vernahm der Böhmische mental ihr Flüstern, ihr hastiges Raunen und Zischeln. Von der Stadt Pistoia war die Rede, die der Reichsvikar gerade noch hatte erobern können, ehe der Dolch des Meuchlers ihn getroffen hatte. Auch um die Nachfolge Castruccios[50]) ging es, um die nun vakante Macht; ebenso darum, daß dessen beiden Söhnen nicht zu trauen sei. Und während die Adligen, über den Leib des Dahinschwindenden hinweg, weiter flüsterten, raunten und zischelten, erinnerte der Böhmische sich daran, daß er den Blutenden einst an der Seite des Kaisers gesehen hatte. In Rom war das gewesen; als einer seiner vertrautesten Gefolgsleute hatte Castruccio Castracani von Lucca den Wittelsbacher damals in den Petersdom begleitet, ganz nahe am Altar hatte er bei der Krönung gestanden. Und später dann hatte Ludwig ihn mit der Belagerung der Stadt Pistoia beauftragt; mit starken Truppenverbänden war der kaisertreue Italiener im Frühsommer dorthin aufgebrochen. Mit dieser Armee waren auch Castruccios Söhne geritten; Wenzel hatte sie selbst gesehen damals, in den prunkvollen Rüstungen auf den edlen Hengsten.

Während ihm dies bewußt wurde, deutlich wurde am Rande seiner eigentlichen Vision, sah er gleichzeitig den todwunden Körper Castruccios sich noch einmal aufbäumen, und dann schien dem Reichsvikar etwas aus dem Fleisch zu flügeln, ein in Wirklichkeit nicht greifbarer Hauch schien sich im Palastraum auszubreiten, um schließlich ins Nichts hinaus zu spiralen, in die wummernde Unendlichkeit, den Kosmos. Der Knochige hatte das irdische Dasein Castruccios weggesenst; einen letzten mentalen Lidschlag lang erblickte Wenzel noch einmal das nun gänzlich verfallene Antlitz, dann verschlierte sich ihm der Körper des Toten wie vorhin sein eigener. Auch die Flüsternden, Raunenden und Zischelnden waren jetzt verschwunden. Statt dessen schien sich der Dunkle plötzlich außerhalb der Stadt Pistoia zu befinden; im Weiterrauschen der Zeit erkannte er weit in der Ferne ihre turmzackige Silhouette vor einem rötlich sich einfärbenden Abendhimmel, und dann tauchten unter einem Torbogen zwei Reiter auf, zwei jugendliche Gestalten in prunkvollen Rüstungen und auf edlen Hengsten. Den Söhnen Castruccios folgten andere Gewappnete; die Rotten waren es, die im Frühsommer von Rom aus in den Norden des Florentiner Beckens gezogen waren. Nun aber preschten sie in die Richtung auf Lucca und Pisa, und über ihren zuckenden Lanzenspitzen und wippenden Helmbüschen wurde das eben noch so milde Abendlicht grell. Wie zur Weißglut erhitzter Stahl gleißte und strahlte es auf, biß sich im Schädel des Böhmischen fest und sprengte die Vision. Gellend schrie Wenzel, schlug die Hände vor die Augen, versuchte in Panik, sein Siechenlager zu fliehen. Und fühlte sich aufgefangen in gepanzerten Armen und hörte Fulk rufen: „Du lebst wieder, mein Freund! Die Lähmung hat dich verlassen!“

Weil ein anderer starb, dachte der Schildknappe wirr. Weil etwas in den Kosmos spiralte und von anderswoher zurückkam.

Gleichzeitig spürte er, wie der mentale Schmerz ihn floh; auch das wirre Begreifen in seinem Schädel verflüchtigte sich, und dann bellte er den Ritter an: „Du mußt zum Kaiser! Mußt ihm sagen, daß Castruccio Pistoia erobert hat, aber wenig später verstorben ist! Ein Mörder hat den Reichsvikar gemeuchelt!" Der Böhmische keuchte in der Erinnerung; Fulks gepanzerte Klauen schienen ihm jetzt die Oberarme brechen zu wollen. Mit einer jähen Körperwindung machte sich Wenzel los, dann fauchte es ihm weiter aus dem Rachen: „Schlimmer noch! Castruccios Söhne sind Verräter! Die Städte Lucca und Pisa werden ihrem Heer die Tore öffnen! Der Abfall vom Wittelsbacher war von langer Hand vorbereitet! Kaum hatte Castruccio die Augen geschlossen, zeigte seine Brut ihr wahres Gesicht! Jetzt donnern die Reiter durch die Nacht in der Toskana – kann keiner sie mehr aufhalten!"

Mit dem letzten Wort brach Wenzel wieder auf die Bahre nieder, schlug erneut die Hände vors Gesicht, als wollte er nichts mehr sehen. „Kümmere du dich um ihn!" herrschte Fulk den Knecht an, der ihn vom Aufkommen des Schildknappen verständigt hatte. „Ich komme zurück, so schnell ich kann! Aber jetzt muß ich dem Knappen gehorchen! Der Kaiser muß auf der Stelle von der Weissagung des Böhmischen erfahren!"

Damit hastete der Ritter aus dem Zelt; er hatte keinen Moment an der Wahrheit von Wenzels Vision gezweifelt. Der Böhmische selbst blieb mit zuckenden Schultern auf seinem Lager hocken. Der Reisige griff erneut zum Weinkrug; erst als er sich wie verdurstend gestärkt hatte, wandte er sich scheu an den Dunklen und flüsterte: „Du hast es wirklich so gesehen? Bei der Madonna? Bei den Heiligen?"

Wenzel gönnte ihm keine Antwort. Bloß sein Körperzucken verstärkte sich noch, erinnerte jetzt beinahe an das eines Fallsüchtigen. Doch dann verging es jäh, als hätte irgend etwas es weggeschmettert. Wenzels Hände ruckten von seinem Antlitz weg, ruckten zur Weinkruke hin, hoben das Gefäß an. Der Böhmische trank, bis ihm der Atem knapp wurde, dann zerschellte der Krug auf der Erde, während Wenzel selbst mit zögernden Schritten zum Zeltvorhang ging, ihn zur Seite fegte und verschwand. Mit hervorquellenden Augen starrte der Knecht ihm nach; er wollte nach den anderen Degenbergern rufen, aber er schaffte es in seinem Halbrausch nicht gleich. Als er zuletzt doch ins Freie torkelte und die Nachricht aus sich sprudelte, war von dem Schildknappen weit und breit nichts mehr zu sehen. Nur die Steinbrocken krachten weiter ins Lager und heulten nach Grosseto hinüber, bis endlich die Nacht hereinbrach und der Krieg sich für ein paar Stunden verschnaufte.

*

Fulk fand den Böhmischen unter einer Pinie, eine halbe Meile südlich der Zeltstadt. Schräg über dem wie zerfleddert wirkenden Wipfel hing ein zunehmender Sichelmond. Der Ritter tätschelte den Hals des Jagdbracken, der ihn auf die Fährte geführt hatte, dann ließ er sich seitlich des Knappen vorsichtig ins federnde Gras sinken. Er brauchte lange, ehe er die richtigen Worte fand, endlich flüsterte er: „Ein Blinder hätte den Weg bis hierher nicht geschafft . . ."

„Aber ein Sehender, einer, dem das Augenlicht zurückgegeben wurde", kam nach einer Weile die Antwort. Ein Schluchzen folgte; ein weher, verzweifelter Laut.

„Du . . . du solltest frohlocken über die Gnade – und weinst?" Fulks Stimme klang verstört.

„Als ich gelähmt war und blind, und das muß viele Wochen gedauert haben, hatte ich meinen Frieden", versetzte der Böhmische stoßend. „Ich wußte nichts mehr, nur ein Schwingen und Streicheln war da, so sanft . . ." Er räusperte sich rauh, schien Schleim und Pein in sich hineinfressen zu wollen. „Aber dann, als mir die Welt wieder ins Gehirn einbrach, was sah ich?! Tote, Verstümmelte, Gepanzerte, blutverschmierten Stahl! Und drüben die Stadt, in der die Angst umgeht! Und am Himmel?! Die heranfauchenden und wegfauchenden Steintrümmer . . ."

„Das kennst du! Das ist der Krieg, und wir können's nicht ändern!" Beinahe vorwurfsvoll preßte der Degenberger die Sätze aus sich.

„Ich will ihn aber nicht mehr sehen, den Krieg!" Der Böhmische schrie jetzt. „Hättet ihr mich doch im Dunklen gelassen, damals in Rom! Hättet ihr mich doch verrecken lassen!"

„Hättest du das mit einem Freund getan?!" Neuerlich, wie schon tagsüber im Zelt, preßte Fulk den Arm des anderen schmerzhaft. „Hättest du das übers Herz gebracht?! Du redest wirr, Wenzel! Ich bin wie dein Vater! Du bist mir wie ein Sohn! Hättest du deinen Vater verrecken lassen, du Narr?!"

Der Böhmische schwieg. Wehrte sich auch nicht mehr gegen den klammernden Griff um seinen Arm. Bloß das Zucken kam wieder, und dann lag sein Kopf auf einmal an der Brust Fulks. Der Ritter streichelte ihm das verfilzte Haar, streichelte es ihm unbeholfen, ruppig fast, fühlte sich dabei nicht weniger verstört als sein Knappe. Merkte aber dann, wie sich der Krampf löste, und zuletzt trennten sich der gewappnete und der von der Krankheit versudelte Leib wieder. Ruhig, beherrscht klang die Stimme des Böhmischen, als er jetzt sagte: „Du hast recht, Fulk! Du hast für mich getan, was Menschenpflicht war – und vielleicht mehr! Ich hätte nicht anders gehandelt an dir! Verzeih mir das, was ich vorhin im Wahn gesagt habe! Wir dürfen das Leben nicht feige fliehen, auch wenn wir es uns manchmal in unserer Pein wünschen! Wir müssen es weiter tragen, selbst im Krieg!“

Fulk stöhnte erleichtert auf. „Möglicherweise“, murmelte er, „nimmt das Schlachten ja bald ein Ende. Wenn es zutrifft, was du in der Vision gesehen hast, dann wird der Kaiser . . .“

„Du warst bei ihm? Du hast es ihm gemeldet?“ Der Böhmische versuchte sich seiner Umwelt wieder zu stellen; es war ihm anzuhören.

„Du wolltest es so, und ich habe es getan“, erwiderte der Ritter. „Wort für Wort trug ich dem Wittelsbacher deine Schauung vor.“

„Und?“ schnappte der Schildknappe.

„Er nahm's nicht auf die leichte Schulter“, murmelte Fulk. „Die Warnung kam nicht von einem Scharlatan, sie kam von dir! Trotzdem, du wirst es verstehen, kann Ludwig die Belagerung von Grosseto nicht einfach abbrechen und das Heer nach Lucca und Pisa werfen. Aber der Kaiser hat Späher ausgesandt, die . . .“

„Er wird dadurch die heutige Nacht und den morgigen Tag dazu verlieren!“ erklang es rauh aus dem Rachen des Böhmischen. „Aber wir können's nicht ändern! Wenn die Boten kommen, wird der Wittelsbacher wissen, daß es zu spät ist!“ Der Dunkle starrte nach Grosseto hinüber. „Die eine Stadt wird dann verschont werden! Aber andere, viele noch, werden wegen des Verrats der Brüder bluten müssen! Du täuschst dich, Fulk, wenn du denkst, der Krieg nähme jetzt alsbald ein Ende! Wird noch mehr als ein Jahr dauern, bis du und ich wieder die Schneeberge sehen! Starr vom Eis werden sie sein, wenn wir hinüberziehen! Und die Schar, die unter deinem Fähnlein reitet, wird furchtbar zusammengeschmolzen sein!“

Der Degenberger zuckte zusammen, als hätte ihn ein Peitschenhieb getroffen. Im unwirklichen Mondlicht schien es so, als nickte Wenzel mehrmals wie bekräftigend. Dann erhob er sich federnd, als hätte es die Siechenbahre nie gegeben, und murmelte: „Laß uns zurückgehen ins Lager. Ich bin sehr hungrig jetzt, auch sollten wir die anderen nicht länger im Ungewissen lassen!“ Damit verschwand er in der Nacht wie ein Schatten, und der verblüffte Ritter, den hechelnden Hund an der Seite, hatte alle Mühe, mit ihm Schritt zu halten.

In der nächsten Abenddämmerung dann preschten die Späher, die der Kaiser ausgesandt hatte, sowie andere Kuriere aus dem Norden heran. Kaum waren die schäumenden Rösser vor dem Zelt des Wittelsbachers zum Halten gekommen, ging es auch schon wie ein Lauffeuer durch die Zeltstadt, daß Castruccio tot war und seine beiden Söhne sich im Handstreich in den Besitz Luccas und Pisas gesetzt hatten. Der Abgesetzte zu Avignon hatte schändliches Kapital aus dem Hinscheiden des Reichsvikars geschlagen, und nun würde die Belagerung von Grosseto abgebrochen werden müssen, damit das Heer des Monarchen die neue Herausforderung anzunehmen vermochte.

Wort für Wort hatte sich damit die Prophezeiung des Böhmischen, der einen Tag vorher noch blind gewesen war, bewahrheitet, und das Wissen darum erregte die Reisigen und Ritter beinahe noch mehr als der Verrat der Italiener. Immer wieder schlichen die Männer sich scheu an das Zelt Fulks heran, in dem der Dunkle hauste. Manche wagten sich auch hinein und versuchten ihn zu löchern, doch Wenzel blieb in diesen Tagen bis zum Abmarsch des Heeres sehr in sich gekehrt und lehnte es ab, auf die aufdringlichen Fragen zu antworten. Der Grund dafür lag in dem, was er seinem Herrn und Freund unter der Pinie gesagt hatte. In jener Stunde hatte er den Krieg noch einmal schrecklich aufwuchern sehen, und jetzt sträubte sich alles in ihm dagegen, denen Auskunft zu geben, auf deren Stirnen er nunmehr schon das Zeichen erblickte. Der Schmerz und das Weh hatten ihn erneut gepackt, und wären Fulks derbe Worte in der Mondnacht nicht gewesen, so hätte der Schildknappe sich möglicherweise wiederum in seinen Schutzpanzer eingekrebst. Doch der Ritter hatte seinen Lebenswillen nachdrücklich geweckt und hatte ihm den Stachel der Pflicht ins Fleisch gesetzt, und so ertrug der Dunkle sein neues Wachsein. Gleich den anderen Männern des Degenberger Fähnleins wappnete er sich zuletzt wieder, zäumte er sein Roß auf und schwang sich in den Sattel, und dann zog er an der Schwertseite Fulks davon nach Norden, während meilenweit um sie und ihre Reisigen herum der Lärm des nun ebenfalls wieder marschierenden Kaiserheeres dröhnte.

*

Der Himmel zeigte sich bereits spätherbstlich verhangen, als die Armee Pisa erreichte; giftig blühten zwischen den Vortrupps und den Verteidigern der Stadt Scharmützel auf. Doch zum eigentlichen Schlagen kam es unter den weitläufigen Mauern nicht; die

Söhne des Castruccio zogen sich mit ihren Truppen rechtzeitig zurück, gaben Pisa preis und verschanzten sich für den Winter in dem von ihnen ebenfalls usurpierten Lucca. Zum zweiten Mal zog der Wittelsbacher als Eroberer in die Stadt an der Arnomündung ein, und während der Himmel sich im Verlauf der folgenden Wochen winterlich eindüsterte, versuchte der Kaiser auf diplomatischem Weg, neue Verbündete für seine Unternehmungen im kommenden Jahr zu gewinnen. Vor allen Dingen plante er einen neuen Feldzug gegen Robert von Neapel, und im späten Dezember erschien König Peter von Sizilien deswegen mit einer Flotte von fünfzehn Schiffen im Delta des Arno.

Bald waren sich der Wittelsbacher und der Beherrscher Messinas darüber einig geworden, den Krieg im kommenden Frühjahr mit vereinten Kräften zu führen. Doch dann, nachdem König Peter mit südlichem Kurs wieder abgesegelt war, traf ein, was der Böhmische bereits vorausgesehen hatte. Unvermittelt zeigte der Tod wieder seine gräßliche Fratze; der schwimmende Verband geriet in einen schweren Sturm, mehr als ein Dutzend Galeeren sanken, der Sizilianer selbst konnte sich nur mit knapper Not in den Hafen seiner Königsstadt retten.

Damit war die kaiserliche Offensive gescheitert, noch ehe sie wirklich begonnen hatte. Urplötzlich schien Ludwig wieder mit dem Rücken zur Wand zu stehen, und im Lauf dieses Jahres 1329 mußte er weitere schwere Schläge hinnehmen, denn jäh verstarben etliche seiner treuesten Waffengenossen, möglicherweise durch Gift. Den kaisertreuen Michael von Jandun, seines Zeichens Bischof von Ferrara, traf es; wenig später den aufrechten Sciarra Colonna, der den Wittelsbacher damals im Petersdom gekrönt hatte. Auch die Ghibellinenhäupter Passerina und Cangrande fuhren unter reichlich mysteriösen Umständen in die Grube; ihre Erben aber wurden daraufhin flugs fahnenflüchtig und schlugen sich auf die Seite der Kurie zu Avignon. Ebenso handelten die Markgrafen von Este, in denen der wölfische Jacques von Cahors nun weitere Verbündete gewann, und über die verräterischen Söhne des Castruccio liefen Gerüchte um, daß sie jetzt mit den Florentinern gegen Ludwig den Bayern im Bunde seien.

Unter der Staubwolke, die über dem nun wieder marschierenden Kaiserheer lastete, zogen auch Fulk und der Böhmische mit nach Lucca. Wieder erlebten sie die Greuel und den Gestank einer Belagerung; als die Stadt endlich fiel, war die Erde ringsum von Gräbern wie von Pockennarben bedeckt, und auch der eine oder andere Reisige vom Degenberg hatte vor Lucca seine letzte Ruhestätte gefunden. Das zusammengeschmolzene Heer aber wälzte sich weiter nach Mailand, vor dessen Toren und Mauern wiederum gestorben wurde. Dennoch blieb die Sache hier unentschieden; zuletzt sah sich der Wittelsbacher zu einem eher brüchigen Waffenstillstand gezwungen.

Die Lage in Florenz und plötzlich auch in Pisa war schuld daran. Dort hatte inzwischen der Neapolitaner heftig gewühlt, und nun hatte sich in der Toskana eine starke guelfische Liga gebildet, in deren Sold an die 5000 Condottieri[51]) standen. Florenz sperrte daraufhin den Deutschen seine Tore; noch schlimmer sah es in Pisa aus, wo der Kaiser Papst Nikolaus V. unter dem Schutz von 600 Rittern zurückgelassen hatte. Dieser relativ kleine Haufen wurde im Juni dieses Jahres 1329 während eines plötzlichen Aufstandes aufgerieben; von Papst Nikolaus fehlte anschließend jede Spur, und viele glaubten, daß er einen namenlosen Tod gestorben sei.[52])

So standen also die Dinge, während über der italienischen Halbinsel wiederum der Sommer glastete; die Prophezeiung des Böhmischen, die ihm vor Grosseto aus dem Rachen gefaucht war, hatte sich damit auf entsetzliche Weise bewahrheitet. Im Herbst dann, nachdem die Belagerung Pisas sich längst festgerannt hatte, wendete das Blatt sich jedoch jäh wieder. Denn jene welschen Städte, Burgen, Märkte und Dörfer, die sich in der Vergangenheit Avignon unterworfen hatten, hatten mittlerweile die klerikalen Klauen aufs schmerzhafteste zu spüren bekommen. Die Büttel des Kardinallegaten, die johanneshörige Pfaffheit dazu hatten diese Territorien bis zum Ausbluten besteuert, hatten die Menschen zusätzlich durch Inquisitionstribunale, Gesinnungsschnüffelei und das stets damit verbundene Denunziantenunwesen gequält. Die Adligen, Bürger und Bauern aber hatten während des Heerzuges des Wittelsbachers zu vergleichen gelernt, und spätestens jetzt erkannten sie schmerzhaft den krassen Unterschied zwischen weltlicher und geistlicher Herrschaft. Deswegen drehte sich nun unter dem verhangenen Herbsthimmel der Wind erneut, und unvermittelt bekamen die Ghibellinen wieder Oberwasser.

Als der Wittelsbacher, in seinem Gefolge nach wie vor Fulk und der Böhmische, friedlich in Parma einzog, feierten ihn die Bewohner der Stadt als Befreier vom päpstlichen Joch. Nicht anders erging es den Deutschen in Modena und dann in den vielen kleineren Orten auf dem Weg nach Trient. Das Heer erreichte die letztgenannte Metropole im Jahreswechsel von 1329 auf 1330, und auch dort wieder brandete der Jubel auf. Unternehmungslustiger denn je begann der Kaiser Feldzugspläne für das kommende Frühjahr zu schmieden; noch immer standen ja im Süden Robert von Neapel sowie der Kardinallegat mit ihren Heeren.

„Der Leibhaftige hole sie!" röhrte Fulk an einem dieser Winterabende beim Wein. „Der Pfaffe und der Rebell bringen es fertig, daß wir uns im neuen Jahr wiederum unter der brütenden Glut-hitze schlagen müssen!"

„Dies sagst du jetzt, doch vielleicht denkst du schon bald ganz anders darüber", erwiderte dunkel der Degenberger Schildknappe. Und setzte, nachdem er lange in die Nacht hinausgestarrt hatte, noch hinzu: „Denn in Deutschland holt sich in dieser Nacht der Tod einen Großen . . ."

Der Ritter erwiderte nichts, glotzte bloß verdattert, und gleichzeitig wurde ihm bewußt, daß man heute den 13. Januar schrieb. Der Böhmische aber dachte an Mühldorf, wo er zum ersten Mal das Schillern der Macht erblickt und ihr Kreischen gehört hatte, und während diese Bilder und sein eigenes Zittern von damals ihm wieder lebendig wurden, verzerrten sich seine Lippen wie verächtlich.

Gegen Ende des Monats dann langten Eilboten in Trient an; kaum waren sie aus den Sätteln gestiegen, verbreitete sich in der Stadt die Nachricht, daß am 13. Januar Ludwigs einstiger Gegenkönig, Friedrich der Schöne von Habsburg, auf der Burg Guttenstein verstorben war.

Damit war das wahr geworden, was der Dunkle am Abend des genannten Tages zu Fulk gesagt hatte. Ein einstmals Mächtiger war dahingerafft worden, und noch in den ersten Februartagen entschloß sich der Wittelsbacher, den italienischen Feldzug abzubrechen und sich mit dem größten Teil seines Heeres über die Alpen zurückzuziehen. Im Kernreich wurde der Kaiser jetzt nötiger gebraucht als im Welschland; es galt, etwaige Erbstreitigkeiten im Hause Habsburg im Keim zu ersticken, ehe sie sich möglicherweise zu einem neuen deutschen Bruderzwist auszuweiten vermochten.

So quälte sich der gepanzerte Wurm wochenlang über die klammen Gebirgssteige und durch die windigen, schneeverwehten Klüfte, und mit der Nachhut der Armee tappten und rutschten die Degenberger dahin. Ein stolzes Fähnlein waren sie gewesen, als sie im Spätwinter des Jahres 1327 in umgekehrter Richtung über den Brenner gezogen waren. Jetzt war ihr Haufen schrecklich zusammengeschmolzen; beinahe jeder zweite Mann fehlte, moderte irgendwo im Süden in seinem namenlosen Grab. Diejenigen aber, die überlebt hatten, wirkten älter, als sie an Jahren zählten; der Krieg hatte ihnen die Gesichter unnachsichtig zerschrundet und ihnen die Augäpfel lange vor der Zeit eingetieft. Müde waren sie, von vielen Illusionen geheilt; von den Höhen und Tiefen, durch die sie gescheucht worden waren, wie zerschliffen und dünngeschabt. Dennoch hielten sie durch auf ihrem letzten Wegstück, marschierten verbissen Meile um Meile weiter, und endlich pluderte unversehens weicher Märzwind von Norden heran. Vor ihnen lagen die ersten Täler der Heimat; da reckten sie sich und richteten sich in den abgewetzten Sätteln auf – und erlebten das einzige wahre Glück des gesamten Feldzuges.

Weißenstein

Im Sattel des wie schwebend laufenden Zelters[53]) glich die dreizehnjährige Ludmilla einer Elfe. Weißblond wehte das Haar des Mädchens im linden Sommerwind; die Tochter Fulks hatte die Reitkappe schon gleich nach dem Aufbruch am Morgen mit übermütigem Lachen abgestreift. Jetzt töltete die Degenberger Erbin, wie schon mehrmals an diesem Tag, dem kleinen Trupp wie ein tanzendes Zauberwesen voran, und unwillkürlich dachte der Böhmische: Wie ein heilkräftiges Lichtsprengsel wärmt sie die Welt, die oft so finster sein kann.

Doch heute schien sich die Erde unter den streichelnden Sonnenstrahlen wohlig zu dehnen. Fünf Monate nach der Rückkehr des kaiserlichen Heeres aus Italien schien es nie etwas anderes als den Frieden gegeben zu haben. Die buntgekleideten Degenberger Reiter waren zunächst durch den Schwarzacher und Bernrieder Vorwald gezogen und hatten dann die Rodung Bischofsmais südlich des Einödriegels passiert. Überall hatte es geblüht, hatten die Blumen und Kräuter betäubend geduftet, hatte der Mischwald flüsternd seinen Atem mit dem Wind getauscht. Auf den Äckern hatte sich das reife Korn gewiegt, und nun, da der Nachmittag in seiner letzten warmen Glut stand, rauschte jenseits einer sanft geneigten Uferwiese der Schwarze Regen dahin und erhob sich ein Stück weiter rechts der wie mattes Glas glänzende Pfahl[54]). Ludmilla, auf ihrem Zelter tanzend, hielt genau auf ihn und die auf den Quarzklippen errichtete Burg zu.

„Der Weißenstein! Du kennst ihn ja!“ Fulks Stimme riß Wenzel aus seinen angenehmen Träumen. „Noch ehe die Sonne ganz versunken ist, werden wir die Festung erreicht haben. Wir sind nicht schlecht geritten vom Degenberg her, was?“

„Wir hatten ja auch eine Fee zur Führerin“, erwiderte lächelnd der Schildknappe.

„Ja, der Schimmel geht unter meiner Tochter wie ein Glöckchen“, bestätigte der Ritter. „Nicht zu vergleichen mit unseren alten Kriegsgäulen. Das Mädchen hat uns mit seiner Hilfe arg ins Schwitzen gebracht, doch um so eher werden wir den Weißensteiner Wein genießen. Und dann, mein Freund . . .“

Der Degenberger brach ab, grinste bloß noch verschmitzt und setzte gleichzeitig seinem eigenen Hengst die Sporen ein. Wenig später hatte er den Zelter eingeholt, ein mahnender Ruf hinüber zu der Dreizehnjährigen erklang, dann wurden der Schimmel und Fulks Hengst gleichzeitig langsamer. Wenzel und die drei Knechte schlossen auf; im Schritt ging es nun oben auf der südlichen Leite des Regentals weiter, und dann schien die Burg hinter wiegenden Wipfeln zu verschwinden, denn jetzt hatte der Schutzwald den kleinen Reitertrupp aufgenommen.

Fulk machte nunmehr den Führer, hinter ihm kam Ludmilla, dann Wenzel. Ab und zu wandte das Mädchen sich um und schenkte dem Zwanzigjährigen ein Lächeln. Einst hatten sie als Kinder zusammen gespielt, die Erbin und der Findelknabe; die Freundschaft zwischen ihnen war auch später geblieben, als der Böhmische bereits halbwüchsig gewesen war, und nun, nach der langen Abwesenheit des Dunkelhaarigen, war sie stärker denn je aufgeblüht. Freilich hatten die Hintergründe sich verändert, für die Dreizehnjährige war der Knappe nicht länger nur der Spielkamerad. Er war im Krieg gewesen, er wußte die Waffen zu führen und hatte selbst Wunden davongetragen; er war ein Mann geworden und ein Kämpfer, und deswegen wollte die Weißblonde sich von ihm nicht mehr nur begleitet, sondern beschützt fühlen. Dies versuchte sie ihm mit ihrem Lächeln zu sagen, wenn sie sich nach ihm umdrehte, und Wenzel begriff es auch; allerdings war dieses Begreifen zwei- oder dreimal während des Ritts jäh tiefer gegangen, und dann hatte der Böhmische gewußt, daß auch er in Ludmilla nicht länger mehr bloß das Kind sah, sondern daß sie ihn fast schon als Frau anrührte. Dies aber hatte ihn dann jäh geschreckt, trotz der tiefen Freundschaft, die er für sie empfand; mental hatte ihn etwas durchschauert, was zumindest nach den groben Gesetzen der Menschen und seiner gesellschaftlichen Umwelt den Ruch des Verbotenen an sich hatte.

Deswegen war er nun beinahe froh, bald in die rauhborstige Welt auf dem Weißenstein zu gelangen, auch wenn das Reiten mit Ludmilla – nur an sie dachte Wenzel, nicht an Fulk oder die anderen – schön wie ein Traum gewesen war.

Und so vermied er jetzt den Blick auf die Feenzarte und spähte auf dem letzten Wegstück angestrengt durch die wippenden Wipfel, um möglichst doch noch einmal eine kurze Aussicht auf die Degenberger Ministerialenburg zu gewinnen, ehe der Wald ein Ende nahm. Zwei- oder dreimal sah er tatsächlich ein Stück Quaderwerk oder den Pfahlquarz aufschimmern, und dann lichtete sich der Forst und machte unterhalb des Felskammes unvermittelt dem Blachfeld Platz.

Der Böhmische hatte den Weißenstein schon früher bei mehreren Gelegenheiten besucht, die Burg war ihm also beileibe nicht fremd, doch jetzt nahm ihr ungeheuerlicher Anblick ihn schlagartig gefangen, als sähe er sie zum allerersten Mal. Aus der Nähe wirkte die Festung wie von einer Riesenfaust aus den Abgründen der Erde herausgetrieben; sie schien den Himmel stürmen zu wollen gleich einem Fanal. Gratig und schroff schnitt der gleißende Quarzrücken aus dem viel sanfteren Hügelbuckel hervor und schien sich in wuchtigem Aufsprung in seine eigene absolute Überhöhung hineinzuwerfen. Aber das Naturwunder stellte bloß die Grundfeste dar, auf der sich die Burg selbst eingewurzelt hatte. Genau dort, wo der kühne Quarzsprung seine Grenzen gefunden hatte, stiegen die Bruchstein- und Quadermauern noch rasanter als selbst der vulkanische Auswurf gegen das Firmament hin an. Sie zackten dort hinauf wie ein stummer Schrei, wie der maßlose Wille ganz herausragender Menschen, und wo die ungebärdigen Wälle endeten, setzte sich die monolithische Festung im Palas und im Bergfried fort, bis ganz oben die Zinnen mit den treibenden Wolken zu verschmelzen schienen. Und jetzt, da die Reiter die Grabenbrücke neben dem wuchtigen Burgkasten passierten, strahlten diese Dachschrägen und Spitzbastionen im Abendlicht rotgolden, wie von edelstem Glanz übergossen. Vor dieser unerhörten Kulisse wehte im Blickwinkel des Böhmischen wiederum Ludmillas weißblondes Haar – und erneut fühlte sich Wenzel an einen nie und nimmer greifbaren Traum erinnert.

Dann aber nahm der Torschlund den Degenberger Trupp auf, der Weißensteiner Vogt im klirrenden Kettenhemd machte Meldung; Fulk dankte, riß einen Witz, saß dann gleich den anderen ab. Der untere Innenhof der Burg war eng, wirkte beinahe wie ein Schlot; es hallte von den hier drinnen schwärzlichen Mauern wider, als die Rösser von den Stallknechten weggebracht wurden. Die Ankömmlinge schritten hinauf in den oberen Hof; noch beklemmender drängten sich dort die Schildmauern zusammen, zwängten die dahintergeschachtelten Gebäude wie mit mörderischem Griff ein. Ein weiterer Torbau stand hier, über ihm ragte der Palas auf, und während die drei Knechte zurückblieben, führte Fulk, den Vogt im Gefolge, seine Tochter und den Schildknappen hinein. Sie erreichten eine enge Wendeltreppe, die sich steil deckenwärts drehte; fast hatten sie Mühe, hindurchzukommen. Zuletzt, zwei Stockwerke höher, kamen sie wieder ins Freie; auf einer steinernen Plattform standen sie nun. Eine Holzbrücke, die im Kriegsfall leicht weggeschlagen werden konnte, führte über eine gähnende Felsspalte hinüber zum Turm. Der Eingang lag wiederum doppelt mannshoch über seinem quarzgegründeten Sockel; das Mädchen und die drei Männer schoben sich hindurch, kletterten auf einer knarzenden Bohlenstiege weiter und standen im Söller, dem höchsten Raum der gesamten Festung, von wo aus der Blick unendlich weit über den Schutzwald und die baumbepelzten Bergrücken hinging, über denen jetzt der allerletzte Lichtschein des Tages nachglühte.

Unversehens fanden der Böhmische und Ludmilla sich eng aneinandergeschmiegt in der Nische des westlichen Erkers wieder. Während der Vogt seinem Lehensherrn Wein kredenzte, während die Stimmen des Ritters und des Ministerialen rauh den Raum füllten, vergaßen das Mädchen und der junge Mann alles um sich; alles, bis auf den Blick über die zauberhafte Bergwelt hinaus. Ihre Seelen schienen sich zu lösen aus der umgebenden steinernen Schale; etwas schien sie weich wegzuheben und sie der scheidenden Sonne nachgleiten zu lassen; eine mentale Berührung schien sie zu führen, die vom Herzen der Erde kam und dennoch nicht mehr von dieser Erde war. Ganz nahe waren ihre Gesichter sich, erhitzt noch vom Ritt und vom anstrengenden Aufstieg durchs verwinkelte Gekröse der Burg. Die Grenze zwischen den beiden jungen Menschen zerfloß, wie von selbst wurde ihr Pulsschlag eins. Wenzel, nicht denkend, sondern bloß noch fühlend, hätte sein Leben dafür gegeben, hätte es auf ewig so bleiben können.

Doch dann, jäh, verging das Licht; wie weggefegt verlosch es hinter einer der Hügelkuppen. Ein Frösteln durchzitterte den Böhmischen, gleichzeitig hörte er Fulks ungeduldige Stimme: „Jetzt beeilt euch schon! Kommt zur Tafel! Ich bin hungrig wie ein Wolf!“

Wie ertappt lösten sich das Mädchen und Wenzel aus der Erkernische. Sie nahmen am Tisch Platz, Ludmilla neben ihrem Vater, der Dunkle an der Seite des Vogts; sie griffen zu, als sei nichts gewesen, doch der Braten kam ihnen in ihrer nachbebenden Sensibilität wie ein blutiger Kadaver vom Schindanger vor, und der Wein schmeckte ihnen wäßrig und schal.

So trank der Böhmische auch später, als die Tafel längst wieder aufgehoben war, mäßig. Fulk indessen leerte aufgeräumt einen Humpen nach dem anderen, und als er sich zuletzt im Halbrausch befand, hieb er seinem Schildknappen plötzlich die Faust auf die Schulter und tönte: „Ich habe es dir ja schon auf dem Herritt angedeutet, mein Freund, und jetzt muß es ganz heraus! Als ein magerer Krebs, noch nicht einmal ganz siebzehnjährig, bist du an meiner Seite ins Welschland gezogen. Ich hatte insgeheim meine Bedenken damals, ob ich an dir tatsächlich eine Hilfe hätte. Aber andererseits dachte ich, daß einer wie du die Welt sehen müsse, und deswegen solltest du die Möglichkeit zur Bewährung bekommen.“

Der Degenberger griff nach dem Weinkrug, schenkte sich nach, trank mit nachdenklich gerunzelter Stirn und fuhr fort: „Was sag’ ich?! Bewährung?! Als ob du tatsächlich noch irgendwas hättest beweisen müssen! Das wurde mir in Italien schnell klar. Bist treu an meiner Seite geritten, hast mir mutig die Schildflanke geschützt, wenn's in den Kampf ging. Und das andere, deine Gesichte ... über die redete schon bald das ganze Heer. Begriffen hat's wohl kaum einer, was in dir vorgeht, wenn es dich packt. Auch ich weiß es nicht, doch eines muß ich sagen: daß es in dem heißen Welschland verflucht weniger Unglück gegeben hätte, so wir nur öfter auf dich gehört hätten!"

Wieder trank der Ritter, hastig jetzt, dann setzte er hinzu: „Was ich damit meine ... du verfügst über eine ganz besondere Gabe, Kamerad, sei sie nun vom Teufel eingegeben oder von Gott – oder vielleicht gar von etwas Drittem, das wir alle miteinander nicht beim Namen nennen können. Wie auch immer, ein Kerl bist du, Wenzel, den man wie seinen Augapfel hüten und nach Kräften befördern muß! Einmal, weil eben dieses Besondere in dir steckt; zum anderen aber auch, weil du ein verwegener Kämpfer bist, wenn's darauf ankommt. In Rom, zum Beispiel, in der verdeixelten Gasse, wo die Rebellen lauerten, hast allein du den Degenberger Haufen herausgehauen! Hättest du dort den Pfeilhagel nicht geschossen, wir wären wohl alle miteinander verreckt! Nachher dann hat dich freilich der Balken böse erwischt, doch da war das Haus schon so gut wie in unserer Hand, und du bist zuletzt auch wieder aufgekommen, selbst wenn's bis zur Belagerung von Grosseto gedauert hat ..."

Fulk verstummte in der Erinnerung, der Böhmische starrte auf ihn mit einer steilen Falte zwischen den Augen; sie dachten in diesem Moment beide an die Worte, die sie unter der Pinie getauscht hatten. Gleich darauf aber flackerte Wenzels Blick weiter zu Ludmilla. Ihr Haar schimmerte jetzt, im Kerzenschein, golden, und dieser Schimmer war schuld daran, daß der Dunkle auf des Ritters letzte Worte rauh erwiderte: „Für Grosseto, für den Rempler, den du mir unter dem Baum gabst, danke ich dir von ganzem Herzen!"

„Wir sind Kameraden geworden in Italien, deswegen brauchst du mir gegenüber von Dank nicht zu reden", versetzte Fulk. „Du hättest auch mir geholfen, wenn's nötig gewesen wäre." Erneut trank er, dann lachte er und polterte: „Aber wir haben nicht bloß Seite an Seite gefochten, sondern ich bin darüber hinaus auch dein Herr! Und als solcher habe ich das Privileg, einen treuen Knappen für seine mannigfaltigen Dienste zu belohnen. Schon lange hatte ich das im Sinn, Wenzel, schon von dem Tag an, an dem wir endlich wieder die Heimat sahen. Doch gut Ding will Weile haben, und deswegen habe ich damit gewartet bis heute, da wir zusammen im Weißensteiner Söller bechern. Denn in dieser Burg, Kamerad, sollst du deinen Lohn und zugleich deine Zukunft finden!"

„Auf den Böhmischen! Auf seine Waffenkunst!" rief an dieser Stelle der Vogt und hob den Pokal.

„Auf den neuen Hauptmann zu Weißenstein!" bestätigte der Ritter, und dabei schwenkte auch er seinen Humpen gegen den Dunklen.

Verwirrt starrte Wenzel auf die silberbeschlagenen Gefäße, in die geröteten Gesichter Fulks und des Ministerialen. Diesmal war er nicht hellsichtig gewesen, diesmal fühlte er sich völlig überrumpelt, und so dauerte es eine ganze Weile, bis er das volle Ausmaß der Worte begriff, die er soeben gehört hatte. Und dann, nach einem jäh hin- und wieder wegwischenden Blick auf das Mädchen, murmelte er: „Ich soll also nicht mehr auf dem Degenberg leben . . ."

„Sei kein Narr!" versetzte der Ritter. „Du wirst oft dort zu tun haben. Aber unten an der Donau warst du nichts weiter als ein Knappe, während du hier auf dem Weißenstein dein eigener Herr bist. Nur der Vogt ist über dich gestellt, doch der wird dir nicht viel dreinreden, nicht wahr, Gerhart?! Du treibst weiter die Abgaben von den Lehenspflichtigen ein und kümmerst dich um die Verwaltung der Festung. Und du, Wenzel, hast die Reisigen unter dir. Beinahe zwei Dutzend sind's – und allesamt recht erprobte Haudegen. Du wirst deine Freude an ihnen haben, wenn du sie erst kommandierst! Der bisherige Burghauptmann ist schon hinüber nach Böhmen, auf die im Bau befindliche Festung von Velhartice[55]), wo er in Zukunft einem Verwandten von mir dienen wird. Du aber drillst die Weißensteiner Rotte und führst sie mir zu, sollte es irgendwann wieder in den Krieg gehen. – Jetzt aber stoß endlich mit mir und dem Vogt an, und auch für Ludmilla soll noch einmal ein Becher gefüllt werden, denn ich denke, wir haben allen Grund dazu!"

„Ich bin ein hilfloser Waisenknabe gewesen, als du mich vor vielen Jahren in der Šumava fandest, Fulk", erwiderte der Böhmische; er hatte sich jetzt wieder gefaßt. „Und heute setzt du mich über die Mannschaft deiner besten Burg nach dem Degenberg! Ich schwöre dir, mein Herr, daß ich dir nach Kräften dienen werde!" Auch der Dunkle hob nun seinen Pokal, ebenso Ludmilla, die zwischenzeitlich von Gerhart versorgt worden war, und dann stießen sie alle zusammen auf den frischgebackenen Burghauptmann an. Jetzt schmeckte der Wein auch dem Böhmischen wieder feurig; innerhalb eines einzigen Augenblicks war er höher gestiegen, als er je zu hoffen gewagt hatte. Buchstäblich turmhoch war er aus der Finsternis seiner Herkunft aufgefahren, und da auch er nur aus Fleisch und Blut war, von Eitelkeit nicht frei, genoß er das sich nun allmählich festigende Bewußtsein seines neuen Ranges; er fühlte sich auf einmal stärker, tatkräftiger – und bedenkenloser – als jemals in seinem Leben. Und dann setzte Ludmilla seinem Glück die Krone auf, denn sie beugte sich zu ihm herüber und flüsterte ihm zu: „Jetzt bist du so gut wie ein Ritter, Wenzel! Mein Ritter!“ Ihr hübsches Antlitz wirkte arglos dabei; sie war noch immer ein unbefangenes Kind, auch wenn ihr Körper bereits erste Ansätze von fraulichem Knospen zeigte.

„Was munkelt ihr beiden denn?“ rief gleich darauf lachend der Degenberger. „Hat der Fratz etwa gar von dir verlangt, daß du künftig, wenn du unten an der Donau zu tun hast, den Troubadour spielen sollst?“

Die Weißblonde errötete, der Böhmische grinste, nun doch ein wenig verlegen; Fulk setzte hinzu: „Aha, ist's also so, wie ich schon vermutete! Nun gut, ich habe nichts dagegen. Ihr wart immer ein Herz und eine Seele. Und wenn deine sonstigen Pflichten dir Zeit dazu lassen, kannst du dem Kind den unschuldigen Gefallen gerne tun. – Jetzt aber zu Bett, mein Mädchen, der Mond steht draußen schon hoch! Wir aber, Gerhart und Wenzel, wollen den Krug noch leeren und dabei ernsthaftere Dinge besprechen! Du weißt ja, Hauptmann, daß der Weißenstein vor allen Dingen den Handelsweg hinüber in dein Geburtsland zu schützen hat . . .“

*

Wenige Tage später gab Wenzel, erstmals im Leben eigene Leute im Gefolge, Fulk und Ludmilla noch das Ehrengeleit drei Meilen über den Schutzwald hinaus. Als sie über dem Tal des Schwarzen Regen die Rösser zügelten, umarmte der Ritter seinen ehemaligen Schildknappen zum Abschied. Die Weißblonde berührte seine Hand und sagte: „Du mußt uns bald auf dem Degenberg besuchen, so wie du es mir gestern noch versprochen hast!“ Dann warf sie jäh den Zelter herum und spornte ihn; wenig später war die kleine Kavalkade nur noch ein bunter Fleck auf dem Weg nach Bischofsmais. Der Böhmische verhielt mit seinen Reisigen auf der Leite, bis sie seinem Blick ganz entschwunden war, und dann fühlte er sein Herz auf einmal sehr schwer werden.

Gleich darauf riß aber auch er sein Roß herum, bellte einen Befehl aus sich und hetzte mit seinem Trupp so schnell zurück zum Weißenstein, als hätten sie eine Attacke zu reiten. Kaum standen die schweißbedeckten Gäule im Stallgewölbe und waren abgerieben, scheuchte er die Männer vom unteren in den oberen Burghof hinauf, ließ auch den Rest der Besatzung bis auf den Turmposten antreten und setzte Übungskämpfe an. Stundenlang klirrten die stumpfen Schwerter, dröhnten die Schilde und Helme, blühten unter den Kollern und Kettenhemden die Schrammen und Blutergüsse auf. Ins Weidengeflecht hagelten zwischendurch die Pfeilwolken, und schon bald fluchten die Waffenknechte lauthals auf ihren neuen Hauptmann, der ihnen offenbar zeigen wollte, wie gut ein neuer Besen zu kehren vermochte. Da der Böhmische sich aber auch selbst nicht schonte, im Gegenteil noch härter kämpfte und sich mit Schwert und Bogen mehr abverlangte als jeder seiner Männer, waren die Verwünschungen letztlich nicht wirklich ernst gemeint. Abends dann, in ihrem verräucherten Quartier, lobten die Reisigen den verrückten Böhmen sogar, und einer sprach aus, was auch alle anderen dachten: „Wenn wir mit dem in einen wirklichen Kampf ziehen, dann werden wir gewiß nichts zu lachen haben – aber der Feind noch viel weniger!“

So hatte Wenzel, im Grunde bloß aus seinem Abschiedsschmerz heraus, das Vertrauen der ihm Anbefohlenen bereits im ersten Anlauf gewonnen, und in der Folge dann, während der Sommer dieses Jahres 1230 sich allmählich in den Herbst hinein drehte, schweißte er seine knapp zwei Dutzend Reisigen recht erfolgreich zu einem verschworenen Haufen zusammen. Im späten Oktober ernteten sie den ersten Lohn für diese Mühe, denn der Turmwächter stieß ins Horn und rief dann in den Festungshof hinunter, daß unten im Regental offenbar ein Kaufmannskarren in Bedrängnis geraten sei.

Mit der Hälfte seiner Leute, den härtesten Reitern, preschte der Hauptmann durch den Schutzwald davon. Sie galoppierten zu den Flußhängen hinunter, setzten stiebend durch die Furt und fanden eine Viertelmeile weiter, Bodenmais zu, einen Erschlagenen und drei Verwundete in ihrem Blut liegen. „Du und du! Ihr begrabt den einen und versorgt die anderen!“ rief der Böhmische zweien seiner Berittenen zu; mit dem Rest hetzte er der Doppelfurche nach, welche die Scheibenräder des geraubten Karrens in den herbstmodrigen Grund gegraben hatten. Die Wegelagerer versuchten, als sie der Verfolger gewahr wurden, noch in den Forst zu flüchten, doch sie schafften es nicht mehr. Wie ein Ungewitter kam Wenzel mit seinem Trupp über sie, und im Handumdrehen war das Verbrechergesindel abgetan.

Der Hauptmann befahl, die sechs Leichen an Ort und Stelle zu verscharren; ehe aber noch die nasse Erde auf die Körper klatschte, wurde ihm das Herz wiederum schwer. Denn die Gesichter der Landstörzer waren ausgemergelt, sie trugen nichts als Lumpen am Leib, und bei mehr als einem von ihnen schienen die Rippen spitz und anklagend durch die fahle Haut dringen zu wollen. Aus der eigenen Not heraus hatten sie den Überfall durchgeführt; möglicherweise waren es versprengte Kriegsknechte gewesen, die der Wahn in Italien oder anderswo zuletzt verächtlich von sich gespieen hatte. So wich das Triumphgefühl, das den Böhmischen anfangs noch durchschüttert hatte, jäh einer wehen Anwandlung von Verzweiflung, und unwillkürlich schoß es dem Hauptmann von Weißenstein durch den Kopf, daß Barmherzigkeit möglicherweise angebrachter gewesen wäre. Aber dann schloß sich der Hügel über dem Massengrab, und die Walderde wirkte beinahe wieder so unschuldig wie vordem; irgendwie war alles bloß wie ein beklemmender Traum gewesen, der jetzt allmählich verwaberte.

„Zurück zu den Kameraden! Die verletzten Händler müssen weggebracht werden!" raunzte Wenzel daher nur noch, ehe er seinen Hengst um die Hinterhand drehte. „Und vergeßt den Wagen nicht!" setzte er, schon im Abreiten, hinzu.

Die Dämmerung brach soeben herein, als sie die Festung erreichten. Gerhart, der Vogt, kam ihnen aufgeregt entgegen; mit gepreßter Stimme erstattete der Böhmische Meldung. „Sechs tote Wegelagerer – und außerdem der eine Kaufmann", fügte er hinzu. „Und wofür? Was hat's eingebracht?!" Er schüttelte verwirrt den Kopf. „Der Karren ist ein Stück dahin gefahren und ein Stück dorthin, ist an diesem Tag eigentlich überhaupt nicht von der Stelle gekommen. Und in einer Woche oder zwei, wenn die Überlebenden wieder auf den Beinen sind, wird er weiterrollen, als sei nichts gewesen. Und doch buckeln sich jetzt jenseits des Flusses die Grabhügel über sieben Menschenkörpern auf! Sag mir, Gerhart, wo liegt der Sinn?!"

„In der Gerechtigkeit – vielleicht", erwiderte der Vogt mit dünnen Lippen. „Oder möglicherweise finden wir ihn, wenn wir uns heute nacht zusammen besaufen. Wenn du es nicht weißt, Hellsichtiger, warum suchst du die Antwort dann bei mir?"

„Bin nicht hellsichtig, wenn es um solche Dinge geht", schnaubte der Dunkle. „So etwas hat mich immer bloß gequält wie jeden anderen auch. – Aber du hast recht! Der Wein schwemmt's weg, noch besser als die Erde, die über die Kadaver rieselte. Komm mit hinauf in den Söller, Gerhart. Dort wollen wir der wegsinkenden Sonne nachstarren, wollen bechern bis zum Gehtnichtmehr, und dann werden wir das, was uns schindet, vielleicht in die klamme Nacht hinausspeien können . . ."

Damit drehte er sich um, torkelte, als sei er bereits berauscht, über den Hof, verschwand unter dem steinernen Sturz des zweiten Tores. Der Vogt, nachdem er den anderen noch einige Anweisungen gegeben hatte, folgte ihm. Wenig später glühte der Wein in den Bechern wie Blut, unten in ihren Quartieren pokulierten auch die Reisigen, und um die Verwundeten kümmerten sich jetzt die Mägde; sie taten die uralte Frauenarbeit und versuchten mit ihren weisen Händen zu heilen, was Männerpranken und Männerwaffen an Unheil angerichtet hatten.

*

Im November dann zogen die Geretteten mit ihrem Karren weiter, erreichten gerade noch die Donau, ehe der erste Schnee fiel. Der kam dann bereits in den ersten Dezembertagen in pudrigen Wolken und überhäufte den Wald, den Regengrund und die Burg. In die Wegklüfte hinein schoben sich die Wehen, an den Festungsmauern türmten sie sich hoch, und noch ehe Weihnachten ganz heran war, sahen sich die Bewohner des Weißensteins fast völlig von ihrer Umwelt abgeschnitten. Lediglich die Hintersassen auf den nahegelegenen Höfen bahnten sich dann und wann mühsam einen Weg hinauf auf den Pfahl. Oft bis zur Brust einsinkend, trampelten sie sich einen Pfad durch den Schnee, um die Lebensmittel abzuliefern, auf welche die Besatzung Anspruch hatte. Das meiste freilich, was Gerhart, Wenzel und die ihnen Anvertrauten zu ihrer Notdurft nötig hatten, war bereits während des Herbstes in den Burgkellern eingelagert worden, und auch an Wein herrschte kein Mangel, denn damit war der Weißenstein nach der Sitte der Zeit aufs allerbeste versorgt. So standen der Vogt, der Hauptmann, die Knechte und Mägde, selbst die Kinder, den Januar und Februar durch, wenn auch oft nur noch in einem dumpfen Dahinbrüten. Im März dann versickerte die eisige Klammer um die Festung und schmolz dahin, und nun erwachte das Leben wieder; die Sangesfrohen auf dem Weißenstein begrüßten den Frühling mit einfachen Liedern, in denen viel von der Baumblüte, den Blumen und der derben minniglichen Brunst[56]) die Rede war.

Kaum waren der Schutzwald und die Wiesen ausgeapert, nahm Wenzel seine Reisigen erneut in strenge Zucht. Wie im vergangenen Jahr drillte er sie; im April aber ritt der Böhmische aufgrund einer Abmachung, die er mit Fulk getroffen hatte, zum Degenberg. Das Wiedersehen mit dem Ritter und Ludmilla stellte für den Dunklen die größte Freude dieses Frühjahrs dar, doch auch Gret war da, auf deren Marketenderkarren er einst mit nach Mühldorf gezogen war. Ganz wie in den Tagen seiner Kindheit und Jugend hockte Wenzel stundenlang in der Küchenhöhle, der Rauch waberte, das Eisen und Kupfer der Pfannen und Kessel spiegelte den Feuerschein wider; die Köchin aber war alt geworden jetzt, ihr breitflächiges Antlitz schien auf seltsame Weise geschrumpft zu sein, und daran war nicht allein das Runzelnetz schuld, das sich ihm eingefurcht hatte.

Einige Male, wenn er Gret betrachtete, spürte der Böhmische es weh durch sein Herz ziehen. Doch dann stellte ihm die Frau, die ihm wie eine Mutter gewesen war, wieder einen Napf Suppe hin, oder sie schob ihm einen Krug zu, und unter solch vertrauter Fürsorglichkeit wich die Beklemmung von dem Dunklen, wich auch sein Ahnen, so daß er die Küchenhöhle und Grets Gegenwart erneut als einen ruhenden Pol im Dahinstrudeln der Zeit zu empfinden vermochte.

Gelegentlich setzte sich auch Ludmilla im verräucherten Gewölbe zu ihnen; vierzehn Jahre zählte die Erbin jetzt und war seit dem letzten Sommer womöglich noch anziehender geworden. Auf fast beängstigende Weise kontrastierte ihre Jugend mit dem allmählichen Verbleichen der anderen Frau; einmal dachte der Weißensteiner Hauptmann jäh: Als ob das eine Leben aus dem Dahinschwinden des anderen seine Blüte saugen wollte ...

Es lag jedoch nichts wirklich Beklemmendes in diesem flüchtigen geistigen Aufschauern; vielmehr vermittelte die Einsicht in dieses Unabwendbare, in dieses miteinander verknüpfte Aufwachsen und Vergehen, beinahe so etwas wie Geborgenheit im Erdmantel und beruhigendes Begreifen der Welt. Wenn die Weißblonde dann nach Wenzels Hand griff und ihn hinaus ins Licht, auf die Burgaue oder in den Kräutergarten, lockte, dann lächelte Gret und nahm es großherzig hin. Auch sie war ja einst an der Seite junger Männer gegangen, auch sie hatte getändelt und gescherzt, und deswegen gönnte sie es jetzt auch der Tochter Fulks und dem Böhmischen; harmlos war die Freundschaft zwischen dem Dunklen und der Lichtblonden ohnehin.

Auch der Ritter sah dies so; saß er mit seinem Hauptmann beim Wein, dann riß er zwar gelegentlich einen Witz über den Zauber des Kräutergärtleins oder der Aue, doch in seinen Augen lag dabei kein Mißtrauen. Wenzel lachte dazu unbefangen, und dann drehte sich das Gespräch schnell wieder anderen Dingen zu. Rösser, eine auszubessernde Burgmauer oder die Schwierigkeiten, welche der Kaiser nach wie vor mit der Kurie hatte, das waren die Angelegenheiten, über die dann ausgiebig geredet wurde, und selbstverständlich hatte der Böhmische, schon gleich, nachdem er auf den

Degenberg gekommen war, von dem Überfall auf den Kaufmannskarren berichtet.

„Wollen wir hoffen, daß dein mutiges Eingreifen dem Raubgesindel eine Lehre war!" erinnerte sich Fulk beim Abschied noch einmal an diesen Vorfall. „Ansonsten weiß ich jetzt, daß es kein Fehlgriff war, dich als Hauptmann auf den Weißenstein zu setzen; du hast dich gut bewährt! Mach weiter so, mein Freund, und wenn du irgendeinen Rat oder Hilfe brauchst, dann weißt du, daß der Degenberg bloß einen Tagesritt entfernt liegt. Im Herbst aber komme ich zu Besuch zu dir, und dann wollen wir im Arberurwald zusammen jagen!"

Danach schüttelten sich die ehemaligen Kriegskameraden die Hände; Gret war da und umarmte ihren Ziehsohn noch einmal, und dann kam auch Ludmilla heran und flüsterte dem Dunklen zu: „Eigentlich mag ich die Jagd nicht, doch im September werde ich Vater solange löchern, bis er mir erlaubt, mit auf die Pirsch zu gehen. Das will ich tun, damit wir uns bald wiedersehen, Wenzel . . ."

Diese Worte klangen im Herzen des jungen Reiters nach, als er durch den Torschlund trabte. In den folgenden Tagen, nachdem er seinen Dienst auf dem Weißenstein wieder aufgenommen hatte, wunderten sich dann seine Reisigen nicht wenig über ihn, denn so nachsichtig wie jetzt hatten sie ihn noch nie erlebt. Mit der Zeit aber achtete der Hauptmann wieder auf strengere Zucht; im geordneten militärischen Gleichmaß gingen der Spätfrühling und dann der Sommer hin, und Wenzels Patrouillen sorgten für Ruhe und Sicherheit im Bannkreis der Weißensteiner Burg. Im August zogen die hörigen Bauern in kleinen Gruppen auf den Pfahl hinauf, lieferten den Zehnten in Form von Getreide und lebendem Fleisch ab und bedankten sich bei dem Böhmischen und Gerhart, daß man sie nicht wie die Leibeigenen anderswo bis aufs Blut ausgeschunden hatte. Denn auch darauf hatte Wenzel in diesem Jahr geachtet, daß Gerechtigkeit herrschte über dem Schwarzen Regen. Er hatte zudem immer wieder die Grenzen seines Gebietes abgeritten, um etwaige Überfälle räuberischer Nachbarn auf die Weißensteiner Dörfer zu verhindern, und so hatten die Bauern in Frieden säen und ernten können.

Nun, im September, wußte Fulk dies mit beredten Worten zu würdigen. Noch mehr als über dieses Lob freute sich der Böhmische aber über das Wiedersehen mit Ludmilla; sie hatte ihren Vater tatsächlich dazu überredet, sie mit auf den Jagdzug zu nehmen. An den Streusiedlungen der Hörigen vorbei trabte der kleine Trupp jetzt nach Norden, und am Nachmittag waren die unberührten

Urwälder an den Flanken des Arbers erreicht. Nur ganz selten verirrte sich ein Mensch hier herauf; lediglich ungebärdige Waldläufer und den einen oder anderen Köhler gab es in dieser Wildnis noch. Bei einem der Kohlenmeiler stellten die Reiter ihre Rösser ein, dann wurde abgekocht und die Nacht neben dem glosenden Scheiterhaufen verbracht. Mit dem ersten Tageslicht hetzten die Bracken in den tiefen Forst hinein; die Menschen folgten ihnen, so gut sie konnten, und am späten Abend schleppten Fulk und Wenzel in schöner Eintracht einen mächtigen Bären auf den Köhlerplatz. Die Männer waren erschöpft, verschwitzt, ihre Gesichter und Arme von Dornen zerkratzt. Doch aus ihren Augen leuchtete die Begeisterung über das gut abgelaufene Abenteuer, und der Ritter schien wieder so jung geworden zu sein wie damals, als er den Dreijährigen tief drinnen in der Šumava gefunden hatte.

Zufrieden, wenn auch todmüde, war zudem Ludmilla. Sie wußte, daß Fulk und Wenzel ihr zuliebe auf das Raubzeug und nicht auf das herrliche Hochwild gepirscht hatten. Am nächsten Morgen dann, nachdem der Petz abgebalgt worden war, zogen die Reiter gemächlich zum Weißenstein zurück, und im Regental bewunderten die Bauern den ruppigen braunen Pelz, der auf dem Rücken des Packtieres dahinschaukelte. „Wir haben ihnen einen Gefallen getan“, sagte der Böhmische bei einer dieser Gelegenheiten zu der Weißblonden, „denn jetzt brauchen die Hörigen nicht zu fürchten, daß der Räuber im Winter in ihre Hürden einbricht.“

Ludmilla nickte lächelnd; einmal mehr durfte sie in dem Freund ihrer Kindheit den Helden sehen. Fulk aber, der auch mitgehört hatte, setzte hinzu: „Das ist ja der eigentliche Sinn der ritterlichen Jagd, daß die Dörfer, Weiler und Einöden beschützt werden! Denn das Landvolk selbst, das nicht waffenkundig ist, könnte sich gegen Bären oder Wölfe nur schlecht wehren.“ Er brach ab, blickte sinnend über das Stoppelfeld hin, an dem sie soeben vorbeikamen, dann setzte er hinzu: „Freilich haben viele meines Standes mit der Zeit auf diese Pflicht vergessen! Die Hörigen sind ihnen nichts weiter mehr als ein Pack, das man ausschinden kann, und an ihrer natürlichen Fürsorge den Bauern gegenüber liegt diesen Herren nichts mehr! Sie suchen nur noch ihr Vergnügen auf der Jagd, pirschen eher nach dem Braten als nach der Gefahr und hetzen dabei in ihrem Übermut sogar über bebaute Äcker hinweg, ohne an die Hungersnot der Leibeigenen und den eigenen Schaden zu denken, die nachher unweigerlich kommen müssen! Doch wir auf dem Degenberg und auf dem Weißenstein halten's mit dem alten Schutzrecht, auf das die Bauern einen Anspruch haben, und so muß es auch sein, wenn der Ritterstand im Land geachtet sein soll!“

Kämpferisch, beinahe grimmig hatte Fulk die letzten Sätze hervorgestoßen, doch als gleich darauf der Pfahl durch die herbstlich bunten Wipfel schimmerte, wurde er wieder ruhiger. Wenig später stiegen sie in der Burg aus den Sätteln und begaben sich in den Söller hinauf, wo bereits ein Imbiß und Wein auf sie warteten. Beim Rotspon dann wandte sich die Unterhaltung den großen Geschehnissen außerhalb des Waldgebirges zu. Wenzel, der bisher darüber nur Gerüchte gehört hatte, erfuhr, daß das Herzogtum Niederbayern kürzlich zwischen drei Wittelsbacher-Fürsten aufgeteilt worden war. In Landshut, Straubing, Schärding und Pfarrkirchen herrschte jetzt Herzog Heinrich XIV., in Cham, Dingolfing, Landau, Vilshofen und Deggendorf sein Vetter Heinrich XV., während ihr gemeinsamer Verwandter Otto IV. in Burghausen, Ötting[57]), Traunstein, Hall und im Salzkammergut saß. Daß dies alsbald böses Blut machen könne, befürchtete Fulk, doch vorerst hätten sich die Herren gegenseitig unverbrüchlichen Frieden geschworen.

„Wenn sie erst der Machtwahn über ihre eigenen Grenzen hinauszutreiben beginnt, werden sie die Eide sehr schnell wieder vergessen haben“, murmelte der Böhmische, nachdem der Degenberger geendet hatte. „Fast will's mir so scheinen, als würde schon in naher Zukunft einer der drei mit dem weißblauen Wappenschild über die Länder der anderen herfallen!“ Er drehte seinen Pokal auf der Tischplatte, einmal, zweimal, noch einmal, dann fügte er sehr leise hinzu: „Keine drei Jahre werden hinstreichen übers bayerische Land, bis es geschieht!“

Die Weißblonde machte große, erschrockene Augen, auch der Ritter schien sich plötzlich unbehaglich zu fühlen. Er spürte, daß sein Schützling wiederum eine Vision gehabt hatte. Doch dann nahm er sich zusammen; er wollte sich das Wiedersehen nicht durch das Unken vergrätzen lassen, und so erwiderte er bloß: „Drei Jahre sind lang, Wenzel; wir aber leben heute und wollen's genießen! Dreh den Pokal nicht länger unschlüssig herum, sondern stoß mit uns an – morgen oder spätestens übermorgen kommt schon wieder der Abschied . . .“

„Aber im nächsten Frühjahr sehen wir uns wieder auf dem Degenberg“, sagte Ludmilla, ihre Beklemmung meisternd, leise gegen den Dunklen hin; dann trank sie ihm zu.

Und wiederum klangen ihre Worte im Herzen des Burghauptmanns nach, als er ihr und Fulk am übernächsten Morgen noch ein Stück das Geleit gab und sie zuletzt auf Bischofsmais zu verschwinden sah. Dann kehrte er langsam auf den Pfahl zurück und spürte dabei, eher mental, in der Luft den ersten Ruch des Winters.

Tatsächlich kam der Schnee früh in diesem Jahr 1331. Erneut schienen die Festung, der Pfahl und das umliegende Land in dem milchigen Gestöber zu versinken, und die Wehen häuften sich von Woche zu Woche höher auf. Das Leben auf dem Weißenstein verfiel in jenen Dämmerzustand, den der Böhmische nun bereits kannte. Allein oder in Gesellschaft Gerharts saß er beim Wein, zählte schon bald die Tage nur noch ungefähr und sehnte sich nach dem März, in dem hoffentlich wieder die Schmelze eintreten würde. Waren die Wege dann erst wieder frei, würde er keine Zeit mehr verlieren, würde seinen Hengst satteln lassen und hinaus in den Vorwald preschen. Und auf dem Degenberg würde er die Freunde wiedersehen; Ludmilla, Fulk, auch Gret . . .

Unter solchen Gedanken des Dunklen drehte sich der Dezember in den Januar und dieser in den Februar hinein, und in den letzten Tagen dieses Monats begann der Schnee firnig zu werden, und seine Last schien über dem Land einzukrusten und sich zu verringern.

Nicht mehr lange, dachte Wenzel, als er an einem schütter sonnigen Abend auf der Wehrplattform stand und nach Süden träumte. Plötzlich zuckte er zusammen; jenseits des Schutzwaldes brach sich ein Roß in krampfhaften Sprüngen Bahn durch den Firn. Ein Bote vom Degenberg! schoß es dem Böhmischen durch den Kopf, obwohl er die Wappenfarben auf die weite Entfernung hin unmöglich erkennen konnte.

Doch er war sich ganz sicher, er rannte hinunter in den Hof, und dann wartete er in der Torstube, bis das abgehetzte Tier und sein schneeverkleisterter Reiter draußen auftauchten. Der Knecht war tatsächlich einer von Fulks Leuten; er war auch in Italien dabeigewesen, Alf lautete sein Name. Der Hauptmann lief auf ihn zu, im Torschlund packte er ihn am Arm, dann herrschte er ihn an: „Was ist passiert?! Warum hat dich der Ritter zu dieser Zeit auf den Weißenstein gesandt?!"

Alf versuchte zu antworten, doch er brachte nichts weiter als ein Keuchen zustande. So zerrte Wenzel ihn in die Wachstube, schrie nach heißem Würzwein, zwängte dem Mann den Becher in die klammen Hände. Der Knecht trank gierig, es schüttelte ihn, endlich lösten sich seine starren Lippen voneinander. „Nicht Fulk . . ., sondern Ludmilla", artikulierte er mühsam. „Und es ist . . . wegen Gret . . ."

„Was ist mit ihr?!" schrie der Böhmische. Gleichzeitig ahnte er es schon; ihr eingefallenes Antlitz war ihm auf einmal furchtbar gegenwärtig.

Alf mußte sich noch einmal stärken, erst dann erwiderte er zusammenhängender: „Die Köchin liegt im Sterben und verlangt nach dir! Da bot Ludmilla mir Gold an, damit ich dich verständigen sollte. Ich hab's aber nicht angenommen, ich bin ohne Lohn geritten, aus Freundschaft zu dir und der Alten, auch wenn's der Ritter für einen Wahnsinn hielt. Und jetzt, Hauptmann, mußt du dir schleunigst ein Pferd satteln, wenn du der Gret die letzte Barmherzigkeit erweisen willst!"

„Den Rappen heraus!" brüllte Wenzel gleich darauf über den Hof. Und zum Palas hinauf: „Mein schwerstes Pelzzeug und die Wolfsaxt her!" Wenig später, die Dunkelheit kam schon, preschte er über die Brücke davon. Bis Bischofsmais konnte er es mit Glück heute noch schaffen, konnte bei einem der Fronbauern dort den Tag abwarten, konnte dann mit dem ersten Licht weiter. Die Nacht, die dazwischen lag, würde furchtbar werden, das wußte er, doch es ging um Gret, und er hatte sie nie mehr geliebt als jetzt, da er sie für immer verlieren sollte.

Todesschauern

Auf der Eisplatte im Degenberger Brunnenhof glitt der Rapphengst zuletzt noch aus, wäre um ein Haar gestürzt. Im schneeverkrusteten Pelz zwängte sich der Böhmische aus dem Sattel. Ein paar Knechte kümmerten sich um das Roß, Fulk kam herbeigerannt, lauthals fluchend. Als er jedoch Wenzels Augen sah, verging ihm das Schelten jäh. „Komm!" murmelte er beschämt. „Wir haben sie in die Kemenate gebracht." Der Dunkle konnte bloß mühsam nicken. Ähnlich wie gestern Alf, spürte er den Frost in allen Gliedern, in den Lippen; selbst im Gehirn schien er ihm zu sitzen. Aber er schaffte den Weg hinauf in den Palas, in die Kaminwärme noch, und dann sah er die Weißblonde neben dem Lager knien – und in den Armen Ludmillas die Sterbende.

Das Mädchen schenkte ihm einen Blick voller Wärme und Schmerz. Der schon ganz verfallene Leib Grets glitt aus Ludmillas Umarmung in die des Böhmischen hinein. Wenzel spürte, trotz seiner eigenen Erstarrung, wie ein Zucken durch den armen Körper lief; ganz nahe war ihm jetzt das Antlitz seiner Ziehmutter. Milchiges sah er in ihren Pupillen, das Auslöschen und Verwehen schon, doch jetzt, da sie den Dunklen noch einmal fühlte, versuchte sie mit allen ihren letzten Kräften das endgültige Weggleiten hinauszuzögern. Ein Kampf schien zu wüten in den bläulichen Höhlen, dann zerbrach etwas Beengendes, und Grets Blick war unversehens klar. „Du . . .", hörte der Böhmische sie hauchen, und jetzt schien sogar Kraft von ihr zu ihm hinüberzugleiten; auch er vermochte plötzlich wieder zu sprechen.

„Ich bin da, bin bei dir, Mutter, sei ganz ruhig", flüsterte er. „Halten, festhalten will ich dich, bis es vorüber ist!"

Er sagte es sehr bewußt, er brachte es nicht übers Herz, sie in dieser Stunde zu belügen.

„Ich weiß . . .", kam es von ihr. „Nun fürchte . . . ich mich nicht mehr . . ."

Ihr dahinschwindender Leib schien mit dem seinen zu verschmelzen. Beinahe fötal zusammengekrümmt lag sie jetzt in der Beuge seiner Arme, in seinem Brustschutz. Jahrschicht um Jahrschicht schien sie sich von sich selbst zu lösen, bis unter der fadenscheinig gewordenen Lebenskruste wieder die Kinderzeit und dann die unendlichen Möglichkeiten des Geborenwerdens aufleuchteten. Im Moment des endgültigen körperlichen Absterbens standen in Grets Antlitz die herzensguten und absolut unschuldigen Augen eines Säuglings. Mit unglaublich zarter Hand nahm der Tod alles von ihr, was Schuld, Sühne, Versagen, Verzweifeln und Kampf gewesen war. Nichts als Liebe, Vertrauen, kosmisches Geborgensein blieb als das Eigentliche und Wahre zurück. Manche nannten dies Gott; in Grets brechenden Augen sah der Böhmische es als das innerste und schönste Menschenlicht. Und es leuchtete dieses Licht ihm noch einmal im Wegsirren, im Eintauchen ins grenzenlose Meer; der Dunkle hatte eine Geburt und nicht ein Verrotten erlebt.

Er ließ die Hülle zurückgleiten auf die Bettstatt; er tat ihr den letzten Dienst, strich ihr über die Augen und senkte sie zu. Auf dem Antlitz blieb das Siegel der traumverlorenen Befreiung haften. Im Herzen des Böhmischen stritten sich Vergönnen und Schmerz. Gret war gegangen ins größere Werden, er selbst war geblieben. Er hatte den außerirdischen Schimmer gesehen, jetzt erschien ihm die Erde trist. Nichts blieb dem Zurückgelassenen, als Schutz bei den Lebenden zu suchen. Er hob den Blick, sah Fulks Antlitz verbissen zucken, begegnete dann Ludmillas Augen. Es lag immer noch soviel Kindliches in ihnen, daß sie ihn jetzt zu bergen vermochten. Er spürte, wie die Hand der Weißblonden nach der seinen tastete; er ließ sich dankbar in ihre Nähe hineinfallen. In seiner Erschütterung wurden ihm die moorbraunen Pupillen des Mädchens, ganz wie soeben der Tod, in ihrer vollen Tragweite klar. Ein erloschenes Leben schlierte hinüber in ein aufblühendes; nichts war zerbrochen, der Kreis da, die Spirale im Schwung. Aus dem Unerschöpflichen war geschöpft worden in der nämlichen Sekunde. Furchiges und Feenfeines waren verschmolzen. Ein Zelter trug auf seinem Rücken das eine wie das andere. Auf einem Schimmel schwebte Gret davon, auf einem weißen Pferd kam Ludmilla zurück. Und näherte sich dem Böhmischen und wollte ihn wärmen, doch dann knallte ein Peitschenhieb aus dem Nichts, und das Wunder wirbelte, einen beißenden Stein- und Staubregen nach sich ziehend, an ihm vorüber.

Die jähe Vision traf den Dunklen schmetternd. Aus den moorbraunen Augen heraus schien der Zelter wie wahnwitzig zu hetzen; das schmale Mädchen im Sattel hatte Bügel und Zügel verloren. Ein angstvoller Schrei hallte über ein Granittrümmerfeld, dann über eine versumpfte Flußaue hin. Der Schimmel bleckte die Zähne, zeigte sein schmutzig-gelbes Gebiß. Seine Mähne flatterte gleich Schlangenbündeln. Blutig gestriemt war im Handumdrehen das Antlitz des Mädchens. Weit vorne tauchte auf einer Anhöhe über dem Strom ein sakrales Gebäude auf. Kirchentürme zernadelten den Himmel. Glockenerz kreischte blasphemisch. Weihrauch wölkte ruß- und schwefelfarben. Schmutzige Kutten schaukelten hektisch durch einen Kreuzgang. Am Galgenholz krümmte sich ein nackter, zerschundener Judenleib, und eine Tiara keckerte wölfisch gegen ihn hin.

Schleimig-gelb hatte sich das Fell des Zelters jetzt eingenäßt. Schaum und Geifer flockten zwischen den trommelnden Hufen. Näher und näher heran an den Tempel hetzte das Tier. Jeder Sprung beutelte die Lichtblonde zum Gotterbarmen. Aus der entgegengesetzten Richtung zogen Wallfahrer heran. Geißelschnüre rissen ihnen das Fleisch auf. Metallzacken bohrten sich wieder und wieder ins Blutrünstige. Litaneien heulten die Wahnsinnigen aus sich, über ihren bleckenden Schädeln ließen sie weiße, gelbe und purpurne Banner flattern. Eine Madonnenfigur schwankte in ihrer Mitte dahin, der Weiberleib in höllenschwarzer Mönchskutte, das Antlitz von einem Leichentuch verhüllt. Dort wo der Mund sein sollte, eine giftrote Rose. Irre Beschwörungen versuchten das Tragbild himmelwärts zu raunzen. Hinauf auf die Leite über dem Fluß gurgelte der Pilgerstrom, dem Erzdröhnen zu, und der Klerus hastete gleichzeitig talwärts, die Hände wie Klauen nach Beute gereckt.

Im vollen Lauf, aufs Zentrum dieses Strudels zielend, raste noch immer der Zelter dahin. Ein Tedeum hallte hoch zum verhangenen Himmel über dem Kloster. Aus dem düsteren Firmament heraus hagelten Pfeile und Speere, galoppierten schwarze Reiter. Die erzenen Spitzen bissen sich in den Harnischen, im Fleisch jener anderen Männer fest, welche das Mädchen zu schützen versuchten. Jetzt stürzten sie und schmetterten kopfüber in den Steingrund, in den Sumpf. Die Verfolger kreisten die Weißblonde, kreisten Ludmilla ein. Der Tod sprang sie an, die Vergewaltigung, das Wölfische. Nein! schrie der Böhmische mental – und versuchte vergeblich nach dem Schwert zu greifen ...

„Nein!" Der Schrei gellte durch die Kemenate, ließ den Ritter und dessen Tochter zurückfahren; allein die Leiche lag reglos da. Verstört, verschwitzt, mit zitternden Gliedern kam Wenzel zu sich. Die Vision schien ihm sein Innerstes zerdroschen zu haben. Er starrte auf Ludmilla, als könne er nicht begreifen, daß sie trotz allem noch am Leben war.

Fulk ermannte sich. Eine Ahnung schien in ihm aufzudämmern. Die Erinnerung an Mailand, an Rom, an Grosseto; an andere Orte, wo der Dunkle jäh zu einem Hellsichtigen geworden war. „Was ist dir?!" stammelte der Degenberger jetzt. „Hast du wieder ...?!"

Wenzel starrte verwirrt. Die Bilder, die ihn durchschauert hatten, waren bereits wieder unendlich weit weg. Er vermochte sie nicht mehr zu greifen; mental schienen sie ihm unter den Händen zu zerfließen, jedesmal wenn er verzweifelt zuzupacken versuchte. Ein paar Lidschläge später sah er bloß noch einen gespinstdünnen schimmelfarbenen Nebel, der über Grets abgestorbenem Körper zu hängen schien. Dann war auch der weg; Wenzel versuchte auf Fulks Frage zu antworten und brachte zuletzt mühsam heraus: „Ich weiß nicht . . . nein, es ist nichts! Nur der Tod . . . und Ludmillas unschuldige Augen . . . “

Melk! dachte er gleichzeitig unvermittelt, doch auch dieses Wort wurde ihm blitzschnell wieder aus dem Schädel geschmettert.

Der Ritter schien erleichtert, wandte sich ab, murmelte, daß man jetzt wohl die Leichenfrau verständigen müsse.

Die Weißblonde dagegen ließ den Blick lange nicht von Wenzel, nahm schließlich seine Hand und flüsterte: „Du wirktest vorhin ganz so, als hätte dich selbst der Tod gestreift! Ich hatte Angst um dich! Komm jetzt, Gret braucht dich nicht mehr! Du hast alles für sie getan, was du konntest. Aber jetzt geh mit mir nach unten, wo die anderen Menschen sind.“

„Es war nichts“, murmelte der Böhmische. „Es war gar nichts; es war wohl nur der Schmerz.“ Dann ließ er sich von Ludmilla aus der Kemenate führen, doch auf der Treppe empfand er in seinem Innersten jäh und beklemmend noch einmal die undefinierbare Furcht. Nur einen Lidschlag lang wühlte sie ihm schmerzlich sein Herz auf, und in dieser Spanne wußte er kurz wiederum, daß da doch etwas Ungeheuerliches gewesen war, aber er konnte es jetzt noch weniger fassen als zuvor, und dann waren die Reisigen, die Knechte und Mägde um ihn und die Weißblonde, waren ihre Fragen und Beileidsworte da, und darüber verwehte dem Böhmischen zuletzt alles, verwehte scheinbar endgültig.

*

Wenzel blieb eine volle Woche auf dem Degenberg; er nahm am Begräbnis Grets und auch am Leichenmahl teil, das Fulk zur Erinnerung an sie hatte ausrichten lassen. Nun lag ihr Körper unter dem starren Erdhügel neben der Dorfkirche unten im Tal; ins Küchengewölbe, das ihr und so oft auch dem Dunklen Heimat gewesen war, war mittlerweile eine andere Magd eingezogen. So ging das Leben weiter auf dem Degenberg, und während der drei letzten Tage seines Aufenthalts saß Wenzel oft mit Fulk im Söller, ganz wie in früheren Zeiten. Doch diesmal hatte der Ritter eine Unmenge Fragen an ihn, welche die Zustände auf der Weißensteiner Burg betrafen; der Lehensherr versuchte seinen jungen Freund dadurch so gut wie möglich von der Erinnerung an die jüngsten Geschehnisse abzulenken. Wenzel spürte es, er nahm es dankbar hin, auch wenn es nicht eigentlich Grets Tod gewesen war, der ihn so erschüttert hatte. Doch darüber konnte er nach wie vor nicht sprechen; ganz allein mußte er mit der verschollenen Vision leben, die sich diesmal nicht in Worten ausgeformt hatte.

Am allerletzten Nachmittag dann, den er in Gesellschaft Ludmillas verbrachte, wurden ihm allmählich die näherliegenden Dinge wieder gegenwärtig. „Morgen reitest du", sagte die Weißblonde, „und ich glaube, du wirst dich dann sehr allein fühlen auf dem Weißenstein. Doch du mußt immer daran denken, daß du schon in acht oder neun Wochen wieder auf der hiesigen Festung sein wirst! Du weißt ja, Vater besteht darauf, daß du trotz allem den üblichen Frühjahrsbesuch machst!" Ludmilla versuchte ein zaghaftes Lächeln, dann setzte sie hinzu: „Und ich will es auch so haben, Wenzel! Denn wenn das Land erst wieder grünt und blüht, wollen wir zusammen einen ganzen Tag lang ausreiten, ja?!"

Der Gedanke daran ließ den Böhmischen einen tiefen, erleichterten Atemzug tun. „Ich freue mich auf das Wiedersehen", antwortete er und nahm ihre Hand. Und so saßen sie lange da, das Mädchen und der Hauptmann, bis Fulk hereinpolterte und nach Wein rief – und seinen ehemaligen Schildknappen dem alltäglichen Leben dadurch wiederum ein Stück näherbrachte.

Am nächsten Morgen ritten der Degenberger und seine Tochter an der Seite des Böhmischen noch mit hinunter ins Dorf. Die Rösser bogen auf den Friedhof ein, vor dem frischen Grab stiegen die Männer und die Weißblonde aus den Sätteln. Eine ganze Weile standen sie stumm da, dachten noch einmal einträchtig an Gret, dann reichte der Ritter dem Dunklen die Hand zum endgültigen Abschied. Ludmilla umarmte ihn, lächelte ihm dabei tapfer zu und übergab ihm ein kleines Bündel mit Wegzehrung.

Das zusammengeknüpfte Tuch schaukelte am Schwertgehänge, als Wenzel die Sporen einsetzte und eilig davonpreschte. Fulk und das Mädchen blickten ihm nach, bis er in einem Hohlweg verschwunden war, dann murmelte der Ritter: „Das waren harte Tage für ihn! Sie haben ihn wohl noch mehr geschmerzt als mich und dich! Denn er hat die Köchin stets wie eine Mutter geliebt!"

„So billigst du es jetzt also, daß ich ihn holen ließ?" fragte Ludmilla. Gleichzeitig kniete sie sich neben das Grab und berührte die längst wieder festgefrorene Erde.

„Ja", nickte Fulk. „Er hätte es uns nicht verziehen, wenn wir Grets letzten Wunsch nicht erfüllt hätten."

„Ich mußte es für sie tun", flüsterte die Weißblonde. „Denn auch ich habe sie so geliebt! Sie war ihm doch die eigentliche Heimat auf dem Degenberg . . ." Ludmilla zögerte kurz, dann fügte sie hinzu: „Weil sie eine solch gute Seele war, möchte ich später einmal noch etwas für sie tun! Für nächstes oder übernächstes Jahr hast du mir doch die Wallfahrt versprochen, Vater. Wenn es soweit ist, dann will ich auch für Gret beten . . ."

„Wo?" fragte Fulk zerstreut. Sein Hengst scheute gerade vor einer Krähe; der Ritter hatte einige Mühe, ihn zu bändigen.

„Na, in Melk!" versetzte das Mädchen. „Im Pilgerkloster an der Donau!"

„Ach so, natürlich", erwiderte Fulk. Er hatte seinen Rappen jetzt wieder in der Gewalt. Gleich darauf saß er auf und lenkte das Tier zurück zum Burgweg; hinter ihm kam auf ihrem Zelter Ludmilla.

*

Die beiden folgenden Jahre strichen eher ruhig über das Waldgebirge hin. Sowohl auf dem Degenberg als auch auf dem Weißenstein ging das Leben seinen Gang. Der Böhmische hielt seine Mannschaft in Zucht, absolvierte an der Spitze seiner Reisigen die üblichen Patrouillenritte oder saß zusammen mit Gerhart im Söller beim Wein. Im Sommer 1233 brachten italienische Steinmetzen[58]) ein wenig Abwechslung in den täglichen Trott; ein Stück der Schildmauer war nach dem Zubiß des Winterfrostes eingestürzt und mußte erneuert werden. Bis zum September war die Arbeit getan; die Welschen zogen weiter nach Böhmen hinüber, wo sie auf andere Aufträge hofften. Wenzel bekräftigte sie beim Abschied darin; er wußte, daß das Land jenseits der Šumava in dieser Zeit blühte wie nie.

Unter der Herrschaft des Königs Johann von Luxemburg[59]) waren die Lausitz, das Egerland und Schlesien unter die Oberhoheit Prags gekommen; das ehrwürdige Haus der Přemysliden[60]) galt nunmehr, in seinem Verdämmern, als eines der angesehensten des Reiches. Städte und Märkte wurden gegründet, Gold in rauhen Mengen aus der Erde geholt. Selbst über die Alpen streckte Johann seine Fühler aus, um sich dort womöglich ein weiteres Fürstentum zu erwerben. Mit dieser Absicht sollte er freilich später scheitern, doch in diesen frühen dreißiger Jahren des vierzehnten Jahrhunderts trauten ihm die Eingeweihten auf den anderen europäischen Thronen durchaus zu, daß er es schaffen könne. So kulminierte also der Ruf Böhmens, während sich im benachbarten Bayern allmählich neue Wirren anzukündigen begannen.

Das Jahr 1233 allerdings blieb noch friedlich, im März 1334 jedoch geschah das, was der Weißensteiner Hauptmann bereits lange zuvor geahnt hatte. Im Herzogtum Niederbayern, das 1331 unter drei wittelsbachische Herrscher aufgeteilt worden war, brach der Krieg aus.

„Fast will's mir so scheinen, als würde schon in naher Zukunft einer der drei mit dem weißblauen Wappenschild über die Länder der anderen herfallen!" hatte der Dunkle damals nach der Bärenjagd zu Fulk gesagt, und jetzt, keine drei Jahre später, traf es ein. Herzog Otto IV., der über Burghausen, Ötting, Traunstein, Hall und das Salzburger Land geherrscht hatte, verstarb; Heinrich XIV. verleibte sich die erledigte Herrschaft mit Waffengewalt ein. Da er schon einmal im Zuge war, riß er auch noch Cham, Dingolfing, Landau, Vilshofen und Deggendorf an sich, welche Städte bisher von Heinrich XV. regiert worden waren, und so stieg auch dieser Wittelsbacher jäh auf und brachte das gesamte damalige Niederbayern[61]) rigoros unter seine Fuchtel. Die Zeche freilich hatten weniger die unterlegenen Adligen als vielmehr die Bauern und Bürger zu bezahlen. Die Kleinen, die Unterprivilegierten hatten die Plünderungen, Einquartierungen, Brandschatzungen, Folterungen und Vergewaltigungen zu tragen, damit der Fürst seine Schatzkammern um so besser füllen konnte, und während Heinrich XIV. in diesem Sommer 1334 seinen Sieg feierte, war das bayerische Land mit frischen Gräbern und Ruinen bedeckt wie mit Pockennarben oder Pestbeulen. Doch dies scherte den Hochadligen nicht, dies war schließlich sein Gewerbe, daß er die Landleute und Pfahlbürger[62]) ausschinden und morden ließ.

Im Vorwald und auf dem Quarzrücken hatten sich die Degenberger und Weißensteiner weitgehend aus dem Konflikt heraushalten können. Lediglich die Posten auf den Wehrgängen waren während der blutigen Monate verstärkt worden, doch die Reisigen hatten ihre Pfeile nicht abschnellen und ihre Pechpfannen nicht ausgießen müssen; der Krieg war gnädig an den waldbepelzten Berghängen vorübergegangen. Seinen jährlichen Frühjahrsbesuch freilich hatte Wenzel diesmal nicht abstatten können; Fulk hatte ihm im März durch einen Boten mitteilen lassen, daß er die ihm anvertraute Burg auf keinen Fall verlassen sollte. „Im Herbst aber, so wir dann wieder Frieden haben, will der Ritter zur Jagd auf den Weißenstein kommen", hatte der Kurier dann noch hinzugefügt. Und jetzt, im August, stand der Böhmische auf der Wehrplattform und sehnte die Zeit herbei, in der sich die Forste einfärben würden; er freute sich auf die Pirsch vor allem wegen Ludmilla, die jetzt bereits in ihrem siebzehnten Lebensjahr stand.

Ins Bruchsteingesims hatte der Hauptmann die kräftigen Hände eingewurzelt, sein Blick schweifte über das Regental hin, zu den blaugrünen Buckeln weiter drüben – und wurde allmählich immer verträumter. Aus dem leichten Dunst, der über den Wäldern hing, schien sich ein Antlitz herauszubilden; das Gesicht eines Mädchens oder einer jungen Frau schon, und dann sah Wenzel, daß es von weißblondem Haar wie von einer lichten Wolke umflossen war. Es war, als käme Ludmilla ihm feenleicht nahe, als wolle sie ihn über eine unendliche Entfernung hin streicheln, ihn zärtlich berühren, so wie sie es früher manchmal getan hatte.

Ehe dies aber, im mentalen Sinn zumindest, tatsächlich geschah, krächzte auf einer der Turmzinnen ein Rabe. Der Dunkle fuhr zusammen, die Vision verdichtete sich knatternd und raste in andere Bilder hinein, die plötzlich nicht mehr weich und lind waren.

Den Degenberg sah der Böhmische mit seinem inneren Auge, den gähnenden Torschlund, einen weißen Zelter, der dort wie ein Fanal aus der Finsternis brach. Auf seinem Rücken, im schlichten Pilgergewand, wiegte sich Ludmilla; im kurzen, stampfenden Galopp folgten ihr und dem Schimmel drei, vier Reisige hinunter ins Tal. Ein Fetzen Zeit verwich lidschlagschnell; jetzt zog der Wallfahrertrupp bereits meilenweit entfernt von der Burg am Donaustrom entlang. Im Sommerglast schimmerte das Tierfell, schimmerte der Erbin weißblondes Haar, doch dann schlierte Nebel vom Wasser herauf, ein schwefelfarbenes, zähes Wogen, und verschluckte die Reiter.

Die Gestalten verloren sich im gierigen Brodeln, die Vision selbst irrlichterte wiederum in den Vorwald zurück. In den Torschlund, aus dem Ludmilla gekommen war, hetzte der Seher in umgekehrter Richtung hinein. Durch den Zwingergraben wirbelte es ihn, hinauf in den Brunnenhof, hoch in den Palas. Quadermauern schienen unter seinem Ansprung milchig und durchlässig zu werden, ebenso eine schwere Tür aus Eichenbohlen. Und dann stand das Sterbebett vor dem Böhmischen; die Lagerstatt, auf der Grets Leichnam ruhte. Im gleichen Augenblick, in dem der Dunkle nach Jahren noch einmal an ihre Seite zurückgekehrt war, war sie selbst verschieden. In der Spirale hatten Zeit und Zeit sich gegenseitig eingeholt und verknäuelten sich jetzt. Erneut versuchte Wenzel, Schutz bei den Lebenden zu suchen. Während ihm Fulks Antlitz und das des halbwüchsigen Mädchens gegenwärtig wurden, kam auch die Vision zurück, die er damals nicht hatte festhalten können. Schmetternder noch als vor zweieinhalb Jahren traf sie ihn und schrundete sich ihm ein, und diesmal blieben die grellen Schattenrisse unverbrüchlich in ihm haften. Sie geißelten sich ihm ins Gehirn, sie peitschten ihn fast nicht mehr erträglich in ihrer Aufdringlichkeit; sie folterten ihn auf seinem rasenden Ritt vom

Degenberg nach Melk. Er fetzte diesen Weg hinunter, vor Pein kreischend, und während er die Meilen mit jedem Galoppsprung siebenfach nahm, hing er gleichzeitig im zähen Nebel fest; im Schlieren, das einen Lidschlag früher die Weißblonde und ihre Begleiter verschluckt hatte. Er stieß, bockte und kämpfte, rang mit dem Brodeln, dem quellenden Nichts – urplötzlich dann war er frei und sah sich habichtsgleich über den Donauauen schweben, während Ludmilla, die Reisigen im Gefolge, zurück in den Sonnenschein tauchte; während der kleine Trupp unbeeindruckt und ahnungslos weiter nach Südosten zog.

Im Quadrat des Weißensteiner Zinnenkranzes kam der Hauptmann zu sich. Seine Hände schmerzten, er sah, daß er sich die Fingerspitzen am Bruchstein blutig gerissen hatte. Auch in der Kehle war ihm etwas peinigend und rauh zurückgeblieben, und dann war plötzlich der Vogt bei ihm und herrschte ihn erschrocken an: „Was ist dir?! Du hast gebrüllt, als sei ein feindlicher Heerhaufen im Anmarsch!"

„Haargenau so ist's!" fauchte der Böhmische. „Doch nicht uns gilt's, sondern Ludmilla!" Er heulte es aus sich, ohne nachzudenken; er konnte nach menschlichem Ermessen nichts wissen – und wußte in seinem anderweltlichen Kern dennoch alles.

Gerhart wich mit ängstlich geweiteten Pupillen zurück; Widerspruch lag ihm auf der Zunge, die Flucht ins vermeintlich schützende Reale hätte er nur zu gerne angetreten, doch andererseits kannte er den Dunklen nun auch schon einige Jahre. So starrte er nur, schluckte bloß krampfhaft und brachte schließlich heraus: „Was willst du tun, Wenzel? Ich meine, wenn das mit der Degenbergerin wirklich . . ."

„Es ist wirklich! So wirklich, wie der Turm im Quarz wurzelt!" herrschte der Hauptmann ihn an. Dann beugte er sich über die Brüstung und bellte seine Befehle in den Burghof hinunter. Aufgeschreckt rannten einige Knechte zur Rüstkammer, die anderen zu den Ställen. Wenig später klirrten Harnische, wurden Rösser ins Freie gezerrt und kriegsmäßig aufgesattelt. Die Sonne, die den Dunst über den Bergen jetzt aufgezehrt hatte, stand noch nicht ganz im Mittag, als der Böhmische an der Spitze seines Trupps ins Regental hinunterjagte und dann nach Süden abschwenkte.

*

Bei Deggendorf stießen sie auf die Donau und fanden gleichzeitig die erste Bestätigung für Wenzels Vision. „Ja", schnappte der Torwächter, den sie barsch befragten. „Eine junge Frau, adlig, auf einem Schimmel. Die ist durchgekommen, mit drei oder vier Knechten im Gefolge . . ."

„Wann?!" bohrte der Hauptmann.

„Zwei Tage ist's her – nein, drei", gab der Spießbewehrte nach kurzem Besinnen zurück.

„Verflucht!" fauchte der Hauptmann, und dann trieb er seinen Hengst so jäh wieder an, daß er den anderen um ein Haar über den Haufen geritten hätte.

Die Weißensteiner preschten wieder los, an den Festungen Winzer und Hilgartsberg vorbei, erreichten spät in der Nacht Vilshofen, wo die Tore längst versperrt waren. Der Böhmische, so er gekonnt hätte, wäre immer noch weitergeritten, durch den ziehenden Flußdunst, durch die Dunkelheit, immer weiter, wie gejagt, nach Südosten, doch die Rösser waren am Ende. So warteten die Männer den Morgen notgedrungen unter der abweisenden Stadtmauer ab. Bei Sonnenaufgang erfuhren sie von einem Waibel[63]), daß die Gesuchten vor zwei Tagen über die Donaubrücke gekommen und dann auf dem rechten Ufer weitergezogen seien. Wenzel wartete gerade noch ab, bis die Pferde gefüttert und getränkt waren, dann hetzte er seinen übernächtigen Trupp in Richtung Passau.

Die Schönheit der Stadt nahm er kaum wahr. Lediglich das Zusammenstrudeln der drei Flüsse schien er von der Fähre aus wie erschrocken zu bemerken. Das Bedrohliche schien ihm zu kulminieren in diesem Augenblick, schien nun um so mächtiger und schneller dem Unausweichlichen und nicht Rückholbaren entgegenzutreiben. Als der dreifach gespeiste Strom dann wenige Meilen unterhalb der beiden fürstbischöflichen Festungen[64]) von unversehens nähergerückten Bergschroffen gezwängt wurde, als er dort förmlich dahinzuschießen und wild zu wühlen begann, schien dies auf den Böhmischen herüberzuschlagen; jetzt galoppierte er seinen Geharnischten voran wie von einem Dämon getrieben.

Einer der Reisigen mußte in Zell zurückbleiben; sein Roß lahmte rettungslos. Die anderen preschten weiter, machten kaum noch einen Unterschied zwischen Tag und Nacht, rasteten immer nur dann kurz, wenn die Pferde zu grohnen und dann zu stolpern begannen. Dann lag Linz hinter ihnen; der Flecken Enns flog vorbei, am anderen Ufer der Markt Grein mit seiner Burg. Die Ybbs mündete in den großen Strom ein, und jetzt war der Wallfahrtsberg von Melk nicht mehr weit, mußte in der nächsten oder übernächsten Stunde über den Auwaldwipfeln auftauchen.

Schon faßte der Dunkle neue Hoffnung. Vielleicht hatte die Vision ihn doch genarrt, vielleicht befand sich die Weißblonde schon hinter den Klostermauern in Sicherheit. Doch genau in dem Augenblick, in dem Wenzel dies im Rhythmus des Roßschnaufens und Sattelknarrens zuckend dachte, gellte in seine Erleichterung hinein der Schrei.

Aus einer Mädchenkehle kam er, von einer erlenbestandenen, versumpften Landzunge herüber, deren Bewuchs den Blick verwehrte, und dann mischten sich mit dem verängstigten Gellen andere Geräusche. Gäule, offenbar brutal gespornt, wieherten schrill, rauhe, drohende Rufe klangen auf, einen Lidschlag später war das Klirren von Eisen gegen Eisen zu vernehmen.

Der Böhmische vergaß, daß er selbst ein Aufgebot führte. Im gleichen Augenblick, in dem er Ludmillas Hilferuf gehört hatte, hatte er das Schwert gezogen, und jetzt jagte er seinen Rappen, ihm das Allerletzte abverlangend, unter die peitschenden Erlenäste hinein. Er brach durch den schlüpfrigen und schlagenden Vorhang wie ein Racheengel; das Bild eines Zelters, der aus einem finsteren Torschlund kam, fegte ihm durchs Gehirn, und im nächsten Moment befand er sich mitten im Strudel des Scharmützels.

In einer sumpfigen Lache wälzte sich blutend einer der Degenberger; drei andere, Ludmilla in ihrer Mitte, hielten verzweifelt noch gegen die Übermacht der Strauchdiebe stand. Eine Armbrustsehne schwirrte, Wenzels Roß bäumte sich, ein weiterer von Ludmillas Knechten fiel. Am schlagenden Hengstschädel vorbei blitzte die Klinge des Dunklen. Ein Helm zersprang knirschend, Gehirn spritzte weg; das Schwert, seitlich abirrend, biß sich in einem Schlüsselbein fest. Wenzel mußte die Waffe fahren lassen, griff nach der Streitaxt, brachte sie aus dem Sattelköcher und sah sich, ehe er noch das Breitbeil hoch hatte, von drei Halsabschneidern gleichzeitig umzingelt. Zwischen die Ringel des Kettenhemdes fuhr ihm eine Lanzenspitze, sperrte sich aber im eng verflochtenen Eisen, warf ihn lediglich rücklings auf die Kruppe seines Rappen. Die Erlen, die Fratzen, die Klingen schienen um ihn zu wirbeln, als der erschrockene Hengst sich wie wild im Kreis drehte, aber dann war ihm jäh ein helles Pferd ganz nahe, und das Wissen darum verlieh dem Böhmischen den Mut der Verzweiflung. Er fand seinen Halt wieder, bemeisterte den Rappen und ließ gleichzeitig mehrmals die Axt niedersausen. Den Tod sah er über eine der Fratzen flügeln; dann ein ungeheuerliches Bild, das er nie wieder vergessen sollte. Ein Menschenarm trennte sich wie von selbst von einer menschlichen Schulter; eine Blutfontäne näßte den Himmel scheinbar bis in die Unendlichkeit hinauf ein. Rot gesprenkelt war plötzlich die Kruppe des Zelters, der sich ihm jetzt neuerlich ins Blickfeld schob. Eine junge Frau im Pilgerkleid schwankte in seinem Sattel gleich einer Gliederpuppe; Wenzel ließ die Zügel fahren, griff mit der freien Hand zu und bewahrte Ludmilla vor dem Sturz.

Sie wimmerte wie ein Kind, sie drängte sich an ihn; er wußte nicht, wie, aber auf einmal hatte er sie quer über seinem Schoß liegen. Er beugte sich über sie, um sie mit seinem eigenen Körper und dem Breitbeil zu schützen, doch es war nicht mehr nötig. Die Weißensteiner Reisigen, die nur ein paar Galoppsprünge nach ihm auf dem Kampfplatz erschienen waren, hatten das Scharmützel mittlerweile entschieden. Das halbe Dutzend der überlebenden Strauchdiebe floh heulend. Nicht weniger lagen erschlagen oder schwer verwundet an der sumpfigen Erde. Noch einmal zuckte da und dort eine Klinge, gleich darauf war auch das letzte Todesröcheln verstummt. Von den Degenbergern waren zwei gefallen, von den Weißensteinern, dank des Überraschungseffekts, keiner. „Begrabt unsere Kameraden – und werft die Leichen der anderen in den Strom!“ befahl der Böhmische. Dann drehte er den Rappen um die Hinterhand und ritt, Ludmilla noch immer quer vor sich, davon; er mußte sie um jeden Preis wegbringen von hier.

*

„Sind wir im Kloster?“ flüsterte sie, als sie viel später ihren Schock allmählich überwand.

Der Böhmische schüttelte den Kopf. „Nein“, murmelte er. „Ich wollte dich nach Melk bringen, aber ich konnte nicht! Es war mir einfach unmöglich, weil . . .“

Er hätte es der Weißblonden gerne erklärt, aber auch das vermochte er nicht. Er wußte nur, daß die Vision ihn daran gehindert hatte, mit ihr hinauf zu den Benediktinern zu reiten. Die verschollene Vision, die er damals unmittelbar nach Grets Tod gehabt hatte; die Vision, die ihm dann zweieinhalb Jahre später auf der eigenen Burg erst wirklich greifbar geworden war. Jetzt, nach Ludmillas Frage, schauerte sie ihm erneut durch den Schädel. Die Geißler sah er wieder, ihre blutrünstigen Körper, dazu all das Gold und die Macht, welche die Mönche auf Kosten der Pilger aufgehäuft und an sich gerissen hatten. Und er wußte jetzt auch, warum die anderen, die Halsabschneider, unten im Sumpf gelauert hatten; gut gespickt kamen die meisten Wallfahrer nach Melk, das zog die Räuber an wie das Aas die Schmeißfliegen. Fulks Tochter war gewiß nicht die erste gewesen, auf deren Pilgergeld sie scharf gewesen waren. Die vorgeblich göttliche Gnade und die Lüsternheit bedingten einander – und genau das war es, was den Böhmischen mental so schmerzte, was es ihm nicht erlaubt hatte, Ludmilla zu den Benediktinern zu bringen. Doch dies schauerte ihm nur dunkel durchs Innerste, es in Worte zu fassen, gelang ihm nicht, und so flüsterte er jetzt lediglich: „... weil der Weg zu anstrengend für dich gewesen wäre. Weil es doch noch einige Meilen bis zum Pilgerberg sind. Deswegen bist du hier unten im Gasthaus, und ich bin bei dir, und auch meine tapferen Kerle vom Weißenstein."

Die Siebzehnjährige nickte, nippte an dem Würzwein, den der Böhmische hatte bringen lassen. Erst nach einer Weile, und nun war sie wieder ganz in die Realität zurückgekehrt, stellte sie beinahe erschrocken die Frage: „Aber sag, Wenzel, wieso bist du denn überhaupt bei mir?! Du wußtest doch noch nicht einmal etwas von meiner Wallfahrt! Warst doch schon so lange nicht mehr auf dem Degenberg! Und dann tauchtest du mit deinen Leuten auf, gerade, als die Mörder ..."

„Du mußt es einfach hinnehmen", flüsterte der Böhmische. Er ergriff die Hände der Weißblonden, preßte sie, zog ihren schmalen Körper dann ganz in seine Arme. „Du bist meine Freundin", setzte er leise hinzu. „Bist es immer gewesen, von deiner frühesten Kindheit an. Deswegen lebt etwas zwischen dir und mir, was ich nicht beim Namen nennen kann. Aber es war da, ganz stark, vor drei oder vier Tagen – genau weiß ich das im Augenblick selbst nicht mehr, denn von da an sind wir geritten wie durch einen Alptraum. Doch als es einsetzte, stand ich auf dem Turm von Weißenstein und sah dein Gesicht aus dem Waldnebel aufsteigen. Dein Gesicht und das Grets, und die anderen Bilder sah ich, und da wußte ich einfach, daß du mich brauchtest, daß es ums Leben ging, um dein Leben ..."

„Wenn es so war, begreife ich alles", hauchte Ludmilla. Auch in ihren Augen schien jetzt beinahe Visionäres zu schlieren. „Ich muß nicht mehr fragen, du mußt nichts mehr sagen. Mehr als alles, was die Brüder zu Melk wissen, webte und webt zwischen uns. War stärker als der Tod, der vorhin im Erlensumpf nach mir griff. Du warst stärker, Wenzel, mein Herz ..."

Der Böhmische wollte sich noch dagegen wehren, er wollte es Fulk nicht antun, doch er war machtlos gegen die Hingabe des Mädchens und war ebenso machtlos gegen sich selbst. Immer noch lag Ludmilla in seinen Armen in der stillen Kammer des Gasthofes, und dann schien die Welt zu schwanken, zu kippen und wurde erst wieder ruhig, nachdem sie nackt und entspannt auf der Bettstatt lagen. Sie hatten es getan aus einem mentalen und körperlichen Überbranden heraus, aus einem ganz selbstverständlichen und natürlichen Zueinandersuchen, und jetzt zitterte Ludmillas

Finger zärtlich über den kleinen Schnitt auf Wenzels Brust, der von dem Lanzenstoß stammte; sie berührte die Wunde wie bergend, dann sagte sie weich: „Sie wird vernarben, bald schon. Aber für mich wird sie immer ein Siegel sein. Das Siegel unserer Liebe ... “

Der Böhmische hörte ihre Worte; nie war ihm etwas tiefer ins Herz gedrungen – doch gleich darauf kam die schreckliche Ernüchterung.

„Immer“, hatte die Weißblonde gesagt, die Geliebte einer einzigen Stunde, und mit diesem einen Wort hatte sie ihn jäh in den Abgrund gestürzt. Denn es würde dieses Immer nimmermehr für sie geben! Angehöriger des turnierfähigen Adels war ihr Vater; er selbst aber, der Böhmische, würde stets das Findelkind bleiben, der Machtlose, der mit der dunklen Herkunft, auch wenn Fulk ihn auf dem Weißenstein über eine Rotte von Reisigen gesetzt hatte. Dies war die Wahrheit, die Ludmilla in ihrer nachwabernden Zärtlichkeit und Hingabe vergessen hatte; sie, die vor einem Quentchen Zeit noch Jungfrau gewesen war, hatte bedenkenlos die Brücke zu schlagen versucht, hatte allein aus dem Bewußtsein ihrer Liebe heraus gehandelt. Um so schlimmer war deswegen die unausweichliche Erkenntnis für Wenzel, um so mehr schmerzte es ihn, als er es ihr sagte, als er es ihr sagen mußte: „Unrecht haben wir nicht getan, mein Herz, denn zwischen uns geschah nur das, was geschehen mußte! Doch nie wieder darf es von jetzt an sein! Denn du stehst hoch und ich niedrig – und würde Fulk davon erfahren ...“

Es traf die Siebzehnjährige wie ein Hieb. Sie erstarrte, dann begannen ihre Schultern zu zucken, sie weinte. Als sie mit zitternden Händen nach ihrem Kleid griff, zwang Wenzel sich mit fast schon übermenschlicher Anstrengung dazu, ihr behilflich zu sein. Gleich darauf glitt sie davon, schmal, bis ins Mark erschüttert, doch unter dem Türsturz drehte sie sich noch einmal um und bestätigte es ihm: „Nie wieder!“

In diesem Augenblick wünschte sich der Böhmische, der Lanzenstoß wäre nicht gehemmt worden, sondern hätte sie beide durchbohrt, sie und ihn. Dieses schaurig-verlockende Bild wich nicht von ihm, als er nach dem Weinkrug griff und zu trinken begann; es verschwand und verflackerte erst, als er besinnungslos zurück auf das Lager fiel, auf das Bett, das er für einige wenige selige Momente mit ihr geteilt hatte.

*

Während der folgenden Tage strich Wenzel um das Kloster wie um eine feindliche Festung. Wider bessere Vernunft lauerte er auf die Weißblonde, die sich nun doch dort hinauf geflüchtet zu haben schien. Er warf seinen Haß auf die Mauern, die so blasphemisch zwischen ihm und ihr standen. Für den Adelsstolz verwucherten sie den Himmel, für die widernatürliche Pfaffenmoral auch waren sie Symbol. Sie schnitten entzwei, was nach einem höheren Gesetz doch zusammengehören sollte; sie waren wie ein Schwert, das dem Leben selbst durch Fleisch und Bein fuhr. Was aufblühen wollte, warfen sie nieder; was unschuldig war und ursprünglich reinen Gewissens, das traten und prügelten sie in den Sündenpfuhl. Hätte der Böhmische Rammböcke besessen, Katapulte und Feuerschleudern – er hätte zum Sturm gebrüllt; er hätte die Götzentempel der groben Macht und der ihr zuarbeitenden verlogenen Theologie mit heißer Begeisterung geschleift.

Die Kirchenmauern aber schienen seiner bloß zu spotten; felsenfest, unangreifbar und wie für die Ewigkeit gegründet, wurzelten sie über dem Donautal. Wo das Melker Bannland dann endete, quaderten andere Wälle unter dem Firmament, nadelten weitere Türme und Bastionen ins freie Wolkentreiben hinein. Mönchische Festungen, fürstbischöfliche dazu, ebenso ritterliche, gräfliche und kaiserliche wucherten den Strom hinauf und hinunter. Keinen Ufergrund und keinen Hain gab es, den sie nicht belauerten. Keinen Hof, keine Kate, keinen Acker, keinen Fischernachen, aus denen sie nicht den Zins saugten. Keinen Mann und kein Weib, denen sie nicht die Seele verbogen hatten. Kein Flackern von Liebe, das sie nicht lästerten; kein dumpfes, unbewußtes Aufbegehren, das sie nicht zerdroschen. Kein Kind lebte, das freudigen Herzens zu ihnen gekommen wäre; alles war Zwang, alles Haß, alles Bevormundung, alles Gängelei. Alles und jedes heischte Sündenstrafen, war bedroht von Pranger und Galgen, vom Kerker und vom Schindanger, und dieses widergöttliche Gesetz war der Welt aufgezwungen vom Anfang der Sonne bis zu ihrem Niedergang, von der Geburt bis zum Tod, von einem Ende des Abendlandes bis zum anderen, und es gab keine Grenze, über die man fliehen, und kein Meer, das man zu seiner Rettung überqueren konnte.

Es gab nur die Gepanzerten auf den Wällen von Melk und anderswo, die Herden der Pilger dazu; das Schlachtvieh, das körperlich und geistig gleichermaßen in den Pferch getrieben wurde. Und hinter den Mauern den Weihrauch, die Choräle, die vermeintlichen Gnadenbilder. Die verrotteten Zehenknöchelchen, die man das Rudel anbeten ließ, die Reliquienschreine, die Splitter vom Kreuz, die saure Milch Mariens, das storre Krippenstroh, die Blutströpfchen der sogenannten Heiligen; all die anderen besudelten Testikel von den Kreuzzügen her.[65]) Mord, Eiter und

Zynismus klebten an ihnen; um der vorgeblich göttlichen Offenbarungen willen waren Kriege geführt, Städte niedergebrannt und Menschen zu Myriaden gemetzelt worden. Der Bruder hatte den Bruder erschlagen wegen eines Tuchfetzens, wegen eines Gebeinspans; der Bischof war über den Bischof hergefallen wie ein Wolf, um die eigene Kathedrale möglichst noch mirakelträchtiger zu machen als jede andere.

So hatten die Schächer und Krämer Macht gewonnen in den Kirchen, in den Klöstern und in der gesamten Christenheit; die Adelspfründner, die mit dem einen gepanzerten Bein auf ihrem Burgwall standen, mit dem anderen aber im Tempel. Gräflich und bischöflich gleichermaßen waren diese Sippen, ritterlich und chorherrisch dazu, und keiner fand sich, kein aufrechter Jude, der mit der Peitsche unter sie gefahren wäre, der sie ausgetrieben hätte wie Säue, der sie heruntergejagt hätte von den geschändeten Hügeln. Vielmehr saugten sie immer mehr Macht und mehr Reichtum an sich in ihrem lästerlichen Treiben, und über das Materielle hinaus saugten sie durch ihren Wahn den Menschen die Seelen aus dem Leib, das Unverbildete, die Liebesfähigkeit – und nun war ihnen auch die Weißblonde in die Krallen geraten. Aus ihrer und Wenzels vermeintlicher Schuld heraus war es geschehen, auch wenn sich von Schuld in Wahrheit nicht sprechen ließ; von Schuld nicht und nicht von Sünde. Dennoch ließ Ludmilla sich jetzt schon seit Tagen vom Weihrauch umwölken und von den Geschorenen bebrabbeln, und dies war es, was den Dunklen, den Hageren, den mehr und mehr Glühäugigen beinahe zum Wahnsinn trieb.

Er hatte es ihr selbst gesagt, daß es nie wieder geschehen dürfe; sie hatte es hingenommen, auch wenn sie daran beinahe zerbrochen war. Die Vernunft hatte ihnen dies diktiert, den entsetzlichen Gesetzen ihrer Welt hatten sie sich wider ihr Seelenwissen zu unterwerfen versucht. Ins klösterliche Mauergeviert hatte sich die Weißblonde geflüchtet, in den Suff und in seinen Haß der Böhmische. Jeder von ihnen hatte sich festgekrallt in seinem Wahn, doch dann, am dritten oder vierten Tag, brachen die naturfeindlichen Dämme erneut.

Sie kam vom Mönchstempel herab auf ihrem Zelter. Ritt wie in Fieberhitze und Traum, das Antlitz zugleich zornig und feenhaft entrückt. Er löste sich mit seinem Roß aus dem Gestrüpp, darin er sich verborgen hatte; er ließ den Rapphengst anpreschen gegen sie. Fast schien es, als wollten die Tiere sich beißen, gegeneinander auskeilen, als ihre Reiter sie Seite an Seite drängten. Aber dann blieb es beim Mähnenzausen, beim Stampfen; gleichzeitig brach es rauh aus der Kehle des Dunklen: „Du!“

„Du!“ erwiderte zwischen Jubel und Schluchzen die Siebzehnjährige, die Entjungferte. Er streckte den Arm aus, sie warf sich hinüber auf seinen Sattel. Er entführte sie wie eine Kriegsbeute hinunter in den Auwald, die Schimmelstute preschte ihnen ledig nach. Erlenzweige peitschten, der Grund gluckste, ein Reiher strich ab. Dann schien zwischen den letzten Stämmen der Strom gegen sie heranzuschwellen. Wo das Wasser das Land leckte, stürzten sie der Erde zu. Ein Kleid zerriß, Weihrauchdunst verwehte; in ihrer Lust lachte Ludmilla schrill, stöhnte gleich darauf weich. Über ihren Brüsten war sein Keuchen, auf ihrer Haut sein Zubiß, seine Hände waren endlich wieder da und sein Leib. Im Stromrauschen, im Moospolster vergaßen sie sich wiederum, vergaßen sie die Welt. Nicht Macht zählte mehr, nicht Herkunft, nur noch das feuchte, warme Gleiten ihrer Körper; das Ineinanderschwingen ihres jeweiligen Kerninnersten dazu.

Die ganze Nacht hielt der süße Rausch an; in Todesschauern hatte ihre Brunst in einer lange vergangenen Zeit gelegen, nun blühte sie wieder. Der Wind strich um ihre Leiber und kühlte sie dennoch nicht ab, über ihnen zog der Mond dahin, dann ruhiger die Sterne. Das Morgendüstern zuletzt schälte wie drohend den Steinklotz des Klosters aus der Nacht heraus. Sie erblickten den blasphemischen Quader gleichzeitig, ganz tief in Wenzels Arme zog sich Ludmilla zurück, dann raunte sie: „Nie wieder dort hinauf! Laß uns noch heute den Heimritt antreten, Geliebter!“

Sie lächelte dabei, der Böhmische begriff und setzte hinzu: „Tausend Herbergen gibt es am Strom für dich und mich, und an das, was später kommt, wollen wir nicht mehr denken!“

*

Die Reisigen brauchten sie nicht zu fürchten; die waren ihnen treu ergeben und zeigten zudem die Herzenswärme einfacher Menschen. Sie hielten sich, wo immer der Weg dies erlaubte, abseits vom Zelter und vom Rappen. So konnten das Mädchen und der Mann oft Hand in Hand dahintrödeln; im Rhythmus der schreitenden Tierleiber rieben sich dabei ihre Schenkel gegeneinander. Jede dieser Berührungen war ihnen ein Geschenk, war ihnen gestundete Zeit. In den Gasthöfen dann, die entlang des Pilgerwegs standen, brachten sie Nacht für Nacht die Zeit völlig zum Versiegen, wurden sie wiederum ganz eins.

Herzu war der Dunkle an der Spitze seiner Bewaffneten wie rasend geritten; er hatte nichts aufgenommen von den Dörfern, den Städten, dem Strom. Er hatte nur die Fährte verfolgt gleich einem

Hetzhund, doch nun erlebte er neben seiner Liebe auch die Fülle der Landschaft. An die Tage seiner Jugend erinnerte er sich, als er im Degenberger und Bogener Gäu eins geworden war mit dem mächtigen Strom; die Fischer wurden ihm wieder gegenwärtig, die Zillen, die treibenden Netze. Wenn er jetzt in Ludmillas Armen lag, meinte er oft, daß die Donau ihn erneut trüge; dem Elementaren kam er dabei so nahe, noch einmal so nahe, daß es ihn zuzeiten wohltuend in der Brust schmerzte.

Als er um die Mauern von Melk gestrichen war wie um eine feindliche Festung, da hatte er das Wesen der Unterdrückung, das Überhebliche, das Großkotzige wie nie zu verachten gelernt, da hatte er gespürt, wie es in der Welt die Liebe mordete. Jetzt aber wurde ihm das Gegenteil all dessen geschenkt. An der Seite der Weißblonden ertrödelte er es sich, fand es zusammen mit ihr unter den einfachen Reet- oder Schindeldächern der Herbergen, fand es im Brot oder im jetzt wieder mäßig genossenen Wein. Auf den Angern lernte er es zu würdigen, wo die Enten schnatterten und die Kinder der Dörfler barfüßig durch den Schlick liefen. Gut und unschuldig waren die Augen dieser Kinder, in ihrer Armut zeigten ihre Eltern doch Würde, und wo ein altes, ein greises Antlitz auftauchte, da hatte das Leben ihm Runzeln wie Runen eingeprägt, und manchmal dachte der Böhmische, daß genau dies das Buch der Bücher sei, aus dem der Menschheit zu lernen aufgegeben war; statt der toten Buchstaben in den Bibeln und Folianten, statt der Dogmen und geifernden Blutgesetze stand hier die Wahrheit auf dem Pergament der weise gewordenen Frauen- und Männergesichter, war alles klar, war alles human.

In der Gegenwart der Bauern, der Tagelöhner, der Kleinbürger, unter ihren Dächern, an ihren Tischen, auf ihren Wegen fand das Paar jetzt seinen gestundeten Frieden, und immer floß den Liebenden zur Seite der tröstliche Strom, der wahre und eigentliche Pulsschlag der österreichischen und bayerischen Länder. Durch Schilffelder zog er dahin – und ihm entgegen die Reiter, an Weinbergen vorbei, an felsschroffendurchsetzten Waldhügeln entlang. Sämig und fischig roch er im Nachmittagsglast, neblig hüllte er sich ein am frühen Morgen, abgrundtief schien er spät in der Nacht bis weit ins Erdinnere zu reichen. Die Erträgnisse von Handel und Wandel trug er auf seinem breiten Rücken dahin; die Völker, Sprachen und Weltanschauungen verband er quer hinweg über einen halben Erdteil. Und Ruhe sandte er aus sich, von Dorf zu Dorf, von Stadt zu Stadt, und die Reitenden nahmen sie an, über Linz nach Passau hinauf, den ganzen traumverlorenen Weg.

Doch dann krachte ihnen etwas hoch über dem dreifach sich gabelnden Strom mörderisch hinein in ihre stille Versunkenheit, in ihr gestundetes Glück. Der fürstbischöfliche Palast war es, der bedrohliche Machtklotz dort oben auf der Felszinne, das Oberhaus. Die geducktere Burg dazu, die wie lüstern vom Felsen herunter zur Donau züngelte, das Niederhaus, das den Strompfad sperrte, die Wege der Menschen kontrollierte. Im Rudel schoben sich die Reisigen hier wieder an Ludmilla und den Böhmischen heran; der kalte Schein der Festungen schien sich auf ihren Gesichtern widerzuspiegeln, sie wirkten jetzt wieder hart und kriegerisch. Metallischer schienen die Schwerter in den Scheiden zu klirren, schärfer waren scheinbar die Lanzenspitzen gegen den Himmel gezeichnet; an den Grenzen der Heimat war die Ernüchterung über die Heimkehrenden gekommen.

Ohne daß ein Befehl dazu gegeben worden wäre, spalteten der Degenberger und der Weißensteiner Trupp sich auseinander. Bei den Gewappneten freilich traf es nur die Kameradschaft, die sich unterwegs ausgebildet hatte; für Ludmilla und Wenzel hingegen ging der Riß entsetzlich tief. Sie hatten immer gewußt, daß nach den tausend Herbergen ihrer Träume einmal dieser eine Tag kommen würde. „Wir wollen nicht daran denken!“ hatte der Böhmische in den Donauauen unterhalb Melks gesagt. Jetzt aber kehrte ihnen beißend das Denken zurück, das Unabänderliche war da. Zwei Tagesritte noch, dann würde der Degenberg vor ihnen aufragen; ein ärgeres Fanal als selbst der fürstbischöfliche Palast. Fulk wartete dort, der bedenkenlos das Schwert ziehen würde, sollte er je erfahren, was zwischen seiner Tochter und dem Dunklen geschehen war. Fulk, der getäuscht und belogen werden mußte, weil die gräßlichen Gesetze der Macht es so forderten.

Die Weißblonde sprach die quälenden Gedanken des Böhmischen aus, als sie nun murmelte: „Du wirst wohl mit bis zu unserer Burg reiten müssen, Wenzel! Tätest du es nicht, würde Vater mißtrauisch werden, da du mir doch das Leben gerettet hast!“

„Ich werde es tragen – und du auch!“ erwiderte der Dunkle gepreßt.

„Für jetzt muß es so sein! Aber nicht für immer!“ Auf Ludmillas Antlitz stand plötzlich wieder jener zornige und zugleich feenhafte Ausdruck. Ganz wie damals, als sie in Melk bedenkenlos mit allen Konventionen gebrochen hatte. „Nicht für immer!“ wiederholte sie mit schneidender Stimme, dann trieb sie den Zelter zum vollen Lauf an und ließ den verstörten Hauptmann weit hinter sich zurück.

Getrennt, wenn auch nur um ein paar Pferdelängen, ritten sie am nächsten Tag auch über die Degenberger Zugbrücke; Ludmilla spielte die gottselige Pilgerin, Wenzel den erprobten Haudegen, dem eine beachtliche Tat gelungen war, die nun ihren Lohn heischen durfte. Fulk und sein Weib kamen ihnen entgegen, sie begrüßten überschwenglich die Tochter und dann erstaunt den Böhmischen. Als die Weißblonde ihnen aber berichtete, was der Hauptmann, aufgrund einer seiner Visionen, für sie getan hatte, stand auf einmal er im Mittelpunkt. Mit maskenhaftem Lächeln, um dessen wahre Bedeutung freilich nur der Dunkle wußte, trat Ludmilla nun wieder an seine Seite. Ihre Hand legte sie auf seinen Arm, die Berührung schien den Mann zu verbrennen, und dann sagte sie: „Du wirst dich ihm sehr erkenntlich zeigen müssen, Vater!“

„Keine Frage!“ polterte der Ritter, in den Augen noch immer den Schrecken, um den Mund aber schon wieder ein Lachen. „Ich werde mir etwas ausdenken, das verspreche ich dir, mein Freund! Doch jetzt kommt alle hinauf in den Söller, denn deine Rettung muß begossen werden, Ludmilla! Oder bist du etwa zu fromm dazu geworden in Melk?“ Mit einem dröhnenden Lachen beantwortete Fulk seinen eigenen Scherz, und wenig später wurde hoch oben im Wohnturm der Wein aufgetragen und der Braten. Seite an Seite saßen die Weißblonde und der Böhmische beim Gelage; sie lachten, sie scherzten, doch in ihren Herzen brannte die Pein.

Später bestimmte der Degenberger, daß Wenzel noch einige Tage auf der Burg verweilen sollte. „Ohnehin wollten Ludmilla und ich in einer Woche zum Weißenstein reiten“, sagte er, „um dich zur Jagd droben am Arber abzuholen. Jetzt können wir den Weg gleich gemeinsam machen, und ich freue mich schon jetzt darauf!“

„Ich auch“, erwiderte der Böhmische. Die Siebzehnjährige, mit ihrem Maskenlächeln, nickte.

Jeder hinter seiner eigenen Larve versteckt, verbrachten sie die genannte Zeit auf dem Degenberg und litten dabei Tag und Nacht. Später dann, Schenkel an Schenkel im Regental und in der Bergwildnis, wurde die gemeinsam getragene Folter noch schlimmer. Hautnah lebten sie jetzt wiederum mit der Natur, mit der Freiheit – und durften doch ihrer eigenen Natur nicht folgen; durften sich die Freiheit, ihre Liebe auszukosten, nicht nehmen.

Velhartice

In der Bergwildnis suchte der Böhmische Vergessen, ein volles Jahr lang.

Der Weißenstein war ihm zur leeren, düsteren Schale geworden, aus der er ausbrach, wann immer ihm dies möglich war. Zu einem Heimatlosen wurde er, zu einem Dahintreibenden, zu einem Menschenscheuen. Gleich einem Gralsritter der Sage kämpfte er sich durch die Gipfelwelten seiner Vereinsamung. Die mentale Kälte schrundete ihm das Herz ein, in seinem stahlkalten Panzer saß er fest wie ein Krebs. Vorübergehende Erlösung fand er nur, wenn das Rauschen und dämpfige Atmen der Šumava ihn unversehens einhüllte und ihn barg wie ein verschollener Muttermund.

Floh er die Festung, dann ging er zunächst fast immer den Arber an. Den moordunklen See unter der Steilwand suchte er, weil der ihn an die moordunklen Augen der Entjungferten erinnerte. In die Sehnsucht ließ er sich fallen, bis er den lähmenden Schmerz nicht mehr ertrug; war es soweit gekommen mit ihm, spielte er zuzeiten mit dem Gedanken an den Tod. Den granitenen Wall, der zwischen ihm und dem Degenberg zu wurzeln schien, ging er an, als hätte er eine feindliche Bastion zu stürmen. Er krallte sich ein in die Runsen und biß sich fest am dürr wuchernden Gestrüpp; er zog sich hinauf an der Felswand, klebte wie ein Insekt an ihr, verlor dennoch mehr als einmal den Halt, pendelte bitter lachend über dem Abgrund. Die Vision des alles auslöschenden Sturzes schoß ihm dann durch den Schädel. Doch immer wieder drängte ihn zuletzt etwas Namenloses zurück gegen den Stein; er schrie dagegen an und konnte es doch nicht aus sich lösen, und schließlich schob er sich keuchend über die Kante, hoch oben unter den treibenden Wolken, die ihm trotz allem nicht greifbarer geworden waren.

Dies war jedoch zumeist nur der Auftakt seiner Hetzjagden gegen sich selbst; hatte er dem Tod dann seine Verachtung und sein Betteln ins Antlitz gefaucht, peitschte es ihn, noch ehe sein Atem zur Ruhe gekommen war, weiter. Höher hinauf mußte er, immer noch höher, anzusaugen schien ihn der Gipfel wie eine bittere Verheißung. Der Wald schien sich vor ihm abzurollen und dennoch kein Ende zu nehmen, bis schließlich, fast wider Erwarten und jäh, der Himmel durch die Wipfel brach. Durchs eigene Schweißschlieren hindurch starrte der Böhmische dann ins Firmament. Keinen einzigen Schritt nähergerückt war es ihm, trotz der vielen tausend Schritte, die er bis hierher getan hatte, und er fragte sich, in der Seele brüllend, was er denn eigentlich gesucht hatte.

Die Antwort war da, auch im Nichts; sie hieb ihm ihre Wahrheit quer übers glühende Antlitz. Und sie trieb ihn weiter, heraus aus dem leeren Schüttern zwischen Erde und Himmel, trieb ihn wieder hinab ins pelzige Wuchern der Šumava. Hinüber trieb sie ihn, in das verfilzte Hügelrückenland seiner Geburt, nach Böhmen hinein. Auch dies war auf seinen verzweifelten Pirschzügen die Regel; hatte Wenzel den Arbergipfel oder andere Schroffen auf dem Grenzkamm bezwungen, dann suchte er den Dunst der Wälder drüben. Hemmungsloser und triebhafter als im Westen schienen sie hier im Osten des Mittelgebirges zu wuchern; uriger, bärtiger, moor- und moosdunkler. Der Pelz des Waldtieres schien struppiger, die Grannen dichter. Die Herausforderung, die über dem rauschenden Brüten lag, war direkter als drüben. Gleichzeitig war aber auch mehr Dämpfiges da, mehr Brutwarmes, mehr Archaisches, mehr Elementares. Der Erdmuttermund hier schien in andauernder, quellender Geburt begriffen zu sein. Wo er im Westen da und dort ausgerodet schon trocken lag, drängte das Leben hier drüben schier uferlos aus ihm. Das Wipfelsingen bildete sich aus seinem Schleim, das Aufbrodeln der Borken, das Saugen und Steigen des Saftes im Geäder des Forstes, das Gurgeln und Glucksen der erdinneren und erdäußeren Quellströme und Bäche, das betäubende Duften der Kräuter, Blumen und Moose, das Wuseln der Insekten, das faulige Hinbrechen des Absterbenden, der schwer wummernde Pilzgeruch, das Rascheln und Tappen der kleinen Pelztiere dazu, das Hüpfen und Trippeln der Vögel, ihr Aufschwirren und Wegflattern, das Flirren der Libellen, das unhörbare Schleifen der Würmer, der Hetzlaut der Wölfe, das Quarren der Frösche und Platschen der Fische in den verwunschenen Teichen, das Bärenpoltern und Luchslauern, das Wildkatzenschleichen auch, das Einschmettern der Blitze ins unendlich Gärende schließlich, das rauchige Wegwehen des Vergehenden und das neue Wachstum, das Zeugen aus der pludrigen Asche heraus.

In all dies warf der Dunkle sich hinein, ähnlich wütend, wie er sich zuvor in die Felswand gekrallt hatte, doch wo die gleichermaßen mentale und körperliche Flucht dort vertikal ausgerichtet gewesen war, senkte sie sich in der nach Osten ausflutenden Šumava allmählich und weich ins Horizontale ab. Das Hirn- und Seelengrimmen des Getriebenen, des Gralssuchers, schien sie hineinzunehmen in eine immer flacher schlagende Welle, und so konnte es dann geschehen, daß der Böhmische im Böhmischen Kessel wie nach einem Alptraum wieder zu sich kam, daß ihm nach tage- oder gar wochenlangem Dahingejagtwerden endlich doch Ruhe vergönnt war; die Erlösung, die aus der körperlichen und mentalen Erschöpfung kam – und gleichzeitig aus der Rückerinnerung an den Erdmuttermund, der sich gleich einer saugenden Muschel für ihn geöffnet hatte.

Dennoch blieb der Dunkle nach der Durchquerung des Schlundes heimatlos; die lindernde Betäubung verwaberte jedesmal schnell wieder, die Kluft zwischen ihm und der Weißblonden war bloß noch gewachsen. Wie ratlos stand er dann da in seinem fremden Geburtsland, jenseits des Kammes, der ihn vom Degenberg trennte; gleich einem Narren konnte er auf die Dörfer starren, die Weiler, die Gehöfte, um sich schließlich wie besessen hineinfallen zu lassen ins grelle, wiederentdeckte Treiben der Menschen. Silbermünzen warf er auf die Tavernentische, nach Wein schrie er, nach Met, Fusel oder Bier, den Humpen, den Stamper setzte er ans bartverwucherte Maul; die Süße, die Bitterkeit, die Glut spürte er in der Kehle brennen. Es störte ihn nicht, daß die einen ihn scheu musterten, daß andere sich mit ihm verbrüdern wollten; er ließ die klirrenden und klingenden Scheibchen springen; er jubelte sie ins Nichts davon und handelte sich den Rausch dafür ein, die vermeintliche und falsche Seligkeit, die ihn zuletzt brutal unter den Tisch, in den Kot, in den Dämmer eines sumpfigen Straßengrabens schmetterte. Kam er wieder zu sich, besudelt, erniedrigt, dann stöhnte er, dann lachte er, bis die Erinnerung ihn neuerlich übermannte. Ins Wirtshaus torkelte er zurück, so ihm noch Silber geblieben war; falls nicht, schlug er sich fluchend wieder in die Wälder, litt unter den Nachwehen der mentalen Flucht, erholte sich am Rand eines Quellbaches oder schlief einen alptraumdurchzuckten Schlaf unter dem dröhnenden Dach der Šumava, bis er es an der Zeit fand, sich in umgekehrter Richtung über den Grenzkamm zu kämpfen, dem Weißenstein zu, der ihm keine Heimat mehr war. Spürte er bei solchem Heimhasten ins kalte Haus eine Wildfährte auf oder ein Raubtiersiegel, dann konnte jäh die Mordlust in ihm hochflackern. Dann lockerte er das Waidmesser in der Scheide und setzte den Pfeilschaft auf die Sehne, und schon wenig später zumeist verblutete der Hirsch, verröchelte die Wildsau, stürzte krachend der Zottelleib des Bären oder heulte der Wolf sein Todesjaulen aus sich. Beladen mit Pelzwerk, mit beingelben Trophäen, tauchte der Böhmische zuletzt wieder auf dem Pfahl auf, wo seine Männer ihn verflucht oder aber sein Handeln verstanden hatten. Das Rauchwerk warf er dann mit grellem Lachen ab, die erbeuteten Reißzähne und Krallen zeigte er wie verächtlich vor, die tadelnden Worte Gerharts hörte er sich stumm und verbissen an. Beim Wein, hoch oben im Söller, versöhnten er und der Vogt sich dann wieder; noch einmal, nach all dem Wüten gegen sich selbst, durchzechte der Böhmische im Regelfall eine Nacht. Mit dem ersten Weißensteiner Morgengrauen aber fand er jedesmal zurück zu seiner Pflicht, brüllte heiser seine Befehle, ließ die Reisigen sich wappnen und die Rösser aufsatteln, und dann führte er sie durchs Tor und verlangte ihnen und sich selbst auf ausufernden Patrouillenritten das Letzte ab. Er tat es, weil er sich danach den Erschöpfungsschlaf erhoffte, und manchmal hatte er Glück; manchmal wurde er nach all den selbstauferlegten Kasteiungen tatsächlich zum Stein.

*

Vom Herbst 1334 bis zum September 1335 trieb er es so, irrlichterte sein Leben zwischen wütender Pflichterfüllung und noch wütenderen Ausbrüchen hin und her. Ob der Degenberger von seinen Exzessen erfuhr oder nicht, es schien dem Böhmischen gleichgültig zu sein. Fulk, als er in diesem Altweibersommer 1335 wie üblich zur Jagd an den Schwarzen Regen kam, ließ sich zumindest nichts anmerken. Er umarmte den Hauptmann, nahm es arglos hin, daß Ludmilla ein Gleiches tat. Nachdem sich Wenzel und die Weißblonde wieder voneinander und aus ihrer jähen Verspannung gelöst hatten, sagte der Ritter zu seinem ehemaligen Schildknappen: „Du mußt ein Packpferd mehr bereitstellen in diesem Jahr! Denn nicht bloß am Arber werden wir heuer pirschen, sondern noch ein gutes Stück weiter ins Land jenseits des Gebirgskammes hinein.“

Der Fünfundzwanzigjährige blickte erstaunt auf; er sah, wie ein verschmitztes Lächeln Fulks Lippen kräuselte, gleichzeitig schien ihm Ludmilla mit den Augen ein Zeichen geben zu wollen. Warum? war er versucht, zu fragen, doch er ließ es; er spürte, daß weder der Degenberger noch dessen Tochter es wollten. Etwas war im Busch, etwas, von dem er jetzt noch nichts wissen sollte. Deswegen nickte er nur und erwiderte, gespielt gleichgültig: „Ganz wie du willst, Fulk!“

„Das lobe ich mir an dir! Daß du einen Befehl ganz so hinnimmst, wie er gegeben wurde“, polterte der Ritter aufgeräumt. „Aus solchem Holz müssen die Männer geschnitzt sein, denen ich mein Vertrauen geschenkt habe! – Jetzt komm mit mir und Ludmilla hinauf in den Turm, Wenzel! Wein trinken und schmausen wollen wir mit dir und Gerhart, morgen aber, mit dem ersten Sonnenlicht, brechen wir auf nach Böhmen!“

An diesem Abend zechte der Hauptmann nur mäßig. In Gegenwart der Weißblonden schmeckte ihm der Rotspon schal, suchte er den Rausch nicht. Sie war da, war ihm gleichzeitig unendlich fern; sie hatte ihn damit entrückt in ein Leid, gegen das auch der Alkohol keine Schranke mehr hätte aufrichten können. Ohnehin kam ihm die Betäubung in dieser Nacht anderswo her, kam von ihr selbst; immer wieder mußte er sie verstohlen mustern, immer wieder drängte es ihn dazu, ihr etwas zu sagen, mit einem Augenwinken, mit einem Unterton, den nur sie beide begriffen. Wiederum flackerte so das verzehrende Spiel zwischen ihnen auf, quälte sie, reizte sie, drängte sie wie unwiderstehlich zueinander hin – und ließ sie dennoch wie festgewurzelt auf ihren Bänken hocken bleiben. Grimmiger denn je schauerte das unsichtbare Band zwischen ihnen; der Grund dieses süßen Grimms lag darin, daß die Weißblonde reifer geworden war, der Dunkle in seiner Sehnsucht, in seinem mentalen und körperlichen Metzeln gegen sich selbst zerschundener. So war der gierige Bogen jetzt andauernd bis zum Bersten gespannt, nicht mehr die Jungfrau wollte zu ihrem Retter, sondern das Weib zum Mann, und in der Mitte der Nacht, nachdem Fulk besäuselt aufs Lager gesunken war, fanden sie sich zumindest für eine kurze Spanne Zeit.

„Du!“ flüsterte sie in derselben Söllernische, in der sie schon einmal gestanden hatten.

„Du!“ keuchte er und schmeckte ihr Haar, ihre Haut.

Im Hintergrund des Raumes, vom Fackelschein umflackert, röchelte Fulk im Schlaf. Schon vor einer Weile hatte sich Gerhart nach unten zurückgezogen. Der Böhmische dachte an seine eigene Kammer, die neben derjenigen des Vogts lag. Er sah sich selbst in der Umschlingung mit Ludmilla dort liegen, das Bild verwucherte ihm das Gehirn, raubte ihm beinahe den Atem. „Nein!“ bettelte es in seine Brunst hinein. „Nicht jetzt! Nicht heute! Du bist wahnsinnig geworden! Ach, wie ich dich in deinem Wahnsinn liebe!“ Ihr Mund war jetzt an seinem Ohr, sie schien ihm die folgenden keuchenden Worte in die Muschel zu züngeln: „Ich will es ja auch, aber es darf nicht sein, denk an Fulk! Alles wäre zunichte, wenn er aufwachte, mich nicht mehr hier fände, mir nachspürte! Alles wäre verloren, was ich für dich eingefädelt habe . . .“

Der Unterton in ihrer Stimme bewirkte, daß der Böhmische sich von ihr zu lösen vermochte; zumindest ein Quentchen, zumindest so weit, daß sein Kopf wieder ein wenig klarer wurde. „Was meinst du?“ raunte er. „Ich habe doch schon bei eurer Ankunft gespürt, daß . . .“

Als er ihr unterdrücktes Lachen vernahm, immer noch ganz nahe und lockend an seinem Ohr, haßte er sie beinahe. Haßte sie, weil er trotz seiner Gabe nicht in ihr Innerstes dringen, nicht jeden ihrer

Gedanken an sich reißen und besitzen konnte. Mit allen Fasern wollte er sie, mit ihren letzten und intimsten Geheimnissen, ihr letztes Tröpfchen Blut wollte er hineinschlürfen in sich, leer sollte sie sein, völlig leer, und nur noch er sollte in ihr sein dürfen, doch sie lachte, lachte an seinem Ohr, biß ihn dann unvermittelt. „Du wirst es wissen, wenn die Zeit gekommen ist“, zischelte sie aus dem Beißen, aus dem Knabbern heraus. „Später, wenn Fulk es dir selbst gesagt hat, werden auch wir noch einmal darüber sprechen! Aber jetzt geh, Böhmischer, geh, Dunkler, geh, Geliebter! Laß mich allein, bitte! Du und ich, wir würden sonst doch wieder ...“

Und wir werden es tun! Verflucht! Du Metze, du Fee! dachte er wenig später, als er sich in seiner klammen Kammer aufs Lager warf. Als er nach dem Weinkrug griff und sich die blutrote Flüssigkeit durch die Kehle goß wie Wasser. Als er sich nun doch betrank, weil sie ihm so nahe war wie seit einer Ewigkeit nicht, weil sie ihm dennoch ferner denn je war mit ihrem Geheimnis, das sie ihm – IHM – nicht verraten hatte.

*

Am nächsten Morgen fühlte er sich elend, der prachtvolle Spätsommerhimmel schien ihn zu beleidigen und zu verhöhnen. Noch vor dem Torschlund setzte er seinem Rappen die Sporen ein, preschte über die Brücke wie ein Ungewitter, scherte sich den Teufel darum, daß der Hengst auf den Bohlen, auf den Steinbuckeln des Burgweges mehrmals ausglitt und einmal um ein Haar zu Fall gekommen wäre. Erst weiter unten, auf den sanft geneigten Regenwiesen, riß er sich dann zusammen, ließ das Tier die Kandarenbügel schmecken, nahm es zurück in den Schritt. „Nicht ausgeschlafen, was?“ tadelte Fulk, nachdem er aufgeholt hatte. „Du hast wohl noch weitergebechert, nachdem ich schon hinüber war! Mit Ludmilla, nehme ich an. Sie sieht auch blaß aus an diesem Morgen ...“

„So ähnlich“, erwiderte der Böhmische. „Du wirst es ihr und mir nachsehen, hoffe ich! Es war die Freude über das Wiedersehen, und hättest du nicht mehr Vernunft gezeigt, müßtest du jetzt wohl auch leiden ...“

Er verstummte jäh. Er hätte das letzte Wort besser nicht aussprechen sollen.

„Bis zum Mittag wird dein Kopf wieder klar sein“, tröstete ihn mit verständnisvollem Grinsen der Degenberger. „Da, nimm dir ein Beispiel an meiner Tochter! Sie scheint die Folgen eures Gelages jetzt schon abgeschüttelt zu haben.“

Wenzels Rappe wich wie erschrocken zur Seite, als die Weißblonde auf ihrem Zelter vorbeizog, dem Fluß zu, der sich moorbraun unten im Tal schlängelte. Wieder schien sie zu schweben gleich einer Fee, ganz wie damals, als sie, der Dunkle und Fulk zum ersten Mal zusammen vom Degenberg auf den Weißenstein geritten waren. Und nachher habe ich sie noch oft so gesehen, dachte Wenzel; jedesmal war es wie ein Traum, nie werde ich genug davon bekommen. „Los!" rief in diesem Augenblick der Ritter. „Ehe wir sie noch aus den Augen verlieren! Sie ist immer noch der gleiche Wirbelwind wie früher, der gleiche vorwitzige Springinsfeld, nicht wahr, mein Freund?"

„Ja", erwiderte der Böhmische im Antraben. Und dachte: Nein, ein Weib ist sie geworden, das schönste und begehrenswerteste Weib der Welt. Aber das ahnst du nicht, mein betrogener Gönner, das wissen nur ich und sie. Und dann gab er dem Rappen die Zügel frei und folgte der Erscheinung. An seiner Seite ging Fulks Hengst vom Trab in den Galopp über; sie ritten dahin wie die Kameraden, die sie vor Jahren gewesen waren, und doch hatte sich alles zwischen ihnen verändert, hatte sich alles schrill und reißend verschoben, auch wenn zumindest der Ältere davon noch nichts ahnte.

Am Arber spürte es der Böhmische; erst vor wenigen Wochen hatte er dort, mit dem Tod um den letzten Einsatz gaukelnd, in der Seewand gehangen. Jenseits des Grenzkammes dann, wo das Land chodisch[66]) wurde, spürte er es erneut. Einen Bären hatte er erst kürzlich dort gemetzelt, rein um der Lust des Tötens willen, und nun erinnerte er sich schmerzlich daran, daß Fulk ihm einmal ganz andere Gründe für die Jagd genannt hatte. Wieder verbohrte sich der Dunkle daraufhin in sich, wieder trank er an diesem Abend über das Maß hinaus, wieder zeigte er am nächsten Morgen schlechte Laune. Ludmilla nahm es still, der Ritter mit gerunzelter Stirn hin. Erst als sie gegen Mittag nach Čachrov kamen, wo eine kleine Burg den Weg hinüber nach Sušice oder Schüttenhofen bewachte, löste sich seine Anspannung zumindest so weit, daß sie einem Uneingeweihten nicht mehr ins Auge stechen konnte.

Der Čachrover Ministeriale ließ Fleisch, Brot und Wein für Fulk und seine Begleiter auftragen. Er schien den Degenberger zu kennen und zu achten; nach dem Mahl wurde die Unterhaltung zwischen dem Dienstmann und dem Ritter immer lebhafter. Mehrmals war dabei von einem gewissen Bušek die Rede; Wenzel erinnerte sich daran, daß er von diesem Adligen auch schon gehört hatte – irgendwo in der Nähe von Schüttenhofen sollte er vor einigen Jahren mit dem Bau einer neuen Festung begonnen haben.

Dann aber wandte sich das Gespräch wieder anderen Dingen zu; geradezu auffällig bemühte Ludmilla sich jetzt, ihren dunklen Gefährten aufzumuntern, den Abend für ihn kurzweilig werden zu lassen. Der Böhmische nahm es zunächst erstaunt und verwirrt hin, machte aber dann doch gute Miene zum bösen Spiel und taute – er wußte selbst nicht recht, wie – auf. Auch trank er im Wohnturm von Čachrov bedeutend weniger als gestern, und mit dem neuen Sonnenaufgang stieg er endlich wieder einmal mit klarem Kopf zu Pferde. Die Weißblonde, obwohl er nach wie vor nach ihr gierte, schien so etwas wie einen besänftigenden Zauber über ihn geworfen zu haben.

Diese Stimmung gedämpfter, abwartender Sehnsucht blieb, als die Reiter sich jetzt nach Osten wandten und einem malerischen Höhenzug oberhalb eines Nebenflüßchens der Otava folgten. Taldunst, Wald und Hügelbuckel schienen hier weich zu verschmelzen, da und dort stand der Nadelforst dunkel da, dann wieder schäumten helle, birkene Flecken aus ihm heraus. Auf Moospolstern oder Quellensteinen tanzten die Bachstelzen, trippelten eilig gegen den Wind, wenn die Jäger nahten, und schwirrten mit zartem Gezwitscher weg. Kaum lag die Bannmeile von Čachrov hinter den Reitern, als die Trittsiegel der Wildtiere sich häuften; aufgeregt begannen die Bracken zu drängen und immer eifriger zu läuten. Zuletzt strängte Fulk sie los; das Rudel, scheinbar nur ein einziger gestreckter Leib, schoß wie der Blitz seitlich in den Wald hinein. Die Reiter preschten ihm nach, der Ritter voran, der Böhmische und die Weißblonde nun satteljankend Seite an Seite, ein paar Pferdelängen weiter hinten die Knechte. Einige Male berührte Ludmillas Schenkel den des Dunklen; an die Donau, an die Zeit unmittelbar nach Melk erinnerte ihn dies jäh, und auch sie schien das nicht vergessen zu haben; ihr Antlitz glühte nicht bloß vom raschen Ritt. Doch dann brach der aufgestörte Hirsch aus seinem Lager, ein kapitaler Zwölfender war es, und in der Faust Wenzels schien der kurze Jagdspeer plötzlich bebendes Eigenleben zu gewinnen.

Die Weißblonde blieb zurück, Seite an Seite mit Fulk hetzte der Böhmische jetzt dahin, den wippenden Eisenspitzen nach, den heulenden Bracken, dem Waldkönig, dessen hochgeworfenes Geweih wild die Zweige peitschte. Der Hirsch floh in beinahe schnurgerader Richtung, weiter und weiter, versuchte keine Finten und Finessen; gerade deswegen empfand Wenzel in einer jähen Aufwallung plötzlich ein großes Gefühl der Achtung für ihn. Alles, was den Dunklen gequält hatte, fiel jetzt von ihm ab, wurde hinweggefegt angesichts des grundehrlichen Überlebenskampfes des

Zwölfendigen; die Welt schien mit einem Mal wieder klar und durchschaubar geworden zu sein.

Durch ein Brombeergestrüpp brach der Rote, seine Sätze wurden jetzt kürzer, die Meute rückte ihm schnappend näher. Und dann, jäh, wuchs das schroffe Felsgetrümmer vor ihm auf. In die Enge getrieben war er, in seiner Panik in die Falle geraten. Er warf sich herum, versuchte nach links auszubrechen, nach rechts, doch überall nichts als die Reißzähne. Und vor ihm die Reiter, Fulk und der Böhmische, nach wie vor Seite an Seite; in den Fäusten, über den schlagenden Köpfen der sich jetzt bäumenden Rösser, die Speere. Der Hirsch senkte den Schädel, senkte seine zwölf Dolche; aus der Ausweglosigkeit heraus versuchte er zu forkeln. Gleichzeitig zischten die Eschenschäfte über die Pferdemähnen hinweg. Das eine Eisen bohrte sich dem Wild reißend und peitschend ins Blatt; der Rote beschrieb mit schlegelnden Vorderläufen noch einen zuckenden Halbkreis, brach einen Lidschlag später zusammen. Hoch über seinem niederkrachenden Körper war, in derselben Sekunde, in der Fulks Waffe getroffen hatte, der Jagdspeer Wenzels klirrend gegen die Felsschroffe gefahren. Jetzt torkelte der angesplitterte Schaft herab, blieb harmlos neben dem zittrig zur Ruhe kommenden Kadaver liegen.

Fulk sprang vom Sattel, bändigte die Hunde, zog das Waidmesser, um das Tier, das ihm zur Beute geworden war, aufzubrechen. Der Dunkle blieb auf seinem Hengst sitzen, starrte wie betäubt auf den Niedergeworfenen, regte sich auch dann kaum, als die Weißblonde und die Knechte herankamen. Ludmilla, während ihr Vater schlitzte, berührte seinen Arm. „Du wolltest nicht treffen, ja?“ raunte sie ihm zu.

Erst da schien Wenzel wieder zu sich zu kommen, sein Arm zuckte wie eben noch der Hirschleib. Er saugte wie gequält die Luft in die Lungen, dann erwiderte er: „Er hatte sich verrannt, war so hilflos wie du und ich. Deswegen vermochte ich es nicht zu tun . . .“

Die Degenbergerin lächelte, preßte seinen Arm jetzt, flüsterte: „Das ehrt dich! Doch es ging bloß um das Tier, nicht um dich oder mich! Du wirst bald wissen, was ich damit meine. Wir sind nicht so hilflos, wie du denkst . . .“

Sie brach ab, ihr Vater hatte sich aufgerichtet, winkte mit dem blutigen Jagdmesser, rief ihnen jetzt zu: „Kommt her! Seht euch den Prachtburschen an! Das Geweih wird sich wunderbar ausnehmen im Degenberger Rittersaal! Na los jetzt – und hilf mir endlich beim Ausweiden, Böhmischer!“

Als der Dunkle zu seinem Herrn trat, als er die bereits freigelegten Hirschrippen hochspreizte, damit der andere ans Herz kommen konnte, fuhr Fulk fort: „Du hast ja einen gar schändlichen Wurf getan! Drei Klafter hoch über der Beute fuhr deine Waffe gegen den Felsen. Nie wieder, seit du ein Knabe warst, sah ich dich so schlecht zielen. War dein Roß schuld daran, oder hast du es vielleicht sogar mit Absicht getan? Sag, Wenzel, hast du mir die Ehre allein lassen wollen? Dann könnte ich dir den verluderten Speer verzeihen . . . “

Im ersten Moment war der Böhmische versucht, die Wahrheit zu gestehen. Daß er nicht hatte töten wollen, daß sich alles in ihm dagegen gewehrt hatte. Daß der Stahl, wäre er ins Herz des Zwölfenders gefahren, gleichzeitig all das getroffen hätte, was zwischen ihm selbst und der Weißblonden noch geblieben war. Er war tatsächlich versucht, es aus sich herauszuschreien; herauszubrüllen, daß er die eigene und fremde Hilflosigkeit nicht zu schlachten vermocht hatte. Aber dann schreckte er doch vor den Weiterungen, vor dem dann unvermeidlichen Nachbohren des Ritters zurück. Sein Mut verließ ihn wieder, sein Trotz, sein irrationales Aufbegehren, das sich über alle Konventionen, alle Zwänge hatte hinwegsetzen wollen, zumindest zwei, drei Herzschläge lang. Und er kroch in sich selbst hinein, in die faulige und dennoch schützende Schale seines Heuchelns, und über seine blutverschmierten Hände hinweg sagte er ins arglose Antlitz Fulks hinein: „Ich sah, daß dein Wurf meisterhaft gezielt war, so lenkte ich den meinen ab . . .“

Fulks Augen leuchteten auf. „So war das also!“ rief er. „Ritterlich gehandelt, wahrhaftig, mein Freund! Ich werde mich dir schon bald erkenntlich zeigen!“ Dann drang sein Waidmesser tiefer ein, erreichte das Herz und löste es aus dem klaffenden Kadaver. Wenzel hob den Blick, zwischen ihm und der Weißblonden entstand wieder die Brücke; er sah das leise, wissende Lächeln auf Ludmillas Lippen zittern und empfand zumindest ein bißchen Trost.

*

Erneut berührte Ludmilla den Arm des Böhmischen, als unter der jetzt schräg stehenden Sonne die Festung auftauchte. Auf einer Hügelzunge am Talrand des Flüßchens, dem sie nun schon seit dem Morgen folgten, lag die Burg. Zehn, zwölf Bauernhöfe duckten sich hinein in ihren Schutz oder Schatten, je nachdem; Katen dazu, auch Werkstätten. Das Dorf schien schon seit einigen Menschenaltern zu existieren, die wuchtige Anlage selbst dagegen trug noch deutlich die Zeichen der Unfertigkeit. Lückig zeigte sich der

Bering, frisch zugebeiltes Balkenwerk starrte da und dort noch ins Leere, die Kalkflecken an den Mauern des Wohnturmes wirkten an der einen oder anderen Stelle noch naß. Auch der Graben war noch nicht bewässert, Schafe trieben sich in der ovalen Erdschrunde herum, und auf einem ausgeholzten Platz neben dem Tor pluderte der Wind in einer Ansammlung von Zelten, die wohl den Bauleuten zur Wohnung dienten. Dennoch machte das Kastell bereits einen ansehnlichen Eindruck, war es schon jetzt Symbol für den Aufschwung, den Böhmen in dieser ersten Hälfte des 14. Jahrhunderts genommen hatte.

Wenzel spürte die Berührung der Weißblonden wie stets mit allen Fasern, ganz ruhig standen sein Rappe und der Zelter jetzt, und dann schob sich Fulk neben sie, deutete zur Burg hinüber und sagte: „Velhartice! Die Neugründung des Ritters Bušek, über den der Čachrover und ich gestern schon sprachen. Er ist weitläufig verwandt mit meiner eigenen Sippe und hat hier, auf der Talschroffe der Ostružná wahrhaft viel geleistet!" Fulk deutete auf das Flüßchen, das tief unten in der Klamm rauschte, dann wies er auf einen bewaldeten Gipfel, der auf der anderen Seite der Festung noch ein gutes Stück weiter gen Himmel stieg, und erklärte weiter: „Borek nennt man diesen Berg; er schützt die eine Flanke des Kastells so gut wie die Ostružná die andere! Wer auf Velhartice sitzt und es vielleicht einmal verteidigen muß, hat damit zwei sehr wertvolle Verbündete! – Nun, was denkst du darüber, Wenzel? Ist das eine Anlage nach deinem Geschmack?"

Der Dunkle ließ den Blick schweifen. Er kannte den Degenberg, den Weißenstein, Dutzende von weiteren deutschen und italienischen Burgen. Also vermochte er auch die Stärken und Schwächen Velhartices zu beurteilen, und so erwiderte er nach einer Weile: „Was die Klamm und den Berg angeht, gebe ich dir recht, Fulk. Klug ist die Festung zwischen diese beiden natürlichen Bastionen hineingebaut. Auch die Steinmetzen und Zimmerer scheinen ausgezeichnete Arbeit geleistet zu haben. Wo sich die Anlage aber dem Dorf zuwendet, liegt ihr verwundbarer Punkt. Der Hügelrücken senkt sich hier flach hinunter ins Tal, und wenn von dort aus ein Angriff erfolgt . . ."

Er sah es förmlich vor sich, wie auf der flachen Lehne die Katapulte und Mauerbrecher auffuhren, wie die Sturmleitern so gut wie unbehindert vorgetragen wurden, wie sich den heranpreschenden Gepanzerten kein ernsthaftes Hindernis in den Weg stellte. Nur der Graben war da und das einschichtige Tor, doch in der Erdrunse fehlte das Wasser, und später konnte sie womöglich angestochen werden, und das Tor würde einzurennen sein, wenn der Feind die gebotenen Möglichkeiten zu einem raschen Ansturm nutzte. Wie in einer kurzen, blitzartigen Vision erblickte der Dunkle all dies; der nächste Atemzug brachte ihn wieder zu sich, und dann murmelte er, während Fulk erstaunt glotzte: „Man wird weitere Verteidigungsabschnitte anlegen hinter dem ersten Tor! Einen Turmklotz sehe ich, dahinter, dem ältesten Bau zu, einen zweiten. Gleich Zwillingen werden sie auf dem Sporn stehen, getrennt voneinander und dennoch vereinigt. Eine Brücke wird man schlagen vom einen zum anderen, hoch oben in den Lüften. Die wird aussehen wie die Viadukte, die wir einst in Italien bewunderten. Auf diese Weise wird Velhartice zu einer der stärksten Festungen werden in Böhmen. Die Burg wird viele Jahrhunderte lang nicht untergehen, wird aber ihr Antlitz noch oft verändern, bis dann auch ihre Zeit kommt und sie halb zur Ruine wird.“[67])

Der Ritter starrte, dann schluckte er und erwiderte: „Du sagst es so, mein Freund, und ich will es dir glauben! Ja, ich freue mich, daß die Festung dich nicht gleichgültig läßt, sondern daß du ihr Erscheinungsbild durch die Zeit gleiten sahst mit deinem inneren Auge! Du solltest das, was du erblicktest, später auch dem Bušek mitteilen – es könnte sein, daß er dir's dankt! Doch nun laßt uns weiterreiten, denn im Söller von Velhartice warten sicherlich schon Wein und Braten auf uns, und auch der Hirsch muß in die Beize, damit Ludmilla und ich noch etwas von ihm haben, ehe wir wieder an die Donau heimkehren.“

Ihr kehrt heim, dachte Wenzel. Ich etwa nicht? Doch diesmal entschleierte sich ihm nichts; wo er über Jahrhunderte in die Zukunft geschaut hatte, blieben ihm die nächsten Tage dunkel – er konnte nichts tun, als seinem Herrn und der Weißblonden zu folgen, die jetzt eilig und wie Verschworene auf die Grabenbrücke zuhielten. Unmittelbar hinter ihren Tieren trabte auch sein Hengst durch den Torschlund. Über den Hof, der noch halb Baustelle war, ging es weiter, und dann kamen Knechte aus dem klotzigen Gemäuer, das wie ein Horst hoch über der Ostružná zu kleben schien. Die Reisigen nahmen die Pferde in Empfang, verschwanden mit den Gefolgsleuten des Degenbergers im Stall; eine Magd führte Fulk, Ludmilla und den Böhmischen hinauf in den Söller.

Bušek, obwohl einer der mächtigsten Herren in seinem Land, war noch relativ jung an Jahren, ein Mittdreißiger. Er begrüßte den bayerischen Ritter und dessen Tochter mit Handschlag, faßte den Weißensteiner Hauptmann danach scharf ins Auge, musterte ihn von oben bis unten, schien Gefallen an ihm zu finden und sagte zuletzt: „Das also ist der Mann, den du mir so heiß empfohlen hast, Fulk?“

„Er diente mir treu als Schildknappe, er begleitete mich nach Italien, er war Zeuge der Kaiserkrönung und sah mit an, wie ein Papst gestürzt und ein anderer erhöht wurde", versetzte der Degenberger. „Weil ich ihm vertraute wie keinem anderen, gab ich ihm die Hauptmannsstelle auf dem Pfahl. Er hat mich auch dort nicht enttäuscht, hielt seine Leute in Zucht, bewachte die Handelswege und schlug scharf zu, wenn dies nötig war. Etliche Halsabschneider brachte er in die Grube. Doch dies alles zählt kaum gegen das, was er vor Jahresfrist leistete ..."

„Wenzel rettete mich, als ich nach Melk wallfahren ging", fiel die Weißblonde ein. „Er hatte die Gefahr geahnt, über hundert Meilen hinweg. Das Hellsehen ist seine wertvollste Gabe, und keiner gleicht ihm darin!"

„Darüber will ich später noch mehr hören!" verlangte der Ritter Bušek. „Manche sagen, daß in der Šumava immer wieder einmal ein solcher Mensch geboren wird. Das Walddunkel soll sie angeblich aus sich treiben. Doch vom einen zum anderen können Jahrhunderte verstreichen ..." Bušek verstummte, füllte Wein für sich und seine Gäste in die silbernen Becher, reichte die Pokale herum, setzte dann hinzu: „Was denkst du selbst darüber, Wenzel vom Weißenstein?"

„Wenn ich denke, sehe ich nichts", erwiderte der Angesprochene. „Es kommt allein aus dem Fühlen, aus dem Herzen, aus dem tiefsten Kern. Ob's der Wald lockt, der Strom, das Leid – oder gar die Liebe, wer weiß?"

„Wenn du nicht, wer dann?" murmelte Fulk. Er nickte dem Dunklen zu, wandte sich anschließend mit festerer Stimme wieder an Bušek: „Mit dem, was an ihm unerklärlich ist, wirst du leben müssen – so du ihn nun in deinen Dienst nehmen willst ..."

„Er? Mich?" schnappte Wenzel. „Ist dies das Geheimnis, um das es den ganzen Jagdzug über schon geht?"

Fulk lächelte, ebenso Ludmilla. „Sie haben dir also noch nichts verraten", sagte der Herr von Velhartice aufgeräumt. „Und dich selbst hat in dieser Sache deine Sehergabe offenbar im Stich gelassen! Nun gut, dann sollst du es von mir erfahren! Fulk, mein Verwandter, hat sich sehr für dich eingesetzt, als wir uns im vergangenen Frühjahr auf dem Degenberg trafen und ich ihm sagte, daß mir auf meiner neuen Burg noch ein Mann nötig sei, dem ich bedingungslos vertrauen könne. Eifriger noch als der Ritter hat aber seine schöne Tochter für dich gesprochen, Wenzel, und so verabredeten wir, daß ich dich hier in der Šumava kennenlernen sollte. Dies ist nun geschehen, du scheinst ein Kerl von echtem Schrot und Korn zu sein, auch wenn etwas um dich ist, das mir ein wenig düster vorkommen will. Doch dies hängt vermutlich mit deiner Herkunft zusammen; ich weiß, daß du ein Findelkind bist und das Grab deiner Eltern nicht kennst. Auch deine geheimnisvolle Gabe mag dich umwölken, aber dies schändet dich in meinen Augen nicht; all dies ist deine Angelegenheit und nicht meine. Für mich soll allein zählen, was du geleistet hast im Dienst meines Verwandten Fulk von Degenberg – und deswegen hier meine Hand! Schlag ein, dann ist die Pfründe des Burgvogtes auf Velhartice dein!"

Der frisch gekalkte Raum mit den schweren Wandteppichen, den Waffen und Wappenschilden zwischen den Pfeilern schien vor den Augen des Böhmischen zu wirbeln. Hoch, unerhört hoch hatte ihn jäh der Peitschenhieb des Schicksals gerissen. Er brauchte nur noch die Hand auszustrecken und konnte eine Würde ergreifen, die beinahe der eines Adligen gleichkam. Er würde ein Herr sein, würde ungleich bedeutender sein als ein einfacher Hauptmann. Vielleicht einmal sogar ebenbürtig der Einen, der Einzigen. Ein Kriegszug, eine kühne Tat, daraus resultierend möglicherweise der Ritterschlag, das eigene Lehen, das eigene Wappen! Die Vogtstelle auf Velhartice konnte das Sprungbrett dazu sein. Er würde nicht nur dem Bušek, sondern der Weißblonden die Hand reichen dürfen.

Und jetzt begann diese Hand zu zucken; er wollte sie ausstrecken, er wollte zupacken – aber da schauerte ihm etwas anderes durch die Seele. Eine jähe Kälte war es, eine urplötzliche Furcht, das Gefühl, in einen Abgrund gewirbelt zu werden. Nur ganz kurz dauerte diese Beklemmung an; kaum hatte sie ihn befallen, verflüchtigte sie sich auch schon wieder, und dann hörte Wenzel den Degenberger sagen: „Das ist mein Dank an dich für die Rettung Ludmillas! Daß du als ein Mächtiger auf der Burg Velhartice leben sollst! Aber ich bitte mir aus, daß du nach wie vor jedes Frühjahr hinunter an die Donau kommst, und daß wir jeden Herbst zusammen jagen, ganz wie bisher auch! Denn unsere Freundschaft muß bestehen bleiben, auch über den Grenzkamm der Šumava hinweg!"

Der Dunkle hob den Blick; er sah die arglosen Augen Fulks, sah die Freude des Schenkens auf seinem Gesicht. Gleich darauf schob sich die Gestalt der Weißblonden zwischen ihn und den Ritter. Ganz genau schien Ludmilla zu wissen, was im Herzen ihres heimlichen Geliebten vorging; ihre Stimme klang freundlich und zugleich drängend bis zum Bersten, als sie ihn ansprach: „Nimm das Geschenk an! Es kommt nicht nur von Bušek und meinem Vater, sondern auch von mir, die ich Fulks Erbin bin!"

Da nickte der Dunkle wie im Traum, streckte nun endlich die Hand aus, spürte den Griff des Herrn von Velhartice, hörte dessen

Glückwunsch – und empfand die Besiegelung dennoch wie etwas, das ihm letztlich zum Unheil ausschlagen würde.

*

Spät in der Nacht, Wenzel hatte sich in einem Alptraum gewälzt und war dann plötzlich hochgeschreckt, schlüpfte die Weißblonde zu ihm in die Kammer. „Still!" raunte sie in seine verschwitzte Verwirrung hinein. „Still, es hat keine Gefahr. Fulk und Bušek schlafen wie die Toten, sie haben das Wiedersehen und den neuen Vogt gefeiert bis weit über die Mitternacht hinaus . . ."

„Das Vogtsamt", flüsterte der Böhmische, immer noch hirndämpfig und nicht ganz bei sich. „Ich kann's in Wahrheit gar nicht recht glauben. – Und daß du gekommen bist! Sag, bist du's denn wirklich . . .?"

„Beides mußt du glauben!" erwiderte zischelnd Ludmilla. Sie kroch zu ihm unter die Felldecke, sie trug nicht viel am Leib. „Ich bin hier, spürst du's denn nicht? Mit deinen Händen? Da . . . da . . . und da!" Sie stöhnte, sie drängte sich an ihn. Sie suchte seinen Mund, und aus dem züngelnden Kuß heraus setzte sie schwer atmend hinzu: „Meine Liebe mußt du mir glauben und auch, daß ich es gewesen bin, die das alles eingefädelt hat . . . das mit deinem neuen Amt in Velhartice. Fulk wollte dir zunächst nichts weiter als Gold geben, ein Hoflehen dazu . . . in der Nähe von Weißenstein. Aber das hätte dir und mir nicht viel geholfen, mein Herz. Es mußte mehr sein! Es mußte ein Ort sein, von dem aus du dich hochkämpfen kannst. Deswegen habe ich . . . ach, deine Hände, deine guten, wilden Hände . . . den Vater bekniet wegen Velhartice! Dazu den Bušek, heuer im Frühjahr. Und jetzt, Wenzel, enttäusche mich und dich nicht! Steige auf aus der Vogtei . . . steige empor bis zu einem eigenen Burgberg, du . . ."

Sie lag jetzt über ihm, sie umschlang ihn mit Armen und Schenkeln. „Damit Fulk es dir nicht abschlagen kann, wenn du eines Tages um mich freist!" keuchte sie noch, und er stöhnte in ihren brennenden Atem hinein: „Ja . . . du!"

Ein Kreis hatte sich geschlossen; was er an diesem Tag heimlich gedacht hatte, das hatte sie nun ausgesprochen, ihr Trachten und Wollen hatte sich ineinander verflochten wie niemals zuvor. Und aus diesem Einklang, aus diesem Gefühl des bitter-süßen Verschworenseins heraus, vereinigten sich jetzt auch ihre Leiber. Ein ganzes Jahr schmolz weg zwischen ihnen und verging; ein ganzes Jahr voller Sehnsucht, Verwirrung und lebendigem Tod. Die Klingen hörten sie wieder klirren vor Melk, die Donau wieder rauschen; erneut kam sie vom Klosterhügel herunter, und er brach ihr entgegen durchs Gestrüpp. Am Strom entlang zogen sie, Tag um Tag, Nacht für Nacht; der Lebensatem lullte sie, durchs Geäder der Erde trieben sie. Leidenschaftlich sättigten sie sich und wurden dennoch nicht satt, bis das fahle Licht sich in die Kammer auf der Burg Velhartice stahl, und das Licht scheuchte den Rausch und scheuchte die Weißblonde vom Lager des Dunklen. Sie floh zum Türsturz, wandte sich, da sie seinen unterdrückten Schrei mehr ahnte als hörte, noch einmal um, kam zurück, barg ihn noch einmal flüchtig in ihren Armen, flüsterte: „Ich werde nicht aus der Welt sein, auch wenn ich auf den Degenberg zurückkehren muß! Denn ich habe Verwandtschaft in Prag, und auf dem Weg dorthin liegt Velhartice. Auf dem Hinweg und auf dem Rückweg, jedes Mal! Du mußt mir vertrauen, mein Herz, dann wirst du sehen . . ."

Mit diesen Worten verschwand sie endgültig; er starrte ihr nach, und trotz allem, was sie ihm gesagt hatte, bohrte das Leid ärger in ihm denn je.

*

„Wir geben auf dem Weißenstein Bescheid. Man wird dir dann dein Eigentum herüberbringen", sagte Fulk zum Abschied. Der frischgebackene Vogt von Velhartice hatte ihm und Ludmilla noch drei Stunden weit das Geleit gegeben. „Und nun mach's gut, mein Freund, und leg Ehre für mich ein bei Bušek! Im Frühjahr sehen wir uns wieder auf dem Degenberg!"

Fulk ritt an, die Weißblonde hingegen hielt ihren Zelter noch einen Augenblick zurück. „Nicht erst im Auswärts[68])", raunte sie dem Dunklen zu. „Schon Weihnachten! Ich werde das Christfest in der Veits-Basilika[69]) zu Prag feiern. Vater wird mir den frommen Wunsch nicht abschlagen können. Und Bušek wird's für eine ritterliche Tat erachten, wenn du mich nicht allein von Velhartice bis in die Königsstadt reisen läßt . . ."

Ein Lächeln noch, ein Winken, dann zog auch der Schimmel davon, und auf dem Hochufer der Ostružná blieb Wenzel allein zurück. Er starrte der Hellen lange nach, dann zwang er sich dazu, den Blick abzuwenden und ihn auf das Land zu richten, über das er nun stellvertretend herrschen sollte. Düster erschien es ihm in seinem Abschiedsweh, obwohl es wie vergoldet unter dem immer noch milden Septemberhimmel lag. Doch der Vogt sah nicht das warme Glühen, das über den abgeernteten Feldern und den spätblühenden Blumen glastete, er vernahm nicht das weiche Windwehen, das besänftigende Rauschen der Bäume oder das sanfte Dahinplätschern des Flusses. Nur die sonnenfernen Schatten schrundeten sich ihm ins Gehirn, und nur das schrille Pfeifen des Raubvogels, der plötzlich wie ein schmutziges Mal hoch oben am Firmament rüttelte, biß sich ihm ein. Und in der Ferne ragte der Burgklotz auf, der Granitkegel, der Zwingturm, über den er gesetzt worden war, beinahe als Herr. Doch nicht den kleinsten Triumph konnte er empfinden deswegen, nichts als eine kalte, lastende Kerkerklammer spürte er um sich.

Er versuchte sich in das zu retten, was die Weißblonde ihm in jener Nacht gesagt, was er damals selbst gedacht hatte. Doch ehe ihm die Verheißung mental wirklich gegenwärtig wurde, fluderte etwas ganz anderes gegen ihn heran. Eine Vision wollte ihn packen, wollte ihn schütteln und rütteln; ein Gesicht, dessen erste Ausläufer bereits ihn ärger erschauern ließen denn je. Panik schoß ihm ins Gehirn und in die Glieder, Todesangst beinahe, doch dann wehrte er sich mit allen Fasern gegen das Schlieren und Züngeln, das ihn zu umgittern versuchte. Er setzte die Sporen ein, er trieb den schrill aufwiehernden Hengst davon, und mit Hilfe des Rappen, der die ganze Zeit über nahe am Durchgehen war, gelang ihm noch einmal die Flucht.

Galgen und Gold

Der Schnee erschien ihm schmutzig; die gesamte Burganlage wirkte, als sei sie unter einem fleckigen Leichentuch begraben. Wo die Rösser gestrahlt oder geäpfelt hatten, sah der Zwingerhof aus, als hätte er eitrige Pestbeulen aus sich getrieben. Wenzel spürte die Gebißplatte seines Hengstes auf der Kandarenstange mahlen; der Widerstreit zwischen Zahnbein und Stahl traf ihn heute schmerzlich im Innersten. Dann kam Bušek heran, das Gesicht verschwiemelt von der Wut und vom Suff. Er griff nach dem bronzebeplättelten Halfter des Rappen, krallte die Hand dort ein und raunzte: „Daß du mir keinen der Hundsfötter verschonst! Schwör mir's! Alle haben sie den Tod verdient! Alle müssen sie baumeln binnen zwölf Stunden!"

Die Lippen des Vogts zitterten, als er erwiderte: „Wie Ihr befehlt, Herr! Es macht wohl keinen Sinn, wenn ich Euch noch einmal bitte, Gnade vor Recht ergehen zu lassen. Dennoch tu' ich's. Weil mein Gewissen mich dazu treibt! Und weil ich nach wie vor denke, daß es auch mit dem Ausstäupen[70]) getan wäre . . ."

„Nichts da!" schnaubte der Ritter. „Himmel, Arsch und Wolkenbruch! Läge doch der Hauptmann nicht gerade jetzt mit Fieber in seinem Schlafkoben! Der würde mir weniger Sperenzchen hermachen wegen der Dörper als du!" Bušek ließ das Halfter fahren, rotzte über den gekrümmten Handrücken hinweg, setzte versöhnlicher hinzu: „Ich weiß ja, daß es nicht eigentlich deine Aufgabe ist, Wenzel! Aber wo der Hauptmann doch wirklich aus dem letzten Loch pfeift . . ."

Der Vogt nickte. Er spürte, daß jedes weitere Wort vergeudet sein würde, auch wenn der Ritter sich jetzt zahmer gab. Trotzdem hatte der andere ihn im Würgegriff, genau wie die Bauern. Und er selbst hatte dem Herrn von Velhartice Gehorsam geschworen. So mußte er reiten, gegen sein Gewissen, wider seine bessere Einsicht. Noch einmal nickte er, ruckartig; die Kettenhaube schien ihm dabei das Gehirn einzuzwängen. Dann brüllte er seinen Männern einen Befehl zu, setzte die Sporen ein, preschte durch den schmutzfleckigen Schnee davon, zum Tor.

Draußen kam ihm das Land jäh reiner vor. Unberührt lag der weiße Waldpelz über den Hügeln. Die Ostružná tief unten schien von glitzerndem Diamantgesplitter eingesäumt zu sein. Die Wildfährten verunzierten nichts. Wo Dörfer oder Einzelgehöfte sichtbar waren, zogen die Wehen weiche Schutzwälle um sie. Warum? dachte der Dunkle. Warum darf ich dies alles nicht in

Frieden lassen? Bloß weil die Bauern ein bißchen Gerechtigkeit wollen, muß ich mit den Reisigen jetzt hineintrampeln in die Unschuld ...

Der Hengst stampfte dahin, bäumte sich gelegentlich ruckend, wenn der Schnee ihm den Weg grundlos erscheinen ließ. Wenzel meisterte das Roß dann jedesmal aus langer, reiterlicher Erfahrung heraus; er verschwendete keine Aufmerksamkeit daran, der Kopf blieb ihm quälend frei für das andere.

Die Bauern in der Herrschaft von Velhartice hatten seit Jahren beim Festungsbau gefront. Sie hatten die Steine gebrochen, hatten die Gespanne gestellt, um sie auf den Burgberg zu karren, hatten dort oben unter der Anleitung der Baumeister – den einzigen, die in der Tat Lohn und Nutzen von ihrer Arbeit hatten – ausgeschachtet, aufgemauert, gemörtelt und gezimmert. Während auf diese Weise die Zwingburg gen Himmel gewachsen war, waren die Höfe der Leibeigenen im selben Maß heruntergekommen. Auf den Taläckern hatten zumeist die Weiber und Kinder geschuftet in all diesen Jahren. Die aber hatten nur noch das Notwendigste leisten können in ihrer natürlichen Schwäche, und so waren die Felder mehr und mehr verdistelt, die Erträge immer weniger geworden.

Die meisten der Dörfler hatten dies stumm hingenommen; sie waren die Ungerechtigkeit und das Darben seit Jahrhunderten gewohnt; von Menschenalter zu Menschenalter hatten die Burgherren und die Kirchenpfründner im Tal der Ostružná sie herzlos ausgesaugt. So war ihr Widerspruchsgeist erloschen, ihr Anspruch auf Recht und Billigkeit dazu; sie kannten es nicht anders, als daß sie ausgenützt und ausgeplündert wurden, und sie glaubten, daß es Gottes Wille sei, daß sie den Zins auch dann noch auf die Burgen und in die Klöster zu tragen hätten, wenn in den eigenen Katen die Kinder schon mit Hungerbäuchen herumliefen.

Obwohl sie selbst das Brotgetreide bereits mit Rinde streckten, waren die Hörigen also auch in diesem Spätherbst wieder auf den Festungshügel von Velhartice gepilgert und hatten dort abgeliefert, was mühsam genug ausgedroschen worden war. Von zehn, zwölf Dörfern hatte Bušek die Abgaben trotz allem bekommen, doch eine Ansiedlung, ein verlorener Weiler in der Nähe von Kolinec, hatte zuletzt die Rebellion gewagt. Der Boden dort war steiniger als anderswo, der Ostwind zuzeiten schärfer und die latent drohende Not damit schon immer näher gewesen. Zudem war ein Prediger in Chudoba aufgetaucht mit den ersten Herbstnebeln; um einen entsprungenen Mönch sollte es sich den Gerüchten nach handeln, und der hatte den dortigen Bauern die Augen wohl restlos geöffnet. Daß er nicht in der Kapelle, sondern in den Stuben der

Leibeigenen Andacht halte, hatten Spitzel berichtet, und der von der Herrschaft bestallte Pfaffe, ein fauler Sack, sei machtlos gegen ihn. Ferner hatten die Spione dem Burgherrn gesteckt, daß der genannte Ketzer von Chudoba die Gleichheit aller Menschen aus der Bibel herausgelesen habe, und daß infolgedessen seine Anhänger jetzt der Meinung seien, sie hätten überhaupt niemandem mehr zu zinsen, denn daß der Schwache den Mächtigen mäste, sei eben nicht Gleichheit, sondern wider die göttliche Ordnung.

Bušek hatte zunächst bloß schallend gelacht darüber, doch dann waren die Abgaben aus Chudoba in der Tat ausgeblieben, waren nicht geliefert worden, zwei Wochen über den Stichtag hinaus. Und gestern nun – der Vogt erinnerte sich beinahe mit Schadenfreude daran – war statt der Getreidesäcke und Schinken der katholische Priester des aufsässigen Weilers auf der Burg von Velhartice aufgetaucht. Ganz offensichtlich hatte man ihn jämmerlich verprügelt, ehe man ihn aus Chudoba hinausgejagt hatte; etliche Zähne hatten ihm gefehlt, und das eine Auge war gräßlich verschwollen gewesen. Dennoch hatte der Pfaffe noch immer dermaßen gegen die vermeintlichen Gotteslästerer, Kirchenfeinde und Teufelsanbeter keifen können, daß der Ritter Bušek zuletzt völlig aus der Haut gefahren war und dem grün und blau geschlagenen Kleriker geschworen hatte, daß ein fürchterliches Strafgericht über den rebellischen Ort kommen solle. Bušeks Schelten und das ihn immer noch weiter anstachelnde Geifern des Pfaffen waren dann in ein enormes Besäufnis ausgeartet. Auch der Vogt hatte wohl oder übel eine Zeitlang mithalten müssen, doch war es bei ihm nicht bis zum Vollrausch ausgeufert wie bei den beiden anderen. Immerhin war es jedoch zum Streit gekommen zwischen Wenzel und dem Priester, denn der Geschorene hatte den Galgen für die Aufrührer von Chudoba gefordert, während der Vogt davon nichts hatte wissen wollen. Doch er hatte sich nicht durchsetzen können damit, der Kurat[71]) hatte den Ritter völlig auf seine Seite gezogen, und deswegen ritt Wenzel nun an der Spitze von zwei Dutzend Gewappneten durch den kalten Wintertag.

Hätte der verfluchte Pfaffe dem Bušek nicht auch noch eingeblasen, daß der Henker mitkommen müsse, überlegte der Dunkle jetzt grimmig, hätte es wohl noch immer einen Ausweg gegeben. Mit den Reisigen wäre ich schon übereingekommen. Ein Faß Wein außer der Reihe – und sie hätten später auf Velhartice geschworen, daß der Weiler bei unserem Eintreffen schon verlassen gewesen sei. Dann hätten unsere Hände sauber bleiben können. Doch mit dem Profos im Gefolge bin ich hilflos. Der bekommt ein Goldstück für jeden Gehenkten, der kennt keine Gnade. Außer,

Gott ist einsichtig und läßt ihn den Hals brechen, noch ehe wir Chudoba erreichen . . .

Gott freilich blieb tatenlos, während der eisige Wintertag verstrich und der Trupp dem verlorenen Ort näher und näher rückte. Am späten Nachmittag dann, der Himmel war verhangen jetzt, und der Schnee wirkte plötzlich auch hier in der Einsamkeit schmutzfarben, tauchten die ärmlichen Katen von Chudoba in einer Senke auf. Auch die Kapelle wurde sichtbar, rauchgeschwärzt, und nun schob sich der Henker neben den Dunklen, keuchte vor Empörung und raunzte: „Sie haben sie abgebrannt, die verfluchten Ketzer! Der Galgen ist ja noch zu gut für sie! Rädern muß man sie, ihnen jeden Knochen einzeln brechen!“

In seiner Rage riß der Profos am Zügel, sein Roß drängte seitlich weg, prallte gegen den Rappen Wenzels. Erschrocken grohnte der Hengst des Dunklen, sein Reiter aber nutzte blitzschnell die Chance, die das Schicksal ihm zugespielt hatte. Sein linker Sporn bohrte sich in die Weiche des Rappen, gleichzeitig traf Wenzels rechte Stiefelspitze die Wamme des anderen Gauls. Einen Lidschlag später keilten die Tiere verstört gegeneinander aus und wieherten dabei so schrill, daß es weit über das stille Tal hinschallte. Der Henker, der nicht sonderlich sattelfest war, verlor die Bügel. Scheinbar bloß mit seinem eigenen widerspenstigen Roß beschäftigt, ließ der Vogt die Peitsche schnalzen. Wie aus Versehen traf der Hieb den anderen Gaul in der Nähe der Weichteile. Der Profos schoß über den Hals seines Reittieres hinweg, landete kopfüber in einer Schneewehe. Wenzels Rappe stieg vorne, stand einen Augenblick mit schlegelnden Hufen da wie ein Fanal, dann galoppierte er auf dem Höhenrücken seitlich weg, quer zur Richtung des Pfades, der auf Chudoba zulief. Es sah alles ganz echt aus, der Böhmische schien machtlos gegen das durchgehende Pferd zu sein, und als er nun auch noch lauthals zu schelten begann, antwortete der Hengst neuerdings gellend.

Unten im Tal wurde es lebendig. Zuerst war nur eine einzelne Gestalt zu sehen, dann drängten andere aus den Hütten ins Freie. Die Menschen, drei oder vier Dutzend, ballten sich, strudelten gleich darauf durcheinander, strudelten weg. Als Wenzel auf dem immer noch stampfenden und bockenden Rappen zurückkehrte, hatte in der verstrüppten Senke die Massenflucht bereits eingesetzt. „Verflucht! Reitet doch zu! Laßt sie nicht entkommen!“ brüllte der Profos, von oben bis unten schneeverkleistert. Gleichzeitig bemühte er sich vergeblich, wieder in den Sattel zu kommen. Doch das eine um das andere Mal rutschte ihm der eisig verkrustete Stiefel wieder aus dem Steigbügel.

„Helft ihm doch!“ herrschte der Vogt zwei der Reisigen an. Es waren Männer, mit denen er schon öfter die Karten gedroschen und gebechert hatte. Jetzt grinsten sie, dann saßen sie ab und näherten sich dem Henker scheinbar eilig. Daß der eine dabei ausglitt, würde ihm später niemand anlasten können. Und dann tänzelte wieder der Gaul des Profosen weg, und es verstrich noch einmal vermeintlich kostbare Zeit, bis der Scharfrichter endlich doch wieder aufs Pferd gekommen war. Bis dahin aber hatten die ersten Flüchtlinge bereits die Waldzunge jenseits des kleinen Tales erreicht.

„Los!“ befahl Wenzel jetzt. „Ihnen nach!“ Damit setzte er sich wieder an die Spitze des Trupps und führte ihn die schneeverwehte Leite hinunter, doch das brauchte bei dem schwierigen Gelände seine Zeit, und jenseits der Senke nahm der Forst währenddessen immer mehr Menschen aus Chudoba auf.

Der Böhmische hatte insgeheim gehofft, sie könnten alle entkommen, doch darin sah er sich, als seine Reiter den Dorfplatz erreichten, getäuscht. Vor der niedergebrannten Kapelle stand ein Hagerer in einem hellen, fußlangen Kleid; etliche Bauern, Dreschflegel oder Waidmesser in den Fäusten, umringten ihn schützend. Ihr Narren! dachte Wenzel, während er seinen Hengst zügelte. Warum habt ihr es denn nicht wie die anderen gemacht?! Warum müßt ihr die Helden spielen?! Gleichzeitig hörte er, wie der Profos brüllend den Reisigen befahl: „Sechs Mann nehmen die Ketzer fest! Die anderen weiter zum Wald! Umstellt ihn! Schneidet den Flüchtigen den Weg ab!“

„Aber paßt auf die Wolfsfallen auf! Daß ihr nicht hineinkracht!“ rief der Vogt den wieder Anreitenden hinterher. Mehr konnte er nicht mehr tun, konnte nur auf das Begreifen zumindest eines Teils der Gewappneten hoffen. Daß er den Trupp eigentlich hätte selbst führen müssen, verdrängte er. Er spürte, daß er auf dem Anger von Chudoba notwendiger gebraucht wurde. So zog er sein Schwert und setzte sich an die Spitze des halben Dutzends, das sich nun anschickte, gegen den Hageren im hellen Kleid und seine Beschützer vorzugehen. Doch er hatte die Waffe im Grunde nicht gegen den seltsamen Priester und die Bauern gezückt, sondern mehr, um diese Menschen wenigstens einstweilen noch vor der Willkür des Henkers zu bewahren. Denn in dessen Augen glühte jetzt die Mordlust, und würde das Häuflein auch nur den geringsten Widerstand versuchen, dann würde der Profos es mit Sicherheit auf der Stelle niedermetzeln lassen.

Wie von ungefähr hielt Wenzel die nackte Klinge in der Schwebe zwischen dem Scharfrichter und dem Hageren. „Ergebt euch gutwillig, dann will ich nachher für euch sprechen", sagte er stockend.

„Du, der du den Henker bereits mitgebracht hast?!" schnappte einer der Leibeigenen. In seiner Faust zitterte der Dreschflegel. Flüchtig sah der Dunkle das Gerät auf einer Tenne tanzen, ganz friedlich, um des täglichen Brotes willen. Und nun sollten damit Menschenleiber zerschlagen werden. Ein ungeheuerlicher Abscheu packte ihn, dann keuchte er: „Bitte . . .!"

Die vier Bauern hätte er dadurch kaum überzeugt, aber nun nahm der Hagere im hellen Gewand das Wort. Wie ein zerrissener Schleier wehte ihm das lange Haar ums Antlitz, als er sagte: „Warum verfolgt ihr uns? Niemand hier in diesem armen Dorf hat etwas Böses getan! In deinen Augen, Dunkler, sehe ich, daß du dies selbst weißt!"

„Stopf ihm doch das Schandmaul!" belferte der Profos. „Bist du der Vogt von Velhartice oder ein Waschweib?! Was bettelst du den Ketzer und sein Gesindel an?!"

Wenzels Schwertspitze zuckte. Der Schreier wich zurück. Der Helle lächelte, kaum merklich, sehr schmerzlich. Dann wandte er sich an die Bauern und forderte sie auf: „Werft die Messer und Prügel weg! Ich sagte euch ja vorhin schon, daß Widerstand sinnlos ist. Ihr hättet mit den anderen fliehen sollen. Das hier hätte ich auch allein getragen, für euch . . ."

Einen Augenblick besannen sich die Leibeigenen noch, dann gehorchten sie. Die Waffen klirrten und polterten auf den zertrampelten Schnee, gegen gefrorene Erdschollen. „Und nun?" sagte der im hellen Gewand, den Blick wie zwingend auf den Dunklen gerichtet. „Was wirst du nun tun?"

Wie gerne hätte Wenzel ihm die erlösende Antwort gegeben! Doch in seinem Rücken lauerte der Scharfrichter und hinter den Hügeln im Süden die Burg. Bušek wartete darauf, daß das Bluturteil vollstreckt würde, und dann war auch noch der Pfaffe da, der diesen Priester hier ums Verrecken nicht unter den Lebenden dulden wollte. Ärger als der Burgherr selbst hatte der Katholische nach dem Blut des Seltsamen gebrüllt. Der aber hatte den Frieden gewahrt, auch wenn dieser Friede den Tod für ihn bedeuten mußte; er hatte den Bauern die Waffen aus den Händen genommen . . .

„Du möchtest mich verschonen, mich und die anderen, die mir anbefohlen sind, und vermagst es doch nicht!" Der Helle sagte es ins qualvolle Schweigen des Dunklen hinein. „Immerhin hast du es versucht, auch wenn der Ausweg dir noch versperrt ist . . ."

„Welcher Ausweg?!" Wie hungrig keuchte Wenzel die Frage aus sich.

„Du wirst ihn vor dir sehen – eines Tages“, erwiderte der Schleierhaarige. „Dein Drittes Auge wird dir leuchten auf diesem Pfad. Der schwarze Schimmer von Rom wird es sein, in deiner Erinnerung, der schwarze Schimmer einer Kerkernacht dazu, der schwarze Schimmer inmitten deiner letzten Einsamkeit schließlich ...“

„Wer bist du?! Was weißt du?!“ Fauchend, wie sonst nur in seinen Visionen, fegte Wenzels Stimme über den Anger hin.

„Hast du einmal von den Reinen gehört? Das Lied vom Untergang des Montsegúr[72]) vernommen?“

Verwirrt schüttelte der Dunkle den Kopf. Und doch schien der Name, den der andere zuletzt genannt hatte, Funken aus seiner Seele zu schlagen.

„Die lichte Burg fiel“, fuhr der Hagere traurig fort. „Meine Schwestern und Brüder wurden im Languedoc verbrannt. Drei Menschenalter strichen über die Erde hin seither. Nur wenigen Katharern gelang die Flucht. Nur wenige retteten sich damals und retten sich heute vor dem Zugriff des Molochs. Einer dieser Reinen aber steht heute vor dir.“

Wenzel erschauerte; wie aus einer anderen Welt heraus schienen die Worte des Schleierhaarigen ihn getroffen zu haben. Und schienen auch auf die Reisigen gewirkt zu haben, selbst auf den Henker. Alle zusammen standen sie jetzt stumm da, wie betreten.

„Was wir Katharer lehren, kam durch drei Weise in die Welt“, sagte der Lichte jetzt. „Siddharta[73]), der Inder, legte den Grundstein. Vom ewigen Rad des Lebens sprach er, vom Aufsteigen durch Geburt, Tod und Wiedergeburt. Der zweite Helfer der Menschheit hieß Jeschu[74]) und war aus jüdischem Stamm. Die Barmherzigkeit verkündete er seinem Volk, die Bescheidenheit, die Nächstenliebe. Den Priestertempel entlarvte er als nichtige Hülle, seinen eigenen Bau versuchte er auf den Herzen der Menschen zu errichten. Aus den Herzen der Kleinen, der Friedfertigen, der Gutwilligen kam er selbst und wurde dafür gekreuzigt, viele Male. Golgatha hieß die erste Schädelstätte; die zweite Damaskus, wo ein Eiferer ihn zum Christus verfälschte; Rom die dritte, denn dort errichteten seine Widersacher den Papstthron. Hippo Regius[75]) eine weitere, und von Jahrhundert zu Jahrhundert wurden es mehr, bis herauf zu den Scheiterhaufen des Montsegúr, bis nach Avignon. Mani[76]) schließlich hieß der dritte Lehrer, in Babylon wurde er erzogen. Den ewigen Kampf zwischen Licht und Finsternis, zwischen Gut und Böse, deckte er denen auf, die ihm nachfolgten. Daß der Mensch den Pfad empor ins Helle zu gehen habe, aus freier Entscheidung heraus, verkündete er. Mit

Siddharta und Jeschu war er sich darin einig, daß die Reinheit gleichermaßen aus dem Herzen und durch die Taten wachsen müsse. Wer dies schafft, gilt unter uns Katharern als Parfait, als Vollkommener. Nicht Priesterwürde, nicht Amt, nicht Macht zeichnen ihn aus. Kein Sakrament, kein Dogma, keine Kirche benötigt ein dermaßen Erleuchteter auf seinem Weg hin zum Göttlichen. Allein sein lichter Wille, sein Gerechtigkeitssinn und seine Barmherzigkeit gegenüber anderen zählen. Auch spalten wir Katharer die Menschheit nicht in Frauen und Männer auf, wir unterdrücken nicht die einen und erhöhen fälschlich die anderen, sondern alles, was Seele hat, gilt uns als gleich wertvoll."

An dieser Stelle blickte der Hellgekleidete auf die vier Bauern, die entwaffnet und bebend neben ihm standen. Er musterte sie mit unendlicher Liebe und gleichzeitig unendlichem Mitleid, dann aber heftete er seinen Blick scharf auf den Henker, ließ ihn gleich darauf weiterwandern zu Wenzel und setzte seine ungeheuerliche Rede fort: „Wer gibt Adligen und Kirchenmännern das Recht, Zwingburgen und Klöster zu errichten und in deren Bannkreis Menschen als Leibeigene zu halten?! Wer erlaubt diesen Verrätern am Göttlichen, andere wie Tiere zu schinden?! Wer gestattet ihnen, daß sie die Schwächeren ausbeuten und deren Kindern das Brot vom Mund reißen?! Wer, so frage ich, wenn nicht die Macht der Finsternis; das, was dem Leben feindlich gesonnen ist, wer anders als der Moloch?! Thron nennt er sich und Altar, Kaisertum und Tiara, Bischofsstab und Adelsschwert. Den Adler führt er rechtshändig im Wappen und einen Schlüssel linkshändig[77]), doch in Wahrheit ist das eine ein kröpfender Geier und das andere eine eiserne Kerkerfessel! Die fallen über die guten Menschen her, von Jahrhundert zu Jahrhundert, die lästern das Göttliche über den Himmeln und in den unschuldigen Herzen, die sind das Ungeheuer, der Drache, der Giftsumpf! Wie Pestbeulen nisten sie im Land, wie Mordspieße zernadeln ihre Festungs- und Kirchentürme das Firmament, wie Fallgatter schlagen sie ihre Zähne ins leidende Fleisch!"

Den Arm stieß der Schleierhaarige hoch, nach Süden deutete er, wo sich in der einfallenden Nacht und hinter den Hügeln Velhartice verbarg, dann rief er: „Eines der unzähligen Häupter dieser Hydra heißt Bušek, die Menschen in seinem Land ließ er fronen zum Allerbarmen. Steinernen Herzens befahl er ihnen, daß tote Steine aufgetürmt würden, himmelhoch; ihm zum Ruhm und den anderen zur ewigen Unterdrückung! Daß die Felder verkamen, daß sie verdistelten und vernatterten, kümmerte ihn nicht! Daß das Leid sich mehrte bis zum Herzbersten, das war ihm gleichgültig!

Und nun, da eine Handvoll Menschen Gerechtigkeit fordert, da sie einen priesterlichen Wolf verjagt haben, der nur ihm diente und niemals ihnen, nun, da ein winziger, ächzender Hilferuf aufgeklungen ist in seinem Land, sendet er Büttel! Sendet gepanzerte Reiter gegen die Hütten der Armen, sendet einen Henker hierher – und mißbraucht als Sendling selbst den, dem die Wahrheit sich vielfach schon entschleiert hat! Als ein Anführer von Mördern kommt einer, der blind und dennoch sehend ward! – Dich meine ich, Dunkler, der du all dies weißt; der du aber zu schwach bist, um deine Lehren daraus zu ziehen; der du ins Licht möchtest und dennoch abgrundtief im Pfuhl wurzelst ...“

Wie flammend lastete der Blick des Katharers jetzt auf Wenzel; grelle Hitze schien ihm ins Gehirn zu schlagen, ein quälendes Licht, das ihn ausbrannte, ihn traf bis ins Mark. Zäh schien das Wolkentreiben, schien die Zeit über dem Dorfanger zum Stehen zu kommen; bewegungslos flirrte sie einen Lidschlag lang, dann drehte sich der Strom, raste zurück ins vermeintlich Vergangene. Rom erblickte der Dunkle mental, sich selbst sah er dort wandern auf den Trümmerwegen, sah sich irrlichtern, hin und her zwischen den Palästen, den Geschlechtertürmen und den Elendsquartieren. Ein Balken flügelte funkensprühend heran, ein Hieb schmetterte ihm über die Augen, auf das Krankenlager, in die Lähmung hinein warf es ihn; gleichzeitig streifte er noch immer durch die molochische Stadt. Und was der Katharer anklagend aus sich geschleudert hatte, das hatte er selbst damals in Rom gesehen und sah es jetzt wieder – es war die Wahrheit der Welt, es war der Sumpf, die Verzweiflung und gleichermaßen das Schreien nach Gott. Er wußte es, der Reine wußte es; sie waren Brüder, Herzbrüder, die sich auf dem armseligen Anger von Chudoba getroffen hatten. An der Seite des Katharers, der Bauern war Wenzels Platz; sie hatte er zu schützen, notfalls mit dem Schwert – doch als ihm dies hämmernd durch den Schädel schlierte, spie die rückwirkende Vision ihn jäh wieder von sich; in seiner Rüstung und mit der Waffe stand er dem Parfait jetzt wieder gegenüber, und in seine Scham hinein drangen im selben Augenblick zwei Stimmen.

„Du vermagst es nicht, du bist noch nicht reif, doch sei dir um deines guten Herzens willen vergeben!“ raunte der Schleierhaarige.

„Du hast den Gotteslästerer gehört! Den Rebellen, den Hundsfott!“ keifte der Profos. „Die Stricke her für ihn, das andere Gesindel hier – und die Brut, die dort drüben herangetrieben wird!“

Wie benommen starrte der Dunkle auf den Katharer, auf den Scharfrichter, dann hinüber zur Waldzunge. „Zwei, drei, vier“, zählte er, ohne daß es ihm bewußt wurde. Die Berittenen kamen näher, zwischen den Rössern, wie verängstigte Tiere, stolperten die Dörfler dahin, die nicht mehr im Wald hatten untertauchen können. Nachdem er die letzte Zahl ausgesprochen hatte, wurde sein Kopf schlagartig klarer. Eigentlich hätten es viel mehr Gefangene sein müssen. Die Reiter konnten nicht ganze Arbeit geleistet haben, konnten nur halbherzig bei der Sache gewesen sein. Die meisten von ihnen hatten wohl doch ihm und seinem versteckten Hinweis gehorcht – und nicht dem Henker oder ihrer vermeintlichen Pflicht . . .

Die Augen des Dunklen suchten wieder die des Parfaits. Der nickte, kaum merklich; er schien seine Gedanken zu lesen. Obwohl der Tod ihm schon so nahe war, wirkte sein Antlitz über die mentale Brücke hinweg jetzt mild. Wieder schien die Zeit wummernd zum Stillstand zu kommen zwischen Bruder und Bruder, dann war der gepanzerte Trupp mit den dahinstolpernden, den dahinschleifenden Körperbündeln heran. Einer der Berittenen rief rauh: „Es gibt tatsächlich Wolfsfallen im Wald! Und durchs Dickicht drangen wir mit den Gäulen nicht . . .“

Die Realität war wieder da, das Wummern verklungen. „Auch ist es schon fast Nacht“, hörte Wenzel sich erwidern. „Mögen die anderen laufen, wohin sie wollen! Die hier müssen dem Profos ausreichen – so er sich wirklich an ihnen vergreifen will. Ich tät's nicht! Ist ja doch nur minderwertiges Kroppzeug; wäre auf den Steinäckern nützlicher als am Galgen . . .“

Er hatte es noch einmal versucht, wider besseres Wissen; die Augen des Katharers hatten ihn dazu gezwungen, sein eigenes Gewissen auch. Doch schon raunzte der Profos: „Du kennst Bušeks Befehl! Wirst dich nicht gegen ihn stellen wollen, oder?!“

„Nein!“ würgte der Vogt heraus, schämte sich dabei entsetzlich.

„Dann los!“ brüllte der Scharfrichter, und Wenzel mußte wie gelähmt mitansehen, wie die Stricke über die Äste der Linde geworfen wurden, wie die acht Bauern sich wehrten, wie sie nun, da es zu spät war, doch noch zu kämpfen versuchten. Wenzel hörte ihr Keuchen, ihre Schreie, ihre Flüche. Vor allem gegen ihn waren die Verwünschungen gerichtet, weil er ihnen vorhin die Waffen aus den Händen geschwatzt hatte. Und dann ruckten die Körper hoch, gleich einem zuckenden, blasphemischen Bündel. Die Wirbelknochen einiger Männer brachen krachend, für sie kam das Ende schnell; die anderen aber würgten sich qualvoll, eine qualvolle Ewigkeit lang, zu Tode.

Der Katharer war von einem Augenblick auf den anderen verloschen; er schien abgeschieden zu sein wie ein vom Herbstwind weggetragenes Blatt. Kein Schrecken stand in seinen Augen, keine Pein, noch nicht einmal Überraschung. Das tiefe Wissen, das ihn durchs Leben geleitet hatte, war auch im Sterben nicht von ihm gewichen. Die Augen drückten es aus; die weit geöffneten Augen, die auf Wenzel zu blicken schienen, nur auf ihn, mitten in sein Innerstes hinein.

*

Die Anklage, das Mitleid mit dem Mörder, die Vergebung – sie blieben dem Böhmischen mental im Schädel haften, auch dann noch, als die Nacht längst über Chudoba gefallen war. Als er in der ausgeplünderten Hütte am Feuer hockte, als er die Reisigen grölen hörte und den Profos saufen sah, hemmungslos. Auch Wenzel hielt einen Becher mit Branntwein in der Faust. Irgendwer hatte ihm den Schnaps aufgedrängt, doch der Dunkle trank nicht; er spürte, das Kotzen wäre schon nach dem ersten Schluck über ihn gekommen. Statt dessen starrte er in die Flammen, saugte sich mental fest an ihrem flackernden Sausen, an ihrer Brunst, an ihrer sich selbst genügenden Gier. Bilder züngelten ihm durch den Schädel, aggressive Licht- und Schattenrisse; ein grelles Kaleidoskop aus Verzweiflung und Rachsucht, aus Enttäuschung über die Menschheit und über sich selbst. Die kalkigen Mauern von Velhartice meinte er bersten zu sehen unter einem verheerenden Funkensturm; der Bušek kreischte auf unter einer heruntertrümmernden Zinne, ein Rad drehte sich aus dem Feuertoben heraus und fing sich den Henker, schlang ihn sich geifernd zwischen die Speichen, verdrehte und zerschmetterte ihm den Leib, jedes Glied einzeln. Im Meiler einer unerbittlichen Gerechtigkeit kohlte der Kadaver des Profosen weg, dann, im weißglühenden Steingetrümmer, auch der des Ritters. Das Rad aber blieb bestehen, trieb Eisenzacken aus seinem Speichenwerk jetzt, schlegelnde Kerkerketten und ätzendes Gesprühe dazu – und näherte sich firmamenthoch dem Dunklen, bis es ihn zuletzt wie ein ungeheuerlicher Dreschflegel traf.

Die Zeit schrillte zurück, bis in den vergangenen Spätsommer. An der Ostružná entlang ritt er noch einmal, Seite an Seite mit ihm der Degenberger und Ludmilla. Velhartice tauchte auf, zum Vogt erhöhten sie ihn dort; der Abschied von der Weißblonden, wenige Tage später, kam jäh. Wieder hörte er ihre Stimme, ihre Verheißung, dann zog der Schimmel davon, und auf dem Hochufer des Flusses blieb Wenzel allein zurück. Eine kalte, lastende Kerkerklammer spürte er plötzlich um sich; einen Herzschlag später fluderte eine Vision gegen ihn heran. Panik schoß ihm ins Gehirn und in die Glieder, Todesangst beinahe, doch dann wehrte er sich mit allen Fasern gegen das Schlieren und Züngeln, das ihn zu umgittern versuchte. Er setzte die Sporen ein, er trieb den schrill aufwiehernden Hengst davon, und mit Hilfe des Rappen, der die ganze Zeit über nahe am Durchgehen war, schien ihm noch einmal die Flucht zu gelingen . . .

Doch jetzt – nicht mehr auf dem Hochufer der Ostružná, sondern in der geplünderten Hütte von Chudoba; im Galgenschatten, in der Winternacht – raste der Rappe aus dem Fluchtwirbel heraus und mitten hinein in die Nabe des Rades. Kein Entkommen war jetzt mehr möglich, keine Rettung mehr, kein Ausweichen. Das Roß, apokalyptisch die Augen, die geblähten Nüstern, trug ihn zurück in die Vision, das Huftrommeln wurde eins mit den zudreschenden Speichen; was sich im Spätsommer erst angedeutet hatte, erfüllte sich jetzt im Winterschauern.

Die Gehenkten tanzten im Schneewind, der Parfait klagte an und vergab. Nach Blut keckerte, wiedererstanden, der Profos; nach Macht, aus dem Getrümmer aufgefahren, der Bušek. Ins Krallen des einen und Zuschnappen des anderen hinein schleuderte der Rappe den Dunklen. Die Radnabe warf ihn denen von Velhartice vor wie wilden Tieren. Ihre Tatzen, ihre Reißzähne fuhren ihm ins Fleisch, kein Flehen half, kein Beten, kein Beteuern. Von der Sünde kreischte der, welcher den Bauern von Chudoba kein Priester gewesen war. Aus dem blasphemischen Keifen heraus wehte, drang etwas Helles. Der weißblonde Schleier zerfetzte wie unter einem Schwerthieb; unter dem Galgen, in einer Klosterzelle wurde Ludmillas kahlgeschorener Schädel sichtbar. Blutrunsen standen ihr unter den Augen, ihre Bauchtrommel war aufgewölbt, die Leibesfrucht darin stank nach Aas. Um die Seele klirrten ihr Ketten, noch und noch keckerte der Geschorene, keckerten der Henker, der Bušek und jetzt auch Fulk. Der einst so begehrenswerte Mädchenkörper schrundete sich ein, trieb kotbraune Runsen aus sich wie Baumrinde, ließ die Rippen splitternd durch die borkige Haut springen. Aus der Wundersamen wurde lidschlagschnell eine abstoßende Vettel; das Klosterleid hatte sie zerschliffen zum Zerrbild ihrer selbst, und ihr zu Füßen war ein Grab, eine winzige Grube, in der jetzt Kindergebein moderte. Ratten wuselten über die klappernden Knöchelchen, Asseln rasselten dort – und rasselten gleich darauf auch übers aufschreiende Fleisch des Dunklen.

Ludmillas Bild verwich, die gotteslästerliche Grabstätte blieb; blieb mit dem sich mental Windenden zusammen in einem klammen Gewölbe. Aus dem Fels herausgehauen war dieser Raum, tief im Gekröse einer Burg lag er, eingewurzelt in hoffnungslose Nacht, und nun sah der Böhmische in seiner Vision die lange Reihe der Sterbenden, der Verhungernden, der Vermoderten, der Skelettierten, die vor ihm dagewesen waren. In die Zeit reichte der Totenberg zurück, viele Jahrhunderte weit; aus der Zeit heraus sprang das Leid ihn an mit hundertfachem Rattenbiß. In ein Grab, das er sich mit aberhundert stummen, mit aberhundert flehenden Seelen zu teilen hatte, hatte die Macht ihn gefegt; die gepanzerte, die goldgespickte Gewalt. In einem miasmischen Gebeinhaufen, aus ewiger Unterdrückung geboren, war er gelandet, tiefer und tiefer sank er nun in den flüsternden und wegmürbenden Knochenberg ein. Schädelfragmente kollerten um ihn, Rippensplitter bohrten sich ihm ins Fleisch, Leichenstaub würgte ihn und saugte ihn hinunter bis auf den letzten Urgrund der menschlichen Erniedrigung. Dort traf er auf die Grube jenes winzigen Wesens, das zum Leben gedrängt hatte und dennoch zum Leben nicht hatte kommen dürfen. Er wurde gezwungen, sich einzuwühlen dort, seine eigene vergehende Fratze dem Antlitz des Namenlosen zu nähern. Und dann, im Fauligen, im Schleimigen, erblickte er, sich selbst gegenüber, sein eigenes Gesicht. Sein Mund war es, der schrie, und seine Augen, die bettelten, und dies alles war über die Schädelknochen eines Wesens gestülpt, das niemals wirklich ausgereift war; dies alles stand auf embryonaler, fötaler, siebenmonatiger Wurzel. Dennoch waren gerade die Augen uralt, dennoch umgriffen sie die ganze Welt, und ehe das Grauen ihn zurück ins Reale schleuderte, veränderten sich diese Augen noch einmal. Zu denen des Katharers wurden sie; des Parfaits, der so ungeheuerlich mit ihm gesprochen und auch zuletzt noch vom Galgen herunter auf ihn geblickt hatte. Und während der Böhmische aus seiner entsetzlichen Vision herausraste, während er jetzt doch Branntwein in sich schüttete wie Wasser, waren diese Augen noch immer da, wollten nicht weichen, wollten ums Verrecken nicht endlich sich schließen.

*

Am nächsten Morgen freilich, als der Henker, der Vogt und die Reisigen abritten, hackten bereits die Raben in den Schädelhöhlen des Katharers und der anderen Männer von Chudoba. Falls die Überlebenden es wagten, in ihr geschändetes Dorf zurückzukehren, würden sie nur noch gräßlich Zerfledderte vom Galgenbaum bergen und begraben können.

Diese Vorstellung, zusammen mit dem Nachwummern der Vision, verfolgte den Dunklen den ganzen Tag über. Unter dem fahlen Winterhimmel trug er sie mit sich und schleppte sie schließlich durch den Torschlund von Velhartice. Das Firmament düsterte sich bereits für die Nacht ein, als er im Innenhof aus dem Sattel stieg; die Mauern dort erinnerten ihn an einen Kerker und damit wieder an sein Gesicht. Aber dann kam Bušek heran und in seinem Gefolge der Kleriker, der dem Ritter die Strafexpedition letztlich eingeblasen hatte. Wie der Henker, die Reisigen und der Vogt wirkten auch der Ritter und der Pfaffe verkatert; im Gegensatz zu den anderen hatten sie aber gegen den Katzenjammer offensichtlich schon wieder kräftig angetrunken, und nun forderte Bušek, nachdem er den Blick fahrig über das Antlitz Wenzels hatte schweifen lassen und gleich darauf wie erschrocken zurückgezuckt war, der Profos zur Berichterstattung auf.

„Acht haben ihre Strafe bekommen, dazu der Ketzer!" meldete der Scharfrichter. „Die anderen sind entflohen." Er zögerte kurz, auch sein Blick streifte jetzt den Dunklen, er schien sich an die zumindest in seinen Augen unrühmliche Rolle zu erinnern, die er selbst unmittelbar vor dem Überfall gespielt hatte. „Es war nicht unsere Schuld", setzte er hinzu. „Jeder von uns tat, was er konnte, aber vielleicht hatten die Dörper einen Lauschposten im Wald stehen, den wir nicht bemerkten . . ."

„Neun also – und darunter der Rädelsführer", murmelte Bušek. „Es ist gut! Hätten noch ein paar mehr sein können, doch die, welche ihr erwischt habt, reichen letztendlich auch hin. Ihr Tod wird allen anderen Leibeigenen in meiner Herrschaft eine Lehre sein!"

Er wandte sich dem aus Chudoba verjagten Kleriker zu: „Im Frühjahr gehst du zurück in dein Dorf und hältst das Pack, das bis dahin wohl zurückgekehrt ist, fürderhin in besserer Zucht! Sie müssen noch härter schuften als bisher! Damit sie mir wieder hereinbringen, was ich durch die verliere, die jetzt am Galgen hängen!" Bellend lachte der Ritter auf. „Vom Kindersegen wirst du ihnen aus diesem Grund predigen, he?!" setzte er hämisch hinzu.

Der Priester feixte, wie verächtlich stieß Bušek ihn beiseite, trat dann ganz nahe an seinen Vogt heran. „Dir hat der Ritt nicht gepaßt, und das kann ich sogar verstehen", murmelte er. „Du und ich, wir sind für den ehrlichen Kampf geschaffen, nicht für das Metzeln! Aber du weißt ja, der Hauptmann! Er fiebert übrigens noch ärger als gestern. Und du bist der Vogt, es mußte eine Amtsperson mit, bloß durch den Profos allein wären Recht und Ordnung nicht gewährleistet gewesen. – Jetzt hast du's hinter dir, hast deine Sache gut gemacht, sollst auch deinen Lohn dafür haben! Komm mit hinauf in die Kemenate, daß wir einen saufen. Ich hab's so nötig wie du! Ich bin nämlich kein Schlächter – und du auch nicht, aber es hat sein müssen, da beißt die Maus keinen Faden ab . . ."

Der Böhmische nickte, er schämte sich dafür; er folgte dem Herrn von Velhartice durchs Portal, während draußen im Hof die Pferde weggebracht wurden. Im Söller dann, wo die Eichenkloben im Kamin prasselten, begannen der Ritter und sein Vogt lästerlich zu bechern. Was der Ketzer für einer gewesen sei, wollte Bušek das eine um das andere Mal wissen; stur wiederholte er die Frage immer wieder im steigenden Rausch. Wenzel, dem es im Schädel nicht weniger schwirrte, brabbelte die Namen und Lehren aus sich, von denen der Katharer gesprochen hatte. Den Inder Siddharta nannte er, den Babylonier Mani, den Christus auch, der aber bei dem Parfait bloß Jeschu geheißen hatte. Dann verwirrte sich sein Denken, wurde aber jäh wieder klar, als der Ritter zum letzten Mal fragte, und aus dieser beißenden Klarheit heraus schrie er seinen Herrn wütend an: „Ein Erleuchteter ist der Gehenkte gewesen! Ein Weiser, der ganz Böhmen und Bayern dazu ins Licht hätte reißen können! Lernen hätten wir von ihm können, aber wir haben ihn umgebracht! Ganz so, wie einst die Römer den anderen schlachteten! Aber ich schwöre es dir, Bušek, der war noch im Verrecken stärker als die Mauern dieser Burg, und ich, der ich unter dem Kreuz stand, war ein Dreck gegen ihn, ein Nichts – auch wenn ich die Waffen und die Büttel hatte und er bloß seine Augen!"

„Was faselst du vom Kreuz, du Narr, wo ihr ihn doch an einem Buchenast hochgezogen habt?!" schrie nun auch der Ritter. „Aber vielleicht hast du auch recht! Was weiß denn ich, was weißt denn du?!" Sein Rausch stand jetzt kurz vor der Agonie, die nächsten Sätze kamen nur noch lallend. „Daß wir ein Dreck sind . . . damit hast du die Wahrheit gesprochen! Der schiere Kot ist's . . . was uns ausmacht! Wir stinken, Wenzel! Wir stinken . . . so arg wie die ganze Welt!" Der Ritter soff, der Wein schien auch ihm noch einmal kurzfristig das Gehirn hochzustacheln. „Aber es gibt ein Mittel . . . mit dem man es übertünchen kann!" schrie er. „Gold heißt es . . . und wenn man sich das um die Seele kleistert . . ." Bušek taumelte hoch, wankte zur Truhe hinüber, riß den Deckel auf, ließ ihn krachend gegen die Mauer schlagen. Er wühlte in dem Behältnis, förderte einen Ledersack zutage, kam herum, schlug längelang hin, kroch zurück vor die Füße des Dunklen, gleich einem Köter. „Da!" brüllte er. „Da hast du . . . und vergiß den Ketzer . . . und den Kot . . . und den Galgen! Friß es . . . schling es . . . dann wirst du wieder ruhig im Herzen! Dann findest du den Frieden . . . wenn's auch der falsche ist!"

Der Dunkle spürte das Gewicht des Goldes schwer in seinem Schoß; ihm zu Füßen brach der Ritter jetzt gänzlich zusammen, begann zu schnarchen und zu röcheln und aus dem Röcheln heraus zu seibern. Wenzel, ehe auch ihn die Betäubung ins Nichts schmetterte, wühlte die Hände noch ins Gold und dachte: Prag! Weihnachten! Ludmilla! Und dachte: Das Gold und sie . . . wie eine Mauer . . .

*

Eine Woche später dann trafen sie aufeinander auf dem Hochufer der Ostružná; durch den stiebenden Schnee kam sie heran auf ihrem Zelter wie ein Mirakel. Sie hatte Wort gehalten, sie hatte ihn nicht vergessen, und nun schien sich der schimmernde Teppich vor ihnen auszubreiten, unendlich weit nach Norden, bis vor die unsichtbaren Mauern der Goldenen Stadt.

Das Kristallschillern schien sich licht in ihren dunklen Augen zu fangen; sie aber sah es in den seinen, und so schlugen sie erneut die Brücke. Mehr geschah nicht auf dem Pfad; Knechte vom Degenberg befanden sich in Ludmillas Begleitung, die wollten getäuscht werden. Aber in der Nacht dann, in der stillsten Stunde, kam er ganz zu ihr, noch immer das Galgenbild im Schädel, doch im Herzen zugleich die wahnwitzige Sehnsucht. Und sie fing ihn auf, sie barg ihn, sie ließ ihn vergessen; für eine kleine Stunde, ehe das erste Tageslicht ihnen die Zweisamkeit wieder stahl, schlief er seit Chudoba zum ersten Mal wieder ruhig.

Am übernächsten Morgen dann lenkte er seinen Rappen neben ihren Schimmel, und unter seinem Gürtel klirrte das Gold; Bušeks und sein Blutgeld. Eine Kammer würde er anmieten dafür in Prag, Wein besorgen, Leckerbissen dazu, damit sie das heimliche Liebesnest hatten, wenn Ludmilla für alle anderen, für die Mißgünstigen, in der Kirche war. Sie würde sich fromm geben, fromm vom Morgengrauen bis in die Nacht; die Heuchler, ihre adligen Verwandten verdienten es nicht besser. Gerade das würde das geheime Spiel noch erregender machen; die Lust am Verbotenen die körperliche Lust noch steigern.

So setzte Wenzel die Sporen ein, floh Velhartice und die Erinnerung an Chudoba, und Schenkel an Schenkel mit ihm floh die Weißblonde aus ihrer Welt. In die Winterlandschaft jagten sie hinein, der Goldenen Stadt zu, die in ihrem Fühlen wie eine rettende Insel im gleißend harten Strom des Daseins war.

Der Kerker

Prag – es wurde ihr Entzücken, ihr Weltvergessen und dann wieder ihr Trennungsleid. Bei der einen heimlichen Kammer an Weihnachten 1335 blieb es nicht. Die Weißblonde fand weitere Möglichkeiten zum Ausbruch von der Donau an die Moldau. Die Goldene Stadt war reich an Wallfahrtskirchen, auch wirtschaftliche Stränge zogen sich von dort aus hinüber nach Bayern. Ludmilla, in Begleitung des Vogts von Velhartice, reiste nach Prag, um Kleider zu kaufen und Schmuck; Glaswaren auch für den Saal und den Söller von Degenberg. Fulk nahm es hin; auch er hatte seine Vorteile von den Verbindungen, die seine Tochter zu den Händlern, zu den Juden knüpfte.

Doch hinter dieser Fassade, welche die Weißblonde sich so geschickt aufgebaut hatte, glühte das Eigentliche, das Verbotene. Wenn Ludmilla an der Seite ihres dunklen Beschützers einritt in die Goldene Stadt, schien jeder Roßtritt schon schmerzhaft hinein in ihre gemeinsame Brunst zu hämmern. Die Moldau mochte glänzen unter der Sommersonne, mochte im winterlichen Eispanzer glitzern; die beiden trachteten allein danach, so schnell wie möglich über die Brücke zu preschen. Der Hradschin wuchtete in den Himmel; wie verächtlich ließen sie ihn links liegen und galoppierten zur Kleinseite. Dort lebte die Hefe der böhmischen Königsstadt, die einfachen Leute; jedes dieser Schicksale, jedes vom Leben geschrundete Antlitz war eine ungeheuerliche Menschenwelt für sich, doch auch dafür hatten die Weißblonde und der Dunkle keinen Blick; sie hasteten hindurch und weiter, bis sie endlich die Dämmerung erreichten, die Höhle, das verborgene Nest.

Dann, endlich, war der Lärm der Stadt wie abgeschnitten, die Tür zur Außenwelt verriegelt. Nur noch die Kammer gab es, das Bett, die Kerze – vor allem aber ihre nackten, ihre erhitzten, ihre unersättlichen Leiber; den Durst, den sie gierig zu stillen versuchten; den Durst, der dennoch stets blieb. Wenn sie sich ineinander senkten, bohrten, wühlten, schien Ewigkeit zu wummern, doch es war eine trügerische Ewigkeit; immer schon schauerte am verlogenen Horizont das neue Tageslicht, die neue Woche, der neuerliche trostlose Weg zurück durch die Šumava. Aus dem Wissen um solch heranschneidende Schärfe heraus konnten sie dann jäh ausbrechen zuzeiten; etwas trieb sie dann dazu, sich in den Strudel zu stürzen, bitter lachend, hinein ins irre Wirbeln der Stadt. Dann sahen sie die Moldau und schmeckten sie gleichzeitig bitter, dann wollten sie den Hradschin stürmen oder den Vyšehrad[78]) und gelangten doch nie ganz nach oben, niemals über die hügelverwurzelten Mauern hinaus. Im Wein suchten sie das, was sie nicht auszudrücken vermochten; in den Tavernen, in den Spelunken, in der brodelnden menschlichen Gewitterschwüle dort, die von saurem Gallegeruch durchsetzt war, von Wermut, von Seiber. Sie ließen die Becher klingen in Gesellschaft von Gauklern, von Halsabschneidern, von Handelsherren, von Vaganten, von Scholastikern, die an Gott zweifelten, ganz wie sie selbst, und manchmal fuhr ein Schwert halb aus der Scheide, ballten sich die Fäuste, schrie einer rauschig nach Mord und Blut, doch ebenso schnell wurde aus kindlichen Gemütern heraus wieder Versöhnung gefeiert, Verbrüderung und Welteintracht vor der Kulisse der gurgelnden und glucksenden Fuselfässer.

Die Kammer dann wieder, das Wühlen und Gleiten im längst versudelten Laken; am nächsten Morgen dann der Zuber, die erschöpfte Reinigung, das Adelskleid wieder, das schwerlederne Koller des Vogts. So trieben sie dann aus dem Miasma heraus und trieben womöglich noch tiefer hinein ins Gekröse der Stadt – in die Kellergewölbe, in die verborgenen Schatzkammern, in die Kontore der Glas-, Tuch- und Juwelenhändler. Verschwenderisch schmückte der Dunkle vom Blutgold den Leib seiner geliebten Metze, deren Haar noch immer so weißblond, so himmlisch war; großzügig staffierte sie ihn aus, mit einem neuen Dolch, mit neuen Stiefeln – und fast genossen sie es, daß der Stachel, das Aufstampfen gegen die Welt, die Tünche von Tuch und Tand auf diese Weise wieder gegenwärtig waren. Denn dies war ihr einziges Dasein, dieses schmerzliche Dahingerissenwerden zwischen den Existenzen, dieses ständige Bedrohtsein, das die Lust dann wieder um so bitterer und damit um so süßer machte.

Sie gehörten sich wie kein kopuliertes Paar; kein Priester hätte ihnen den Segen spenden können, der ihnen aus ihrer vermeintlichen Lüge, aus ihrer Rebellion gegen die Gesellschaft heraus so reichlich geschenkt wurde. Keine Konventionen standen zwischen ihnen, kein Muß, kein aus ihnen selbst geborener Zwang, kein Versprechen, kein Schwur. Jede Berührung wurde ihnen so zum Höhepunkt, jedes Blicktauschen zur Brücke, jeder Satzfetzen zum unausgesprochenen Gespräch. Doch dies war nur die eine Seite, die luziferisch und feenhaft verwunschene; in Wahrheit lebten sie janusköpfig, erstand aus dem faszinierenden Antlitz jeden Augenblick auch wieder das angstgrelle. Denn gestundet war ihnen die Zeit bloß, von einem unnennbaren Kredit lebten sie, und mit jeder Berührung, mit jedem Blicktauschen, mit jedem Satzfetzen zehrte ihr kleines Kapital sich auch schon wieder auf. Immer nur ein

Quentchen Bedenkenlosigkeit, immer nur ein paar Tage waren ihnen vergönnt im betäubenden Strudel der Goldenen Stadt, dann lauerte hinter den umhüllenden Mauern schon wieder die Ferne; die äußerliche und damit auch die mentale. Selbst wenn sie dann im Schritt durch den Böhmischen Kessel ritten, der Šumava entgegen, schienen der Zelter und der Rappe zu hetzen; im Genick schienen ihnen ununterbrochen die Spieße der begleitenden Knechte zu sitzen. Und dann zwängte sie der Bergwald, zwängte sie auf seinen schmalen Pfaden zwar optisch noch einmal näher zueinander hin, zwängte sie aber gleichzeitig voneinander fort, bis zuletzt die steinerne Schroffe von Velhartice zwischen den Wipfeln auftauchte und alles, alles einmal mehr und unwiederbringlich hinter ihnen lag. Und auf dem Hochufer der Ostružná mußte der Dunkle den Hengst dann zügeln, mußte ihn wieder und wieder zügeln – und die Helle entschwand, wurde im Sonnenglast oder im Schneeflimmern weggeweht wie ein Spuk aus seinem Leben.

So verging, zwischen Entzücken, Weltvergessen und Trennungsleid, das Jahr 1336 und kam der Frühling 1337 herauf, und in diesen Maitagen spie die Goldene Stadt Ludmilla und Wenzel einmal mehr aus sich und trieb sie davon nach dem ihnen so kalten Süden. Der Bering Prags senkte sich ein in die strotzende Erdschrunde, die Türme vergingen, blichen unter dem Firmament aus und verschwanden zuletzt ganz. Auf den Äckern waren die Bauern zugange und waren kopuliert vor den Augen der Welt; wenigstens dies besaßen sie in ihrer leibeigenen Armut, daß sie sich offen zu den Bedürfnissen ihrer Leiber bekennen durften. Ludmilla aber, obwohl im goldbrokatenen Mantel, war blaß und zählte die Tage, die ihr und dem Dunklen jetzt noch blieben. Einst, als Mädchen, war sie auf ihrem Zelter über die Fluren geglitten gleich einer Fee; jetzt, in ihrem zwanzigsten Lebensjahr, ritt sie den Schimmel mit ungleich härterer Hand als damals. Und dann, irgendwo im Niemandsland zwischen der Moldaumetropole und den zwängenden Pfaden der Šumava, drängte sie den Zelter an den Rappen des Vogts heran und wiederholte ihm, was sie ihm zuvor schon mehrmals in der Kammer auf der Kleinseite gesagt hatte: „Der Kaiser, der Ludwig, hat endlich das Waffenbündnis mit dem Polenkönig Kasimir geschlossen! Gegen Philipp von Frankreich und die Kurie stehen der Herr des Reiches und der Litauer[79]) jetzt! Das aber kann Krieg bedeuten, schneller, als wir's uns versehen, meinte Fulk! Wenn du dann zur Stelle bist, kannst du dir den Ritterschlag erringen! Der Bušek wird Gefolgschaft leisten, wenn der Wittelsbacher ihn ruft, und auch du stehst dann beim Heer und sollst an uns und unsere Zukunft denken, so wie wir es schon damals verabredeten, als du der Verwalter von Velhartice wurdest ..."

Der Dunkle war zusammengezuckt, als er den Namen des Degenbergers vernommen hatte. Fulk war ihm einmal beinahe ein Vater gewesen, dann Beschützer, dann Kriegskamerad. Er hatte ihn auf die böhmische Burg gesetzt, hatte das bei Bušek durchgedrückt, und nun war er der Hintergangene und Betrogene. Gestern noch hatte er, Wenzel, sich zusammen mit der Tochter seines Gönners auf der versudelten Bettstatt gewälzt, und in ein paar Tagen schon würde der Degenberger die Weißblonde wieder in die Arme schließen, ahnungslos. Dies schoß dem Dunklen jetzt durch den Kopf, aber dann richtete er sich trotzig im Sattel auf, rechtfertigte sich vor sich selbst mit der eigenen Ausweglosigkeit und erwiderte: „Wenn es zum Schlagen kommt, dann erneut irgendwo im Welschland. Das aber kann Jahre der Trennung bedeuten, mein Herz!"

„Du bist noch jung – und ich auch", versetzte Ludmilla mit scharfem Lachen. „Das Ziel zählt, nicht der Weg, auch wenn er steinig ist. Wir müssen ihn trotzdem gehen! Vor allen Dingen du mußt ihn gehen, Wenzel!"

„Ein Metzelweg wird's werden", murmelte der Vogt. „Der Ritterschlag ist die eine Seite – das Blutbad, das einer vorher anrichten muß, die andere ..."

„Willst du es denn am Ende gar nicht erreichen?" schnappte die Weißblonde erschrocken.

„Doch!" knirschte der Dunkle. „Für dich und mich! Für uns will ich's tun – falls es wirklich zum Krieg kommt ..." Er brach ab; ein huschendes Bild war ihm einen Lidschlag lang nahe gewesen, doch er hatte keine Heerhaufen gesehen, es war etwas ganz anderes gewesen. Um ein schwarzes Funkeln aus einer armseligen Chudobaner Hütte heraus hatte es sich gehandelt, um ein gräßliches Steinquadern und Rattenhuschen, aber nun schien es schon wieder äonenweit weg zu sein, und als Wenzel sich jetzt mental wieder auf die Weißblonde auszurichten versuchte, vernahm er ihren jähen, unterdrückten Schrei.

Sie krümmte sich im Sattel, etwas in ihren Augen irrlichterte, auf der Stirn stand ihr plötzlich Schweiß. Der Schimmel kam aus dem Tritt, schor seitlich weg; ein paar Sprünge später aber hatte Wenzel den Zügel gepackt. „Was ist dir, Ludmilla?! So rede doch!" brachte er erschrocken heraus.

„Nichts", keuchte sie. „Nur ein Stich im Leib. Es geht schon wieder. Ich habe mich wohl bloß verrissen." Ihre Stimme klang bereits wieder kräftiger. „Durch einen unglücklichen Schritt vermutlich, den der Zelter tat."

„Aber du bist so blaß! Du schwitzt!“ beharrte er.

„Das legt sich wieder.“ Die Weißblonde lächelte ihn an. „Wenn wir ins nächste Dorf kommen, wollen wir einen Schluck Wein oder Met zusammen trinken. Du wirst sehen, dann geht's mir bestimmt gleich besser!“

Zögernd nickte er, gab ihr den Zügel wieder frei. Noch einmal huschte ihm, ganz wie vorhin, ein verwischtes Bild heran, doch er konnte es wieder nicht greifen, es war zu winzig, zu durchscheinend, zu embryonal. Von einem Roßsprung zum nächsten verging es gleich darauf, und dann umwaberte ihn und Ludmilla erneut der Maiwind und begleitete sie, bis ein Weiler auftauchte, wo sie Schatten unter einer Linde sowie die ersehnte Erfrischung fanden.

In den nächsten Tagen dann, bis sie Velhartice erreichten, sprachen sie nicht mehr über den vermeintlich so unbedeutenden Zwischenfall. Sie verbrachten noch ein paar heimliche Nachtstunden zusammen auf der Festung in Wenzels Kammer, am nächsten Morgen trennten sich ihre Wege auf dem Hochufer der Ostružná. Der Dunkle blickte dem Zelter nach, so lange er konnte; er dachte daran, daß der Frühling für andere scheinbar nie enden mußte, doch zwischen ihm und der Weißblonden würde jetzt wieder die Wildnis liegen mit ihren Bergschroffen und steinigen Pfaden. „Bis zum Sommer“, hatte Ludmilla zum Abschied gesagt, „sofern ich wieder einen Grund finde, Fulk gegenüber, aber auf jeden Fall sehen wir uns im Herbst wieder! Vielleicht bricht jedoch auch der Krieg aus, dann kommst du ja mit dem Bušek auf den Degenberg!“

Mit bitterem Lachen, den Schmerz im Herzen, wandte er zuletzt sein Roß und preschte zurück nach Velhartice, einmal mehr der entsetzlichen Einsamkeit entgegen.

*

Die Kriegsgefahr blieb den ganzen Sommer über und weiter in den Herbst hinein am Firmament des Reiches hängen. Kuriere, fahrende Sänger, Gaukler auch brachten die verschiedenartigsten Nachrichten auf die Burg von Velhartice; einmal hieß es, der Litauer ziehe bereits heran und werde über Prag an die Donau marschieren; ein andermal, daß es im Welschland schon zum Scharmützeln gekommen sei, daß die Lombarden wieder gegen den Wittelsbacher stünden, dazu die verräterischen Römer. Ein dritter Bote sprach aber dann wieder von Verhandlungen zwischen Ludwig und dem Franzosen, und einig waren sich alle nur darin, daß die Ursache allen Übels der Papst sei; der verfluchte zwölfte Benedikt, der drei Jahre zuvor zur Macht gekommen war, nachdem sowohl der wölfische Johannes als auch sein zu Kreuze gekrochener Gegenspieler Nikolaus das Zeitliche gesegnet hatten. Das neue Oberhaupt der Kirche aber habe nichts Besseres zu tun gehabt, als dem Kaiser das Herrschaftsrecht wiederum zu bestreiten; als einen Ketzer habe er ihn verflucht, weil er bloß vom Volk und nicht von der Tiara gekrönt worden sei, und deswegen seien die abendländischen Fürsten jetzt wieder in Aufruhr geraten und verspürten neuerdings die Kriegslust.

„Ausrotten sollte man das Rattennest mit Stumpf und Stiel, egal ob in Rom oder in Avignon!“ schrie Bušek einmal beim Wein. „Die Christenheit braucht die Kurie nicht; es genügt für unsereinen schon, wenn die pfründnerischen Pfaffen auf den Dörfern spuren!“

Wenzel war versucht, dagegenzuhalten, freilich nicht wegen Rom, nicht wegen Avignon, sondern wegen des Katharers, der ein wahrer Priester gewesen war und keiner von denen, die der Herr von Velhartice gemeint hatte. Doch dann verbiß er sich die Widerrede; er wußte, es hatte keinen Sinn, über diese Dinge mit Bušek zu streiten; auch war er der Vogt und durfte sich deswegen ohnehin nicht auf die Seite der Leibeigenen stellen. Dennoch, während der Ritter noch eine ganze Weile weiterpolterte, stieg ihm in der Seele wieder das Bild von Chudoba auf. Die Augen des Parfaits schienen noch immer anzuklagen und zu vergeben, wieder schienen die armen Körper der Gehenkten am ausladenden Buchenast zu schwanken und zu tanzen, und erneut sah er die anderen gleich gehetzten Tieren in den Wald flüchten. Die Hütte kehrte zurück, in der Wenzel damals nach dem Massenmord die entsetzliche Nacht verbracht hatte, und dann schrillte ihm fetzenartig auch wieder die Vision durch den Schädel, die jetzt schon eineinhalb Jahre zurücklag; das quälendste Gesicht, das er je gehabt hatte. Und so kam es, daß er auch in dieser Nacht, in der Bušek das Papsttum verflucht hatte, wieder den Rausch suchte, das viehische Saufen. Der Ritter hielt mit; sein Charakter ähnelte dem des Dunklen darin auf erschreckende Weise, und zuletzt lagen sie, ganz wie damals nach dem Gemetzel an den Bauern, in ihrem eigenen Unflat, und die Satzfetzen, die sie zuvor noch über den Krieg aus sich gelallt hatten, schienen noch lange in der wein- und kotzedunstigen Luft zu hängen.

Doch der Krieg kam nicht, er wetzte bloß manchmal seine Krallen; so ging es weiter bis in den September dieses Jahres 1337 hinein. Ein kalter, schauriger Monat wurde es für Wenzel, obwohl die Altweiberfäden noch zauberhaft über der Šumava wehten. Doch die Weißblonde hatte sich den ganzen Sommer über nicht blicken lassen, keine Nachricht war vom Degenberg über den Grenzkamm gekommen, und auch jetzt, im Frühherbst, blieb der Bote aus, den Fulk stets zu senden pflegte, ehe er ein paar Tage später selbst zur Jagd in die böhmischen Wälder aufbrach.

Je weiter der Monat dann fortschritt, um so beklommener fühlte sich der Dunkle; immer häufiger beschlichen ihn ungute Ahnungen, immer sicherer wurde er, daß sich auf dem Degenberg etwas Unvorhergesehenes oder gar Bedrohliches zugetragen hatte. Und die sich mit dem schwindenden Jahr rostig einfärbenden Forste im Süden schienen ihn zu verhöhnen, wenn er jetzt oft stundenlang neben einer der Zinnen stand und dorthin spähte.

*

Der Regen nieselte, der Tag hing zwischen Dämmerung und Nacht, als das Schweigen der Wälder zersplitterte. Aus dem Forst heraus, vom Hochufer der Ostružná her jagten die Gepanzerten gegen Velhartice heran. Ein starker Trupp war es, die Schildfarben ließen sich hinter dem rauschenden Wasservorhang nicht erkennen. Aber kriegsmäßig gewappnet war die Schar, und auf die Festung Bušeks schien sie es abgesehen zu haben; es sah ganz so aus, als sei ein plötzlicher Überfall geplant.

Wenzel, der gerade auf dem überdachten Wehrgang stand, begann lauthals auf den Hornisten zu fluchen. Der Kerl auf dem Bergfried schien eingeschlafen zu sein! Gleichzeitig rannte der Dunkle los, dem Torbau zu. Nach ein paar Schritten gellte oben, zwischen den niedrigen, fetzenartig ziehenden Wolken endlich doch das Alarmsignal auf. Während die Reisigen aus ihren Unterkünften hasteten, passierten die Reiter bereits das Dorf Velhartice am Fuß des Burgbergs. Ein Kind drohte unter die trommelnden Hufe zu geraten, eine Mutter kreischte in Todesangst auf. Wenzel hatte jetzt das Torgewölbe erreicht; er sah zwei Knechte an der Winde schuften, von der aus die Seile zum Kopf der Zugbrücke draußen liefen. Auch der Hauptmann war jetzt da, fluchte, trieb zwischendurch die beiden Wärter an: „Schneller! Schneller!“

Die Gasse am Ende des Dorfes schien den Reiterzug zu verschlucken, schien ihn dann wieder auszuspeien. Mit schlagenden Köpfen hetzten die Rösser nun den Hügelweg herauf. Der Spalt zwischen Brücke und Graben wurde ellenhoch, klafterhoch, dann stand der Bohlensteg schräg, schien einen lähmenden Augenblick lang in der Schwebe zu hängen und krachte zuletzt unvermittelt in die Torfüllung. Hinter den Schießscharten, auf den

Wehrgängen knackten und knirschten die Armbrustsehnen in ihre Halterungen. Auch der Vogt hatte eine Schußwaffe ergriffen; eben legte er den Bolzen in die Rinne, als Bušek neben ihm auftauchte, ihn rüttelte, ihn anschrie: „Es ist der Degenberger! Verdeixelt auch! Es ist gar keine feindliche Schar!"

Der Dunkle ließ den schweren Schaft jäh sinken; er spähte schärfer hinaus durch die Scharte, sah die Gäule sich vor dem Graben bäumen, gegeneinander auskeilen, sah, wie die Gepanzerten sie zurückzudrängen versuchten, und dann erkannte auch er die Schildfarben Fulks und gleichzeitig den Ritter selbst – seinen Gönner, den Vater der Weißblonden. Jetzt hob der Degenberger das Helmvisier, rief etwas, doch ein Windstoß riß ihm die Worte vom Mund weg. Statt dessen hörte Wenzel den unwirschen Befehl Bušeks: „Wieder herunter mit der Brücke, ihr Narren!"

Erneut knarzte das Speichenrad; Wenzel, von seinem Standpunkt aus, hatte den Eindruck, als bräche der Bohlensteg wie ein Fanal aus der Mauer. Polternd kam er drüben auf, Schlamm spritzte weg, und dann donnerte es herein in die Festung: Fulk an der Spitze von gut zwei Dutzend Reitern, alle von oben bis unten verdreckt, manche in den Sätteln wankend, als hätten sie die Rösser Tag und Nacht gesprengt.

Der Krieg! dachte der Dunkle. Er muß ausgebrochen sein, irgendwo im Norden, doch nicht im Süden! Vielleicht ist der Franzose über den Polen hergefallen, und jetzt will der Degenberger mit seinem Aufgebot bis an die Memel weiter! Und wir sollen mit ihm ziehen, es eilt, und deswegen ist er durch das Dorf geprescht wie der Teufel! – An den Krieg dachte er, den er ersehnt und gefürchtet hatte; mit einem anderen Teil seines Gehirns dachte er gleichzeitig an Ludmilla. Kein Wunder, daß sie nichts hören und sich nicht sehen ließ, schoß es ihm durch den Kopf. Fulk hat sie nicht mehr aus seinen Mauern lassen können. Möglich, daß es jenseits der Šumava schon eine ganze Weile brodelt. Aber jetzt, jetzt werde ich Nachricht von ihr bekommen!

Die gespannte Armbrust noch immer in der Faust, lief er los. Auch Bušek, der Hauptmann und die meisten Reisigen drängten jetzt hinunter in den Zwingerhof. Die Degenberger Rösser kamen dort langsam zur Ruhe, versammelten sich im Karree. Im Zentrum hielt Fulk, und nun, da er seinen ehemaligen Schildknappen erkannte, setzte er noch einmal die Sporen ein.

Die beiden Männer, der Leichtbewaffnete und der Schwergepanzerte, trafen am Sockel der äußeren Turmstiege aufeinander. Arglos griff der Böhmische zu, zwängte die Finger der freien Hand hinter das silberbeplättelte Zaumzeug des Hengstes. Hart hinter und über Wenzel stand Bušek; der Dunkle spürte seinen Atem im Genick, eigentlich hätte er ihm den Vortritt lassen müssen. Doch Wenzels Wiedersehensfreude, trotz der Kriegsgefahr, war zu groß; er ruckte am Roßzaum, wie um das alte Vertrauen zwischen sich und Fulk wiederherzustellen, dann lächelte er und sagte: „Wir fürchteten schon, es sei ein Überfall! Du kamst mit deinen Männern herangefegt wie die Wilde Jagd! Fast hätten wir die Bolzen gegen euch hageln lassen! Aber jetzt freue ich mich um so mehr, auch wenn ich mir denken kann, daß der Anlaß eures Auftauchens nicht erfreulich ist, Fulk ..."

Der Degenberger, im finsteren Oval seiner Helmhöhle, das Visier wie einen Schnabel aufgesperrt, schwieg.

„Gibt es denn Krieg?" fragte der Böhmische, noch immer arglos. Gleichzeitig schob sich der Herr von Velhartice neben ihn, wiederholte einen Lidschlag später: „Krieg?!"

Der Hengst des Degenbergers bäumte sich jäh. Das Zaumzeug wurde dem Dunklen aus der Hand gerissen; ein Fetzen Haut ging mit. Eine Elle entfernt vom Treppensockel schmetterten die Hufe wieder aufs Pflaster. Und dann kam Fulks Antwort; sie traf den Vogt von Velhartice wie ein Hieb.

„Krieg! Jawohl! Zwischen mir und dir!" donnerte der Degenberger. „Aber zur ritterlichen Schlacht wird's nicht kommen zwischen uns, du Hundsfott! Wie einen Köter will ich dich niederschlagen! Wie eine gespeerte Wildsau werde ich dich zur Donau schleifen! Denn ein Verräter bist du! Ein siebenmal verfluchter Verräter!"

Der Böhmische wankte. Er begriff die Anschuldigung nicht, und doch war irgendwo in seinem Schädel bereits eine erste Ahnung von Begreifen da.

„Halt!" hörte er Bušek rufen. „Wenzel ist mein Mann, Fulk von Degenberg! Er hat mir immer treu gedient! Wenn du ihn angreifst, muß ich ihn schützen!"

„Einen Hurenbock, einen Treuebrüchigen wirst du nicht schützen wollen, Bušek von Velhartice!" versetzte der Ritter aus Bayern. „Wenn ich dir sage, warum ich mit meinen Leuten kam, wirst du mir beipflichten!"

„Dann sprich!" forderte der Adlige aus Böhmen. Noch immer stand er hart neben Wenzel, dennoch schien sich zwischen ihnen plötzlich eine Kluft aufgetan zu haben. Der Dunkle spürte es, spürte es mit allen Fasern, und die Lähmung, die ihn bereits vorhin befallen hatte, schien ihm jetzt bis ins Mark zu dringen. Und dann schauerte ihm ein Name durch den Schädel; Ludmilla ...! dachte er. Prag! Das Verbotene ...

„Ludmilla!“ brüllte Fulk. „Du kennst sie, Bušek! Sie ist meine einzige Erbin! Sie war es, die mich bekniete, so daß ich dir den Dreckskerl als Vogt anpries! Ich tat's, weil er ihr gegenüber zu Melk seine Pflicht erfüllt hatte, als ihr und mein Knecht! Du, Bušek, und ich, wir erhöhten ihn! Hoben ihn hoch hinaus über den Stand, der ihm nach göttlichem und menschlichem Recht zugekommen wäre!“ Der Degenberger keuchte vor Grimm. „Im Wald fand ich ihn einst als Säugling, halbverhungert! Ich rettete ihm das Leben, ich nahm ihn zu mir, ich war ihm fast ein Vater und mehr als ein Freund! Ich war stolz auf ihn, als er zu Velhartice der Zweite wurde nach dir, Bušek! Doch dann . . .“

„Was geschah dann?! So rede doch!“ Etwas Lauerndes lag jetzt plötzlich im Tonfall des böhmischen Adligen. Zwischen ihm und Wenzel schien der Abgrund jäh noch viel größer geworden zu sein.

„Prag!“ schrie Fulk. „Ich vertraute ihr und ihm, vor allem ihm! Er ritt mit ihr an die Moldau, mehrmals im vorigen Jahr, heuer im Frühling wieder, du weißt es, Bušek! Er spielte ihren Ritter – und dann zerrte er sie in den Dreck! Damals im Mai muß es passiert sein, daß er sie schwängerte! Er suhlte sich mit ihr im Pfuhl, er sandte sie mir zurück, als sei nichts gewesen, doch dann schwoll ihr der Bauch an! Ihr, meiner Erbin! Den Bankert trägt sie des Namenlosen, des Bastards aus dem Wald!“

Wenzels Knie wurden weich; er krallte sich mit der zerschundenen Hand an der Mauer fest. Er hatte es immer befürchtet, daß aus ihrer Liebe die Leibesfrucht entstehen könnte; damals, als die Weißblonde sich auf dem Heimritt im Sattel des Zelters so schmerzlich gekrümmt hatte, war sie also bereits schwanger gewesen! Sein Kind trug sie seitdem, wahrhaftig ein Fleisch und Blut waren sie seit jener einen Stunde in Prag; der Gedanke war ungeheuerlich schön und ungeheuerlich erschreckend. Er zerriß den Dunklen fast; er hob den Kopf, er blickte Fulk an, flehend.

Die Oberlippe des anderen zitterte in der Helmhöhle, zitterte, lefzte wölfisch. Und dann schrie er wieder los, doch jetzt ins bettelnde Antlitz des Böhmischen hinein: „Sie täuschte mich und mein Weib den ganzen Sommer über, täuschte uns auch dann noch, als der Herbst kam! Unterm Gewand schnürte sie sich ein, gab der Bademagd Silber, damit die schweigen sollte! Aber im Herzen der Leibeigenen lebte mehr Anstand als im geschändeten Leib meines Kindes! Die Magd beichtete meinem Weib, was sie gesehen hatte! Der Bankert war schon aufgequollen, mehr als fünf Monate lang!“ Fulks gepanzerte Faust ruckte vor, packte den Dunklen, beutelte ihn. Wie eine Ratte im Hundefang schien der Böhmische im eisernen Griff zu hängen. „Da prügelte ich die Wahrheit aus ihr heraus!“ schäumte der Degenberger. „Sie bettelte, sie flehte, genau wie du jetzt! Du, mit deinen Augen! Ihre waren nicht weniger verschlagen, nicht weniger lügnerisch als deine! Sie wollte nicht heraus mit der Sprache, aber meine Hiebe brachen ihren Widerstand zuletzt doch! Da gestand sie mir's! Gestand mir alles! Deine und ihre Hurerei! Die Schande! Die gottverfluchte Schande! Und daß sie dich liebe! Sie dich! Die Erbin von Degenberg den böhmischen Hund! Daß du wie ich das Zeug zu einem Ritter hättest, winselte sie. Daß sie dich habe noch weiter emporheben wollen! Daß ihr den Plan dazu bereits ausgebrütet hättet! – Aber jetzt sollst du stürzen, du Sauhund! Jetzt sollst du Dreck fressen! Jetzt sollst du meinen Stiefel im Genick spüren! Verfaulen sollst du im Rattenloch! Deswegen bin ich gekommen nach Velhartice mit meinen Männern! Deswegen, du siebenfacher Verräter!“

Er wandte sich jäh, dorthin, wo bleich der Burgherr stand. „Deswegen, Bušek! Und jetzt sag mir, ob du deinen Vogt, der dich kaum weniger hintergangen hat als mich, noch länger schützen willst?!“

„Nein!“ versetzte der Adlige, knirschte es heraus zwischen mahlenden Zähnen. „Nimm dir das Hundeblut, Fulk, und mach mit ihm, was du willst!“

Während der letzte Halbsatz noch in der Luft hing, drosch die eiserne Klaue zu. Das Gesichtsfleisch des Dunklen platzte auf. In seine hochwallende Ohnmacht hinein fegte ihm kurz noch das Bild ihres gesegneten Leibes. Dann brach er vor den Hufen des zurückweichenden Hengstes zusammen.

*

Die Hufe, die Roßkruppen, die peitschenden Schweife, die Steine, der Schlamm – dies alles zusammen zäunte ihn nun schon seit Tagen ein. Fulk hatte ihm kein Reittier zugestanden für seinen Weg in den Abgrund. Gefesselt, barfüßig, schon längst bloß noch einen stinkenden Kleiderfetzen am Leib, lief er zwischen den Gäulen dahin. Seine Handgelenke waren bis auf die Knochen abgeschunden, sein Rückenfleisch von Hieben zerstriemt. Immer öfter warf ihn die Schwäche nieder, dann schleiften sie ihn. Schleiften ihn durch den Nordwald, der dann wie eine dröhnende Marterkuppel über seinem Schädel zu hängen schien. Gab er seinen Geist völlig auf, biß ihn jäh wieder der Ochsenziemer zurück in seine Qual. Dann riß ihm oft die Erinnerung an Chudoba durchs Gehirn, die anderen Erniedrigten erblickte er dann wieder mit seinem

Dritten Auge; die Buche, das Baumeln und Schwanken der hilflosen Leiber am Ast. Und den Katharer, den Parfait mit seinen wissenden Augen. Und dann wieder Ludmillas Augen, eins mit denen des Ungeborenen und damit mit seinen eigenen, und wenn er dies erschaute, wurde ihm die Pein jedesmal so unerträglich, daß er mental nach der zuschnappenden Peitsche bettelte.

Der Kamm des Grenzgebirges stieg vor dem Taumelnden, dem Geschleiften auf, senkte sich dann jenseits wieder ab. Ins Jenseits, wummerte es durch Wenzels Schädel an jenem Tag, da sie das Herzogtum Bayern erreichten. Und dann wieder die Hufe, die Roßkruppen, die Schweife, die Steine, der Schlamm, die Verachtung und der Haß Fulks dazu; des Freundes, der zur Bestie geworden war, aufgrund seiner Macht, aufgrund seiner lügnerischen Moral. Auch dies brannte sich in Wenzels Gehirn ein auf seinem weiteren Marterweg hinunter zur Donau: daß Macht und Lügenmoral das Herz eines Menschen auffressen konnten, daß dann nichts blieb als der schauerliche Triumph des einen und die entsetzliche Niederlage des anderen, daß der Stiefel zutrat und das geschundene Fleisch platzte; daß ein gemeinsames Sein, welches in Wenzels und Fulks Fall im Samenkorn eines Ungeborenen ruhte, sich aufzuspalten vermochte in ein Wesen, das henkte, und in ein anderes, das gehenkt wurde. Dies, über das Leid um Ludmilla hinaus, war der ärgste und bohrendste Schmerz, den der Böhmische empfand, und der Schmerz wuchs weiter und weiter, je näher die Donau kam, der Strom seiner Kindheit und Jugend, und mit dem Strom der Degenberg, wo er einst geborgen in der Küchenhöhle gekauert hatte, bei Gret; wo die damals noch kindliche Weißblonde seine Spielgefährtin gewesen war.

Zuletzt dann, als der Dunkle dem Tod bereits näher war als dem Leben, tauchte der Festungshügel wirklich auf. Über windgepeitschten Wipfeln standen die Zinnen, ins steinerne Gekröse gähnte der Torschlund hinein. Im Wiedererkennen durch blutfarbene Schleier hindurch zeigten sich Wenzel weitere Bilder; auf dem Karren Grets holperte er durch die quadrige Gebärmutter hinaus in den Krieg, oben auf der Turmplattform aber stand die Gattin des Ritters und hatte ein Kind an der Seite, ein Mädchen von fünf Jahren. Unschuld, unendliche Unschuld webte von den Augensternen dieses Mädchens zu ihm herunter, dann aber brach die fauchende Stimme Fulks in diese mentale und bereits todesnahe Verklärung ein. „In den Kerker mit ihm! An die Ketten!" hörte Wenzel sein Urteil, ehe er hart hinter dem Torschlund zusammenbrach. Daß sie ihn wegschleiften, mit schlagenden willenlosen Gliedern immer tiefer in den Berg hinein, spürte er nicht mehr.

*

Als die Schmerzen ihn wieder einholten, konnten Stunden vergangen sein, vielleicht auch Tage. Er wußte es nicht. Es wurde ihm bloß allmählich bewußt, daß es das feine Rattentrippeln gewesen sein mußte, das ihn in die Realität zurückgeschleudert hatte. Jetzt, da die Pein ihn mehr und mehr ins verhaßte Leben peitschte, nahm er auch die Berührung der Nager wahr. Pelzig und blasphemisch umwuselten sie ihn, schienen sich an dem Wundschorf, der ihn überkrustete, zu laben, ihre bissige, kleine Orgie zu feiern. Er schrie, er wälzte sich, er versuchte um sich zu dreschen und zu treten. Doch sein tobender Körper fing sich in den Ketten, wurde zurückgezwängt ins faulige Stroh, auf den grusigen Stein. Trotzdem wehrte er sich gegen das pelzige Gewusel, so gut er konnte; er mußte es in völliger Dunkelheit tun, in einem Steinsarg, in dem er nichts, absolut nichts zu erkennen vermochte.

Wieder verstrich nicht meßbare Zeit. Nur das Zucken und Rucken seines Körpers gegen die Ratten hin setzte Zäsuren. Auch der Ekel maß das nicht Meßbare aus; er quoll dem Eingekerkerten hoch bis zur Unerträglichkeit, verflachte dann in der verlockenden Selbstaufgabe, drängte erneut nach oben, aus dem quälenden Selbsterhaltungstrieb heraus. Dies war der zweite Pulsschlag der Pein, dem der Böhmische sich ausgesetzt sah; ein dritter kam viel später, kam wie ein zuckendes Flüstern direkt aus dem Stein. Ein wisperndes Pingen war es, ein Rieseln, kaum hörbar, ein Aufschlagen schließlich, tränenfein. In einer Quaderkerbe, hart neben Wenzels Kopf, sammelte sich das Sickerwasser; es schien die winzige Mulde aufzufüllen im unendlichen Atemzug einer Äone, und viele Male vergeblich brachte der Gefangene seine Lippen an diese faulig riechende Quelle, bis es ihm zuletzt doch immer wieder gelang, ein klein wenig von dem Naß einzuschlürfen. So klammerte er sich am Leben fest, so maß er, vom trotzdem nie gestillten Durst gepeinigt, wiederum die Kerkerzeit, so schwankte er dahin zwischen Qual, Ekel und Erschöpfungsohnmacht, verfluchte den Trieb, der ihn ans Dasein fesselte, und hegte dann doch wieder so etwas wie wahnwitzige Hoffnung.

Irgendwann, es hätte ein Jahr verstrichen sein können in seinem Empfinden, erfüllte sich die Hoffnung dann. Ein Riegel kreischte, eine eingerostete Türangel knarzte, am äußersten Saum der Kerkerwelt ward Licht. Das Fackelblaken biß ihn in die Augen und ließ ihn brüllen vor Schmerz; näher kam es, immer näher und umzüngelte ihn zuletzt gleich den Flammen eines Scheiterhaufens. Ungeheuerlich peinigte es den, der zum Olm geworden war, zum Dunkelwesen, und in sein Kreischen hinein klapperte etwas Toniges gegen den Bodenstein. „Brot!“ sagte der Lichtengel, der Verlieswärter, bückte sich erneut, stellte einen Wasserkrug neben die irdene Essenschale. Und verschwand wieder und riegelte den Dunklen in seine abgrundtiefe Dunkelheit zurück. Wenzel, vom aufgeregten Pfeifen der Ratten aufgestört, fiel über den altbackenen Kanten her wie ein Tier; er schlang bestialisch und hieb dabei ununterbrochen nach den Nagern, die wie er wahnsinnig geworden zu sein schienen.

Dies wurde in der Folge sein viertes Zeitmaß: der eklige Kampf mit den Pelzigen, den Wieselschnäuzigen, den Kralligen nicht um sein tägliches, sondern sein nächtliches Brot. Aus dem Splittern der Dunkelheit heraus, alle vierundzwanzig oder sechsunddreißig Stunden, schnappte er es sich und ertrug dabei jedesmal noch die zusätzliche Folter, denn das kurz aufflackernde Licht, dessen er nun schon so lange entwöhnt war, schnitt ihm wie mit Messerklingen ins Gehirn. Es würgte ihn mental auch dann noch im Schädel, wenn er sein Almosen längst aufgezehrt hatte; es schmetterte ihm etwas vors geistige Auge, was er doch nicht zu fassen vermochte; es glühte weiter in ihm, mit jeder Nacht seiner Kerkereinsamkeit weiter, und schwärte sich bösartig heran an seinen innersten Kern, wo das Zerbersten der Welt, das Chaos, das Allwirbeln verborgen lag, der gallefarbene Geysir, der sein abgrundtiefes Sein ausmachte. Um diesen kochenden Kern herum brachen Schicht um Schicht die Schlacken weg unter der Qual seines vierten Zeitmaßes, und während er körperlich mehr und mehr dem Pfuhlgrund entgegensank, trieb aus dem Magma das andere, das Fauchende weiter und weiter hoch. Er spürte, daß der Ausbruch – sein letzter vielleicht – jetzt sehr nahe war, doch ehe der Vulkanschlund wirklich barst, tauchte in seinem Verlies der verlorene Freund auf, der verfluchte Feind – zeigte sich ihm Fulk.

Ein Bündel brennender Fackeln trug der Degenberger bei sich; in Mauerfugen und leere Kettenkrampen rammte er sie, umzingelte auf diese Weise den verwahrlosten Körper Wenzels mit gnadenloser Lichtkälte, betrachtete den, der sich unter dem grellen Ansturm wand, und zischelte: „Weil ich mich an deinem Leid weiden will . . .“

Wenzel, in der Feueresse seiner Qual, wimmerte. Schien hinter seine zuckenden Fäuste, seine kratzenden Finger kriechen zu wollen. Das vielfache Fackelglühen schien ihm das Gehirn zu rösten. Es sprotzelte weiter dorthin, wo der Kern schon fast bloß lag. Dann aber kam ihm von dort so etwas wie wummernde Ohnmacht. In der Agonie wurde etwas von dort eins mit dem Lichtschmettern. Eine nicht meßbare Zeitspanne lang tänzelte er auf einer haarscharfen Schwertschneide, doch er stürzte nicht ins Bodenlose, noch immer nicht, er kam wieder zu sich. Und nun schien sich ein Schleier gelegt zu haben über seine Augen, etwas Dämpfendes; jäh erinnerte er sich wieder an seine Blindheit von Rom bis Grosseto, doch dann merkte er, daß er den Fackelschein jetzt ertragen konnte, daß er mit allen Sinnen zurückgekehrt war ins trübe, blakende Licht seines Daseins. Aus dem Kranz der Feuerbrände schälte sich Fulks Schädel heraus; verwüstet war sein Gesicht, als hätte er Dutzende Schlachten an einem einzigen Tag geschlagen; das Antlitz eines Alten, eines Verbrauchten war es, nicht das eines Mittvierzigers; auch in seinen Augen lag Qual, und genau das war es, was dem Dunklen den Mut gab, nun auf das Zischeln des Ritters zu erwidern: „Warum?"

In einem jähen Aufzucken seiner Brauen schien Fulk zu begreifen. Sie waren beide Opfer, der eine wie der andere. Etwas hatte sie verknüpft und verkettet vom Verrat hin zum Haß. Der Dunkle hatte die Weißblonde geliebt – und der Eisengraue auch. Es hätte ein dreifaches Licht daraus entstehen können, ohne jeglichen Schmerz. Auf dem Zelter dreifaltig unter weiten Himmeln. Aber in den Kelch war gefahren der verheerende Blitzstrahl der Macht, des hoch oder niedrig Geborenseins, der verlogenen Moral. Ein Kontinent von steinernen Festungen, ein Meer von ärmlichen Hütten – dies, miasmisch verworren, hatte das Pflänzchen erstickt und zum Verdorren gebracht. Ins Granitkalte war das Warme umgeschlagen, verkrustet hatte es sich, war schroff geworden, war zersplittert von einem Lidschlag auf den anderen. Nur die Ketten waren geblieben, der Kerker, der Zerbrochene und Zerschundene – und dem gegenüber der andere, der mit dem verwüsteten Antlitz, um zehn Jahre gealtert in zehn Tagen. Auch Fulk ins Eisen geschleudert also, und dieses Bewußtsein zerrte ihm jetzt das flüchtige Begreifen wieder weg; aus seinem ungeheuerlichen Ausgeliefertsein heraus herrschte er den Böhmischen an: „Warum? Das wagst du noch zu fragen?! Weil du mein Vertrauen gebrochen hast! Weil der Bankert in ihr lebt! Weil ich es nicht ertragen kann, daß du mich dermaßen mit ihr hintergangen hast!"

„Darin verstehe ich dich sogar", flüsterte Wenzel. „Aber ich verstehe nicht, warum du dich weiden willst an meiner Erniedrigung, meiner Qual. Du könntest gnädig sein, du könntest mich schnell töten! Was würde es denn noch ändern?"

„Daß du erlöst wärst – und ich allein in der Hölle!" brüllte der Ritter. „Das wäre der Unterschied!" Furcht stand jetzt in seinen Augen, unsägliche Furcht. Er riß den Dolch aus der Scheide, fuchtelte mit der Klinge. „Du könntest gehen – und ich müßte bleiben! Das hättest du erreicht, wenn ich jetzt zustieße! Doch das gönne ich dir nicht, das ertrage ich nicht, daß du mich zurückläßt! Ich hätte keinen mehr, dessen Qual meine eigene überlagert! Könnte ich mich an deiner nicht mehr weiden, könnte ich mich an gar nichts mehr klammern! Ins Leere würde ich stürzen, wie ein Stein in den Abgrund! Nicht länger packen könnte ich dich und dich würgen! Nicht länger könnte ich an die Ratten denken, wenn es mich selbst in der Nacht rädert und rädert und rädert . . ."

„Du könntest ihr vergeben – und vielleicht auch mir", keuchte der Böhmische. „Es wäre der Ausweg für dich, für uns alle . . ."

„Daß du erneut in ihrem Schoß schwelgen könntest, ja?!" kreischte Fulk. „Genügt's dir noch nicht, daß ich das Bild ohnehin Tag und Nacht vor mir sehe?! Daß ich's sehe und schmecke und rieche, wie du sie besudelst mit deinem Druckssamen?!" Am Rande des Irrsinns war der Ritter bereits in den Kerker gekommen, jetzt brach der Wahn voll aus ihm. Unwägbares, Unauslotbares schien in seiner verwucherten Seele zu kochen. Genau jenen Punkt schien Wenzel berührt zu haben, der ums Verrecken willen unberührbar hatte sein sollen. Der Irrwitz schlug Fulk in den Schädel, schlug ihm ins Gekröse, schlug ihm ins Herz; der Irrwitz, aus fünf Jahrhunderten Gottesgnadentum und einem Jahrtausend Christentum[80]) geboren.

Der Dolch flirrte gegen die Steinmauer hin, biß sich in einer Fuge fest, zerbrach. „Da hast du deine Vergebung!" schäumte der Degenberger. „Kein Quentchen davon gönne ich dir! Noch nicht einmal dieses Eisen ins Herz, so wie du es dir erbetteln wolltest! Du siehst, die Klinge ist zersprungen, ganz wie das, was einmal zwischen uns war!" Er röchelte, spuckte, war nur noch das abstoßende Zerrbild eines menschlichen Wesens. „Und deine Metze", schrie er, „mein verdorbenes Fleisch und Blut, soll auch den gerechten Lohn bekommen! Ihr habt gesündigt zusammen, jetzt will ich mich an ihrem und deinem Leid weiden!" Er kicherte plötzlich grell. „Ihre Leibesfrucht muß bezahlen! Für dich und sie! Du wirst noch erkennen, was ich meine! Wenn du es siehst! Bald wirst du es sehen . . ."

Die Fackeln ließ Fulk stecken, schnellte sich zur Tür gleich einer grauen, eisengepanzerten Spinne, verschwand keckernd im klirrenden Kettenhemd.

Sehen! dachte der Dunkle entsetzt. Und dann spürte er, von den blakenden Flammen umhüllt, wie der Zeitschlund sich weiter und weiter öffnete, gleich einer kosmischen Gebärmutter, und wie die ungeheuerliche Vision sich näherte, unaufhaltsam.

Der Fötus

Die Weißblonde wälzte sich in Alpträumen auf ihrem Lager in dieser Mittwinternacht. Draußen, vor der Kammerluke, schauerte der Schneewind. Ab und zu pfiff es dünn durch die Bretterfugen, dann begann Ludmilla jedesmal im Schlaf zu wimmern; schien die Betäubung, die sie sich wenige Stunden zuvor mit viel Wein erkauft hatte, abfallen zu wollen.

Auch jetzt wieder hauchte es eisig von der Scharte her; im gleichen Augenblick schmetterte die Tür auf, und über die Schwelle torkelte Fulk. Das gehetzte Vergessen wich endgültig von der Weißblonden, sie fuhr hoch auf dem klammen, kaltschweißigen Lager, ihre Nasenflügel weiteten sich wie in Panik; im Aufschrecken hatte sie den Ratten- und Modergeruch, der den Degenberger umwaberte, sofort wahrgenommen. So wußte die Hochschwangere, daß ihr Vater, das Vieh, aus dem Verlies kam, von Wenzel.

„Nein!“ keuchte sie, rutschte zurück unter dem Bettsack, bis die hölzernen Streben sie aufhielten, sie zwischen dem Irrsinnigen und der Wand einzuklemmen schienen.

„Doch!“ kreischte er – und hob den Ochsenziemer. Das Öllicht in der Wandnische ließ Schatten wie Narben auf seinem verzerrten Gesicht flackern. Und vor diese Narbenfratze schob sich jetzt die Peitsche, schnalzte heran, traf die Weißblonde ins Gesicht.

Er schlug sie gnadenlos, er trieb sie vom Lager, kreuz und quer durch die Kammer. Ihr Hemd zerfetzte, ihr Fleisch platzte auf unter dem striemenden Leder. Sie stürzte, brach zusammen, versuchte den schweren Leib mit hochgezogenen Knien und umklammernden Armen zu schützen. Sie spürte, daß er es nicht nur auf sie selbst abgesehen hatte wie sonst. Der Abstieg in den Kerker mußte das freigesetzt haben, was in seinem kranken Gehirn längst schon gelauert hatte. Sie hatte es immer gefürchtet, und nun war es über ihr, hageldicht, und bedrohte das Ungeborene.

Die Weißblonde, die Blutige krümmte sich jetzt wie ein Fötus. Mutter! dachte sie, wollte nach der Burgherrin rufen und wußte im gleichen Augenblick, daß es sinnlos sein würde. Nicht ohne Grund hatte Fulk seine Tochter schon vor Wochen in die zugige Kammer verbannt, in den Verschlag, der so abseits in der Burg lag. Und selbst wenn seine Gattin den Weg hierher gefunden hätte, sie hätte sich auch nur Schläge eingehandelt. Seit die Knechte den Dunklen zwischen ihren Rössern in den Brunnenhof gezerrt hatten, führten der Ritter und sein Weib keine Ehe mehr, hatte Ludmillas Mutter zu kuschen, hatte er, der Wahnsinnige, sie verprügelt, wann immer sie anfangs noch aufzumucken versucht hatte, und jetzt war sie schon längst gebrochen. Gebrochen wie die Weißblonde, der nun nichts anderes mehr blieb, als sich fötal zu krümmen, um den Fötus in ihrem Leib einen Peitschenbiß um den anderen zu schützen. So kämpfte sie einsam, verzweifelt, biß sich die Lippen blutig in ihrer Qual, gab aus dem fundamentalen Instinkt heraus nicht auf, schwor sich, niemals aufzugeben – bis sie unversehens der Stiefeltritt in die Seite traf.

Ihr schwerer Leib schleuderte herum, die Klammer von Knien und Armen löste sich unwillkürlich, Ludmillas Kopf krachte gegen einen Wandbalken. Im mentalen Wegwummern glaubte sie den Böhmischen im Verlies liegen zu sehen, und dann schoß ihr der spitze Schmerz durch den Bauch, nadelte mörderisch hinein in sie wie ein glühendes Eisen. Drei, vier Herzschläge lang schien alles aus, schien alles vorüber; nur die weiße Pein war noch da und schien sie in einen jagenden Strudel der Auflösung treiben zu wollen, in ein endloses Nichts, das sogar Erlösung hätte bedeuten können, wäre da in ihrem eigenen nicht auch das andere Leben gewesen. Doch so verdoppelte sich die Qual des Nadelns über das rein Körperliche hinaus und riß sie zurück in ein dermaßen scharfes Bewußtsein, wie sie es nie zuvor erlebt hatte. Sie spürte, wie etwas zwischen sie und das umschalte Wesen schneiden wollte, wie es säbelte dort drinnen und abtrennen, austilgen wollte, und noch einmal warf sie sich in den Kampf, versuchte sie sich selbst und das Namenlose noch einmal zu bewahren, es in der Klammer zu schützen, doch ehe ihre Glieder sich wieder so zusammenfügen konnten wie vorhin, traf sie der nächste Stiefeltritt und gleichzeitig quer über die Brüste der Ziemer. Und da zerbrach sie endgültig, da trennte sie sich ab von sich selbst; vom weichen Brustfleisch, das einmal hätte nähren sollen, ging es aus, fetzte und riß es tiefer, schnitt es ihr hinein, mitten ins sieben Monate lang ausgereifte Leben.

Noch immer versuchte sie sich zu wehren, aber jetzt war das andere stärker. Es stellte ihr die Schenkel auf, es saugte und preßte, es trieb den Schwall aus ihr, den ekligen, den blutdampfenden, und mit dem Schwall kam mit geplatztem Schädel das nackte Getier, das besudelte Fleischbündel. Auf die blutverschmierten Dielen klatschte der Fötus, krümmte sich ein, schien von einem Augenblick auf den anderen zu abstoßendem Aas zu vergehen. Ein verschliertes Auge sah die Weißblonde noch starren, anklagend glotzen, und dann schwemmte auch sie davon, endlich ins Nichts.

Fulk, den Ochsenziemer noch immer in der Faust, starrte wie entrückt auf die unsagbar Geschändete und den Fleischklumpen, ließ zuletzt ein beinahe lautloses, triumphierendes Fauchen hören.

*

Aus der kosmischen Gebärmutter heraus sprühte der Blutregen, fing sich diamanthart im Blaken der Fackeln. Ein Frauenleib schwoll auf aus dem Gesplitter; noch weiter tat sich der Schlund auf und spie Blasphemisches aus sich; der erste Anprall der Vision traf den Dunklen wie ein zusammenkrachender Berg.

Es warf ihn zurück in die Ketten, er schrie, er wehrte sich verzweifelt; er schlug die Fäuste vor die Augen und krallte sich die Nägel ins Fleisch, doch das Bild wummerte ihm selbst durchs Gebein, durch die aufkrachende Kerkertür schnalzte es herein, mit metallischem Blutdunst füllte sich das Verlies, und dann wurde das Schauerliche greifbar; es pluderte heran und klatschte vor ihm auf den Boden. Zwischen den Schenkeln des Böhmischen blieb es nachzuckend liegen, und über dem Klumpen stand jetzt Fulk und kreischte: „Da hast du sie! Wie ich es dir versprochen habe! Die Frucht der Sünde! Sieh sie dir an!“

Aus der Vision heraus zwängte es dem Dunklen den Blick hinein in die Realität. Das Bild jedoch, das er mental gesehen hatte, sah er auch jetzt noch. Der Wahnsinnige hatte ihm den Fötus in den Kerker gebracht, er hatte ihn hingeschleudert vor ihn. Jetzt stand er über dem Klumpen und über dem Erzeuger des Klumpens und ließ wiederum das beinahe lautlose, triumphierende Fauchen hören.

Ludmilla! dachte Wenzel. Innerhalb eines einzigen, peinigenden Atemzuges begriff er alles. Der Mörder hatte sein eigen Fleisch und Blut geschunden, bis der gequälte Körper die Leibesfrucht abgestoßen hatte. Er hatte das Kind ausgetilgt aus der Grube unter dem Mutterherzen, und dann hatte er es dem Vater gebracht, hatte es ihm hingeschleudert wie eine abgekehlte Ratte, und nun, auch das wußte Wenzel, wartete er darauf, daß die Pelzigen, die Wuselnden sich über den Fötus hermachten.

„Nein!“ schrie der Gekettete. „Nicht das! Um deiner selbst willen, Fulk!“ Galle und Schleim näßten ihm Kinn und Brust ein; er hatte sich übergeben müssen im gleichen Moment, in dem er den Namen des anderen ausgesprochen hatte.

Der Ritter schien ihn gar nicht gehört zu haben. „Die Pelzteufel“, raunte er jetzt. „Werden noch manchen Bissen kriegen, ehe ich mit dir fertig bin! Sollen sie ruhig ihren Spaß haben! Und du auch, Böhmischer . . .“

Tatsächlich waren die spitzen Schnauzen schon nahe. Drangen heraus aus den Quaderspalten, dem verschissenen Stroh, der Pfuhlsohle. Wieselten, hüpften, tanzten heran. Pfiffen gierig, pfiffen schrill, scherten sich einen Dreck um die Menschen, um das Fackellicht. Und der Vater des Klumpens hing fest in seinen Ketten; er wußte nicht, ob nicht anderswo bereits Ludmillas Leib von den Ratten angenagt wurde. Doch wenn, er hätte ihr nicht helfen können; er konnte noch nicht einmal dem Blutklumpen helfen, der doch ganz nahe zwischen seinen Beinen lag. Er konnte nur verzweifelt treten und sich wälzen im zusätzlichen Kerker, in den die Eisenschellen ihn zwängten, doch wenn er eine der Spitzschnauzen traf und für einen Lidschlag vertrieb, setzten und tappelten von der anderen Seite her vier oder fünf andere heran und schlugen die nadelscharfen Zähne in den Klumpen. Nicht aufzuhalten waren sie, nur immer wieder versuchen konnte der Dunkle es, während er jetzt selbst dem Wahnsinn näher und näher trieb.

Daß er nicht mehr für sein Kind zu tun vermochte, quälte ihn am meisten, und so erlebte er seine gräßliche, blasphemische Vaterschaft, während ein Stück abseits die Schaufel scharrte, während der Degenberger im Schlamm- und Steingrund die Grube aushob.

Schwitzend, keckernd und fluchend tat der Vertierte sein abscheuliches Werk; gleich einem götzenanbeterischen Priester schien er über einem Altarstein zu kauern, der das Licht der Sonne in alle Ewigkeit zu scheuen hatte. Erst als sein Werkzeug auf den gewachsenen Fels stieß, hielt er inne, stierte lange ins Finstere, ins Schauerliche hinein, fuhr dann herum und näherte sich seinen Opfern, dem toten Kind und dessen angekettetem Vater. Wieder ließ er das triumphierende Fauchen hören, im gleichen Augenblick fuhr das verkotete Schaufelblatt unter den Klumpen. Der Böhmische sah den Fötus steigen, ganz nahe an seinem Antlitz schauerte das Rattenzernagte vorbei, dann klatschte es am Rand seines Gesichtsfeldes in die armselige Gruft.

„Das bleibt hier liegen! Das bleibt bei dir! Bis in dein eigenes Verrecken hinein!“ Fulks heulendes Toben schien den Kerker sprengen zu wollen. „Das da und du! Das Aas und der Verräter!“ Jeder Schrei wurde von einem Schaufelscharren begleitet. „Verwesen wird’s! Stinken! Schleim werden! Wie Tag für Tag mehr du! Geht dir voran, Hundsblut! Ins eigene Wegmodern! Wirst an ihm dein Verrecken schmecken! Noch viele Tage lang! Noch jahrelang! Bis es nach dir greift! Bis es dich holt! Bis auch du hin wirst! Aber bis dahin, Wenzel, bis dahin wird sein schnelles Sterben ein Dreck gewesen sein gegen deines!“

Der Degenberger hatte den Grabhügel aufgewölbt, ein paar Stiefeltritte noch, dazu ein Spucken und Seibern hinunter auf den Steingrus, den schmatzenden Schlamm. Dann ein jäher Sprung zurück zu dem Geketteten. An den verfilzten Haaren packte Fulk den Böhmischen, schüttelte den jetzt wie willenlosen Schädel, beutelte ihn, spie ihn an. In milchige Augenhöhlen hinein keifte er: „Jetzt bleib allein mit ihm! In der Rattennacht! Winde dich in deinen Klammern! Bäume dich! Wird dir nichts helfen! Aber ich werde mich weiden an dem Gedanken, wie es dich peinigt! Du und der Balgfetzen in einem Loch! Werde frohlocken, wenn ich beim Wein sitze, ehe ich dann wiederkomme, jede Nacht, jegliche Nacht! Werde den Branntwein saufen auf dich und dein faulendes Kind! Den Branntwein! Den Schnaps, ja, den Schnaps . . ."

Noch einmal ein wahnwitziges Blickflackern gegen die trüben Pupillen des anderen hin, dann vergellten die Schreie Fulks im Gang, der nach oben führte. Scheu schob der Wärter, der die ganze Zeit draußen ausgeharrt hatte, die Kerkertür zu, zwängte den Riegel in die Krampe. Im flackernden Fackellicht kauerte der Böhmische jetzt wie leblos da. Wie ein fühlloser Stein schien er in seinen Ketten zu hängen. Und seine Augäpfel waren verdreht, die Pupillen schienen weggeglitten zu sein ins Nichts. Er hatte mental gewinselt nach dem Blindsein; er hatte es herbeigerufen in der gräßlichen Zeitspanne von Fulks Schaufelscharren und Keckern. So war die äußere Welt weggenommen worden von ihm, heimgekehrt war er hinter die Schleier von Grosseto und Rom. Wie ein lebensrettender Hieb war die Gesichtslosigkeit über ihn gekommen, doch er bezahlte den anderweltlichen Preis dafür; er schmetterte seelisch hinweg in die ungeheuerliche Vision.

*

Zur Donau hinunter jagte es ihn, nach Deggendorf, wo er damals – vor Äonen – die Spur der Weißblonden aufgenommen hatte, um zu ihrem Lebensretter zu werden. Doch nur kurz schnalzte die Zeitpeitsche hinein in jenes Jahr 1334, dann rumorte sie zurück, beinahe in die Gegenwart; an einem nebelverhangenen September- oder frühen Oktobermorgen des noch nicht ganz abgelaufenen Jahres 1337 faßte der Böhmische mental Fuß. Der Strom schillerte blutrot, im Ghetto drängten sich die Juden, der Gestank von Angstschweiß überlagerte ihre Gebete. Anderswo in der Stadt schon das mörderische Tuscheln. Das Christenkeckern, der Wahn, die Lüge, daß die Mosaischen den Heiland geschlachtet hätten.

Priesterfratzen dazwischen, gallegrün, dünnlippig, die Lügen des Evangeliums aus sich speiend[81]). Das Aufbrodeln der Volkswut, das immer lautere Zischeln und Lefzen der verführten Menge. Und gleichzeitig sammelten sich draußen, vor dem Donautor, die gepanzerten Reiter, der herzogliche Ministeriale von der nahen Festung Natternberg mit seinen Bütteln.

Der war verschuldet bei den Israeliten; in seinen Augen sah der Böhmische das Wissen darum, daß er die Burg nicht würde behalten können, wenn er nicht log, nicht das Recht brach, nicht metzelte. Und andere Hochgestellte waren in ähnlicher Lage, hatten auch Gold genommen von den Juden, hatten es vertan, verpraßt, mußten jetzt über Leichen hinweg ihre Lagerhallen, ihre Kirchenpfründen retten. Dem Torwächter ins flackernde Auge blickte Wenzel, dann hörte er das heimliche Signal, hörte das Hebelwerk des Fallgitters knarzen, sah draußen die Rösser des Natternbergers und der Reisigen lospreschen.

Der Pöbel drinnen in der Deggendorfer Stadt strudelte ihnen zu, von Patriziern und Priestern verhetzt. Schwertklingen blitzten, Dolche zuckten, Armbrüste wurden gespannt, Dreschflegel und Prügel geschwungen. „Zum Ghetto!" hörte der Dunkle mental den Ruf, ein tausendfaches Brüllen war die Antwort, dem Natternberger nach rasten Pöbel, Patrizier und Priester wie ein Rattenrudel. Stauten sich kurz noch vor der armseligen Gasse mit den kleinen, ineinandergeschachtelten Gebäuden, rammten dann wie eine Bestie im Ansprung das Tor ein, das den Straßenzug zur Donau hin abschloß. Ein Rebbe tauchte auf, weißhaarig, wie beschwörend breitete er die Arme gegen die mörderischen Christen hin aus. Seinen Gott rief er an, mit seinem letzten Atemzug, den Gott der Juden, den Gott der Christen, einen Lidschlag später saß ihm der Dolch in der Kehle. Sieben Lidschläge später war sein Leib zertrampelt zu einer unförmigen Masse; die Roßhufe, die Pöbelstiefel hatten ihn in den Dreck getreten. Und nun brach die katholische Meute in die schmalbrüstigen Häuser und Hütten der Israeliten ein. Die Anstachler fauchten die uralten Lügen aus sich, die Verhetzten meuchelten alles jüdische Fleisch, das sie fanden, hieben die wehrfähigen Männer nieder, verschonten nicht Greis, Weib und Kind. Leichenhaufen in jedem Haus, in jeder Kammer, in jedem Hinterhof. Zerstückelte Leichen, verbrannte Leichen, Frauenkörper, die noch vergewaltigt worden waren, ehe man sie hingeschlachtet hatte. Zehn Dutzend und drei Dutzend dazu. Wie mit einer Flammenschrift sah der Dunkle die Zahl übers Firmament gemalt. Und er sah, wie sie nun herausgeschleppt wurden aus ihrer Hölle, wie man sie zum Strom zerrte; lachend, frohlockend,

Christenhymnen jaulend; wie die Leiber ins Wasser klatschten, nackt, wie der Fluß sie einschlang, sie barg.

In die geschändete Stadt kehrte der Pöbel, kehrten die Anstachler zurück, in die Pfarrkirche strömte die Bestie, blasphemisch stieg das Tedeum zum Himmel. Von geschändeter Hostie wurde gepredigt, von der Madonna, welche Deggendorf gerettet habe als Metzlerin, gleich darauf wurden schrill Wunderbeschwörungen laut. Nichts war geschehen, nichts als der Massenmord, und der Böhmische wußte es unverbrüchlich, doch nun zogen Priester heran vom nahen Kloster Niederaltaich und verkündeten, daß auch dort die Mutter des Gottes erschienen sei, und sie habe den Deggendorfern die ewige Seligkeit versprochen für das Meucheln. Und die Anstachler grinsten und witterten schon die Devotionaliengeschäfte, und der Pöbel glotzte schafsgläubig und soff die Lügen hinunter wie betäubenden Branntwein. Der Böhmische aber, vom Ekel geschüttelt, raste davon aus dem katholischen Blutsumpf. Bis ans Ende des Jahrhunderts schnalzte ihn die Zeitpeitsche, einen Papstnamen sah er flackern und glühen am mörderischen Firmament: Bonifaz IX. – so stand es dort mit blasphemischen Lettern geschrieben. Und der Römer verkündete den Deggendorfern zum Lohn für den Massenmord die Gottesgnade und Vergebung aller zukünftigen Sünden bis in die Ewigkeit, so sie nur eine Wallfahrtskirche errichten wollten, mit Bildtafeln darin, auf denen die Gotteslästerung gefeiert werde. Und wieder sah der Böhmische es flammen am Firmament, und er las den Spruch: „Die Juden werden von denen Christen aus rechtmäßigen Gott gefälligen Eifer ermordet und ausgereutet. Gott gebe, das von diesem Höllengeschmaiß unser Vaterland jederzeit befreyet bleibe.“[82])

Scham packte den Dunklen, unendliche Scham wegen seines Menschseins, doch ehe dieses Wissen ihn zu erwürgen vermochte, schmetterte die Vision ihn weiter, um sechs Jahrhunderte über seine eigene Zeit hinaus. Doppelt die Drei sah er kreuzhakig über Deutschland genagelt, ein Konkordat sah er aufgrellen zwischen Deutschland und Rom, die Hand reichten sich der mit der dreifachen Krone und der mit dem Fliegenschiß in der Fratze. Aus den vergangenen Jahrhunderten heraus hallte der judenhasserische Mordschrei, flackerte der Ghettobrand, der nie verloschen war, keckerten die alten Lügen, die man in Deggendorf und an abertausend anderen Orten dazu zur Ehre der Altäre erhoben hatte, und nun keckerten sie zusätzlich vom Altar eines Dritten Reiches herunter. So holte sich in Deutschland die Geschichte selbst ein, und als die Zeit jetzt noch ein Quentchen weiterzitterte, sah der

Böhmische auf dem ganzen Erdteil die Ghettomauern; er sah sie hochschießen an Orten, deren Namen ihm wie Blut schmeckten; Auschwitz hießen sie, Majdanek, Treblinka, Warschau auch und Dachau, Buchenwald, Theresienstadt. Doch das waren nur einige, in Wahrheit war der gesamte Kontinent überzogen von ihnen wie von Eiterbeulen; die Pest hatte sich ins Antlitz Europas gefressen, die alte Pest des christlichen Judenhasses und der Machtgier, die Pest der Menschenverachtung und des Welterlösertums mit gewaltsamen Mitteln.

Den blutenden Erdteil sah der Dunkle; für jedes Jahrhundert, das zwischen seiner und der fernen Zeit lag, sah er unter dem Kreuzhaken tausend mal tausend jüdische Menschen hingemetzelt werden. Von einem maschinenschnell schnatternden Zubiß wurden sie in die Massengräber geschleudert, in grauen Baracken kamen sie um, in die sich ein tödlicher Hauch schlich, in anderen Lagern wieder verhungerten sie oder wurden in Steinbrüchen zu Tode geprügelt. Man schnitt sie auf bei lebendigem Leib, man riß die Kinder von den Brüsten der Mütter weg und schlug ihnen die kleinen Schädel ein an der nächsten Mauer; die Toten des zwanzigsten Jahrhunderts häufte man auf den jüdischen Leichenberg, der beinahe schon zwei Jahrtausende lang zum Himmel schrie, und der mit der Tiara, welcher die Deutschen so lauthals liebte[83]), schwieg dazu; schwieg und schwieg und behauptete später, er hätte Widerstand geleistet.

Der Ekel, den der Dunkle mental verspürte, wurde zu groß, wurde unerträglich. Der blutverschmierte Kontinent schmolz ihm zusammen vor dem Dritten Auge; nur ein Rest des Erdteils blieb vor ihm stehen: Böhmen, das Land seiner Geburt. Doch auch über der Šumava lastete der Pesthauch; die Deutschen sah Wenzel über den Grenzkamm hereinbrechen, die kotbraunen Horden; wie Ratten nisteten sie sich ein im Böhmischen Kessel und in Praha und richteten ihr Reich auf, das Mord hieß und Tod. Ein einzelnes, schauriges Bild grellte dem Seher heran aus dieser Zeit; ein Dorf stand in Böhmen, dessen Name war Lidice[84]). Und die deutschen Schergen drangen ein in die Häuser und schlachteten alles, was männlich war; jeglichen Samen rotteten sie aus. Und dieses Dorf stand für das mörderische Unrecht, das man einem ganzen Volk antat, einem Volk unter vielen abendländischen Völkern, und Wenzel sah die Wut wachsen in Böhmen und sah sie gegen die Deutschen losschlagen, kurze Zeit, nachdem am Himmel schließlich eine Vier und eine Fünf standen. Da stürzte das Ungeheuer mit dem Fliegenschiß in der Fratze, da verging es in Feuer und stinkenden Dünsten, da fiel, zusammen mit ihm, Deutschland in

Trümmer. In Böhmen aber standen diejenigen auf, die den Terror überlebt hatten, denen sich die Erinnerung an Lidice und tausend andere Schädelstätten in die Gehirne gefressen hatte, und so drehte sich das Rad der Geschichte weiter und forderte von den Deutschen die Bezahlung für ihre Untaten ein. Zusammengetrieben wurden sie von den Unterdrückten, die Schuldigen und manch unschuldiger Mensch dazu, und nun prügelte man sie in die Lager und verlangte Rechenschaft von ihnen, und hunderttausendfach brachte die Erinnerung der Böhmen an Lidice und die anderen Blutorte ihnen jetzt den Tod. Doch für kurze Zeit nur, nicht über viele Jahre hinweg, blühte das gegenläufige Morden; Millionen von Deutschen überlebten, wo Millionen Angehörige anderer Völker nicht überlebt hatten. Zum Grenzkamm wurden sie getrieben, durch die Šumava gepeitscht, doch nichts weiter geschah diesen verschonten Millionen, als daß sie die Heimat verloren hatten, die Schuldigen zusammen mit den Unschuldigen. Gnädig noch hatte sich Böhmen gezeigt, den Deutschen gegenüber; keinesfalls im gleichen Ausmaß hatte es die braunen Todeslager mit anderen Todeslagern vergolten. Und die Gerechten unter den Deutschen – auch die gab es – sahen es und sahen es ein, doch die Ungerechten, diejenigen, die nichts aus ihrer eigenen Geschichte gelernt hatten, hörten nicht auf, gierig über die nun eiserne Grenze zu äugen. Jahrzehnte noch nach dem Tag ihres Gerichts keckerten sie, drohten sie – und sollten dafür, nachdem sie endlich ausgestorben waren, von den beiden nun in Frieden miteinander lebenden Völkern nichts ernten als abgrundtiefe Verachtung. Denn von ihnen war die Schuld ausgegangen, und sie hatten es nicht vermocht, sich zumindest mit Anstand zu dieser Schuld zu bekennen.

Eine Atempause war dem Böhmischen vergönnt in seiner ungeheuerlichen Vision. In einer fernen Zukunft hatte er blitzartig eine Welt aufleuchten sehen, die nach all dem Grauen ins Sanfte einmünden wollte, ins Weibliche. Aber kaum hatte ihn der friedliche Anhauch einen Lidschlag lang mental gestreichelt, als es ihn erneut in den Blutstrudel riß. Das Machtkreischen war ihm zurückgekehrt in den Schädel, das Bösartige, das die Ursache allen menschlichen Übels war. Um Macht war es dem mit dem Fliegenschiß in der Fratze gegangen, um Macht über die Völker Europas, und auch in Deggendorf, sechshundert Jahre vor der Herabkunft des Schlächters, waren nichts als Geldmacht und Glaubensmacht die Triebfedern des Bösen gewesen. Eine Brücke schrillte vom Jahr 1945 ins Jahr 1337; in der Donau pfeilerte sie jetzt wieder, nicht länger in Böhmen. Am Strom kulminierte das Grauen erneut; es bündelte sich im Judenmord wie Sonnenstrahlen in einem Diamanten, und dieses gleißend schwarze Lichtbündel fegte den Seher jetzt noch einmal hinaus in die Zeit. Zehn Jahre und verschwommener weitere Jahrhunderte erhellten sich ihm, und hatte er bisher stumm unter seinen Gesichten gelitten, so fauchte er sie nun mit schier übermenschlicher Stimme durch die Verliesquader und in die Degenberger Festung hinaus.

„Der Kaiser!" schrie er. „Der Kaiser wird sterben! Zehn Sommer noch erlebt er, dann sieht er den Bären! Nach seinem Tod wird das Unheil über das Reich kommen! Erneut wird der Thron gespalten werden! An die Stelle Wittelsbachs tritt der Samen Habsburgs! An die Stelle des Papstfeindes der Teufel! Wäre doch Ludwig noch am Leben, wird man jammern! Doch der Bayer modert in seinem Grab! Der Machthunger verzehrt den anderen! Kein Herz hat der Habsburger für sein Volk! Er raubt die Krone, das Schwert und den Apfel aus München und bringt sie nach Prag! Die Erde rächt sich an dem, der die verfluchte Dynastie begründen wird![85]) In den Krallen hält der doppelköpfige Adler die Deutschen, verbündet sich mit Rom und hetzt das Volk von Krieg zu Krieg! Ein Zeichen gibt die Erde aber schon beim Aufstieg Karls! Die Pest wird zuschlagen und ihre schwarzen Beulen aussäen! Ein Grab ist das Land von Sonnenaufgang bis Sonnenuntergang! Eine Lüge wird aufstehen, daß die Juden schuld am Völkersterben seien! Wieder wird man die Guten schlachten, wieder wird der Romgötze keckern über den Todwunden! Seinen eigenen jüdischen Gott wird er verraten, einmal mehr! Doch das, was ewig ist und gerecht, schlägt zurück! Die Kluft in der verderbten Kirche erweitert sich! Die Machtgeilen, die Mörder, die Hurenböcke, die Anbeter des Goldenen Kalbes zeugen durch ihre Taten die neue Lehre! Nach fünf Menschenaltern stehen die Menschenfreundlichen auf![86]) Im sechsten Menschenalter kommt der Erneuerer und Zerschmetterer der Christenheit![87]) Das Evangelium verkündet er, doch dann schlachtet auch er wieder die Juden, die deutschen Bauern dazu![88]) Der Anfang vom Ende ist's der Kirche, von da an wird sie immer weiter zersplittern, wird zuletzt in tausend Fetzen sein! In den zehn Jahren, die jetzt kommen, liegt der Kern dazu! Daß die Macht vergeht! Daß sie stürzt! Daß die Throne zerbersten, in Prag, in Wien, in Rom und anderswo! Und daß auch die Rittersitze zerbersten, die verfluchten!"

Der letzte Schrei des Böhmischen verhallte; in der offenen Kerkertür, im flackernden Fackelschein stand zitternd der Wärter. Es hatte ihn förmlich hingesaugt zu dem Dunklen, er hatte nicht widerstehen können, obwohl er nie etwas Grauenhafteres vernommen hatte als das Fauchen des blinden Sehers. Und im Rücken des

Büttels ballten sich andere, Knechte und Mägde; sie starrten verstört auf den mit den milchigen Augen, auf den in den Ketten, doch der gewahrte sie nicht, um den war Nacht; als Geblendeter, als Krüppel hatte er durchs Weltgeschehen irrlichtern müssen. Ein Tuscheln schwoll auf, tief im Gekröse des Degenbergs, ein Flüstern und Raunen der Reisigen, des Gesindes, der einfachen Menschen: „Ihr habt es gehört!" – „Und er lügt nicht!" – „Schon früher, ihr wißt . . ." – „Etwas Besonderes ist an ihm!" – „In Rom ist er gewesen . . ." – „Hat den Kaiser aufsteigen . . ." – „. . . den Papst stürzen sehen!" – „Später in Grosseto . . ." – „Das Gesicht hatte er, als die Erbin nach Melk . . ." – „Eine Alraune wohnt ihm in der Seele!" – „Manche sagen, vom Teufel . . ." – „Nichts da! Nur sein Antlitz ist dunkel, bestimmt nicht sein Herz!" – „Er hat der Weißblonden das Leben gerettet!" – „Hat sie in die Schande gestoßen!" – „Aus Liebe, du Narr!" – „Sterben wird er müssen, gerade deswegen . . ." – „Der Fulk läßt ihn verrecken wie eine Ratte in der Falle!" – „Der kennt keine Gnade! Der Ritter nicht . . ."

Und dann, ins Tuscheln, ins Flüstern und Raunen hinein, das Brüllen des Degenbergers. Sein Fluchen, seine dumpfen Faustschläge. Bis hinauf in den Söller war der Aufruhr gedrungen, hatte den Besoffenen heruntergelockt, heruntergetrieben, zu Wenzels Kerker, zu seinem eigenen. Jetzt scheuchte er die Knechte weg, die Mägde, schiß den Wärter zusammen: „Keiner außer mir darf mehr hier herein, bei deinem Leben! Ich stech' dich ab, wenn du noch einmal die Pflicht vergißt! Ich lass' dich selbst in die Ketten schmieden! Mir gehören der Böhmische und sein Klumpen! Mir ganz allein!"

Der Büttel verschwand in der Gewölbehöhle, die ihm als schäbige Wachstube diente; er krebste hinein und griff nach dem Weinkrug. Fulk betrat das Verlies, starrte wie irr auf sein Opfer, das bewegungslos im Stroh kauerte, von dem nichts als eine leere Hülle geblieben zu sein schien. Er drohte der Hülle mit der Faust, er trat sie mit dem Stiefel, er spie ihr ins Gesicht. Doch der Böhmische reagierte nicht, war wie ein Stein, an dem all dies abzuprallen schien. Nur die Augäpfel zitterten kaum sichtbar; wie marmorne Murmeln lagen sie in ihren Höhlen, die Pupillen verschwunden, tief in den Schädel hineingedreht. Da begriff der Ritter; eine der Fackeln riß er aus der Mauerkrampe, ließ die Flamme vor dem Antlitz des anderen hin und her fauchen. Nichts geschah, gar nichts; der Böhmische zuckte nicht zurück vor dem Licht. Der Degenberger aber heulte seinen Triumph aus sich: „Gefangen im Kerker! Gefangen in den Ketten! Gefangen in der eigenen Blindheit! Hat er dich eingeholt, der Balken von Rom, ja?! Dreifach in Banden, du Hund! Der Teufel hilft mir bei meiner Rache! Ich und ER, wir ersparen dir nichts!“

Der Feuerbrand schlingerte nach draußen, die Tür krachte zu, in die Eisenklammer rieb sich der Riegel. Der Dunkle war wieder allein mit dem Klumpen, mit seiner Hoffnungslosigkeit, mit dem mentalen Hallen, Rauschen und Dröhnen, das ihm nach wie vor im innersten Kern saß.

Wieder fluderten die Gesichte heran, und fluderten ihm in der Folge durch die unendliche, durch die entsetzliche Nacht, während irgendwo anders der Schnee fiel und der Wintersturm heulte, während das Land sich weiß verkrustete und wieder auftaute, der Winter von 1337 auf 1338 schließlich verging. Auch dann noch kauerte der Böhmische in seinem Steindämmer, in seiner Schmerzlähmung da, und der Wärter – er war nicht ganz herzlos – fütterte ihn von Zeit zu Zeit wie ein Kind. In seinen taumeligen Räuschen tauchte auch immer wieder der Ritter auf, weidete sich dann, wie er es gesagt hatte, an dem mehr und mehr sich Verkarstenden, dem Verfaulenden, dem Dahinschwindenden. Doch an den Dunklen heran kam er nicht, entlockte ihm kein Winseln, kein Betteln, kein Wort.

Trotzdem war Wenzel nicht verstummt; was er in seiner ungeheuerlichen Vision aus sich herausgeschleudert hatte, fand seinen Weg hinaus ins Land – die Knechte, die Mägde, die Reisigen trugen es auf die Höfe und Dörfer im Vorwald und im Donaugäu, und von dort nahmen das Waldrauschen und das Flußströmen es weiter mit sich fort. So war zumindest das Wort in die Freiheit gelangt, doch dem Böhmischen selbst krallte sich das endgültige Verstummen jetzt gieriger und immer gieriger um die Kehle.

Die Schwarzach

Er schlug sie, wann immer es ihm zugetragen wurde, daß sie nächtens wieder gespenstert hatte. Dennoch konnte Fulk das Alptraumwandeln Ludmillas nicht verhindern. Seit ihr die Leibesfrucht entrissen worden war, riß es sie selbst wieder und wieder durch die Dunkelheit, durch die Steingänge, in den Hofschatten, auf die zugigen Wehrgänge hinauf. Die Sehnsucht peitschte sie, die Sehnsucht nach dem winzigen, warmen Bündel Leben, doch stets griff sie dann ins Leere. Ertastete bloß das Eisige, das Wegschlierende, das höhnisch Aufwitternde. Dann war ihr Körper, war die Grube unter ihrem zuckenden Herzen wie eine ins Unendliche gähnende nutzlose Höhle, so fürchterlich ausgeschabt und ausgetrümmert, daß der weltraumkalt hallende Schrei selbst an den äußersten Grenzen des Kosmos keinen Halt, keinen rettenden Widerstand mehr zu finden schien. Sie war verletzt worden über die eigene Seelenhaut hinaus; das Ganze, der sinngebende Lebensstrom war blasphemisch durchschnitten worden, als der eigene Vater ihr das, was ihre künftige Existenz hätte sein sollen, ins Nichts hinein weggetrieben hatte.

Deswegen fand sie den Schlaf nicht mehr, nicht mehr den Traum, nicht mehr das erlösende Abgleiten, das einen nächsten Morgen in sich barg. Nur das Schleichen kannte sie noch, das beinahe schon wölfische Wischen im Stein-, Balken- und Nachtschatten, das ruhelose Jagen von den Grundmauern der Burg bis hinauf zu ihren Zinnen – und wieder zurück und wieder hinauf, bis die schiere Erschöpfung sie irgendwo niederwarf, ein Mitleidiger sich ihrer annahm, oder die Schläge Fulks sie von der einen schrecklichen Realität zurück in die andere, noch unerträglichere, rissen.

Den Böhmischen, den Kindsvater hatte sie längst vergessen; hatte ihn aus einem mentalen Zwang heraus vergessen müssen in diesem Winter. Es wäre ihr unmöglich gewesen, an das eine lebende Fleisch zu denken, während das andere verfaulte, verging. Sie hätte es nicht vermocht, weil das eine doch im anderen war; weil es nicht sein durfte, daß es hier verrottete, während es dort – irgendwo – noch immer samenträchtig glühte, nach wie vor den Keim in sich barg. Deswegen ging Fulks Schnitt nicht bloß durch Leib und Seele der Weißblonden, sondern hatte auch die Kluft aufgerissen zwischen ihr und dem Kerker. Überall schlich sie nächtens umher, doch in die Nähe der Verliese kam sie nie, dort schillerte die unsichtbare Mauer, dort war das strikt verbotene Reich ihrer selbst im Gelähmtsein noch immer zuckenden Liebe.

Aber dann, die dunkle Luft war nicht mehr eisig jetzt, war frühlingsmild geworden, geriet sie in einer ihrer ruhelosen Nächte in die Küchenhöhle. Verlassen lag das Gewölbe da, das Feuer im Herd war erloschen, keine Kohle glühte mehr nach. In ihrem Dahintappen roch die Weißblonde die erkaltete Asche; das Vergängliche, das Pudrige zog sie in ihrem unbewußten Wandeln unwiderstehlich an; nach Monaten spürte sie zum ersten Mal so etwas wie ganz flüchtigen Trost. Die Schlacke war wie sie, das redete ein zögerliches Stimmchen ihr ein; der Kohlenstaub ebenso wertlos wie sie selbst. So kroch Ludmilla näher, kauerte sich in fötaler Körperhaltung nieder am Rand des schwarzen Schlundes, zog die Beine an und klammerte darum die Arme. Ein Zeitsprung passierte, von der Frühlingsnacht zurück in die winterliche. Ein zitternder Kreis schloß sich von einem Pol des Leids zum anderen, und dann geschah das Wunder; die Tränen kamen, die ihr monatelang wie Eisbrocken in der Seele gekrustet hatten.

Sie schwemmten aus, sie schwemmten weg; sie lösten die ungeheuerliche Leere auf zu etwas Faßbarem. Greifbar wurde die Pein, rann hinein in überschaubare Bahnen, schlug gegen die Ränder dieser Rinnen, schwappte über, klatschte zurück, peitschte anfänglich noch hohe Wellen auf, flachte dann aber ab und begann ruhiger dahinzustrudeln, begann sich auszuformen in Gestalt von Gedanken, Reflexionen, im Begreifen. Zum ersten Mal, seit Fulk mit Peitsche und Stiefel zugebissen hatte, wurde seiner Tochter vom Verstand her faßbar, was geschehen war. Es war kaum weniger entsetzlich als das dämmrige Wissen, das Ludmilla zuvor gekannt hatte, doch es entwich ihr nicht länger über die eigenen Grenzen hinaus; vielmehr schien es sich jetzt zu ballen und zu knoten, sich zu bündeln und sich immer enger zu schlingen, bis es zu einem Klumpen wurde, einem langsam wegfaulenden Klumpen, der danach schrie, in sein Grab zu kommen.

Während die Weißblonde zum Gotterbarmen schluchzte, sank dieser Klumpen tiefer und tiefer hinab in die bergende Erde, in den allumfassenden Schoß, und zuletzt war nur noch ein Hügel da, ein Wundmal, ein steinerner Mund, der sich langsam schloß und wulstig vernarbte. Auf dieses Narbige tropften die letzten Tränen der Weißblonden; hinter dem Schleier hervor kam sie zu sich und erblickte die Küchenhöhle jetzt bewußt. Erstes fahles Tageslicht drückte sich bereits herein durch den Schlund. Gleich muß die Köchin kommen, aber es ist nicht mehr Gret, dachte Ludmilla verwirrt. Nicht mehr Gret, die dem Böhmischen wie eine Mutter war . . .

Sie hatte den Gedanken gewagt, sie hatte sein Bild wieder Gestalt annehmen lassen. Über die Tränenbrücke hinweg war ihr der Weg zurück in die gemeinsame Kindheit möglich geworden. In der Küchenhöhle sah sie ihn kauern, ganz so, wie sie selbst in diesem Augenblick hier kauerte, und auch das breitflächige Antlitz war jetzt wieder da, das gute Gesicht Grets, welche sich um den Zehnjährigen annahm – und um die dreijährige Erbin dazu. Der Rauch waberte, in den Kesseln brodelte es, die Funkenteufelchen sprotzelten und knisterten in den Holzkloben. In seine weiche Muldung zog der Rauch das Mädchen und den Buben hinein, dann trug er sie sachte fort, hinaus ins leuchtende Leben. Auf ihrem Zelter schwebte die Weißblonde; daß sie wie eine Fee sei, sagte ihr der Dunkle, etwas unendlich Zärtliches flirrte im Blick, den sie tauschten. Zur Jagd ritten sie, schonten aber den Prachthirsch und trieben nur sich selbst immer tiefer hinein in das Unausgesprochene, ins Lockende, und dann töltete der Schimmel die Donau entlang, auf das Kloster zu, und aus dem Auwald heraus brachen jäh die Ruppigen.

Die Weißblonde sah den Stahl zucken und die Fratzen der Männer blecken, aber dann war der Rappe da und über der flatternden Mähne der Strahlende, der Gepanzerte. Er fegte die Mörderischen hinweg, er kam zu ihr, er barg sie, er brachte sie unter ein Dach; dort wurden sie eins. Noch einmal erlebte Ludmilla das bittersüße Entzücken von damals, wieder wußte sie, wie es war, wenn sie sich in ihm und er sich in ihr aufzulösen schien, und aus dem Rausch heraus stieg ihr ein anderes Bild auf – vom kalten Klosterberg herunter sah sie sich kommen, und im dämpfigen Auwald empfing er sie und empfing sie ihn, und wieder ward Licht und leuchtete ihnen über Velhartice nach Prag . . .

Hier verschauerte die Erinnerung jäh; eine Gestalt schob sich hinein in Ludmillas flimmernden Traum – es war die Köchin, Grets Nachfolgerin. „Ihr, Herrin?!“ fragte sie erschrocken. „Ihr, hier . . . ?“

„Ja“, hauchte die Weißblonde, noch nicht ganz hier, auch nicht mehr ganz dort. „Ich und er – und er hat mir das Leben gerettet. Er hat es mir überhaupt erst geschenkt, und deswegen muß nun auch ich . . .“

Sie brach ab, wie erschrocken, schien erst jetzt wirklich zu begreifen, daß sie nicht mehr allein war. „Es ist gut!“ setzte sie hinzu, nach Monaten wieder mit befehlsgewohnter Stimme. „Sag meinem Vater nicht, daß du mich hier gefunden hast, Änne! Er schlägt mich sonst wieder. Und ich will nicht mehr geschlagen werden, nie mehr . . .“

Die letzten Worte hatte Ludmilla wieder geflüstert, nun verschwand sie, huschte über den Hof im rußverschmierten Hemd, drückte sich durch die Palaspforte. Es gelang ihr, in ihre Kammer zu kommen, ohne daß sie Fulk über den Weg gelaufen wäre. In der Truhe suchte sie nach einem reinen Gewand, streifte es sich über, ging dann, während das Morgenlicht kräftiger wurde, zu Bett. Noch nicht heute – aber schon bald! dachte sie, ehe ihr die Lider schwer wurden; ehe der Schlaf über sie kam, das Vergessen, das sie seit Monaten nicht mehr gekannt hatte.

*

Der Dunkle war jäh aufgeschreckt aus seinem Steinschlaf. Nach Monaten nahm er seine Umgebung zum ersten Mal wieder bewußt wahr. An den blasphemischen Hügel erinnerte er sich, an das, was darunter vermoderte. An die Fackeln auch, die irgendwann an den Wänden seines Kerkers gebrannt hatten. An einen, der ihm Brot und Wasser gebracht, an einen anderen, der ihn bis zum Seelenbersten gequält hatte.

Doch jetzt herrschte wieder Kälte in seinem Verlies. Die Fackeln mußten schon vor sehr langer Zeit ausgebrannt sein. Auch den Krug und die Tonschüssel vermochte er nicht zu ertasten; erst als die Gier ihn zu überwältigen drohte, als dies ihn noch ein Stück weiter ins Leben zurückschnellte, wurde ihm ganz unwirklich bewußt, daß irgend jemand ihn dann und wann gefüttert haben mußte. Wegen der Ratten, dachte er, und weil ich selbst wie gelähmt war – und jetzt hörte er auch wieder das Trippeln der Pelzigen, und aus diesem Trippeln heraus schälte sich der andere Ton; das Geräusch, das ihn aus der mentalen Erstarrung gerissen hatte. Menschliche Schritte waren es, draußen vor der Kerkertür; Fulk! schauerte es ihm durch den Schädel. Der Mörder! Der Quäler! Er riß die Fäuste vor die Augen; gleich darauf aber brach ihm ein fauchendes Lachen aus dem Rachen – er war ja blind, er brauchte den Schinder wenigstens nicht zu sehen ...

Wenzels knochendünne Arme sanken wieder herab, die Ketten klirrten ihm zwischen die Schenkel, durch die Dunkelheit hörte er den Riegel rucken, dann strich ein seltsam milder Luftzug herein. Weindunst dazu, schwer und betäubend, und jetzt vernahm der Böhmische, wie draußen einer röchelte, stöhnte, unter Lederscharren und Waffenklirren offenbar zu Boden stürzte.

Panik packte ihn; er dachte nichts anderes, als daß der Wärter aus irgendeinem Grund gemeuchelt worden war. Er glitt an die

Mauer zurück, so weit er konnte; er wünschte sich, er hätte ein Kettenende frei, um zuschlagen zu können.

Dann hörte er seinen Namen. Eine Frauenstimme war es, die ihn gehetzt aussprach; auch etwas Glühendes kam jetzt näher – eine brennende Fackel. Er sah das Licht nicht, er spürte es nur auf der Haut lohen, doch sein Unvermögen zählte in seinem Erschauern ohnehin nicht, denn jetzt war sie bei ihm, die Einzige, die Weißblonde.

„Du!“ Die Kehle wollte ihm bersten ob dem winzigen Wort.

„Du!“ Sie schluchzte es an seinem Gesicht, dann berührten ihn ihre Lippen, versengten ihn schier. Sie hielt ihn; ihm selbst war dies mit seinen Ketten unmöglich, doch sie preßte sich an ihn, sie war bei ihm wie früher in ihrer gemeinsamen Brunst. Als er meinte, es nicht mehr ertragen zu können, riß sie sich los. Eine Zange klirrte an seinen Hand- und Fußschellen, rostiges Eisen brach knirschend, er war frei. Doch sie verwehrte ihm die Umarmung jetzt. „Keine Zeit!“ raunte sie. „Es geht um dein Leben! Wir dürfen keinen Augenblick unnütz vertun!“ Sie preßte seine Hände, rieb seine starren Knöchel, redete hastig weiter: „Dem Wärter habe ich Wein gebracht, schon gleich in der Abenddämmerung. Ein Schlafmittel war in dem Krug, ich lauerte im Kerkergang, bis es ihn überwältigte. Noch ehe er vom Schemel stürzte, war ich an der Pforte. Jetzt ist es zwei Stunden vor Mitternacht, nur die Zeit bis morgen mittag bleibt dir, dann mußt du in den Wäldern verschwunden sein! Denn Fulk wird dann zurück sein vom Bogenberg, wohin der Herzog ihn heute rufen ließ. Mein Vater wird sofort die Verfolgung mit Hetzhunden aufnehmen, doch wenn du vorher die Schwarzach erreichst und im Bachlauf weiterwatest, so weit du kannst, werden die Tiere die Spur verlieren. Und dann kannst du dich nach Böhmen durchschlagen mit dem Gold und den Vorräten, die ich dir mitgebe. Auch Kleider habe ich für dich – und Waffen, falls es hart auf hart kommen sollte . . .“

„Böhmen“, flüsterte er. Dann brach es ihm rauh aus der Kehle: „Unmöglich! Ich bin blind! Umsonst war alles, was du für mich . . . “

Sie weigerte sich, es hinzunehmen. Aus ihrem Schock, aus ihrem Entsetzen heraus rüttelte sie ihn, fauchte ihn an: „Nein! Das redest du dir ein! Es ist nur, weil du monatelang im Kerker geschmachtet hast! Du mußt nur hier weg! An die Luft! In die Freiheit! Mußt wieder Sternenlicht und Sonne spüren! Dann wird es gehen! Komm! So komm doch endlich!“

Sie zerrte ihn auf die Beine, zog ihn zur Pforte, redete hastig weiter: „Und wenn du das Augenlicht wirklich verloren hast, bleibe ich bei dir. Dann führe ich dich, dann fliehe ich zusammen mit dir über den Grenzkamm. Vertrau mir nur!" Sie schob, stieß ihn über die Schwelle. „Vorsicht, der Wärter!" Sie war ihm behilflich, das Hindernis zu überwinden; an der Hand führte sie ihn jetzt, den gewundenen Stollen hinauf. Wie willenlos ließ er es geschehen mit sich. Nach der jähen Anspannung hatte ihn plötzlich eine ungeheure Müdigkeit überfallen. Die Lähmung wich wieder, als sie die Mauernische erreichten. Als die Weißblonde ihm wie einem Kind die verrotteten Lumpen vom Leib zog und ihm die frischen Kleider reichte. In seinem Nacktsein packte ihn die Begierde. Er war versucht, sie zu umarmen, sie aus seiner Verzweiflung heraus wütend zu begatten. Doch die Regung ging so schnell vorüber, wie sie gekommen war; er schlüpfte in die Hosen, ins Hemd, streifte das Koller über, fuhr in die Stiefel. „Die Waffen!" raunte sie. Er schnallte sich den Schwertgürtel um, nahm Bogen und Pfeilköcher aus ihrer Hand an. Dazu den schweren Brustbeutel, in dem es metallisch klirrte. „Den Sack mit den Lebensmitteln trage ich selbst!" beschied sie ihn. „Jetzt komm weiter!"

Sie hatte nicht nur den Kerkerbüttel betäubt, sie mußte auch die Wachen bestochen oder anderweitig außer Gefecht gesetzt haben. Niemand stellte sich ihnen entgegen, als sie an den Kellerquartieren der Reisigen vorbeihuschten. Dann zog Ludmilla den Dunklen an der Hand hinaus in den Brunnenhof. Die frische Nachtluft hämmerte ihm ins Gehirn und ließ ihn taumeln wie einen Betrunkenen. Weiter ging es, zum Tor und zur Schlupfpforte, und immer noch blieb es still, noch immer wurde kein Alarmruf laut. Die Weißblonde entriegelte die Manntür; oben auf dem Wehrgang waren jetzt Schritte zu vernehmen, hielten aber ihren regelmäßigen, arglosen Takt ein. „Los!" drängte Ludmilla flüsternd. „Hinunter in den Graben!"

Seitlich der hochgezogenen Bohlenbrücke rutschten sie in einen Abgrund, der zumindest Wenzel unendlich tief erschien. Sie landeten im Schlamm, im fischigen Wasser, kämpften sich hinüber, erreichten das Blachfeld. Weiter stolperte der Böhmische, zerrte ihn die Weißblonde, und dann nahm der Schutzwald sie auf, schien sie in seinem Rauschen und Zweigschnalzen zu bergen wie in einem Schoß.

Dies freilich war ein entsetzlicher Trugschluß. Zwar war die Flucht gelungen, lag Fulks Festung hinter ihnen, doch für den Dunklen begann die eigentliche Tortur erst jetzt. Er torkelte durch einen höllenschwarzen Schlund, durch ein Nichts, das dennoch ständig zubiß, zuschlug und ihn zu Fall bringen wollte. Auch Ludmilla, obwohl sie ihn nach wie vor führte, konnte es nicht verhindern, daß ihm Äste und Dornengestrüpp die Haut blutig peitschten und rissen, daß er in Felsspalten oder Moderlöcher trat, immer in Gefahr, sich ein Bein zu brechen oder sich den Knöchel zu verstauchen. Mehr als einmal schlug er längelang hin, kollerte an einer gefährlichen Wegstelle sogar ein Kar hinunter und mußte von der Weißblonden mühsam wieder nach oben gebracht werden. „Laß mich doch!“ bettelte er immer wieder, einen ekligen Geschmack nach Eisen und Blut im Mund, doch die Weißblonde hastete verbissen weiter, ließ ihn nicht endgültig abstürzen in seine Schwäche. Die aber peinigte ihn zusätzlich; er hatte monatelang im fauligen Stroh gelegen gleich einem lebendigen Leichnam, seine Muskeln waren eingeschrumpft, seine Sehnen erschlafft. Jetzt wehrten seine Glieder sich gegen die körperliche Anstrengung mit ziehenden Schmerzen und unkontrollierbarem Zucken; hinzu kamen das Stechen in der Brust und das Herzjagen, die ihm schon bald das Atmen unmöglich zu machen schienen. Und auch das Bewußtsein der Aussichtslosigkeit wurde immer stärker, im wahrsten und eigentlichsten Sinn des Wortes; abgehackt denkend fragte sich der Böhmische immer wieder, wie er denn überhaupt weiterleben sollte, selbst wenn er über den Grenzkamm kam, wo er doch das Augenlicht verloren hatte. Einst war er ein Jäger gewesen, ein Waldläufer, ein Krieger; er hatte sich zu wehren gewußt gegen die Menschen und die Natur, doch nun war er entsetzlich hilflos geworden; ein Kind konnte ihn erschlagen, jeder windige Luchs ihn reißen, jede Felsschroffe, jeder Abhang ihm zum endgültigen Verderben werden. Und das Schwert, das ihm von den Hüften baumelte, Bogen und Köcher auf seinem Rücken kamen ihm wie ein Hohn vor; er trug sie ja nicht mehr als Jäger, Waldläufer oder Krieger – er trug sie als ein Krüppel.

Wäre er allein gewesen mit solchen Gedanken, in seiner Verzweiflung, er hätte die Klinge gezogen und sich das spitze Eisen in den Leib gestoßen. Bei jedem mühseligen Schritt, den er tat, sehnte er sich mehr nach solcher Erlösung. Doch dann traf ihn wieder ein treibender Ruf Ludmillas, fühlte er sich erneut weitergerissen, und so ging es Stunde um Stunde durch den feindlichen, den mörderischen Wald, bis über dem Tappen und Stolpern der beiden Flüchtigen plötzlich eine jähe, wie erschrockene Stille aufzukeimen schien und einen Lidschlag später das erste Vogelgezwitscher einsetzte.

„Der Tag ist da!“ keuchte die Weißblonde. „Ein paar Stunden noch, dann haben wir die Schwarzach erreicht, die unsere Spuren verwischt!“ Sie umarmte ihn, streichelte sein blutverkrustetes und schweißsalziges Gesicht. „Und du wirst das Flüßchen mit eigenen

Augen sehen, glaube es mir nur!" Sie beutelte ihn. „Versuch das Licht zu erkennen! Versuch es gleich jetzt!"

Es war so viel Hoffnung, so viel Drängen in ihrer Stimme, daß er in einer jähen Anwandlung von Sehnsucht gehorchte. In der Schale ihrer Hände, die jetzt wieder seine Wangen umgriffen, hob er den zerschundenen Schädel, hob die milchigen Augenhöhlen dorthin, wo der aufsteigende Sonnenball ein leises, kaum spürbares Wehen aus dem Wald zu locken schien. Es lüftelte heran gegen ihn, er badete sein Antlitz darin; mental schrie er zum Licht, das doch der ganzen Welt vergönnt war, warum also nicht auch ihm! Und einen Augenblick lang glaubte er es tatsächlich aufblühen zu sehen, doch dann schmetterte wieder die abgrundtiefe Dunkelheit heran, und er begriff, daß es nichts weiter gewesen war als der berstende Funkenschlag seines gequälten Gehirns. Nicht die äußere Welt hatte ihm gelichtelt, sondern allein seine agonische innere. Ein Hohn war es gewesen, nichts weiter, und im Zusammenbrechen seiner irrsinnigen Hoffnung verließen ihn nun auch seine letzten körperlichen Kräfte. Während das Vogelzwitschern jetzt wie ein Crescendo zum Firmament emporstieg, schlug er selbst auf die Erde nieder, krümmte sich dort ein, krümmte sich zusammen, wurde fötal.

Er kratzte den Mulm, er wühlte sein Gesicht hinein; er hatte den Aufschwung zum Licht versucht, und das Aufbäumen, das letzte, dessen er vermeintlich fähig gewesen war, war ihm mißlungen. Jetzt schien ihm nach der Tortur der Nacht nichts mehr als die absolute Selbstaufgabe zu bleiben; schon schoß ihm der Gedanke durch den Schädel, daß er sich mit einem Schlag selbst auslöschen könne, wenn er es nur wolle, wenn er seine mentalen Kräfte in der finalen Verzweiflung gegen sich selbst richte. Und er trieb heran an das Hirnbersten; immer rasender schien es ihn in seinen knatternden Strudel zu saugen, doch dann schob sich eine warme Schranke zwischen ihn und das Nichts. Ludmilla war es; sie hatte ihn aufgefangen, während er schon fast weggesunken war, sie hatte ihn in die Arme genommen und preßte sich nun an ihn. Nackt schien sie zu sein in ihrer unerhört selbstlosen Nähe; ihren Schoß schien sie ihm zu öffnen – auch das wieder mental – und ihn darin zu bergen, und so vertrieb sie das entsetzliche Knattern, holte ihn Quentchen um Quentchen wieder herauf in den jungen Tag. Als sie dann spürte, daß seine Seele zumindest ein bißchen wieder zur Ruhe kam, küßte sie ihn und flüsterte in den Kuß hinein: „Schlaf, mein Herz; ein wenig Schlaf darfst du dir gönnen, während ich wache . . ."

Der Dunkle gehorchte augenblicklich; er trieb weg, und weil sie ihn nach wie vor in ihrem Schoß zu bergen schien, kehrte ihm im Vergessen der Außenwelt die Lebenskraft zurück.

Als er wieder zu sich kam, schien die Schwärze in seinem Schädel ein klein wenig gewichen zu sein. Er ließ sich füttern mit Brot und Fleisch; er nahm auch den Wein an, den sie ihm in der Lederflasche reichte. „Weiter!“ sagte er zuletzt von sich aus. „Wann, glaubst du, können wir an die Schwarzach kommen?“

„Nicht lange nach Mittag“, versicherte die Weißblonde. „Auch scheint es jetzt leichter zu werden für uns; dort drüben, meine ich, zieht sich ein Köhlerpfad durch den Wald. Er kann eigentlich nur zum Fluß führen und dann weiter zum Dorf Englmar. Komm jetzt, es wird ein besseres Laufen als bisher sein auf dem ausgetretenen Weg ...“

Wieder führte sie ihn, wieder geleitete ihre Hand ihn durch die Dunkelheit; auf der grasigen Spur ging es tatsächlich einfacher. Doch dann begann der Pfad sich zu schlängeln und sich immer wirrer zu winden, auch rückte das Gestrüpp wieder näher und wurde der Boden erneut steinig. Zögernder und unsicherer wurden Ludmillas Schritte, während die Sonne allmählich zu stechen begann, und dann blieb die Weißblonde stehen, wandte sich zu dem Böhmischen um und gestand: „Wir sind in die Irre gegangen, es ist meine Schuld! Der Weg endet hier vor einer Felswand. Möglich, daß Glasmacher ihn angelegt haben, die an dieser Stelle irgendwann einmal nach Flußspat suchten.[89]) Der Platz scheint aber schon vor Jahren wieder aufgegeben worden zu sein, und ...“

Sie brach ab, Wenzel hörte, daß sie mit dem Schluchzen kämpfte. Daraus erwuchs jedoch wiederum ihm Kraft; eine Kraft aus dem Mitleid heraus, an deren Vorhandensein er schon nicht mehr geglaubt hatte. So nahm er nunmehr sie in die Arme und gab ihr Gelegenheit, ihren Schmerz an seiner Brust zu lösen. Als sie sich zuletzt beruhigte, forderte er sie auf: „Du mußt die Richtung herausfinden, in welcher der Fluß liegt. Am Wald selbst kannst du es erkennen. Wo das Wasser läuft, hängt wahrscheinlich Dunst über den Wipfeln. Klettere am besten ein Stück in die Felswand hinein, von dort oben hast du den freien Überblick ...“

Sie gehorchte; er hörte ihren Körper über den Granit schleifen, vernahm ihr Keuchen. Als sie, die Zeitspanne bis dahin erschien ihm quälend lang, zu ihm zurückkehrte, klang ihre Stimme unsicher. „Ich glaube, nach Westen. Aber ich kann mich auch täuschen ...“

„Ich vertraue dir! Wir wollen es versuchen“, erwiderte er. „Komm!“ Unversehens war er zum Führer geworden, wenigstens ein paar Augenblicke lang. Doch dann tappte er wieder hilflos hinter ihr her, wieder durch die weglose Wildnis, und die Qual des Morgens kehrte zurück und ließ ihm die zweite Hälfte des Tages noch länger erscheinen als die erste. Wieder schienen ihn die Kräfte verlassen zu wollen, wieder brach er mehrmals zwischen dem einen und dem anderen taumeligen Schritt zusammen, aber dann – die Sonne mußte jetzt schon niedrig stehen – riß ihn plötzlich ein feuchtdunstiger Windhauch aus seiner Lethargie, und gleichzeitig hörte er den erregten Ruf der Weißblonden: „Die Schwarzach! Wir haben es geschafft!"

Auf einer moosüberwucherten Felsplatte kamen sie aus dem Forst, eine Mannslänge unter ihnen schäumte das Flüßchen. Hart an der Steinkante brach der Böhmische wiederum zusammen, neben ihm war Ludmilla auf die Knie gesunken, beide keuchten schwer. Doch dann raffte die Weißblonde sich noch einmal hoch, nach Norden spähte sie, wo die Schwarzach viele Meilen entfernt entsprang, tief in der Wildnis. „Eine oder zwei Stunden bleiben uns noch", stieß sie hervor. „Wenn wir jetzt gleich weiterwaten und dann die Nacht kommt, sind wir in Sicherheit!"

Wenzel, nach wie vor in der Hölle seiner Finsternis, schien zurückzuschrecken. Das Wasser weiter unten schien plötzlich mörderisch zu gurgeln und zu strudeln. „Ich . . . ich kann nicht!" brach es aus ihm heraus. „Nicht dort hinein, ohne daß ich etwas sehe!"

„Aber es ist der einzige Weg, den wir gehen können!" schrie Ludmilla ihn an. „Ich werde dich wieder führen! Wie durch den Wald! Ich komme doch mit dir! Du mußt mir nur vertrauen!"

Sie packte ihn, rüttelte ihn, wie schon einmal an diesem Tag. „Du schaffst es!" beschwor sie ihn. „Auch wenn deine Augen dir noch immer den Dienst versagen! Ich leihe dir meine dafür, weil ich dich liebe! Ach, Wenzel, könnte ich dir doch bloß auch aus deiner Blindheit heraushelfen, nicht nur aus dem Kerker!" Ihre Hände waren jetzt wieder an seinen Wangen; sie zog sein Gesicht an ihres heran, ihre Lippen berührten seinen Mund, wanderten dann, wie aus einem jähen Entschluß heraus, höher. Er spürte das Weiche an seinem geschlossenen Lid; unendlich zärtlich liebkoste ihr Mund das eine blinde Auge, dann das andere. Eine unbeschreibliche Wärme schien einzudringen in ihn, ein Kraftstrom, der etwas aufbersten ließ; es war erschütternd schön und hämmernd schmerzhaft zugleich. Einer körperlichen und ebenso mentalen Klimax kam es nahe. Der Böhmische schrie, riß sich erschrocken und verzückt los – und spürte etwas grell in sein Gehirn rasen. So nachdrücklich war der Schock, daß es ihn vom Felsen zu schnellen schien, daß er den Halt verlor, stürzte. Und dann schlug das Gurgeln und Strudeln über ihm zusammen, wirbelte und riß ihn fort; hilflos.

Wie gelähmt, ebenfalls im Schock, starrte die Weißblonde seinem wegtanzenden, schlegelnden Körper nach, wie er in der Kluft nach Süden davontrieb. Dann aber gellte auch aus ihrer Kehle ein Schrei; sie griff nach dem Bündel mit den Lebensmitteln und wollte ihm nach, so schnell wie möglich am Ufer entlang. Ehe sie jedoch wirklich loslief, stach ihr ein wenig südöstlich der Klamm ein metallisches Blitzen ins Auge; einen Lidschlag später sah sie aus einer Forstschneise heraus die Reiter mit den Hetzhunden brechen. Fulk! dachte sie. Fulk und die Büttel! Warum ausgerechnet jetzt! Nun ist alles verloren!

Dies fuhr ihr durchs Gehirn, gleich darauf noch ein anderes jähes Gedankenzucken, und dann rannte sie los wie ein gehetztes Stück Wild.

*

Der brutale Hieb schmetterte sie zu Boden, ließ sie flachbäuchig noch klafterweit über den steinigen Boden schrammen. Über ihr Schädeldröhnen hinweg schienen die Roßhufe zu trampeln. Geifernde Schnauzen hechelten und jacherten nach ihr. Dann spritzte unmittelbar vor ihrem Gesicht der Modder weg, zwei Stiefel standen dort plötzlich eingewurzelt, eine Faust fuhr nieder zu ihr, krallte sich ihr ins Genick, ins Haar, riß sie wieder hoch. Fulks blutunterlaufene Augen sah sie vor sich, hörte gleichzeitig sein Brüllen: „Wo steckt der Böhmische?! Der Hundsfott! Heraus mit der Sprache, du Metze! Oder . . .!"

Wenzel? dachte sie verwirrt. Ihre eigene Erniedrigung hatte ihr die Erinnerung an ihn, seinen Schrei, seinen Sturz kurzfristig weggefegt. Sie wußte ja noch nicht einmal, wo sie selbst sich befand. Aber dann fluderten die Bilder zurück, sie sah ihn in der gischtenden Schwarzach verschwinden, sah sich selbst auf dem Hochufer vor Schreck erstarren, sah ihren Körper, wie er sich ihm nachschnellen wollte – und dann in der Ferne die Reiter und die Hunde. Und nun war auch das Wissen um ihre eigene Flucht wieder da, um ihre Flucht in die entgegengesetzte Richtung, aus dem jähen Impuls heraus; gerannt war sie, immer weiter und weiter, so weit wie möglich nach Norden davon, bis dann die Rösser über sie gekommen waren und der Hieb sie getroffen hatte.

Ich habe sie auf die falsche Fährte geführt, dachte sie jetzt, beinahe glücklich. Den Böhmischen konnten sie in der Klamm nicht sehen; sie sind an ihm vorbei, als sie mir nachhetzten. Jetzt kann er schon in Sicherheit sein; es hat lange gedauert, bis sie mich einholten; bestimmt habe ich eine halbe Meile oder mehr gewonnen. Und auch die Hetzhunde nützen Fulk nichts mehr; das Wasser hat ihnen die Spur weggetragen; Wenzel weiß, daß er am anderen Ufer aus der Schwarzach klettern muß . . .

Als ihr dies durch den Kopf schoß, sah sie ihn aber erneut stürzen, und plötzlich wurde ihr wieder bewußt, daß er ja blind war, daß er in der Dunkelheit gefangen war und damit auch in der Klamm, daß er wahrscheinlich schon umgekommen, jämmerlich ertrunken war. Weil ich ihn nicht schützte! schrillte es ihr im Schädel. Weil ich ihn im Stich gelassen habe!

Das Wissen darum ließ sie seelisch wieder wegschauern. Fulks verzerrtes Antlitz schien unwirklich zu werden, ebenso sein grauenhaft würgender Griff. Auch sein neuerliches Brüllen war jetzt ganz fern, erreichte Ludmilla kaum noch; sie sah nur immer wieder den schlaffen, leblosen Körper des Dunklen, seine toten Augen.

So bekam sie kaum mit, wie Fulk sie zuletzt, nachdem er sein wütendes Fragen aufgegeben hatte, zu sich in den Sattel zerrte. Auch daß wenig später in der nun einfallenden Dämmerung ein Nachtlager aufgeschlagen wurde, registrierte sie nur am Rande. Starr kauerte sie an der Erde, gleich einer hölzernen Puppe, und erst spät am nächsten Morgen, als der Degenberger die Suche endgültig aufgegeben hatte und sie sich schon auf dem Rückweg befanden, gab sie ihm, aus ihrer Lähmung aufschreckend, die Antwort auf seine gestrige Frage: „Ich weiß nicht! Wir haben uns verloren, schon lange ehe du mit den Hetzhunden kamst . . .“

Der Ritter starrte sie an, verständnislos und haßerfüllt, dann fiel er in sein eigenes Brüten zurück und malte sich mit blasphemischer Genugtuung das Schicksal aus, das er ihr zugedacht hatte.

*

„Ganz in der Nähe von Velhartice liegt es!“ hatte er sie hämisch angegeifert. Und in das Prügeln hinein weiter: „Immer, bis an dein Lebensende, wirst du den Ort deiner Schande vor Augen haben! Verrecken bei lebendigem Leib sollst du hinter den Mauern!“

Jetzt, eine Woche später, sah Ludmilla die genannten Mauern vor sich. Wie ein Fanal der Freudlosigkeit schien das Kloster auf dem Hügel zu lasten. Eine stumpfe Kirchenkuppel dräute gegen den Himmel, graue Bastionen schnürten das Areal wie Würgestricke ein. Selbst die Gewächse, Thujen und Koniferen, die da und dort aus der Hangflanke unterhalb brachen, wirkten trist.

Die Degenberger Büttel, welche die Sänfte geleiteten, hatten ihre Rösser angesichts der Abtei kurz und wie erschrocken gezügelt; jetzt knallte scharf eine Peitsche, und die Maultiere, zwischen denen der Tragstuhl hing, trotteten weiter. Während sie das letzte Wegstück zurücklegten, dachte die Weißblonde noch einmal an ihren Zelter. So federleicht war sie einst auf seinem Rücken dahingeschwebt, doch nun war ihre Freiheit für immer verloren, wartete auf sie bloß noch ein Dahinvegetieren, ein Verdämmern im weihrauchgeschwängerten Grab. Verdorren würde sie, absterben bei lebendigem Leib unter der Fuchtel der Nonnen; die Liebe würde sie nicht mehr kennen und nicht mehr das Leben schmecken dürfen; nur noch das Haubenflattern und Sakralzischeln der geschlechtslosen Gespenster, der Zisterzienserinnen, würde um sie sein.

Die Mauern, die wie Würgestricke waren, rückten näher, dann wuchs das schwarze Tor vor ihr auf; die Büttel kamen heran und zerrten sie aus der Sänfte. Als Ludmilla durch die Kerkerpforte taumelte, schlichen die Nonnen näher; wie trippelnde Aasgeier, die sich anschickten, den letzten Rest Liebe zu zerrupfen, wollten sie der Weißblonden erscheinen. Dann spürte sie die Krallen auf ihrem Fleisch, ins Zentrum der Freudlosigkeit fühlte sie sich gezerrt; überall von den leichenfarben gekalkten Wänden drohte der schauerliche Gehenkte. Die Flatterhäubigen zogen ihr die Kleider vom Leib und drängten ihr die kratzige Kutte auf, schoren ihr zuletzt das weißblonde Haar bis auf die nackte Schädelhaut ab.

Ludmilla mußte es geschehen lassen mit sich, sie war der Kirche jetzt ausgeliefert buchstäblich mit Haut und Haar, doch schließlich gelang es ihr, mental aus der scheußlichen Erniedrigung zu fliehen. An den Dunklen dachte sie, an den Böhmischen, an den Geliebten – und sagte sich, daß es noch immer etwas Gemeinsames zwischen ihnen gab; daß er wohl auch schon bei den Toten sei.

Reifezeit

In der Tat war der Tod dem Dunklen näher gewesen denn je. Nachdem der grelle Schock ihn in die Kluft geschleudert hatte, waren ihm jäh die Sinne geschwunden. Die Schwarzach hatte ihn zu Tal gewirbelt gleich einem Leichnam. Das Wasser war ihm in die Lungen gedrungen und hatte sie beinahe zum Platzen gebracht. Geröll und Steinschrunden hatten ihm das Fleisch gewalkt, hatten ihm die Glieder mit Schrammen und Platzwunden übersät. Doch dann hatten die Schmerzen und die Luftnot seinen innersten Kern noch einmal zum Aufbäumen gezwungen. Aus einem wahnsinnigen Reflex heraus hatte sein Körper sich hochgeschnellt, hatten seine Hände sich ins Ufergefels gekrallt. Mund und Augen hatte er aufgerissen, dem lebenspendenden Odem entgegen. Und während er auf diese Weise gleichermaßen körperlich und mental geschnappt hatte, hatte der Schock sich wiederholt, hatte er das Licht erblickt.

Spätes Tageslicht, rötlich über die Klamm hingelagert und ein Stück weiter unten über eine sumpfige Aue. Auch einen Waldsaum hatte es ihm herausgemeißelt aus dem Wegwummern seiner monatelangen Blindheit. Er hatte die Welt wieder erkennen können, die schwarze Lähmung war von ihm gewichen. Noch hatte er es nicht wirklich begriffen, hatte er es kaum fassen können, daß er jetzt wieder ins Leben eintreten sollte. Es war immer noch mehr Instinkt als bewußtes Wollen gewesen, daß er sich ganz aus dem Saugen und Wirbeln der Schwarzach befreit hatte, daß er auf den Felsen hinaufgekrochen war und sich über die Kante geschoben hatte. Ins Moos hatte er sich dort eingewühlt wie ein verstörtes Tier, hatte gekeucht, gewürgt und sich schließlich erbrochen. Aus dem Magen war ihm der bittere Strom gequollen und gleichzeitig blasig aus der Lunge. Völlig erschöpft war er danach noch lange liegengeblieben, und nur seine Augen hatten wie manisch hineingewittert in den jetzt immer rascher sinkenden Sonnenball.

Aus dem schwindenden Licht heraus war ihm zuletzt die Erinnerung zurückgekehrt, das Wissen um das, was die Weißblonde mit ihren Händen und Lippen für ihn getan hatte. Noch einmal hatte er ihren Kuß auf den tauben Lidern gespürt, und dann hatten Dankbarkeit und Sehnsucht ihn hochgezwungen, hatte er nur noch den einen Wunsch gekannt, sie wiederzufinden, sie in die Arme zu schließen, die gemeinsame Flucht mit sehenden Augen fortzusetzen. So war er losgelaufen, das Flüßchen am östlichen Ufer wieder aufwärts, doch ehe er noch bis zur Stelle seines Absturzes gekommen war, war die Nacht gänzlich eingefallen. Die Enttäuschung hatte ihn erneut zusammenbrechen lassen. Kauernd, die Erde kratzend, hatte er nach der Weißblonden schreien wollen – und hatte die Laute doch wieder hineinwürgen müssen in sich, denn gerade noch rechtzeitig hatte er sich daran erinnert, daß es irgendwo in der Dunkelheit auch die Häscher gab, die Büttel, den Degenberger. Längst hatten sie wohl die Spur in der Wildnis gefunden mit ihren Bluthunden, und so war dem Böhmischen nichts übriggeblieben, als sich in seine Angst zu verkriechen – die Angst um Ludmilla vor allem – und den Tag abzuwarten, das neue Licht.

Mit dem ersten grauen Dämmern war er dann wieder losgelaufen, hatte die bewußte Kluft erreicht, auf der sicheren Seite, hatte sich zunächst noch einmal bedenkenlos hineinstürzen wollen in das Schäumen, hatte dann aber wiederum an die Bluthunde gedacht, an den ritterlichen Schinder dazu. So hatte er den Sprung schließlich doch nicht gewagt, hatte kauernd und vor beinahe unerträglicher Spannung zitternd verharrt, und der Schmerz in seinem Herzen war aufgequollen; der trostlose Schmerz um die verschwundene Weißblonde; der Schmerz auch, der um seiner eigenen Feigheit willen immer greller geworden war. Dann, gerade in dem Augenblick, da seine Scham, seine Sehnsucht das andere, die Vernunft, überlagern wollten, hatte er im Nordosten, zwischen den Bäumen, die Bewegung wahrgenommen. Der Rappe Fulks war ins Freie gebrochen, die Schergen und Bluthunde dazu, und im Sattel des schwarzen Hengstes hatte er das Bündel schwanken sehen; die Weißblonde wie eine Gliederpuppe, wie in selbstzerstörerischer Trance. Er hatte ihr Leid, ihre Verzweiflung erblickt mit seinen wieder tüchtigen Augen und mit dem Dritten, dem mentalen dazu; noch einmal hatte er der verlorenen Geliebten in die Seele geschaut, und dann war das Reiterrudel verschwunden nach Süden, während er selbst, jämmerlich schwitzend in seiner Ohnmacht, im Verborgenen auf dem glitschigen Moos gelegen hatte.

Er hatte es hinnehmen müssen, daß sie verschwand aus seinem Leben, unwiederbringlich und unwiderruflich; er hatte es von einem Lidschlag auf den anderen gewußt in seinem innersten Kern. Trotzdem war er einen wahnwitzigen Augenblick lang noch versucht gewesen, dem Meuchler, dem Mörder, dem Degenberger zu folgen, ihm die Beute wieder zu entreißen, sollte es auch sein eigener Tod sein. Schon hatten ihm die Muskeln sprungbereit gezittert, aber dann hatte etwas anderes ihn aus der Richtung geschmettert; ein anderweltlicher Anruf, ein stimmloser Befehl. Und es war etwas wie ein Vorhang geschleiert zwischen den Dunklen und das davonziehende Reiterrudel, zwischen seine Sehnsucht und das puppenartige Bündel, und er hatte davonhetzen müssen nach Norden, wo die tiefe Wildnis lag, der Grenzkamm der Šumava, der magische Erdmutterschoß zwischen Bayern und Böhmen.

*

Ob seither eine Woche vergangen war, oder ein voller Monat, hätte er jetzt, da er den künischen[90]) Hof vor sich sah, beim besten Willen nicht mehr zu sagen gewußt. Er spürte nur, daß er hungrig war wie ein Wolf, und so brach er jetzt aus dem Forst, hetzte über den ausgerodeten Hang beinahe wie ein Angreifer und krallte, wobei es ihm lüstern aus dem Mund schlierte, seine Hände zuletzt ins Holz des Fensterbretts, auf dem die Brotlaibe zum Auskühlen lagen. Ein letzter Rest von Zivilisationstünche hinderte ihn daran, die Zähne auf der Stelle ins duftende Braunkrustige zu schlagen; vielmehr bleckte er hündisch gegen den Bauern hin, der jetzt mit erhobener Hausichel dastand, doch als er gleich darauf das Verstehen und das Mitleid in den Augen des Mannes sah, kannte seine Gier kein Halten mehr. Er begann stöhnend und wimmernd zu schlingen, er füllte sich wie im Wahn auf mit dem mürben und nachgiebigen Leben und hielt nicht inne, bis die erlösende Erschöpfung ihn überkam, bis er unter der ungeheuerlich freudevollen Last in die Knie zu brechen drohte. Schlafen! dachte er. Vergessen, auslöschen, mich bergen um den vollen Wanst herum! Doch ehe die dröhnende Müdigkeit ihn ins Nichts zu hämmern vermochte, fetzte und biß ihm etwas anderes durchs Gehirn. Das Kerkerloch sah er wieder vor sich, wo er monatelang gedarbt hatte; die Pein dort und der krustige Brotlaib, aus dem Schweiß und der Milde des Bauern entstanden, wurden ihm von mentaler Hand gegeneinandergestellt, ein katharischer Zwiespalt zwischen Böse und Gut, zwischen Finsternis und Licht tat sich ihm auf, und aus dieser Kluft heraus quoll ihm das Rachenfauchen auf; über den künischen Hofplatz hin heulte er seine Wahrheit:

„Die einen fressen, und die anderen verhungern! Der Adel schindet den Menschen aus! Protzt in den Söllern und scheißt auf die in den Kerkern! Läßt dem eigenen Kind verrecken die Leibesfrucht in seinem lästerlichen Übermut! Schlägt den Seher in Ketten und reißt ihm das Herz entzwei! Reitet auf seinem Rappen die Schwarzach hinunter, wie der Schnitter, der Tod!“ Mit der ausgemergelten Faust drohte er nach Süden, sein Schwert riß er aus der Scheide und schwang es pfeifend durch die Luft. Ins verschüchterte Zurückweichen der Bauernfamilie und des Gesindes hinein tönte es weiter: „Doch die Strafe wird sie treffen, die vermeintlich Hochgeborenen! Fürchterlich wird der Racheblitz unter sie fahren! Fegt sie von ihren Hügeln in die Mühsal der Täler! Dann sind die Burgen verödet, und die hohen Herren greifen zum Pflug!“

Die Schwertklinge bog sich zwischen seinen klammernden Händen, war nahe am Zerspringen. Ein gellendes, triumphierendes Lachen ließ der Dunkle hören, dann stieß er die Waffe wie verächtlich zurück in die Scheide. Noch einmal witterte sein stechender Blick über die Künischen hin, noch einmal schien das Kraftfeld um ihn herum zu knattern, noch einen Lidschlag lang das Unbeschreibliche aus ihm zu lohen. Einen Augenblick später aber brach es zusammen, aus dem Ungeheuerlichen wurde wieder der abgerissene Lump, der Vagant. Taumelnd, stöhnend vor Müdigkeit jetzt wieder, schleppte er sich hinüber zur Scheune. Ins Heu stürzte er, wühlte sich mit einem letzten Zucken noch halb ein, lag dann bewegungslos wie ein Stein. Die Künischen aber standen tuschelnd und mit großen Augen noch lange da und sinnierten dem Schauerlichen nach, das sie gestreift hatte; dem Schauerlichen und zugleich dem Großartigen.

Am folgenden Abend dann räumten sie dem Dunklen einen Platz auf der Ofenbank ein. „Mußt Schlimmes mitgemacht haben“, hatte der Bauer zu ihm gesagt. „Kannst dich ausruhen bei uns, wieder zu Kräften kommen! Brauchst auch keinen Adligen zu fürchten; wir künischen Siedler dienen keinem Herrn, nur uns selbst.“ Wenzel, jetzt nur noch ein Zerschundener, ein Heimatloser, hatte das Angebot dankbar angenommen; zwei, drei Wochen blieb er dann auf dem Hof, griff zu, wo es nötig war, gab sich ansonsten eher wortkarg. Daß ihn das Unheil unten an der Donau getroffen hatte und zuvor schon auf der Burg Velhartice, erfuhren die Bauern trotzdem. Mit den Tagen lief diese Kunde und die von der Prophezeiung weiter zu den benachbarten Höfen, und alsbald kamen von dort die Neugierigen herüber, kauerten neben dem Dunklen auf der Bank, bedrängten ihn nicht und warteten doch gierig darauf, daß er möglicherweise wiederum zu fauchen beginne. Einige Male packte es ihn auch wieder im Fackelflackern, vor dem glosenden Herdfeuer, und dann malte er ihnen neuerlich aus, wie der Absturz der Herren kommen werde, schnell und fürchterlich wie ein Blitz, und daß sie sich dann schinden müßten mit dem Pflug wie jeder andere auch. Daß es eine Gerechtigkeit geben werde, versprach er ihnen, ein Aufräumen über die ganze Welt hin, denn die Erde werde sich aufbäumen und das Böse zuletzt nicht mehr tragen wollen. „Aber sie schafft's nicht allein!“ schloß er dann jedesmal. „Auch wir Menschen, wir Kleinen müssen das Unsrige dazu tun, mit unseren Herzen und Händen!“

Gerade in solchen Momenten spürten die Bauersleute, die Mägde und Knechte, die Kinder sogar, daß ein Großer unter ihnen weilte; ein Großer freilich nicht aufgrund weltlicher Macht, sondern aus geistiger Kraft und einem Sehnen nach Gerechtigkeit heraus. So begannen sie ihn allmählich zu verehren, versuchten ihm mehr zu geben, als er verlangte, und eines Tages sagte der Künische, der ihm damals mit einem Augenwinken den Zubiß auf den Brotlaib gestattet hatte, zu ihm: „Wenn du für immer bleiben willst, wäre es mir und den Meinen nur recht! Könntest eine eigene Kammer haben auf unserem Hof, müßtest auch kein Knecht sein, sondern wärst einer von unserer Familie. Müßtest bloß den Nachbarn sagen, was sie hören wollen; sie brächten dir gerne Speckseiten und Würste zum Lohn . . ."

Doch kaum hatte er dies vernommen, schien der Dunkle sich einzukapseln in einen unsichtbaren Harnisch. Beinahe feindlich starrte er auf den anderen, der es in seiner bäuerlichen Schlitzohrigkeit doch nur gut mit ihm gemeint hatte, und dann erwiderte er schroff: „Hab' mich sowieso schon zu lange aufgehalten unterm Dach! Hab' schon fast vergessen, wie's im Wald ist, unterm Baumrauschen. Deswegen gehe ich morgen, mit dem ersten Licht . . ." Er unterbrach sich, weil er die Enttäuschung in den Augen des Künischen sah; er begriff, daß der ihm nichts Böses hatte vorschlagen wollen, daß er es bloß nicht besser gewußt hatte. „Kann sein, daß ich wieder einmal zurückkomme", setzte er deswegen hinzu. „Aber eine Heimat findet ein Heimatloser wie ich sowieso nicht mehr."

Der Bauer nahm es hin; als Wenzel dann am nächsten Tag wie ein huschendes Tier wieder im Wald verschwand, starrten die Künischen noch lange auf die Stelle, wo die Zweige sich gleich einem Vorhang geteilt hatten und dann wieder zurückgeschnalzt waren.

Später, als sie meinten, er sei jetzt gewiß schon über sieben Berge, begannen sie ausufernd über ihn zu reden, sie und ihre Nachbarn, und das Raunen und Flüstern, das Mutmaßen und Schwören verflocht sich mit anderen Nachrichten, die allmählich von der Donau heraufkamen und herüber von Velhartice. So bildete sich mit der Zeit eine Legende aus, vom Findelkind, das zu einem Hauptmann und Burgvogt geworden war, um dann durch die Mißgunst eines Mächtigen im Kerker zu landen. Aus dem Verlies aber habe der Dunkle wie durch ein Wunder zu fliehen vermocht und sei als ein Geläuterter und Sehender wieder aufgetaucht in der Šumava, wo er ungeheuerliche Worte aus sich gefaucht habe: vom Zerbrechen der felsenstarken Festungen, vom

Sturz des Adels, vom Sturmwind, der über die ganze Welt hinrauschen werde, vom Aufkommen der Kleinen schließlich mit ihren guten Herzen und ihren hurtigen Händen. Und diese Legende, deren Samenkörner ebenso im Bayerischen wie im Böhmischen lagen, keimte, sproß und wucherte weiter; im Gefolge des Abgerissenen, des Heimatlosen vernetzte und verflocht sie sich mit dem wilden und großartigen Land, durch das Wenzel ruhelos zog, während die Jahre aufblühten und wieder verwitterten, mehr als ein Dezennium lang.

*

Landstreicher war der Dunkle in dieser seiner Reifezeit, Jäger und Fischer, Hirte und Knecht. Am glosenden Kohlenmeiler saß er den einen Sommer, auf einem auszurodenden Schachten[91]) schwitzte er im nächsten. Ins unterirdische Steingeklüft stieg er hinab mit den Bergknappen und karrte ihnen den Hund[92]). Irgendwo östlich oder westlich des Grenzkammes verkroch er sich hinter dem Bauernofen in den Schneemonaten. Im Frühjahr spürte er die Brunst der Erde und tauchte ein in die dämpfigen Nächte. Frauen, die in hexerischem Ruf standen, waren dann seine Gefährtinnen, auch Kräuterkundige und solche, die nackt unter dem Märzmond tanzten. Nachdem die Weißblonde ihm entschwunden war, lernte er durch die Bitterkeit doch wieder die Süße schmecken. Daß er einer war, der stets wieder ausbrechen würde, wußten die weisen Weiber im Schoß und im Herzen. Die Erinnerung peitschte ihn weiter, der stumme Schrei der unwiederbringlich Verlorenen; auf die Bergschroffen hetzte er hinauf, bis er meinte, die Nägel in den Himmel schlagen zu können, doch das Firmament war längst schon lautlos zurückgewichen. Er setzte sich dem Regen aus, dem Hagel, dem Sturmpludern dort oben, er fand seine starre Ruhe wieder unter solchen Hieben und kroch zurück in die Täler. Begegnete er einem Kind, konnte er manchmal lächeln. Die Katen, die Erdlöcher, in denen die Ärmsten der Armen hausten, standen ihm immer offen. Die Burgen und Büttel mied er, so gut er konnte. Nie wieder sah er den Vorwald um Degenberg. Weißenstein oder Velhartice nur aus der Ferne, knapp unter der Horizontgrenze heraus. Von den Märkten, den Städten ließ er sich manchmal ansaugen; in den Tavernen suchte er durchaus den Rausch, gelegentlich begann er dort auch in Visionen zu keuchen. In Prag hetzte er durch die Gassen mit heraushängender Zunge; nicht öfter als zwei-, dreimal freilich während der vielen Jahre, in denen es ihn dengelte. Jedesmal verfluchte er dort den Hradschin, den Vyšehrad dazu. Hörte er aus den Torschlünden der Kirchen das Priestersingen und die Choräle, dachte er jäh an den Katharer zu Chudoba. Die Gehenkten sah er wieder sich winden unterm düsteren Winterhimmel; in Prag verfolgten sie ihn und an hundert anderen Orten dazu. Die Galgen schienen einen Zaunrechen zu bilden zwischen der Menschheit und dem Göttlichen. Das Herz machten sie dem Dunklen bluten, das Denken dazu; hinter den Kreuzbalken sah er die Fratzen der Mächtigen grinsen. Und floh, floh einmal mehr, bis er erneut die dünne Geborgenheit der Šumava fand, die Einsamkeit und die Einödbauern, die reinen Bäche, die sanftäugigen Herden.

Die Tiere vor allem; die Mutterschafe, die Lämmer, die Widder. Sie schrieben ihm mit der Zeit eine weiche Spirale in sein Leben. Wann immer er ausbrach, lockten sie ihn früher oder später zurück ins ewige, gewaltfreie Rund. Mit ihnen zu ziehen, hieß, ganz nahe der Erde zu sein. Mit dem Kräuterduft zu leben, mit der unaufdringlichen Wärme, mit der Unschuld. Nichts Reißendes gab es in dieser Welt, allein den Einklang von pflanzlichem und warmblütigem Leben. Im Lauf seiner Reifezeit schmolz der Dunkle für immer längere Abschnitte in dieses Wunder hinein. Frieden wurde ihm geschenkt, manchmal monatelang, ohne Zäsur. Doch selbst dieser Kosmos war nicht heil, ringsum irrlichterte und drohte die Gegenwelt. Deswegen riß es den Böhmischen zuletzt doch immer wieder heraus aus der Geborgenheit, und im Zwiespalt zwischen Sehnsucht und Realität brach seine Gabe, seine schreckliche Heimsuchung dann mit den Jahren immer greller und fürchterlicher aus ihm.

In der Nähe von Domažlice[93]) war es, wo er hütete im Spätsommer 1340. Wo er sich zusammengetan hatte mit anderen Hirten für ein paar Tage, und die Herden hatten sich vermischt und sprenkelten jetzt flockig den Berghang. Der Dunkle, etwas abseits der übrigen, saß mit dem Rücken an einen Felsen gelehnt; etwas Traumfeines schien ihm zwischen Landschaft und Himmel zu sirren. Doch dann zerriß das Spinnweb des Entrücktseins jäh; von der Stadt her, deren Türme und Zinnen im Hintergrund nadelten, donnerten die Rösser heran, dem Rudel der Hetzhunde nach, und über den schlagenden Pferdeschädeln, in den Fäusten der Reiter, blitzten die Waffen, die Jagdspeere und Saufedern[94]).

Die Schafe begannen zu blöken, auseinanderzustieben; die Hirten, so gut wie hilflos mit ihren Krummstäben, versuchten sich den Wahnwitzigen in den Weg zu stellen. Auch Wenzel lief los, der Sinnlosigkeit entgegen; er wußte es – und da raste die Jägerhorde auch schon hinein in den zerstörten, den zerbrechenden Frieden. Mutwillig grölend spalteten die berittenen Adligen – junge, unreife Bengel waren es zumeist – die Herde. Der größte Teil, ohne daß der Dunkle und die anderen etwas dagegen tun konnten, zerstreute sich ins Tal hinunter; der Rest der Tiere aber schien sich einer Schlucht entgegenzuwellen und zu -kugeln. Dort hinüber vollführten die Reiter und die Hunde nun einen jähen Schwenk, brüllend und jaulend stießen sie nach in die Panik. Sie zersprengten die Schafe auf diese Weise in vier, fünf kleinere Gerinnsel, und eines davon sah sich dann jäh in der Ausweglosigkeit; es brach in die Klamm ein, an die zwei Dutzend Tiere, und dann war durch das Steinschlagen und Niederbrechen der mürben Erde das Splittern von Knochen und das Aufklatschen von lebendigem Fleisch zu vernehmen.

Über dem Schluchtrand aber gellte Hohngelächter zum Himmel. Blasphemisch schienen die grellfarbenen Umhänge, die Federn auf den Hüten der Edelleute zu flattern. Menetekelartiges schienen die geschwungenen Mordeisen unters Firmament zu schreiben. Ungeheuerliche Zeichen, zumindest in den Augen des Dunklen, und die Erkenntnis ihrer Bedeutung riß ihn hinauf auf einen Findlingsfelsen und riß ihm das Heulen aus dem Rachen, gegen die Adelshorde hin.

„Unnütz seid ihr, wie eine Pest auf der Erde!“ fauchte er. „Hockt in den Palästen, sauft euch an, könnt den bösen Übermut nicht mehr zügeln, brecht heraus aus euren Protzlöchern, ärger als die Wölfe! Ins Leben, in den Urgrund des Daseins stoßt ihr den Stahl! Raubtiere seid ihr! Verworfene! Eine Eiterbeule im Fleisch der Menschheit! Auf die Schädel setzt ihr euch die goldenen Helme und die Prunkfedern, aber blutbesudelt sind eure Krallen, gleich Geierklauen! Tollwütig schlachtet und mordet ihr! Mästet das Böse zum Moloch! Weil ihr Adelsbrut seid! Ritterbrut! Henkersbrut!“

Vor der heranhetzenden, wutbrüllenden Horde wich Wenzel auf seinem Felsen zurück; einen Stand fand er, wo kein Spieß, keine Saufeder ihn zu erreichen vermochte, außer sie wären nicht bloß gegen ihn gezückt, sondern geschleudert worden. Doch das Schleudern war an ihm jetzt; etwas Ungeheuerliches hieb er dem blaublütigen Pack verbal über die dumpfen, mordlüsternen Fratzen: „Wird ein Krieg kommen, ein Aufstand der Schafe gegen die Wölfe! Die Kleinen werden sich erheben gegen die Großen! Aus den Palästen wird man euch jagen, euch abschädeln und eure grauenhaften Häupter auf Lanzen durch die Straßen tragen! Die Welt wird anders werden durch euren Sturz! Die Kronen fallen, zu Prag, zu Rom, zu Avignon, überall! Die großen Kronen und auch die minderen! Die neunzackigen, die siebenzackigen, die mit den spitzen Hörnern dazu![95]) In den Dreck tritt man den Tand und scheißt drauf! Was unter den Kronen, den Helmen gesessen hat, fällt zu Boden, als wenn der Sturm die Äpfel von den Bäumen schlägt! In Böhmen geht's los, nach zweieinhalb Menschenaltern von heute an![96]) Aus dem Land peitscht man euch, jagt euch über den Grenzkamm der Šumava! Treibt euch auch in die anderen Himmelsrichtungen davon! Werdet den Hirten anbetteln, daß er euch ein Dach über dem Kopf gibt! Werdet flehen um ein Stück Brot! Doch ins Gesicht speien wird euch der Hirte! Wird den Prügel heben gegen euch, auch das Schermesser! Heimatlos werdet ihr sein! Ein Dreck in der Welt! Ein Ekel den Menschen! Und sie kommt, diese Zeit, denn ihr selbst habt sie gerufen! Ihr selbst habt's herausgefordert durch eure Taten! Wieder und immer wieder! Doch zuletzt wird die Wut der Geschundenen über euch kommen in einem schrecklichen Gericht!"

Die Spieße, die Saufedern zuckten gegen ihn, wollten zubeißen, wollten ihn zerreißen, hatten ihm die ganze Zeit schon nach dem Leben getrachtet. Doch jeder Satz, den er aus sich gefaucht hatte, hatte die stählernen Mordwaffen scheinbar gegen etwas Unsichtbares prallen lassen, gegen eine anderweltliche Mauer, und kein Eisen hatte letztlich den Dunklen ritzen, keine Klinge ihn versehren können. „Wie der Sturmwind der Äpfel vom Baum, so schüttelt euch die Welt ab!" heulte der Seher jetzt noch einmal aus sich – und da schien namenlose Panik unter das Adelsrudel zu fahren, ein gurgelnder Schrei klang auf, und dann warf etwas wie eine unsichtbare Faust die Rösser herum, verscheuchte die Hunde, hieb die Horde hinweg von der geschändeten Weide, schleuderte sie davon, der Stadt zu, und zuletzt war nur noch eine Staubwolke zu sehen und das rasch verklingende Huftrommeln zu hören.

Scheu blickten die Hirten auf den Dunklen, drückten sich an ihm vorbei unter dem Felsen und versuchten die zersprengte Herde wieder zu sammeln. Als sie schließlich zurückkehrten zum Stein, von dem aus Wenzel die Weissagung getan hatte, fanden sie den Platz leer; der Dunkle war verschwunden, als hätte die Erde oder auch der Himmel ihn verschluckt. Sie begriffen es nicht, aber sie nahmen es hin, beinahe als ein Mirakel, und dann zogen sie noch am gleichen Tag weiter, führten auch die Tiere mit sich, die ihm anvertraut gewesen waren, und brachten sie zurück in das Dorf, aus dem der Dunkle, der Ungeheuerliche zu ihnen gekommen war. Und wiederum entstand eine Legende, ein geflüstertes Lied vom Kampf des Waffenlosen gegen die stahlbewehrte Adelshorde, und dieses Raunen mischte sich mit all den anderen Geschichten, die bereits über Wenzel in Umlauf waren – und waberte ihm wiederum nach, während er selbst für lange Zeit verborgen blieb.

Und plötzlich wieder da war, gleich einem Schrat, irgendwann, irgendwo.

In Praha beispielsweise, im Herbst 1343, wo er vor einem Prangerstock auftauchte, wo er sich in seinen Waldfetzen schützend vor die Unglückliche stellte, die man beim Ehebruch ertappt hatte. Während der Mann, der Bock, straffrei ausgegangen war, hatten die Büttel dem jungen Weib die Hand- und Fußknöchel in den Eichenblock gezwängt, den so zerbrechlich wirkenden Hals dazu, und dann hatte das Volk, fehlgeleitet, irregeführt, mit Kot und Unrat zu werfen begonnen, um einer schauerlichen Gerechtigkeit, die in Wahrheit nichts als Unrecht war, Genüge zu tun. Dann aber war er gekommen, der Dunkle, von dem eine Bitternis und gleichermaßen ein finsteres Leuchten auszugehen schien, und er hatte zu predigen begonnen auf dem Schandhügel. Bis an ihr Lebensende sollten seine Worte denen, die Zeugen wurden, in den Schädeln und Herzen nachhallen, denn wiederum Unerhörtes fauchte er aus sich heraus; Dinge, welche die Welt in ihren Grundfesten erbeben ließen.

„Ihr seid die Hurer!" heulte er. „Denn ihr verkauft die Barmherzigkeit um eurer eigenen schmutzigen Lustbefriedigung willen! Diese Frau schändet ihr, weil ihre Qual, ihr nacktes Fleisch, ihr Wimmern euch den Kitzel in die Lenden treiben! Die eigene Geilheit versudelt euch die Beinkleider, aber sie, die doch bloß Liebe suchte, erklärt ihr für schuldig! Die Götzenpfaffen haben euch solches gelehrt, die in den Baalstempeln! Deren Verlogenheit seid ihr nachgerannt, ihrem Wahn, der alles Fleischliche zur Pestbeule macht! So bleibt euch nichts anderes, als das Fleisch zu schinden, euer eigenes und vor allem das dieser Unglücklichen! Christen nennt ihr euch – und seid doch die ärgsten Götzendiener auf Erden! Wo euch die Mildherzigkeit geschenkt werden sollte, wo der Jude es so gut mit euch meinte, kreischt ihr im Haß! Ihn habt ihr wiederum ans Kreuz geschlagen in ihr! Hier leidet SIE, die der Katharer Jeschu nannte!"

Er warf den Arm hoch, er schützte sie und sich vor einem Dreckbatzen, den einer aus dem Hintergrund geschleudert hatte. Der Kot spritzte, der Anwurf löste die eigentliche Vision aus: „1343", schrie er, „schreibt man jetzt! Ein Jahr noch, dann wird die Strafe herabschmettern auf die verworfene Christenheit! 1344! Merkt es euch! Ein östliches Meer sehe ich! Das Schwarze nennt man es! Eine große Stadt liegt an seiner Küste, die heißt Trapezunt[97])! Ein Vorposten der verrotteten Christenheit ist sie! Aus der Steppe heraus brechen die Reiter gegen sie vor! Der Halbmond glüht auf ihren Bannern! Gefangen im Irrglauben sind auch sie, dennoch reiner als die Galgenanbeter! Die Verderbtheit der Gottesverräter hat sie angelockt! Jetzt fallen die Mauern von Trapezunt in Trümmer unter ihrem Ansturm! Ein Feuersturm bricht los! Die Kriegsknechte fliehen! Die Priester und Popen werden geschlachtet! Durch die Kehlen zischen ihnen die Dolche der Muselmanen! Umgeworfen werden die Altäre! Die Kreuzgalgen zersplittern! Die Tore der Nonnenklöster brechen auf! Vergewaltigt wird das Jungfräuliche und kreischt vor Entzücken! Befreit ist keine, alle werden weggezerrt in die Sklaverei! Die Horden unter dem Halbmond rasen weiter! Ein Jahrhundert und ein Jahrzehnt von heute an verstreichen noch! Dann erreicht der Halbmond das wahre Herz der Christenheit! Das gleiche Schicksal wie Trapezunt ereilt Konstantinopel![98]) Die Kirchen stürzen ein! Ein Kaiser kommt um seinen Thron, der für mehr als elfhundert Jahre Bestand hatte![99]) Ungeschützt liegt die Flanke des Abendlandes da! Die Türken fressen und wühlen sich hinein! Die Donau herauf kommen sie! Keine drei Menschenalter dauert es dann noch, bis sie vor Wien stehen![100]) Ein zweiter Kaiserthron wankt! Habsburg heißt er, ist zutiefst verschwistert mit Rom! Und Rom wankt mit ihm, steht selbst am Pranger! Zerbricht zur Hälfte unter einem ungeheuerlichen Hieb![101]) Doch nicht der Halbmond führt ihn zuletzt, sondern ein Mönch! Martinus heißt er, schleudert der Christenheit die eigene Schande ins Gesicht! Was er gespalten hat, fügt sich nie wieder zusammen! Die zwiefaltige Erniedrigung der Kirche bleckt weiter, bleckt hinauf in die ferne Zeit, da sie völlig zusammenbricht! Dies aber wird geschehen, weil SIE gekreuzigt wurde, heute und hier, abertausendmal anderswo auch; SIE, die der Katharer Jeschu nannte!“

Die Vision verflatterte, zitternd stand der Dunkle da; die Menge verharrte in dumpfem Schweigen, entsetzlich betroffen. Niemand hinderte den Seher, als er nun die Ketten am Schandblock löste, als er die junge Frau heraushob, sie wegführte. Als das Murmeln, das Fragen, das Schreien dann doch losbrachen, waren der Prophet und das Weib längst verschwunden. Nur die Fama blieb den Pragern, ganz so wie den Hirten in der Nähe von Domažlice, und wieder wuchs die Legende und wurde auch an der Moldau weitergewebt. Der Dunkle aber war wieder eingetaucht in den Schoß seines doppelt bevölkerten Landes – und tauchte anderenorts wieder auf aus dem Nährboden seines Leidens und seiner Kraft, viele Male, während die Jahre verstrichen und sich der Jahrhundertmitte näherten. 1346 dann war er in der Nähe von Cheb oder Eger, wie die Deutschen die befestigte Stadt nannten. In einer Mühle unterhalb des Burgberges hatte er Knechtsarbeit und mageres Brot gefunden; mehrere Wochen hielt er sich dort auf, und allmählich begannen die Menschen gleich Pilgern zu ihm zu kommen. Sein Ruf war ihm vorangeeilt nach Cheb und hatte sich weiter verfestigt dort, und zuletzt entstand aus dem gelegentlichen Lichteln ganz persönlicher Prophezeiungen wiederum eine gradiose Vision.

Am Bach saß er, in der Abenddämmerung; im Halbkreis um ihn lagerten gleich einer Herde die Tagelöhner, die Kleinbauern, die Handwerker, auch viele Frauen und Kinder unter ihnen. Friedlich war die Szenerie, trotz des düsteren Burgschattens in der Ferne; es war dem Dunklen vergönnt, sich in der Gesellschaft der einfachen Leute geborgen zu fühlen. Dieses Wohlbehagen und dazu das Murmeln des Wassers lösten ihm die Bilderflut aus.

„Die Mächtigen und Gewaltigen, sie werden kleiner sein als der arme Hirte!" flüsterte er. Im Bachstrudeln glaubte er den Degenberg zu erkennen, den Weißenstein, Velhartice über der Ostružná. Eine Hand glitt durch das Wasser der Zeit, löschte die Zwingermauern, die Türme und Zinnen aus. Die Torschlünde, in denen die Eisenzacken hingen, vergingen. Als leeres Gemäuer gähnte die böhmische Festung jetzt auf ihrem Sporn unterhalb des Berges Borek. Auf dem Pfahl ragte nur noch ein Turm, gleich einem gesplitterten Zahn. Wo Wenzel im Kerker gefault hatte, gab es nichts weiter mehr als den Wald. Moos und Laub hatten sich zuletzt stärker gezeigt als der Stein. „Ärmer werden sie dran sein als ihr in den Sklavenketten!" rief Wenzel seiner menschlichen Herde zu. „Wie die Wilde Jagd braust es über die Erde und fegt sie hinweg! Die Burgen fallen, dazu die Kirchen und Klöster! Was immer euch erniedrigte, es wird vernichtet werden! Vom Himmel herunter werden sich die Totenvögel stürzen! Ihr Aas wird Ritter und Prälat, Graf und Bischof, Herzog und Abt, Kaiser und Papst heißen! Haben sie sich aber erst vollgekröpft bis zum Platzen, dann kommt die helle Zeit!"

Die Hörigen, die Leibeigenen, die Geschundenen von Cheb drängten scheu noch näher. Hoffnung und Unglauben gleichermaßen malten sich auf ihren mageren Gesichtern. Der Dunkle lächelte, der Mühlbach schien aufzurauschen, sein Strudeln schneller zu werden. An den Grenzen Böhmens, Deutschlands, der Welt wichen dem Erleuchteten die Horizonte weg. Von Italien kam es zuerst herauf, jedoch nicht aus der Papststadt. Aus der Erde vielmehr, in der die weißen Statuen verborgen lagen. Die griechischen Götter der Schönheit, der Vernunft, der Lebensfreude. Die Götter, die keiner fürchtete, die nichts weiter waren als in Marmor geronnene Menschensehnsucht und marmorheller

Menschentraum – doch gerade deswegen würden sie leben, ewig. Aus dem Humus einer verschollenen Geschichte wurden sie jetzt wiedergeboren, sprossen sie heraus unterm milden Himmelslicht. Durch den ganzen Norden Italiens wanderten sie singend, dann tanzten sie herüber über die Alpen und wurzelten ihr uraltes und brandneues Wissen auch im nördlichen Reich ein.

„Rinascimento[102])!" hörte der Dunkle abertausend Stimmen jubeln. Und in Deutschland fügte ein anderer, der ihm mental wie ein Bruder war, das zweite Wort der Erlösung hinzu. Humanismus hieß es – Menschlichkeit. Derjenige, der es aussprach, sollte geboren werden im Jahre 1488.[103]) Ritterbürtig war er, ein Franke, und dennoch nicht betroffen vom Untergang seines verfluchten Standes. Aus der zusammenkrachenden Zwingburg seiner Ahnen heraus stieg er frei der Sonne entgegen. Zu Gefährten wurden ihm alle Menschen guten Willens, egal, ob in der Kemenate geboren oder in der Hütte. Allein die Herzen zählten für ihn, die geistige Freiheit dazu. Das wahrhaft Edle versuchte er zu schaffen, aus Begeisterung und Verstandeskraft heraus. Zum Krieg gegen Rom rief er auf, alle Religionen verneinte er. Daß er nicht an Christus glaube und trotzdem gut sei, verkündete er.[104]) Das halbe Reich befreite er damit aus der seelischen Erstarrung. Zum Rhein zog er zuletzt und führte seinen Pfaffenkrieg.[105]) Freilich war die Zeit noch nicht reif für den endgültigen Sieg. In die Berge zog sich der ungeheuerliche Lehrer zurück, einen hochgelegenen See fand er, entschwand durch den Nebel zu einer verwunschenen Insel.[106]) In Frieden entschlief er; er hatte sein Werk nicht vollendet und es dennoch getan.

Im Bachrieseln floß dem Dunklen aus Böhmen die Zeit weiter. Abermals verstrichen Jahrhunderte. Das Christentum war jetzt ärger gespalten denn je und versuchte den Humanismus von Säkulum zu Säkulum zu erwürgen. Doch in den Herzen und Hirnen der Menschen blieben die weißen Statuen lebendig. Dann schnalzte die Peitsche der Geschichte nach Frankreich hinüber, und dort – Wenzel sah eine Eins, eine Sieben, eine Acht, eine Neun – brach sich die erlösende Revolution schmetternd Bahn. Mit einem anderen, früheren Gesicht verschmolz nun die Vision. Das Volk von Paris stürmte die Zwingburg, auf den Spießen schaukelten die Schädel von Adel und Pfaffheit, wenig später schnitt aus dem Himmel das dreieckige Messer. Befreit innerhalb eines Augenblicks wurde ein ganzes Volk. Die Säulen seiner Bürgerheere drangen vor in alle anderen Länder Europas. Doch sie scheiterten, weil an ihrer Spitze einer ritt, der sich auf blasphemische Weise zum Kaiser erniedrigt hatte. So krachte der Bau der Wiedergeburt noch einmal zusammen auf dem geschundenen Erdteil. Die Restitution der alten Herrscherhäuser kam, aber nach einem weiteren Jahrhundert bäumte der Kontinent sich noch einmal auf. Und nun war es vollbracht, im letzten Säkulum vor der zweiten Jahrtausendwende; die Völker regierten sich aus sich selbst heraus.

Die Vision des Böhmischen kulminierte. Das von der Vernunft gezügelte Ideale erblickte er. Demos und Kratein lauteten die herrlichen Worte. Nie wieder sollte der Mensch zum Wolf des Menschen werden, so stand es geschrieben. Und das Licht leuchtete auf dem Antlitz des Dunklen, als er dies sah. Daß auch Schatten über die Fassade des gradiosen Bauwerks schlierten, nahm er gleichzeitig mit einem leisen Schauern hin. Er selbst hatte in einer Finsternis zu leben, mit der die Flecken der Zukunft sich wahrlich nicht vergleichen ließen. In seiner Zeit herrschte die Willkür, in der anderen besaß das Volk die gewaltfreie Macht. So war der Makel hinweggenommen von diesem entsetzlichen Wort. Die friedliche Macht der Kleinen bedeutete nicht länger Unterdrückung, sondern den guten Weg. Und die Hefe, aus der die Erlösung aufgären würde – der Dunkle sah jetzt auch dies – scharte sich gegenwärtig um ihn in der Nähe von Cheb; die Tagelöhner waren es, die Kleinbauern, die Handwerker, die Frauen und Kinder dazu. Das Menschenherz war es, das da in Lumpen gehüllt saß; die arglosen Augen waren es, die Hände, die Zärtlichkeit suchten und Zärtlichkeit gaben. Sie alle waren die Menschheit, das Wertvollste und Schönste an ihr; ihr Herz, ihre Seele, ihr Traum. Liebe empfand der Dunkle zu ihnen, unendliche Liebe, und in ihre Gesichter, die ihm auf einmal wie Blüten erschienen, hinein sprach er jetzt, beinahe schluchzend.

„Ihr werdet herausfinden aus der Hölle, in welche die Machtgier von Kranken euch gestoßen hat“, sagte er. „Ihr werdet euren Wert erkennen und eure Schönheit. Nicht länger in elenden Löchern werdet ihr hausen, sondern Luft und Sonne spüren! Die Mauern, die euch das Leben zwängen, werdet ihr brechen! Ihr werdet euch nicht mehr gegenseitig den Brotbrocken vom Mund reißen und dem anderen den armen Bissen neiden. Gerechtigkeit werdet ihr schaffen, für jeden von euch. Eine Stimme soll denselben Wert haben wie die andere!

So werdet ihr das Denken und Fühlen eures Nächsten achten lernen. Aus der Summe eurer Einsicht heraus entsteht euch das Rechte. Erkennen werdet ihr, daß das Schwache nicht weniger wertvoll ist als das Starke. In euren Gärten wird Platz sein für Verkrüppelte und Verfolgte. Gleichberechtigt werden sie stehen neben den Kraftstrotzenden. Die Frau wird nicht länger unter dem Mann sein, sondern neben ihm. Viel Weisheit wird die gesamte Menschheit aus dem Weiblichen ernten! Das Leise und Sanfte wird es sein, das euch mit der geschändeten Erde versöhnt! Ihr werdet erkennen, daß im Frauendenken, in der Frauenseele und im Frauenleib eine ewige Göttin wohnt! Mutter ist ihr Name, Erdmutter, und sie wird niemals verlangen von euch, daß ihr ihr dient, sondern mit zärtlicher Begeisterung und aus Einsicht heraus werdet ihr immer zu ihr kommen dürfen – als Kinder, als Männer, als Schwestern. Ist erst die Gerechtigkeit zwischen Weib und Mann geschaffen, werdet ihr den weiteren Weg vor euch sehen. Mondmild wird er sein und sonnenklar. Die Sterne werden euch nicht mehr an unerreichbaren Ufern stehen, sondern werden Trittsteine im Strom des Kosmos für euch sein! Nicht geringer als das Unendliche aber ist euch der Grashalm. Das Große findet ihr im Kleinen wieder, das Kleine im Großen. Alles zusammen, euch selbst eingeschlossen, werdet ihr in künftiger Weisheit als das Göttliche bezeichnen. Es wird Abermillionen von Namen haben und dazu den einen: Liebe. Denn sie war der Anfang und nimmt nie ein Ende; sie ist der Kern des Menschen und des Alls – und dazu beider Ziel!“

In die Nacht hinein hatte der Dunkle seine letzten Sätze gesprochen. Wie im Traum glitt er jetzt aus seiner Vision heraus und schien in einer Landschaft zu landen, die von erschüttertem Schweigen erfüllt war. Allein fühlte er sich, unendlich allein; etwas schien selbst das Atmen der ihn umgebenden Menschen zum Stillstand gebracht zu haben. Sie haben mich nicht verstanden, dachte er verwirrt. Sie haben nichts begriffen! Wie sollten sie auch? Es kam ja gar nicht aus mir; es kam von anderswo her . . .

Doch dann, als das vermeintliche Ausgestoßensein, die eisige mentale Einsamkeit quälend und fast schon unerträglich zu werden drohten, spürte er die Berührung. Eine Hand, zögernd und dennoch nachdrücklich, schob sich in die seine. Eine stumme Botschaft kam zu ihm herüber, von Haut zu Haut, von Menschenseele zu Menschenseele. Und nach der ersten, die es gewagt hatte, näherten sich auch die anderen, die ihm gelauscht hatten, auch sie ergriffen seine Hand oder umarmten ihn, und dann zogen sie still davon, zurück in ihre Katen und Handwerkerstuben, heim auf ihre armseligen Höfe, ins dunkle Hörigenland hinaus oder hinter die schroffen Mauern von Cheb. Die Nacht verschluckte sie, allein blieb der Dunkle am Bach zurück. Aber nicht in der Einsamkeit kauerte er bis zum Morgengrauen, vielmehr in einem warmen, inneren Licht der Geborgenheit – und diese mentale Aura trug er mit sich fort, als er irgendwann wieder in den Wäldern verschwand.

*

Die helle Vision wich nie wieder von ihm, wenn sie auch in den Jahren, die nun kommen sollten, von einem Meer an Finsternis überlagert zu werden drohte. Dennoch blieb sie in seinem innersten Kern bestehen, freilich oftmals bloß noch als verzweifelter Schrei. Die Zeit nämlich drehte sich nun in jenen Abgrund hinein, den der Dunkle bereits zehn Jahre zuvor im Kerker erschaut hatte. Darüber hinaus wurden Gesichte wahr, die ihm schon in Rom vor dem Dritten Auge aufgegrellt waren, und eines davon betraf den Kaiser, einen Bären und dazu den Tod.

Pestjahre

„In der Nähe von Fürstenfeld, sagst du?“ Der Wittelsbacher fragte es über die protzige Tafel und seinen vollen Pokal hinweg. Jäh aufkeimende Jagdlust ließ seine Augen blitzen. Man schrieb den 10. Oktober des Jahres 1347, und das Bankett, das Kaiser Ludwig der Bayer zu Ehren der Gräfin Agnes von Marstetten-Neuffen hatte ausrichten lassen, dauerte nun schon Stunden.

„Der Bär hat mehrere Tiere aus der Hammelherde des Klosters gerissen!“ bestätigte der Jagdaufseher. „Einer dieser bösartigen Einzelgänger ist es, dafür leg' ich meine Hand ins Feuer! Wer ihn absticht, tut gewiß ein gutes Werk. Aber ungefährlich wird es nicht sein ...“

Der Wittelsbacher schnaubte wegwerfend. „Gerade das reizt mich an dem Abenteuer!“ verkündete er, warf dabei einen beifallheischenden Seitenblick auf die Gräfin. Dann wandte er sich wieder dem Grüngekleideten zu und befahl ihm: „Laß die Ausrüstung für mich und noch zwei Begleiter herauslegen! Morgen, mit dem ersten Sonnenlicht, reite ich hinüber nach Fürstenfeld.“ Er lachte. „Nicht für die Geschorenen tu' ich's! Die halten es mit dem Papst, meinem Erzfeind. Denen wäre zu wünschen, daß ihnen mehr abhanden kommt, als bloß ein paar Hammel! Aber es juckt mich, mich wieder einmal mit dem Petz zu messen. Sind ja schon recht selten geworden, die Bären im Münchner Land.“

„Zwei Begleiter nur?! Niemand sonst?!“ fragte der Jagdaufseher zweifelnd.

„Willst du mich einen Feigling schelten?!“ verwies ihn der Wittelsbacher.

Der Grüngekleidete verschwand; Ludwig schwemmte seinen Ärger mit Wein hinunter. Als er den Pokal absetzte, krümmte er sich plötzlich. Brechreiz schien ihn zu würgen. Während sein Gesicht sich verzerrte, fuhr seine Faust nach der Brust, krallten die Finger sich in den Brokatstoff des Prunkmantels. In sein Keuchen hinein drang die Stimme der von Marstetten-Neuffen: „Was ist Euch, Herr?!“

„Nichts! Höchstens daß mir der Wein in die falsche Kehle ...“, ächzte der Monarch, wirkte beinahe beleidigt ob der Anteilnahme der Gräfin. Er rülpste, schnaufte erleichtert auf, setzte hinzu: „Der Medicus soll mir nachher ein Brechmittel geben. Mag ja auch sein, daß ich mich überfressen habe. Von der Bärenjagd lasse ich mich deswegen nicht abbringen! Morgen bin ich wieder auf dem Damm. Aber jetzt, so leid's mir tut, entschuldigst du mich, Agnes, ja!“ Er raffte sich hoch, er stand wieder gerade. Nur seine Gesichtshaut wirkte noch seltsam fahl.

Sechzig Jahre zählt er jetzt[107]), dachte die Gräfin. Aber er will sein Alter nicht wahrhaben. Sie seufzte, dann wandte sie sich wieder ihrem getrüffelten Kapaun zu. Der Kaiser indessen schluckte wenig später seine gallige Arznei. Kotzte und scheuchte danach wütend den Arzt aus der Kemenate, weil der ihm für die nächsten Tage Bettruhe zu verordnen versucht hatte.

Mit dem ersten Morgenlicht dann, ganz wie er es sich vorgenommen hatte, verließ der Wittelsbacher seine Münchner Residenz in Richtung auf Fürstenfeld. Zwei Ritter, wie er selbst mit schweren Spießen und Schwertern bewaffnet, flankierten ihn. Es fiel ihnen auf, daß Ludwigs Gesicht noch immer so unnatürlich fahl war, doch sie wagten ihn nicht darauf anzusprechen. Immerhin saß der Kaiser geschmeidig im Sattel und zeigte auf dem zweistündigen Weg kein Anzeichen von Schwäche. Als in der Ferne der Turm der Klosterkirche auftauchte, riß er sogar einen Witz über die Hammel. Gleich darauf lief den drei Adligen ein Leibeigener über den Weg. Der Wittelsbacher fragte den Bauern nach der Hürde, in welche der Bär kürzlich eingebrochen war. Der Mann gab ihnen buckelnd die Richtung an; als der Pferch in Sicht kam, begannen die beiden Schweißhunde, die einer der Ritter bei sich führte, plötzlich Hetzlaut zu geben und wie wahnsinnig vorwärtszudrängen.

„Laß sie los!" rief Ludwig und setzte gleichzeitig die Sporen ein. Die Rüden schossen davon, zusammen mit ihnen der Kaiser. Das Vollblut, das er ritt, war den beiden anderen Rössern weit überlegen. Der Abstand zwischen ihm und seinen Begleitern vergrößerte sich zusehends. Über die Schotterebene hin ging es, auf ein ausgedehntes Dickicht zu, das wiederum einem Waldstück vorgelagert war. Die Rüden überkugelten sich jetzt fast auf der Bärenfährte. Dann schienen sie gegen das Gestrüpp zu prallen; der Kaiser zügelte seinen Renner hart – und im nächsten Augenblick nahm der Pelzige die Hunde wütend an.

Ludwig zwang sein scheuendes Roß in eine Volte. Noch aus der Drehung heraus riß er den Jagdspieß hoch, versuchte im neuerlichen Anrennen seines Vollblutes zum Stoß zu kommen. Seine beiden Begleiter waren immer noch an die dreißig Pferdelängen entfernt. Mir gehört der Bär! dachte der Wittelsbacher in einem heißen Aufwallen. Ich werde es ihnen zeigen! Ich zähle noch lange nicht zum alten Eisen! Zwei, drei Sätze seines Hengstes noch, dann wäre der Augenblick da.

Dies schoß ihm noch durch den Kopf, dann schien sich das Spießblatt reißend gegen ihn selbst zu kehren. In die Brust schnitt ihm etwas, mitten ins Herz. Sein Leib schien sich um den gräßlichen Schmerz zusammenknäueln zu wollen. Der Wittelsbacher verlor die Zügel, dann den Sattel. Verschwommen sah er noch, wie der Bär nach den Hunden tatzte, dann wurde aus diesem Bild und dem Näherwirbeln der Erde ein grauer, von zuckenden Blitzen zernadelter Schleier. Und der breitete sich rasend schnell bis zu den Enden der Welt aus, während die beiden Ritter jetzt dem Raubtier den Garaus machten und dann so schnell wie möglich zu ihrem sterbenden Herrn zurückkamen.

Sie fanden Ludwig den Bayern in den Armen eines Bauern, der scheinbar wie aus dem Nichts aufgetaucht war. Seine Begleiter erkannte der Kaiser schon nicht mehr. Jedoch schien er mit einem letzten Augenflackern im Antlitz des Leibeigenen nach einer entsetzlichen Wahrheit zu suchen. Möglich, daß er die Antwort noch fand; die Adligen freilich hörten nichts weiter als ein Röcheln, als er vergeblich noch einmal zum Sprechen ansetzte. Dann vergurgelte ihm auch dieser letzte Lebenshauch, sein Kopf sank an die Brust des Hörigen, als sei allein dort Geborgenheit und Schutz.

Die beiden Ritter brachten den Leichnam ins Kloster von Fürstenfeld, dann ritten Boten nach München hinüber, um den Hofstaat zur Überführung in die Residenz aufzubieten. Als sich der Trauerzug am nächsten Tag schwerfällig über die Schotterebene bewegte, ereignete sich etwas Seltsames. Von Germering her kommend, stieß ein Einschildner[108]) zu der Kavalkade, und dieser betagte Haudegen war einst auch bei der Schlacht von Mühldorf dabeigewesen. Nachdem er nun die näheren Umstände von Ludwigs Abscheiden erfahren hatte, rief er erschrocken aus: „Genauso hat's der Böhmische prophezeit, vor einem Vierteljahrhundert schon! In der Nacht, in der wir den Sieg über Friedrich von Habsburg feierten, stand der Troßjunge des Degenbergers auf dem Marketenderkarren und fauchte es aus sich heraus. Daß der Wittelsbacher sich nicht nur vor der Tiara, sondern zuletzt auch vor einem Bären hüten müsse! Unter der Papstkirche hat der Tote samt seinem Volk wahrlich genug gelitten, aber jetzt ist auch das andere eingetroffen, und der Dunkle hat's schon im Jahr 1322 zu Mühldorf gewußt!"

Dies ging wie ein Lauffeuer durch den Trauerzug, und in der Hauptstadt dann erinnerten sich weitere Adlige und Knechte an den Wildäugigen aus dem Nordwald und seine Visionen. Die Kaiserkrönung in Rom wurde dem einen wieder gegenwärtig, ein zweiter hatte zu Grosseto in der Nähe der Degenberger Zelte gelegen, ein dritter hatte Verwandtschaft in der Weißensteiner Gegend und hatte deswegen irgendwann einmal von Wenzels Ritt hinunter nach Melk gehört, der ja auch aufgrund seiner Hellsichtigkeit erfolgt war. Und ein Pilsener Edelmann, der wenige Tage nach dem Tod des Kaisers an den Münchner Hof kam, steuerte die Legenden bei, die nun auch schon seit langer Zeit in der Šumava über den Ungeheuerlichen umliefen. So traf der Böhmische an dessen Totenbahre sozusagen noch einmal mit dem Kaiser zusammen, mit dem er dereinst im Petersdom einen jähen und erschreckenden Blick getauscht hatte. Mit dem Monarchen, dessen Größe und herrscherliche Vision er damals erkannt hatte, doch ebenso hatte der Dunkle um die Gefahren gewußt, die hinter der Stirn jedes Menschen lauern, sonderlich aber der Mächtigen. Auf den Wittelsbacher wartete nun die Gruft; Wenzel hingegen war selbst als ein Ausgestoßener, als ein Renegat lebendiger denn je, denn von München aus verbreitete sich seine Fama nun wiederum weit übers wittelsbachische und böhmische Land.

Der glühäugige Wanderer durch die Schatten- und Lichtwelten hatte es zu tragen, ob er wollte oder nicht; im Gegensatz zu dem, mit dem er eine Weile, ein Zeitschauern lang mental verbunden gewesen war, sollte ihm das eigene Grab noch nicht vergönnt sein. Vielmehr holten ihn in den nun folgenden Jahren weitere seiner Gesichte ein, beutelten ihn und die Menschheit – und sollten zuletzt in ihrer realen Ausformung dermaßen aufgrellen, daß die Steine darüber zu weinen drohten.

*

Mit politischen Umwälzungen begann es; aus dem Niedergang des Hauses Wittelsbach heraus kam erneut Habsburg zur Macht. Karl IV., mütterlicherseits aus dieser Adelssippe stammend, errang die Königskrone und wurzelte sie ein auf dem Hradschin zu Prag. Bayern dagegen zersplitterte fürchterlich. Sechs Söhne hatte der bei Fürstenfeld Gefällte hinterlassen; jetzt riß sich jeder zwischen Tirol und der Donau an Hausmacht unter den Nagel, was er in der allgemeinen Auflösung zu krallen vermochte. Daß Ober- und Niederbayern „furbas ein Land haizzen sol vnd sol ungeteilt ewiglich bleiben", hatte Ludwig noch im Jahr 1341 feierlich versprochen. Nun aber hockten Ludwig der Brandenburger, Ludwig der Römer und Otto der Faule im Oberland, belauerten und befehdeten sich dort, und nicht anders hielten es Stephan mit der Hafte, Wilhelm und Albrecht im Unterland.

Die Leidtragenden dieser Entwicklung waren – wie stets – die einfachen Menschen, die Kleinen. Sie hatten die Steuern aufzubringen für die sechsfache Hofhaltung; auf ihren Haus- oder

Hüttendächern saß jäh der Rote Hahn, wenn die Herzöge im halben Dutzend der Hafer stach; in ihre Weiler und Dörfer brachen die Fouriere ein, wenn die Blaublütigen reisten, wenn sie mit ihren Jagdbracken und Jägerrudeln unterwegs waren. So bewirkten der sechsfache Protz, die halbdutzendfache Machtsucht, daß sowohl das Ober- als auch das Unterland alsbald gräßlich herunterkamen. Wo sie die Abgaben nicht mehr zu leisten vermochten, mußten die Bauern mit ihren Familien schollenflüchtig werden. Von den Höfen, auf denen ihre Sippen möglicherweise jahrhundertelang gesessen hatten, wurden nun die letzten einer langen Ahnenreihe vertrieben und fanden sich wieder in einer verstrüppten Wildnis, durch die noch nie ein Pflug gegangen war. Nichts als der Bettelsack blieb diesen Ausgestoßenen dann, das Fechten und Lügen, das Schwarzfischen und heimliche Fallenstellen – und manchmal der hinterrücks geschwungene Knüttel, wenn die Gelegenheit günstig, der Händler oder Scholar allein unterwegs waren.

Durch Bayern trieb und rudelte es auf diese Weise und dann allmählich auch nach Böhmen hinein, über den Grenzkamm der Šumava hinüber. Jenseits des Nordwaldes erhofften manche der Heimatlosen sich einen neuen Anfang, doch auch das nunmehrige Königsland vermochte sie nur selten zu ernähren; auch hier hatten die Zeiten sich geändert, waren die Klüfte zwischen den einen im Licht und den anderen im Schatten in diesen letzten Jahren kurz vor der Jahrhundertmitte schroffer geworden. Karl IV., dessen Charakter durchaus groß angelegt war, ließ dennoch sein Territorium bluten, um im Gegensatz dazu die Hauptstadt zum Prunken zu bringen. Im Einzugsbereich Prahas wurde noch 1348 mit dem Bau von Hrad Karlštejn[109]) begonnen; als Schatzhaus sollte die ungeheuerliche Anlage dienen, als Aufbewahrungsort für die Reichskleinodien und eine Unzahl obskurantistischer Reliquien dazu. Wieder hatten die Bauern zu fronen und zu steuern; aus ihrem Schweiß und Blut entstand die Protzhülle – damit sie nachher aus den Mauern ausgesperrt und von den Zinnen herunter belauert werden konnten. Das Volk hatte nichts von Karlštejn als Leid und Verachtung, und auch die Karlsuniversität, die ebenfalls in diesem Jahr 1348 gegründet wurde, gehörte dem Volk nicht. Denn dort sollten nicht die Kinder der Bauern und Handwerker lernen, sondern die adligen Verwaltungsbüttel und Kleriker, deren einziges Ausbildungs- und Lebensziel wiederum das Ausschinden und Verblöden der einfachen Menschen war.

Praha also wuchs auf und setzte durchaus Zeichen für Jahrhunderte. Tatkräftig wie keiner vor ihm an der Moldau war der halb habsburgische, halb luxemburgische Monarch; die Karlsbrücke ließ er erbauen, dazu den St.-Veits-Dom und die Prager Neustadt errichten. Einen mächtigen Pfeiler um den anderen fügte er auf diese Weise in die Kathedrale seiner Fama ein – doch noch nie in der Menschheitsgeschichte waren Dome für das Volk gen Himmel getürmt worden, immer nur zum Ruhm der vermeintlich Großen dieser Erde und zudem zum Götzenruhm, und auch in Metropolis an der Moldau war dies nicht anders; die Menschen jenseits der Festungs-, Kirchen- und Stadtmauern hatten weiter zu buckeln, sich weiter zu krümmen, waren weiter die Hefe des Lebens und wurden getreten, bespuckt und verachtet dafür.

Wenigstens protzte Prag nicht aus christlichem Anspruch heraus! Diese entsetzlichste Blasphemie blieb dem päpstlichen Avignon vorbehalten. Wiederum in jenem ungeheuerlichen Jahr 1348 kaufte Papst Clemens VI. die südfranzösische Stadt. Er kaufte sie samt Kirchen, Palästen, Heimstätten und Hütten, samt Klerus, Handwerkern, Patriziern und Bettlern, samt Leibeigenen und Vieh, samt Frauen und Kindern, samt ihrem ganzen Umland, zu dem Dutzende von Dörfern gehörten, samt der Flußgabel der Durance und der Rhône, samt dem Blut, das vom Ausrottungskrieg gegen die Katharer her noch immer an ihren Steinen klebte. Das den Gläubigen abgepreßte Kirchengold warf er hin für Avignon; der ganzen Welt zeigte er damit keckernd seine gleißende Macht; wo einer mit dem Beinamen Ischarioth den Lehrer von Nazareth lediglich für dreißig Silberlinge verraten hatte, bot der tausendfache Verräter unter der Tiara das tausendmal Tausendfache an Schandgeld auf.

Ungeheuerlich ausstaffiert wurde in der Folge die neue Residenz des vorgeblich allerchristlichsten Antichristen; aus dem weihrauchumdüsterten Leib der Stadt wuchs ein Turm hoch, ärger als der von Babel. Bastionen und Schießscharten kennzeichneten ihn, Mordinstrumente jeglicher Art beherbergte er in seinem Inneren; in den Abgründen des Papstpalastes aber lauerten die Kerker und Folterkammern auf ihre Opfer, die Schergen der Inquisition wieselten dort unten wie die Ratten. Gekreuzigt wurde in der Höhle des Tiers, in diesem wahrhaft taurischen Labyrinth bei Tag und bei Nacht; unersättlich war der Rachen der Kirche im neuen Drachennest, und während im Gekröse der Papstburg die Schreie der Menschen von den Steinen geschluckt wurden, saß der mit der Tiara, von Kardinälen und Bischöfen, von Geldwechslern und Huren umgeben, hoch oben in seinem vermeintlichen Licht, praßte und soff und kreischte über die Welt hin das schiere Gegenteil des Evangeliums.

Über seinem Kreischen freilich, über seinem blasphemischen Prunk entging ihm, Clemens VI., daß er mit all seinem Gold nur ein Grab übertüncht hatte. Durch den Kauf Avignons hatte er den Riß im Gemäuer der Kirche wie mit schmetternden Schlägen weiter vergrößert. Die Pfeiler des Götzentempels hatten zu schwanken begonnen; diesseits und jenseits des Mittelmeers sollten sie stehen und fanden deswegen nirgendwo mehr Halt. Römisch nannte sich die Kirche nach wie vor, war aber französisch geworden. Als allumfassend bezeichnete sie sich noch immer, doch in Wahrheit sollten die sich gegenseitig bekämpfenden Gegenpäpste nun alsbald in ganzen Scharen auftauchen, sollte der Bau schon in naher Zukunft nichts anderes mehr umgreifen als die Machtgier der widereinander lefzenden Stellvertreter des Teufels.

Vor vielen Jahren schon hatte der Böhmische es gesehen und gesagt: Zerspringen werde die Kirche wie ein gespaltener Fels. In einem Blutbad und in der totalen Vernichtung des Papsttums müsse es enden; selbst heimgekehrt nach Rom, werde die Tiara keine Wurzel mehr finden. Nun, in diesem Jahr 1348, wurde diese finale Entwicklungslinie nach zwei Dritteln des katholischen Lebensweges geboren. Wurde geboren aus dem grellen Prunk von Avignon heraus und sollte selbst durch immer maßlosere Ansprüche des Papsttums nicht mehr unterbrochen werden. Weniger als ein Jahrhundert noch, dann würde Jan Hus kommen und würde durch seinen Tod Böhmen zum erstenmal von der Tiara erlösen. Freilich würde das Tier blecken und das europäische Kernland noch einmal unter seine Fuchtel zwingen. Fünf Kreuzzüge würde es geben gegen Prag. Doch aus den Kreuzzügen heraus, als ihr Widerpart, würde nicht der Triumph des Papsttums, sondern Luther entstehen. Der würde den halben Kontinent abtrennen von Rom. Nie wieder würden die Glieder zusammenwachsen, verschiedene Wege würden sie gehen, selbst in eine Neue Welt hinüber. Schrumpfen würde die Allumfassende, nur der Süden des alten Erdteils würde ihr noch gehören, ein paar Einsprengsel nördlich der Alpen dazu. Wieder würden kurze Jahrhunderte verschlieren nach der Reformation; in der letzten Zeit dann würde die endgültige und tiefste Spaltung kommen: Rom gegen seine so lange unterdrückte Gefolgschaft. Die Katholiken, zumindest die Mehrheit unter ihnen, als Feinde der Tiara. Als Gegner der Bischöfe auch – aber zurück zum Evangelium. Nicht mehr nach dem Papst würden sie rufen, sondern zum erstenmal in ihrer Geschichte dem Juden nachfolgen. Der Bescheidenste unter ihnen würde ihr Leitbild sein: der Schmale aus Paderborn, der Jesuaner. Derjenige, welcher im Gegensatz zu der letzten Trinität der Päpste in die Seelen der Menschen blickte. Der die Lehre verkündete, als sei er der Bruder des Israeliten. Der die Kirche zerstören würde, um den wahren Tempel von Nazareth aus den Herzen der Gläubigen heraus aufblühen zu lassen. Der da gesagt hatte, es dürfe keiner von Gott sprechen, ohne dabei in die Augen seines Mitmenschen zu schauen.[110])

Dies würde am Ende stehen; am Anfang des Entsetzlichen aber, das vorher kommen sollte, stand Avignon. Und während Clemens VI. Gold hinwarf für eine weltliche Stadt, lichtelte in Rom bereits etwas auf, was fünfhundert Jahre später zur vorletzten Entmachtung der Päpste führen sollte.[111]) Über den kleinlichen Parteienhader hinweg versuchte Cola di Rienzi, der 1347 zum Volkstribun gewählt worden war, die staatliche Einigung Italiens zu erkämpfen. Kein Kirchenstaat mehr, der gegen die anderen welschen Regionen stand, nur noch ein Volk! Zwar scheiterte der große Denker in seinem Säkulum noch, doch das Samenkorn war gelegt; in einem halben Jahrtausend würde es aufblühen. Und so trieb auch Cola di Rienzi den Spalt tiefer in den Leib der Kirche hinein; auch er tat sein Teil dazu, die Vision des Böhmischen zu erfüllen.

*

Der neue Monarch also kam in dieser Zeit, und unter der gleißenden Tünche lief der Riß durch die Tiara. Doch noch ein drittes Gesicht hatte der Böhmische gehabt, damals in seinen Ketten, im Degenberger Kerker, und nun, wiederum im Jahr 1348, wurde auch dieses gräßlichste Wahrheit.

Daß es sich um die Geißel Gottes handle, kreischten die Menschen; von der Kirche über viele Jahrhunderte hinweg in solch gotteslästerlichem Aberglauben erzogen. In Wahrheit waren es Rattenflöhe, welche die Pest innerhalb kürzester Frist von Sizilien bis Norwegen springen ließen. Aus Asien war der Bazillus eingeschleppt worden; von 1348 bis 1352 sollte er fünfundzwanzig Millionen Menschen, einem Drittel der europäischen Bevölkerung, das Leben kosten. Die Christenheit, in diesen Jahren noch zusätzlich durch Kriege des neuen Königs, des Papstes, der anderen Herrscher gebeutelt, verfiel fürchterlicher denn je in den ihr ureigenen Wahnwitz. Während die Beulen blühten und der Eiter schillernd aus den fieberheißen Leibern der Sterbenden quoll, begannen diejenigen, die bislang noch verschont worden waren, wie irrsinnig gegen sich selbst und zusätzlich noch gegen die Ärmsten der Armen, die Juden, zu wüten.

Der Böhmische, nach wie vor Wanderer und Pilger durch seine grauenhafte Zeit, wünschte sich jetzt oft wieder, er wäre blind. Denn die Bilder, die er jetzt sehen mußte, bohrten sich ihm über die Augen ins Gehirn wie Messer. Die Seele zerschrundeten sie ihm wie kein Leid zuvor; das eine, das ihn angesichts des blutigen Klumpens getroffen hatte, ausgenommen. Durch einen Alptraum glaubte er gepeitscht zu werden; durch eine Hölle, in der jeder Tag unerträglich war – und die jahrelang andauerte. Die herzerschütternden Ereignisse verwebten sich ihm zu einem Teppich der wütenden Gottesleugnung. Jedes neue Erwachen stürzte ihn in einen weiteren Abgrund. Bald wußte er zwischen Heute und Gestern nicht mehr zu unterscheiden; alles floß zusammen in einen unbeschreiblichen Pfuhl. Aus dem aber grellte es ununterbrochen wieder heraus; die blasphemischen Szenen, die Menschenfratzen, die blutigen Klingen, die huschenden Ratten, der Tod – und das verband sich mit den Namen von Ortschaften, von Dörfern und Städten, die einst gewesen waren und dann nicht mehr waren; Hunderte solcher Höllen waren es, und eine davon hieß Rokycany . . .

Während der Dunkle, halbverhungert, am Waldrand kauerte und sich nicht hinunter ins Dorf wagte, wo dünn die Totenglocke wimmerte, brachen die anderen jenseits des Flüßchens Klabava aus dem Forst. Kruzifixe schleppten sie mit, besudelt vom Blut, als seien sie durch eine Schlacht geschleift worden. Brokat und goldbesticktes Zeug flatterten von den Kreuzstangen, götzendienerischen Opfergaben gleich. Hinter dem ekligen Holzkorpus her tanzten die Nackten. Ausgemergelte Gestalten waren es; Wahnsinnige, Vertierte mit geifernden Lefzen, Verzückte mit Augen, die vom Grauen längst gebrochen waren. Kinder trieben sie mit und schwangere Weiber; denen waren abstoßende Zeichen auf die aufgewölbten Leibtrommeln gemalt. Geschorene kobolzten daher, nacktärschig auch sie, und mit ruckartigen Bewegungen schwangen sie gleich den anderen die Peitschen. In offene Wunden schnalzten die Lederschnüre, Eiter und Blut zogen die eingeflochtenen Eisenstücke; bei manchen lagen bereits die Rippenknochen bloß, doch dies schien die Geißler nur noch schneller und manischer voranzutreiben.

So tanzten und sprangen sie herab von der Uferleite; gleich einer brüllenden und psalmensingenden Giftschlange glitt der gotteslästerliche Zug in den flachen Fluß, torkelte und schwemmte hinüber und erreichte das Dorf. Auf dem Anger steigerte sich das Kreischen, das Peitschen, das irre Gottloben zum Crescendo. Ohnmächtig brachen mehrere der Geistesgestörten zusammen. Unter einem fürchterlichen Hieb platzte der Schädel eines Kindes auf. Nichts schien das Grauen mehr steigern zu können – aber dann kam aus der Kirche von Rokycany das zweite Rudel. Auf eiterbesudelten Tüchern schleppten die Bauern unter Absingen von Litaneien die Pestleichen heran. Der Priester hielt zwei brennende Fackeln über Kreuz. Seine Augen glänzten fiebrig; die Seuche schien ihm selbst schon in den Leisten zu sitzen. Seinen Gott beschwor er – und dann wieder, heulend lachend, den Teufel. Als er der Geißler gewahr wurde, brüllte er Satzfetzen aus der Offenbarung des Johannes aus sich. Mit schrillem Geschrei luden andere die Peitschenschwingenden zum Mitkommen ein. Das eine Crescendo mischte sich jetzt mit dem anderen. Die eisenbeschwerten Lederschnüre bissen ins Fleisch der Pesttoten, gleich darauf wieder in die zuckenden Leiber der immer noch Lebenden. Zur Grube rudelten und strudelten sie allesamt hin; zum Massengrab, in dem es unter einer dünnen, unzulänglichen Erdschicht zu gären schien. Ein unbeschreiblicher Brodem schien aufzusteigen von dort, und der saugte die Geißler, die Bauern und ihre schlaffen Traglasten jetzt ein. Um den rattenumwimmelten Pfuhl herum begannen sie irrsinniger denn je zu tanzen. Die Riemen stiegen empor zum Himmel und kamen wie ein Ungewitter wieder herunter. Sie gaben den Takt an zum Wegschleudern der Leichen. Ein kotbesudelter Greis überschlug sich und landete in der Grube. Ein totes Kind folgte; eine junge Frau, noch in der fürchterlichen Auflösung von wilder Schönheit. Drei, vier weitere Körper klatschten hinterher. Ihre Glieder verschlangen sich, das Knäuel aus schlaffem Totenfleisch wuchs. Wieder Fetzen aus der ungeheuerlichen Offenbarung, wieder die Peitschenschlangen zwischen Tod und außer Rand und Band geratenem Leben. Und dann der blasphemische Höhepunkt; das Verflachen der Grabgrenzen, der gotteslästerliche Austausch zwischen Leichen und Lebensgier.

Aus dem religiösen Wahn wurde unendlich obszöne Brunst. In der Grube, um sie herum begannen die Geißler und Dörfler zu kopulieren. Die Natur, gepeitscht bis aufs Blut, in ihr Gegenteil verkehrt, suchte ihr widernatürliches Recht. Das gemarterte, abgetötete Fleisch wollte sich letztlich doch nicht abtöten lassen. Noch einmal schrie es auf im eigenen Untergang. Der Böhmische, in seinem Versteck, in seinem neuerlichen Kerker, übergab sich würgend. Über die allerletzte Erniedrigung des Menschengeschlechts hin spie er seine Galle. Mit besudelten Händen bedeckte er seine Augen und floh blind.

Floh bis ins Bayerische, das er Wochen oder Jahre später erreichte. Cham hieß der Ort, war vor Urzeiten über dem Fluß Chamb erbaut worden. Durchs Tor schlich er, das kein Wächter mehr schützte. Die Kirchenglocken hörte er freilich auch hier raunzen. Die Gasse hinauf zum Marktplatz war steil. Wie ausgestorben standen die Häuser, glotzten ihre Tür- und Fensterhöhlen. Doch das Glockenraunzen wies ihm den Weg, auch wenn er sich mental dagegen wehrte. Als er auf den Platz torkelte, sah er die Ungeheuer. Wieder mit Kruzifixen, wieder einen Gott beschwörend, an den er nicht mehr glauben konnte. Lanzen in den Krallen, Hellebarden, Schwerter, Morgensterne. Ein einziger stachelbesetzter Leib; der Leib der Christenheit. Und in den Fängen des schuppigen Tiers die anderen, die Juden. Am gähnenden Brunnenloch zusammengetrieben; Kind, Weib und Mann. Die Gesichter blutig gestriemt. Da und dort ein Auge bereits ausgeschlagen. Die Kleider zerrissen, die Hälse schon im Vorgeschmack gewürgt. Ein verzweifelter Ruf flackerte über den Platz hin: Adonai! Aus dem Christenrachen brach ein Schrei, ein Crescendo, wie damals in Rokycany. Aus dem kollektiven Heulen heraus artikulierten sich die uralten Lügenformeln: Die Gottesmörder! Die Feinde der Christenheit! Die Teufelsanbeter! Die Schuldigen an der himmlichen Geißel! Die Verursacher der Pest! Die Brunnenvergifter!

Der Böhmische hörte und sah mental die Ratten huschen, die Flöhe sich schnellen, myriadenfach. Gleichzeitig ging das Christentier los auf DEN JUDEN. Einmal mehr gellte der Todesschrei des heimatlosen Volkes auf. Das Christentier biß zu, spießte, dolchte, schmetterte, schlitzte, prügelte. An den Brunnensteinen wurden Schädel zerschmettert, Knochen gebrochen. Die leblosen, die sich noch immer krümmenden Körper hochgerissen, in den Schlund gestoßen. Hinunter zum reinen Wasser, das keine Schuld trug, die Schuldlosen. Bis der Brunnen mit Judenleibern aufgefüllt war. Und auch an den Körpern einzelner Israeliten war das Pestglühen zu erkennen, ebenso wie an dem einen oder anderen Christenleib. In den Häusern lagen die Leichen des einen Volkes ebenso wie die des anderen. Dennoch wurde sinnlos geschlachtet. Metzelte das Christentier, bis der Brunnen überzuquellen drohte. Bis kein schuldloses Wesen mehr lebte. Und dann begann der Moloch unter dem Kreuz zu tanzen, begann heulend seinen Gott zu preisen, bis aus dem stampfenden Schuppenleib des Tieres ein Mensch herausbrach, den Todesschrei auf den Lippen und die aufplatzenden Beulen unter den Achseln. Bis auf diese Weise die Wahrheit jäh und unwiderruflich ans Tageslicht kam; die Wahrheit, daß sinnlos gemordet worden war, daß kein Gott – existent oder nicht – sich mit Menschenopfern, mit Haßgebrüll dazu beschwören ließ.

Der Böhmische verfluchte diesen Gott – existent oder nicht -, als er nun wiederum floh. Durch Bayern oder durch Böhmen, egal. In einem einzigen Land befand er sich, in dem das Grauen grenzenlos wucherte. Das Reich Karls IV. war zum Reich des Todes geworden. Über das bloße Sterben hinaus, das ohnehin schon so fürchterlich war, auch noch zu einem Haus, in dem Menschen mutwillig und blasphemisch geschlachtet wurden. So war die Hölle geschaffen worden, die von der Kirche seit mehr als tausend Jahren beschworen worden war. Nicht im Jenseits lebte die äußerste Verneinung des Humanen, sondern im Diesseits. Und hier nicht in der natürlichen, sondern in der von Menschen versudelten Welt.

Der Dunkle begriff es, begriff es aus seinem Herzensschrei heraus und hastete weiter. Hastete dahin, neuerlich Wochen oder Jahre, bis er nach Strakonice kam ...

Zwei Heerhaufen hetzten dort über die Heide aufeinander zu. Sakrale Paniere und Adelsbanner flatterten. Hengsthufe trommelten, Roßnüstern waren wie im Wahn geweitet. Sattelzeug jacherte, Rüstzeug klirrte. Speerrechen zernadelten den Himmel. Die Reiter trugen Helmvisiere vor den Gesichtern wie Schakalschnauzen. Brüllend in den Karrees des Fußvolk, von Waibeln vorwärtsgepeitscht. Bluthunde dazwischen, jetzt plötzlich von den Ketten gelassen. Als die Schlachthaufen sich ineinander verbissen, schrie der Böhmische in seinem Versteck vor Pein.

Er sah, wie eine Menschenbrust sich krümmte in der Agonie um einen Lanzenschaft. Er sah ein Menschengesicht unter dem wegschnellenden Helm in zwei Teile sich spalten. Er sah, wie ein Bauch aufgeschlitzt wurde und Menschenhände, als wühlten sie im Kot, sich in die Eingeweide gruben. Ein Arm wurde von einer Schulter getrennt, und der Dunkle sah die rote Fontäne sprudeln. Er sah, wie zwei sich gegenseitig im gleichen Augenblick aufspießten, wie zwei Menschenleiber aneinandergenagelt in den Dreck stürzten. Er sah ein enthauptetes Roß, das seinem eigenen Blutschwall nachgaloppierte, dann sich überschlug. Er sah, wie sieben oder acht Leichtgewappnete einen Gepanzerten umringten, ihn zu Fall brachten und ihn in seiner Rüstung mit Beilhämmern zu menschlichem Brei schlugen. Er sah, wie ein anderer Ritter nahte und einen Plänkler mit dem Morgenstern köpfte. Die Zähne einer Molosserdogge sah er in die Gurgel eines Sterbenden fahren. In einem ungeheuerlichen Strudel sah er die vertierten Menschenrudel sich drehen, und es dauerte lange, unendlich lange, bis dieser entsetzliche Mahlstrom aus dem eigenen Ausbluten heraus dann doch wieder zum Stillstand kam.

Die Überlebenden, von Kirche, König und Pest in die Anarchie getrieben, wankten und schlichen davon in die Schatten der jetzt einbrechenden Nacht. Sie hatten geschlachtet im Namen der Mächtigen und des Grauens, und nun blieb die fürchterliche Ernte der Menschenverachtung auf der Walstatt liegen. Aus dem letzten Zwielicht des Tages heraus kamen die Geier, die wilden Hunde und Füchse dazu. An den Kadavern kirchlicher oder herrscherlicher Ideologie – machtbesessener Weltanschauung jedenfalls – begannen sie sich gütlich zu tun, und in seinem Versteck hörte der Dunkle das Zerren und Reißen, das Malmen und Flügelflattern, das Knochenzersplittern und mürbe Schnalzen des Fleisches. Wie gelähmt vernahm der Böhmische dies, brachte die Kraft zur Flucht noch nicht auf, obwohl alles in ihm danach schrie; etwas schien ihn in seine verstrüppte Grube zu nageln, weil der Kreis des Entsetzlichen sich noch immer nicht geschlossen hatte, weil er dazu verdammt war, bis zum Ende in der lästerlichen Spirale mitzuwirbeln. Über seine fünf Sinne hinaus peitschte ihn jetzt auch der sechste, der mentale, und während die stinkende Nachtschwärze abgrundtief wurde, spürte er das über den Tod hinausgreifende Mikrobengewusel, das in dem einen oder anderen gefällten Leib aufs Schlachtfeld gesät worden war. Die erst zur Hälfte ausgereiften Beulen sah er inwendig in den Menschenkadavern, die selbst nach dem Sterben noch gärenden Eiterherde dazu – und dann, während die Rattenflöhe unhörbar fein zu keckern schienen, gesellten sich zu den Geiern, den wilden Hunden und Füchsen die menschlichen Aasfledderer.

Aus der finstersten Stunde der Nacht heraus kamen die Plünderer und schändeten die Gefallenen, die Verreckten, die Irregeführten ein weiteres Mal; nach Waffen suchten sie, nach Silber, nach Gold – nach Macht also wiederum. Den entsetzlichen Gesetzen der Menschheit folgten sie damit, nach denen nur der etwas galt, der das Mordwerkzeug in Besitz hatte und dazu totes Metall. Aus der Verwesung heraus bildete sich so schon wieder der giftgrün schillernde Samen des nächsten Schlachtens, doch sollte es im Fall der Fledderer von Strakonice nicht noch einmal auf einer Walstatt seinen mörderischen Niederschlag finden.

Die Rattenflöhe nämlich sah der Dunkle mental von den Toten auf die Lebenden springen; die Mikroben sah er hinüberschnalzen vom verwesenden zum vorerst noch durchbluteten Fleisch. Und das war das Ende der Spirale, damit hatte der blasphemische Kreis sich geschlossen, jetzt vermochte der Schwarze Tod binnen drei Tagen und Nächten seinen neuen Acker zu bestellen. Das Röcheln und das Aufplatzen der Beulen vermeinte der Dunkle zu hören, als ihm jetzt endlich doch die Flucht gelang; die Flucht, die ihn weiterführte und immer weiter übers zutiefst geschundene Land.

*

Leere Dörfer, verlassene Gehöfte, offene Leichengruben; eine, an deren Rand wie ein Wesen von einem anderen Stern der letzte

Barmherzige der ganzen Menschheit zu liegen schien. Ausgesetzte Kinder, in der Hungersnot einsam verflackert. Leichen auf Kreuzwegen; Körper, sichtlich von eigener Hand in einen Baumwipfel gehievt. Kirchen, in denen die Verwesenden vor dem Altar lagen. Ein Priester, der in seiner letzten Todesqual in den Kelch gekotzt hatte. Ein Rudel Nonnen, skelettiert unter den Chorgewändern. Ein Zug Mönche, wie Raubtiere übereinander hergefallen wegen einer Frau. Ein Schauspielerkarren, in dem die Kadaver gleich Kaisern bekrönt waren. Auf einem Galgenhügel ein immer noch Lebender, der das Jüngste Gericht beschwor, der einen Bischofsstab trug und sich mit Rattenleibern bekränzt hatte. Rinder, in der Milchnot verendet. Bäche, aufgestaut hinter verwesendem Fleisch. Geier, die bis zum Platzen gekröpft hatten und nicht mehr flugfähig waren. Die Mauern einer Burg, schwarz vom Pech als Abwehrzauber; kein Leben mehr drinnen. Eine Singende, die ungeschoren vorüberschritt, vom Wahnsinn wie beschützt. Die Überreste eines Feuerspuckers, der die Fuselflamme gegen sich selbst gelenkt hatte. Ein Reicher, der Gold in den Wind gestreut hatte – vergeblich. Neben einer Klosterpforte das Kämmerchen, in dem ein Kapuziner erschlagen lag. Buchstäblich erdrückt von den Reliquienschreinen, den Pokalen, der Gold- und Silberlast, die man ihm um der vermeintlichen göttlichen Gnade willen aufgedrängt hatte. Sinnlos, nutzlos die verzweifelte Bestechung; nur wenig weiter in den Gassen der Stadt die Kadaver der Schächer. Ein Türmer, windgedörrt hinter seiner Brüstung. Ein vom Schlag Getroffener, der in seinem Keller in einer Weinlache schwamm. Ein Stadtgraben, bis zum Rand aufgefüllt mit erschossenen Geißlern. Auf den Wehrgängen auch die Armbrustschützen tot. In einer Kapelle das Marienbild mit Teufelshörnern versehen. Heiligengebein, aus jahrhundertealten Gräbern gerissen und verstreut. In einem Latrinenloch ein Verrückter, bis zum Hals. Immer wieder Kopulierende über den Kadavern. Solche dazu, die in ihrer Verzweiflung neue Götter und Dämonen beschworen. Andere, die kreischend die Fackel ins eigene Haus schleuderten. Auf einem Feldaltar ein Kreuz aus Katzenbälgern, von einem Totenschädel gekrönt. Eine Sauforgie auf einem Friedhof. Ein Prediger, der den Tod als den einzigen Gott pries. Ein Scholar, der sich daraufhin verzückt den Dolch durch die Gurgel jagte. Eine Mutter, die ihr Kind erdrosselte, als der Pestkarren nahte.

Ein Seher, der sich nach jener Finsternis sehnte, die ihm das Überleben schon zweimal möglich gemacht hatte . . .

Je weiter er durch die Pestjahre irrte, um so lauter schrie der Dunkle nach dem Blindsein. Er wollte die Bilder, die gegen ihn heranschmetterten gleich zackigen Steinen, nicht länger ertragen. Er wollte kein Menschenleid mehr sehen, keine Kirchen und keinen Gott. Er wollte in die Schale, in die Kapsel, in die undurchdringliche Hülle. Manchmal dachte er, der Tod sei der Ausweg. Doch sein Selbsterhaltungstrieb, trotz allem, hielt ihn jedesmal von diesem finalen Schritt ab. Auch hatte er mehr Mut als andere und brachte deswegen den Mut nicht auf. Nichts blieb ihm als ein mentales Brüllen nach der Nacht. Die Dunkelheit aber, in die er sich in Rom und im Kerker geflüchtet hatte, wurde dem Dunklen jetzt grausam verwehrt. Mehr und mehr äußerliche Gesichte fegten gegen ihn heran, gnadenlos, bis dann – und damit hatte die Gnadenlosigkeit Sinn gewonnen – seine letzte und äußerste Läuterung kam. Bis Wenzel schrankenlos zu leiden begann, mitzuleiden mit der gesamten Menschheit.

In eine neue, unerhörte Dimension hinein blühte das Grauen und verflüchtigte sich. An die Stelle des Abscheus, der Pein trat das Herz. Ein Meer an Mitleid wuchs heraus aus der zuckenden Wurzel; eine Trauer, welche die Grenzen der nackten Verzweiflung sprengte. Nicht die Rattenflöhe, nicht die Eiterbeulen, nicht die abstoßenden Fratzen, nicht die hämische Wollust über den Leichen, nicht das Stinkende, nicht das Kotige sah Wenzel jetzt mehr. Er sah nicht mehr das Verbrecherische in der Mutter, die ihr Kind schlachtete, nicht mehr das Blasphemische in dem Priester, der den Tod vergötzte, nicht mehr das Räuberische in denen, welche die Leichen fledderten. Die Larven fielen jetzt ab, die Krätze, der Schorf, die Ekelfladen. Das Verächtliche an den Menschen schmolz weg, das Primitive, das Viehische, das Dumme, das Irregeleitete, das Verbohrte, das Hirnrissige, das Blutrünstige, das Mörderische. Es verging vor dem mentalen Auge des Böhmischen jäh wie ein Nebel – und dahinter erkannte er das Wertvolle, das Ewige, das Bleibende. Er erkannte es in der allertiefsten Erniedrigung der Menschheit; hinter der absolut negativen Fratze bildete es sich aus. Die Verzweiflung der Menschheit war es; die Verzweiflung über das, was so abgrundtief böse ihr Schicksal war. Doch gerade diese Verzweiflung war groß, war dem Göttlichen nahe, führte zu den Sternen. Denn in der Verzweiflung lag auch der Wille zum Gegenteil, lag die Sehnsucht nach dem Hellen, dem Milden, dem Freundlichen; lag die Sehnsucht nach Barmherzigkeit, nach Liebe, nach Frieden, nach Unversehrtheit, nach Versöhnung, nach Aussöhnung mit der Natur und dem Nächsten; mit dem Bruder, der Schwester und dem Kind. Ein hohes Denken und Fühlen war da, gerade aufgrund der Verzweiflung; weil sie verzweifelt waren, vermochten die Menschen selbst in der ärgsten Hölle sich immer noch das Lichte vorzustellen. Sie hatten sich noch immer nicht aufgegeben und waren deswegen auch nicht aufgegeben, und genau das schlug aus dem Blutsumpf heraus die Brücke für die Menschheit in den Kosmos; gerade das war das Unsterbliche an ihnen und ihre Erlösung; gerade deswegen waren sie noch immer schön, waren sie schöner denn je, auch wenn die Verzweiflung ihnen die Fratzen vors Antlitz schmiedete, auch wenn sie gefallen und abgestürzt waren bis auf den Grund des letzten, des allerletzten Pfuhls.

Gerade dort blieb ihnen etwas, das sie mit dem tiefsten Sinn ihres Daseins verband; gerade dort wurden sie geprüft, ausgeglüht und geläutert – und nun, da er dies begriff, blühte dem Böhmischen eine weitere Erkenntnis auf; daß sie nämlich nicht daran gemessen wurden, wie tief sie gestürzt waren; daß das, was den Kosmos erfüllte, nicht kleinlich und beckmesserisch war; daß dort andere Gesetze galten, Gesetze mit der Möglichkeit unendlicher Vergebung, unendlichen Verstehens. Nicht die Taten der menschlichen Erniedrigung zählten, sondern das Unsterbliche am Menschsein, das letzte, dumpfe Willensflackern hin zum Guten, zur positiven Alternative, so denn ein Mensch sich bloß bemühte, es am Leben zu erhalten – und sei es unwissentlich, sei es im grellen Keckern seiner letzten Verzweiflung. Denn leicht, zu leicht manchmal, war das Aufschauen zu den Sternen aus der Fülle und aus der Geborgenheit heraus; unendlich schwer aber war das letzte Quentchen Hoffnung und Willen zu gewinnen, wenn ringsum der Kot stank und der Pfuhl brodelte, wenn scheinbar keine Hoffnung mehr war und bloß noch dumpfes Ergeben in die Willenlosigkeit. Wenn dann aber ein Mensch auch nur ein Keuchen noch aus sich zu quälen vermochte, einen letzten Atemzug des Widerstands bloß noch, dann war er erlöst in Ewigkeit, dann würde er niemals verrecken, auch wenn hinter dem Tod das Nichts stehen sollte, dann würde seine letzte Sekunde unendlich währen und würde den Kosmos verklären.

Dies begriff der Dunkle schließlich auf dem Kulminationspunkt seines Mitleidens. Er begriff es, nachdem er selbst durch die Hölle gegangen war und sie länger durchschritten hatte als viele andere; gleichzeitig verstand er jetzt auch, warum er selbst noch nicht hatte sterben sollen. Durch das Mitleiden hatte er ausreifen müssen, noch über das gewöhnliche Menschenmaß hinaus. Beinahe fünf Jahre lang war er seinen eigenen verzweifelten Weg gegangen, seit 1348 die Pest sich ins böhmische und deutsche Land gekrallt hatte. Er war durch das Grauen gewandelt wie durch einen einzigen jahrelangen Alptraum, doch nun war er gereinigt von allen Schlacken, nun war er beinahe schon leuchtender Geist in einer mürben Hülle, nun durfte er erwachen und die Welt mit helleren Augen und schärferem Blick denn je sehen.

In einer hügeligen Landschaft kam er zu sich, im Frühling 1352; hinter weichen Nebelschleiern erkannte er in der Ferne undeutlich eine Burg. Eher mental wurde ihm klar, daß es sich um Rabi[112]) handeln mußte, unweit von Velhartice gelegen. In jene Gegend war er zurückgeführt worden, in der sein vermeintliches Leid einst seinen Ausgang genommen hatte, und plötzlich wußte er – wiederum mental – auch, daß es irgendwo hier ein Kloster gab und hinter dessen schroffen Mauern eine Frau. Etwas schnitt ihm ins Herz, von der unendlich weit entfernten alten Zeit in die neue herüber, aber dann wehte der Schmerz wieder weg und machte einem anderen Gefühl Platz, das nicht nur sie und ihn, sondern den ganzen Kontinent von Sizilien bis Norwegen betraf. Aus einem jähen Staunen heraus wurde ihm auf einmal klar, daß die Pest in Europa in diesem Frühling 1352 erloschen war; daß das Land wieder frei zu atmen und den Schorf abzustreifen begonnen hatte.

Ein Lächeln verklärte das Antlitz des Dunklen; gleich darauf spürte er eine weiche Berührung an seinem Leib. Ein Lamm hatte ihn gestreift, und nun kamen auch andere Tiere heran, eine ganze Herde, und ein Knabe war bei ihr; ein Elternloser.

Den nahm der Dunkle zu sich an Sohnes Statt und nahm zugleich die Herde an als seine Heimat. Und so zogen sie, Menschen und Tiere wie ein Wesen, langsam weiter, während in der Ferne die Silhouette der Burg sich immer weicher und milder einzunebeln schien.

Das letzte Gesicht

Aus dem Glast des Hochsommers heraus schossen die Reiter aus Praha gleich einem Fanal. Königsboten waren es, an ihren reichen Rüstungen und zusätzlich den Wappenfarben kenntlich. Durch den verschlafenen Flecken unterhalb der Burg galoppierten sie, gleich darauf donnerten ihre Rösser über die Zugbrücke von Rabi. Kaum waren der Kurier und die ihn begleitenden Reisigen von den Sätteln gesprungen, näherte sich ihnen beflissen auch schon der Vogt und fragte nach ihrem Begehren.

„Den Begnadeten suchen wir! Den Geheimnisvollen, der die Zukunft zu erkennen vermag!“ erwiderte der Anführer des Prager Trupps. „Die Kunde von ihm ist bis zu Seiner Majestät gedrungen, und nun sollen wir ihn aufspüren und auf den Hradschin geleiten. Der Seltsame lebt doch in der Nähe von Rabi, nicht wahr?“

„Ihr meint den Hirten“, murmelte der Vogt. Etwas wie ein Erschrecken lief dabei über sein Antlitz. „Ja, er treibt sich hier in der Gegend herum. Wenzel soll sein Name sein. Aber ich sage Euch gleich, geheuer ist's mit dem nicht! Es ist nichts Gutes, was er zuzeiten aus sich faucht! Einmal waren wir schon drauf und dran, ihn am nächsten Baum aufzuknüpfen! Aber dann ließen wir Gnade vor Recht ergehen, weil er nämlich ...“

„Hättet Ihr ihn gehenkt, so hättet Ihr die Gunst des Königs verspielt gehabt!“ unterbrach ihn der Kurier. „Ihr wißt, Karl liebt das Ungewöhnliche. Als das Tuscheln und Flüstern wegen des Hirten immer lauter wurde, verlangte er, daß er ihn auf dem Hradschin haben müsse, um jeden Preis!“

„Die Majestät muß wissen, was sie will“, versetzte der andere. Schroff klang es. „Ihr findet den Verrückten, wenn Ihr noch ein Stück weiter auf Sušice zu reitet. Irgendwo an den Hängen der Otava soll er gegenwärtig seine Herde hüten. Seid aber nicht allzu enttäuscht, wenn Ihr ihn dann vor Augen habt! Ein abgerissener Lump ist er, nichts weiter!“

„Lump oder nicht – ich habe den Befehl des Königs auszuführen!“ schnappte der aus Praha, und wenig später galoppierten die Rösser wieder durch den Torschlund davon.

*

Der Knabe brockte gerade dunkles Roggenbrot in die Schafsmilch, als die Hufschläge oben auf der Leite der Otava aufklangen. Hastig stellte der Zwölfjährige den Tonscherben ab. „Bewaffnete!“ flüsterte er. „Ein ganzes Rudel!“

Wenzel wandte noch nicht einmal den Kopf. Vielmehr ließ er einen melodisch schwingenden Pfiff hören, und augenblicklich beruhigte sich die unruhig gewordene Herde wieder. Erst dann erwiderte er: „Du mußt keine Angst haben, mein Sohn! Sie kommen nicht im Unfrieden, ich spüre es."

„Wenn du es sagst . . .", murmelte der Knabe zweifelnd, nahm die irdene Schale wieder auf und reichte sie dem Hirten. Wenzel, in seinem zweiundvierzigsten Lebensjahr stehend, doch fahlhaarig jetzt wie ein Greis, begann weltvergessen zu schlürfen und hielt auch dann nicht inne, als die Königsboten bereits heran waren, als die stampfenden Rösser ihn und seinen Gefährten umringten.

„Du mußt es sein!" rief der Kurier ihm zu. „Der Helläugige, der das Kommende zu sehen vermag!"

„Ich schaue nicht einmal mehr das Gegenwärtige", versetzte der Fahle leise. Den letzten Brotbrocken schwemmte er zusammen mit dem letzten Schluck Milch hinter die brüchigen Zähne. Dann hob er dem Reichgekleideten sein Antlitz entgegen – und der schrak vor dem Trüben und Hornigen in den Augen des Hirten zurück.

„Nun weißt du es", sagte Wenzel. Trauer und gleichzeitig etwas wie Erlöstsein schwang in seiner Stimme mit. „Einen Klaräugigen hast du gesucht – und einen Blinden gefunden."

„Aber die Gabe . . .", stammelte der andere. „Dein Ruf ist nach Praha gedrungen, bis auf den Hradschin! Du bist zu einem Berühmten geworden in Böhmen! Es kann doch nicht sein, daß du jetzt, wo ein Königsbote zu dir kommt, die Gabe verloren hast . . ."

„Es darf nicht sein, glaubst du?! Weil ein Gekrönter es anders will?!" Jetzt war plötzlich etwas Metallenes in Wenzels Tonfall. „Sie lernen es nie! Karl glaubt, er brauche nur zu befehlen; er bildet es sich ein, bloß weil er die Macht hat! Auch Fulk dachte so, auch Bušek! Einer wie der andere! Immer nur das Fordern! Weil sie Helme oder Kronen tragen und auf ihren Burgen sitzen! Weil sie nichts begreifen vom Lauf der Welt!"

„Dies mag zuzeiten so sein", zwang der Kurier sich zu sagen. Bušek, dachte er dabei verwirrt. Den kenne ich von Velhartice her. Aber wer ist dieser Fulk? Laut setzte er hinzu: „Doch du solltest auch bedenken, Wenzel, daß der König dich zu sich bittet, weil er durch dich etwas über die Zukunft des Reiches erfahren möchte!"

„Nicht Karl hat gebeten, sondern du", stellte der Hirte richtig.

„In Seiner Majestät Namen", erwiderte der Prunkvolle. „Und nun sage mir, ob du den Wunsch des Königs erfüllen wirst? Ob du es kannst? Ob deine Augen . . ."

„Es hat nichts damit zu tun", raunte der Fahle. „Nur äußerlich ist mir die Welt entschwunden, innerlich sehe ich sie klarer denn je. Freilich bin ich dessen sehr müde geworden. Wünschte mir nichts sehnlicher als den Frieden, da ich mich dem Knaben und den Tieren anvertraute. Vergönnt war er mir leider selten. Immer wieder kamen, seit ich aus dem Pfuhl zurückkehrte, die Bauern zu mir, die Leibeigenen, die Bresthaften. Kamen zu mir in ihrer Menschennot. Denen konnte ich es nicht abschlagen. Nicht meinen Schwestern und Brüdern. Für die wollte ich mehr denn je am Leben sein! Weil sie schwach sind, elend und so oft krank in ihren Herzen. Weil sie Trost brauchen, Klarheit, Hilfe. Weil sie zumindest eine Vision nötig haben, die Vision von einer besseren Welt, um zu überleben. – Doch der König auf dem Hradschin . . ."

Der Kurier schwieg lange. Endlich sagte er: „Auch Karl ist ein Mensch! Wenn du wirklich ein Seher bist, mußt du unter dem Kronreif seine Augen erkennen können . . ."

„Mit diesen Worten hast du mich überzeugt", erwiderte Wenzel. „Hast mir noch einmal Hoffnung gegeben, doch fürchte ich gleichzeitig, ich werde für den unter dem Goldhelm nichts weiter tun können, als ihn in einen Abgrund zu stürzen!" Er hörte, wie die gepanzerte Faust eines der Reisigen an den Schwertgriff klirrte. „Wenn es aber so kommt, wird es nicht von mir ausgehen, sondern von ihm!" setzte er mit beinahe heiligem Schmerz auf dem Antlitz hinzu.

Der Königsbote nahm es hin. „Du und dein Knabe, ihr könnt hinter meinen Männern aufsitzen", sagte er bloß noch. „Auf Rabi werden wir dann Pferde für euch bekommen. Und nun laßt uns reiten, denn Karl wartet!"

„Er wird noch ein wenig länger warten müssen, denn zuerst muß ein anderer Hirte für die Schafe gefunden werden", erwiderte der Fahle.

*

Gleich einem Wildtier witterte der Abgerissene in die Königshalle hinein. Die Prunkkleider, die man ihm nach der Ankunft auf dem Hradschin aufzudrängen versucht hatte, hatte er verächtlich zurückgewiesen. Wie eine Besudelung seiner so unendlich fernen und jetzt erneut so nahen Erinnerungen an Prag wären sie ihm erschienen. Ludmilla! dachte er wiederum, während er prachtvoll und kalt die Gegenwart des Monarchen spürte. Mit dem Bild der Weißblonden war auch alles andere jäh zurückgekommen; neben ihrem wundersamen Leib, ihren Lippen, ihren Händen, ihrem Stammeln auch der Klumpen, der Kerker, Fulks Klauen, die Ketten, die Flucht. Ein Strudel schien Praha zu sein, in dem alles grell noch einmal kulminierte. Und im Zentrum des sehnsüchtigen und qualligen Gurgelns jetzt das Prachtvolle, das Kalte. Karl IV. aus den Geschlechtern Luxemburg, Jagiello[113]) und Habsburg. Der Fahle, aus der eigenen ungeheuerlichen Vergangenheit herausschreitend, fand seinen Weg vor den Thronsessel, ohne daß er irgendwelche fremde Hilfe benötigt hätte. Der König bemerkte es erstaunt und scheuchte die Schranzen hinaus. Nur ein einfach gekleideter Schreiber blieb außer dem Gekrönten und dem Hirten in der Audienzhalle zurück.

„So bist du also gekommen!“ Karls Stimme klang befriedigt, klang unsicher. Das Unsichere schlug für den Abgerissenen die Brücke, die ihm die Antwort erleichterte: „Nicht weil du es befohlen hast, sondern weil es sein mußte!“

Ein erschrockener Atemzug des Skribenten war zu vernehmen, ein scharfes Räuspern des Monarchen. Doch dann fragte der König: „Was meinst du damit?“

„Um der Welt willen! Wegen der Menschheit!“ fauchte es aus dem Rachen des blinden Hirten. „Weil die Erde leidet! Weil das Leben auch ohne die Kronen schon schrecklich ächzt! Deswegen bin ich gekommen und ließ ich meine Herde zurück! Weil du es nicht weißt! Weil du es hören mußt!“

Nahe stand der Fahle jetzt am Thronsessel; er hätte den Herrscher berühren können. Doch seine Hände hingen bewegungslos, bloß mental tastete er sich in die krude Schale des anderen hinein. Vom hastigen Atem des Großen aus dem Blut der Luxemburger, des Jagiello, der Habsburger ließ er sich tragen, schwang sich tiefer und tiefer hinein ins Lungenblähen und dann ins Herzpochen des Königs. Erspürte den Machthunger dort drinnen, gleichzeitig aber auch das Weben einer noch nicht völlig verschütteten Menschlichkeit, denn der König war noch jung, stand in diesem Sommer 1352 gerade erst in seinem sechsunddreißigsten Lebensjahr. Das Starre und das Bewegliche kämpften im Kern seines Herzens noch. Und dies war der Grund, warum der Fahle nun nicht mehr fauchte, sondern eher mitleidig raunte: „Ihr Kaiser, Könige und Fürsten, o ihr armen Leute im Land, es wird eine Zeit kommen, da werdet ihr wünschen, nicht geboren zu sein!“

Der Fahle sagte es dem Monarchen, als hätte er ein Kind vor sich, doch kaum hatte er in seinem Mitfühlen, in seiner Barmherzigkeit das letzte Wort ausgesprochen, da spürte er, wie der Seelenkern des anderen sich jäh verhärtete, metallen wurde. Wie ein Schwerthieb flirrte es dem Hirten ins eigene Innerste hinein, und der Schlag löste auch bei ihm das Scharfkantige aus; vertan war die allerletzte Gelegenheit, der Herrscher bereits gefallen, auch wenn er nach wie vor auf dem Gipfel seiner Macht stand; das Reich vermodert, auch wenn es noch Jahrhunderte vegetieren sollte. Eine Hand war zögerlich ausgestreckt und zurückgestoßen worden, und mit dem gleichen Lidschlag hatte die Erdachse sich verschoben, hatten die Sterne ihren Standpunkt gewechselt, war alles besiegelt worden. Die Ketten, der Kerker, Fulks Krallen, die Toten von Chudoba, der geschlachtete Katharer, Rom, Mühldorf und Grosseto, der unbeschreibliche Klumpen dazu – dies alles krachte dem Seher mit dem Metallwerden des Pragers in den Schädel zurück. Die Pestjahre standen wieder auf, als dem Volk keine Hilfe gekommen war von den Gekrönten, als sich die Salbe auf ihren Stirnen als Kot entpuppt hatte; das ganze Leid der Kleinen, der Machtlosen, der Unterdrückten und Geschundenen kam hoch im Steigrohr von Wenzels nun fürchterlich ausbrechender Vision, und nun fauchte er doch wieder, gellte und geiferte: „Die einen werden fressen, und die anderen werden verhungern! Weil die einen die Harten sind und die anderen die Weichen! Aber dann sind die Burgen verödet, und die hohen Herren greifen zum Pflug!“

Zurückgefahren war der König; tiefer und tiefer in seinen Prunksessel hatte jedes einzelne Wort ihn geschmettert gleich einem stählernen Hieb. Doch der blinde Hirte fuhr ihm nun nach, schien sich über ihm aufzubäumen, schien in seinem heiligen Zorn hinauszuwachsen über alles menschliche Maß. Nichts Trübes, nichts Horniges, nichts Milchiges war mehr in seinen Augen; ein Glühen brach vielmehr aus ihnen heraus, ein Brennen und Beißen, und auf solcher Lichtbrücke donnerten nun die mentalen und verbalen Bilder gegen den Herrn des Reiches heran; die Gesichte, die ihn bis ins Mark erschütterten.

„Kein Mensch soll Macht über einen anderen Menschen haben!“ heulte der Hirte. „Dies steht auf der Gesetzestafel des Kosmos geschrieben mit flammenden Lettern! Die Sterne selbst bildeten einst das heilige Wort aus! Doch in Abgründen, aus brodelndem Kot heraus entstand das andere, das widerwärtige Streben! Im Pfuhl wurden gezeugt die Eisernen, die Erzenen, die Metallenen! Sicheln ihnen anstatt der Herzen in die Brust geschmiedet! Raubgier in die Schädel! Drachenklauen an die Hände! Wolfshauer ins Maul! So fuhren sie auf gleich grünem Geifer aus den verworfenen Schlünden! Setzten sich fest auf den Auen der Erde! In der Unschuld! Im Wehrlosen! Ließen ihre Stahlruten über die Äcker hin klirren! Schmiedeten das Leben in die Fesseln! Schlugen die Menschheit in Ketten! Errichteten Zwingburgen auf jedem Hügel, auf jedem Berg, in jeder Flußschleife! Pflanzten sich fort, ein Moloch mit dem anderen! Kreißten zur noch abscheulicheren

Stärkung ihrer Macht die blasphemischen Religionen aus sich! Erschufen statt des göttlichen Geistes den Schlächter und Herrn! Verlangten von Abram, daß er den Sohn opfere auf dem Blutstein! Abram versagte, schrie nicht empört auf, schlachtete den Götzen nicht, gelobte Gehorsam! Die falschen Götter keckerten entzückt! Das Bündnis war geboren zwischen ihnen und den Zwingherren! Thron und Altar zur Verknechtung der Menschheit vereint! Im Kosmos weinte das wahrhaft Göttliche! In einen blutigen Nebel stürzte die Erde ab und verbarg darin ihr Antlitz! Das gepanzerte Tier kroch von den Hängen Jerusalems, Roms und Aachens herab! Seine Schleimspur schliert seither durch die Jahrtausende! Die Krone, aus Drachenkot gehämmert, wechselte die Herrscherschädel, behielt ihre Ausdünstung! Von München gelangte sie nach Prag! Schillert jetzt auf dem Hradschin! Wird aber hier nicht ewig bleiben! Zu einem Drittel heißt das Drachenblut Habsburg, im Augenblick noch! Wird aber größer werden unter diesem Namen! Wird allein Habsburg sich nennen, schon bald! Wird herrschen über ein Reich, in dem die Sonne nicht mehr untergeht!"

Der Hirte fuhr einen Schritt zurück vom Thronsessel; ein verächtliches Lachen schien ihm übers Antlitz zu flackern. Der König, aschgrau im Gesicht, hatte die ganze Zeit über den Dolchgriff umkrampft. Jetzt ließ er das Heft fahren, ächzte in irrer Verzückung: „Ein Reich . . . ewig wie die Sonne . . ."

„Nicht ewig!" fauchte der Fahle. „Der Schein trügt dich in deiner Vermessenheit! Hörst nur das heraus, was du hören willst! Lernst nichts! Lernst's nie! Siehst stets nur das Eisen, die Macht! So vernimm, was sein wird, über deine kleine Ewigkeit hinaus! Werden Heere segeln über ein noch unbekanntes Meer im Westen! Nicht im Frieden gelangen sie an die Küsten des neuen Erdteils! Bringen vielmehr einen janusköpfigen Moloch dorthin! Bekehrung zum Christentum und Goldgier heißen seine Häupter! Das eine schlachtet ganze Völker durch den Glaubenswahn! Das andere vollbringt das Nämliche durch seine Unersättlichkeit! Unter dem Doppelkönigtum von Aragon und Kastilien beginnt's! Unter einem, der wie du Karl heißt, erreicht es seinen Höhepunkt! Der Fünfte seines Namens sieht von Horizont zu Horizont die Sonne nicht mehr sinken! Zerbricht aber daran! Kann das andere, die Kirchenspaltung, trotz seiner Goldberge nicht aufhalten! In ein Kloster flüchtet der Habsburger verzweifelt! Yuste[114]) wird es genannt! Dort verreckt er an der Gicht und verblutet aus dem Magen heraus! Nimmt den Tod vorweg, der auch seinem Haus droht! Von der Allmacht hinein in den Untergang! Habsburg stürzt! Hält sich in Madrid nicht mehr, in Prag nicht, auch nicht in

Wien! Reißt aber vorher noch die Welt in den Abgrund! Wird verflucht sein in Ewigkeit wegen der vieltausendmal tausend Toten! Wird verjagt werden aus seinem letzten Land![115]) Wird kein Hund mehr einen Bissen annehmen wollen von Habsburg!"

„Nein!" keuchte der König. „Schweig! Ich bitte dich! Ich lasse dich köpfen, so du noch ein einziges Wort . . . "

„Fürs Bitten ist es zu spät! Das Köpfen kann dir nichts nützen!" fauchte der blinde Hirte. „Die Dinge gehen ihren Gang, gerade weil du wieder mit Gewalt gedroht hast! Ein halbes Jahrtausend mag dein Blut sich noch halten auf dem Thron des Tiers! Ein paar Jahre länger auch noch! Aber dann geschieht es! In einer Zeit, in der einer aus deinem Stamm länger denn sechzig Jahre Herr über Böhmen war, wird durch einen Fürstenmord ein großer Krieg entstehen! Dann fallen die Kronen! Dann werden die gekrönten Häupter wie die Äpfel von den Bäumen fallen! Dann beginnt die Zeit, da der Schrecken dieses Land nicht mehr verlassen wird! Dann wird der böhmische Löwe – und damit ist gemeint mein Volk – nicht mehr untertan sein, sondern sich selbst regieren! Wird sich aber den Frieden gegen die Fürsten, gegen andere Teuflische auch hart zu erkämpfen haben! Wird die Deutschen tragen müssen, welche die Eintracht nicht wollen! Aus diesem verführten Volk wird einer kommen, der wird die Geißel schwingen über Prag! Einen Fliegenschiß wird er in der Fratze haben, anstatt eines Bartes! Der wird noch schlimmer sein als je Habsburg, kommt aber auch aus dem süddeutschen Gäu! Er fängt zu trommeln an, und um Böhmen herum wird ein großer Trümmerhaufen sein! Ganz Deutschland wird zerstört werden, nur das Gebiet der blauen Steine wird verschont bleiben![116]) Der große Krieg wird zu Ende gehen, wenn die Kirschen blühen! Wenn die Kirschen aber reif sind, möchte ich kein Böhme sein![117]) Eine Schuld wird dann bezahlt werden für etwas, das vorher geschah! Das Böhmerland wird gesiebt werden nach dem Krieg, den der Fliegenschiß anzettelte! Es bleiben nur soviel Deutsche, wie unter einer Eiche Platz haben! Die eine andere Sprache reden, werden das Land verlassen! Die einen werden schuldig sein, die anderen nicht! Ausgetrieben werden sie alle! Zur Kirschreife aber werden die eisernen Rosse Böhmen zerstampfen! Werden hereinbrechen nach Böhmen, werden sich aber nicht viel länger als zwei Jahrzehnte behaupten können! Werden wieder abziehen, dann ist das Land frei! Wird sich aber bald spalten! Wird den östlichen Teil wegen eines Wahns verlieren! Noch einmal wittert dabei der Fliegenschiß aus seinem Grab heraus![118]) Kann sein, daß dann noch einmal Blut fließen wird unter den Brüdern! Doch dies wird erst geschehen, wenn Habsburg schon lange vernichtet ist! Wenn kein Fetzen mehr von seiner einstigen Macht geblieben ist! Wenn die Sonne untergegangen ist über deinem Haus, Karl! Wenn die Letzten deines Stammes haben einsehen müssen, daß ihre Macht ihnen nichts einbrachte, daß sie wertlos waren und nichts als ein Schiß in der Zeit! Dann, ihr Mächtigen und Gewaltigen, werdet ihr kleiner sein als der arme Hirte!"

Wimmernd krümmte sich der König in seinem Thronsessel, Seiber lief ihm aus den Mundwinkeln. Mehrmals setzte er an, ehe er das eine Wort herausbrachte: „Warum?!"

„Warum?!" schleuderte ihm der blinde Hirte in die zuckende Fratze. „Weil ihr euch an der Macht besoffen habt, du und all die anderen! Weil ihr der Machtgier erlegen seid, wieder und wieder! Und weil aus dem Machthunger immer nur das Böse entsteht! Macht ist Menschenverachtung, du Narr! Mißachtung alles Lebendigen dazu! Die einzig wirkliche Sünde, die es auf Erden gibt! Aus der Macht, aus der Menschenverachtung heraus treibt alles Leid! Alles Unrecht, alles Verworfene! Im Kleinen hebt's an, wenn der Mann sein Weib unterdrückt – oder das Weib seinen Mann! Setzt sich fort in den Kindern, wenn man diesen Schwachen die Menschenwürde nicht zugesteht! Und wie's im Kleinen vergiftet ist, so auch im Großen! Wo ein Ritter aus der Machtlust heraus die anderen schindet, weint die Erde! Wo ein Pfaffe keckert von der Gottesmacht, lästert er das Göttliche! Wo Heeresmacht gegen Heeresmacht steht, kommt jegliche Vernunft zum Erliegen! Wo Priestermacht gegen Priestermacht sich aufbäumt, lacht der Teufel! Wo Königsmacht gegen Königsmacht streitet, bloß um immer mehr Gold, immer mehr Land zu erraffen, blutet und krümmt sich das Volk!

Jedes Kinderauge, jede Mutterbrust, jedes Männerschluchzen sagt euch dies, ihr Mächtigen! Hätte es euch sagen können von Säkulum zu Säkulum! Jede Träne, jegliches zerrissene Fleisch, jeder bettelnde Blick! Ein einziges Flehen um Liebe hallt durch die Welt von Anbeginn an! Eine Sehnsucht nach Zärtlichkeit, Frieden und Schönheit! Ihr aber, die Drachen der Macht, ihr habt diesem Göttlichen das Eisen, die Schneide, die gepanzerte Faust entgegengestellt! Das ist der Grund, warum ihr verrecken werdet! Warum das Menschenherz im Verein mit der Erde sich gegen euch aufbäumt! Deswegen wird man euch abschütteln und euch in den Abgrund schleudern! Ehe es zum Weltabräumen kommt durch eure Schuld! Ehe ihr nach dem Ersten und Zweiten Geschehen die Erde in den Abgrund stürzt, der ihr Ende wäre! Ehe euer Machtwahn euch noch dazu treibt, selbst aus der Sonne die machtlüsternen Blitze zu ziehen! In den letzten Zeiten, ehe es sich entscheidet, sehe ich überall auf den Kontinenten schon die himmelhohen stählernen Pfeile auffahren, in deren berstenden Leibern der Tod für Millionen und Abermillionen lauert! Eine machtbesoffene Kirche höre ich kreischen, daß diese Geschosse auf Rußland und China niederhageln könnten, ohne daß der Gottgötze einen Einwand habe![119]) Von einem Enthauptungsschlag gegen die Hälfte der Menschheit geifern Machtgeile in einem fünfeckigen Haus![120]) Im Osten denken sie nicht weniger teuflisch, bis ein Sonnenmeiler zerplatzt und der mit dem Mal auf der Stirn sie zur Einsicht bringt! Doch trotz seines guten Wollens zerbricht das riesige Land ob des Machtwahns vieler Kleinerer in tausend Stücke! Und die Macht treibt die eisernen Rosse über die keuchende Erde und die stählernen Geier übers Firmament! Die Welt schaudert und ächzt unter dem Machtwahn, der jahrtausendealten tödlichen Krankheit, doch weit in der Ferne sehe ich dann endlich auch den letzten Thron stürzen! Der römische ist's, mit seinem Fall stirbt das blutige Tier! Das, was einmal Habsburg war, wird man dann schon fast nicht mehr kennen! Und man wird das blasphemische Wort aus der Sprache getilgt haben, das da lautet: Macht über die Menschen! So wird's kommen, du Mächtiger von Prag, und jetzt frage mich noch einmal, so du es wagst: Warum?!"

Karl IV. wagte es nicht. Er hockte bloß da, wie gelähmt, wie vom Schlag getroffen. Ein Kind hätte ihn vom Thron stoßen können; schon jetzt, mehr als ein halbes Jahrtausend vor der Endzeit seines eben erst drittelig zur Macht gekommenen Geschlechts. Die Larve hatte der blinde Hirte ihm von der Fratze gefetzt – und dahinter war nichts; nichts als verächtliche Leere.

Und diese Leere, die Machtwahn, Machthunger und Machtbesoffenheit hieß, Menschenverachtung und Haß auf die Menschheit dazu, füllte der Seher nun aus mit seiner letzten und größten Vision. Ein Strahlen lag auf seinem Antlitz, ein Blühen schien von seinem Herzen auszugehen, als er raunte: „In jener künftigen Zeit, in der man das Wort Macht nicht mehr kennt, wird das, was als Samenkorn in der Menschenhülle liegt, wahrlich zur Entfaltung kommen! In der Seele und im Geist gleichermaßen wird es wurzeln und wird aufblühen in unsagbarer Schönheit! Fallen werden die Schranken zwischen dem Menschlichen und dem Göttlichen! Liebe wird der Name der Brücke sein, und die Menschheit wird eintauchen in den Atem des Kosmos! Geistig und seelisch werden die Kleinen, die Verachteten, die Arglosen, die Barmherzigen, die Mildtätigen, die Mitleidenden, die Hungrigen nach Gerechtigkeit, werden all diejenigen, die von der verfluchten Macht gekettet und eingekerkert waren, eins werden mit den Sternen! Zu einer einzigen Heimat verschmelzen werden ihnen Erde und Himmel! Den Tod werden sie nicht mehr kennen, denn sie werden um ihre ewige Umwandlung im Schoß des allumfassenden Göttlichen wissen! So wird ihr Same sich ausbreiten und sich vermischen mit Milliarden und Abermilliarden schwesterlicher und brüderlicher kosmischer Existenzen! Und sie werden spiralen über die Zeitmauern hinaus und sich an den Garten Eden erinnern, der ihnen geschenkt ward vor ihrer Geburt, der zerstört wurde aus einem Wahn heraus – und dennoch bewahrt wurde, weil in den Herzen der Geschundenen und Geknechteten die Sehnsucht nicht starb . . ."

*

Der letzte Satz des blinden Hirten war verhaucht. Das Gold im protzigen Audienzsaal auf dem Hradschin zu Prag schien unter dem ungeheuerlichen verbalen Ansturm trübe geworden zu sein. Wie aus einem Alptraum heraus fuhr der König von seinem Thronsessel hoch. „Pack mir den Gotteslästerer! Laß ihn nicht entkommen!" herrschte er den Schreiber an, dessen Feder die ganze Zeit übers Pergament gekratzt, einzelne Fetzen der Vision festzuhalten versucht hatte. Jetzt, als der Skribent sich jäh emporschnellte, nach dem Abgerissenen greifen wollte, brach der Gänsekiel knirschend. Der Laut mischte sich mit einem anderen, dem Zuschlagen einer Tür. Der Fahle war verschwunden, gleich einem Phantom, von einem Lidschlag auf den anderen. Die eilig alarmierten Wachen, die Büttel, die Schranzen hatten das Nachsehen. Dem Monarchen, Karl IV., König vorgeblich von Gottes Gnaden, blieb in seiner Ohnmacht nichts anderes mehr zu tun, als dem Schreiber, unter Androhung der Todesstrafe, die Weitergabe dessen, was er aus dem Mund des blinden Hirten gehört hatte, zu verbieten.[121]) Doch selbst dies blieb eine ohnmächtige Geste, denn die Wahrheit läßt sich nicht unterdrücken, und so kamen die Gesichte Wenzels, fragmentarisch freilich nur, trotzdem auf heimlichen Wegen unters Volk.

Sie lebten und sollten von Mund zu Mund weitergeflüstert werden, bis sie sich schließlich erfüllten. Derjenige aber, der sie in die Welt gebracht hatte, schien seit jener Stunde auf dem Hradschin verschollen.

Epilog

Die kleine Herde zog ungesehen an der Burg Rabi vorbei und weiter nach Westen. Hand in Hand gingen der Knabe und der blinde Hirte, dessen einst dunkles Haar jetzt wie Schnee schimmerte. Als er das Rauschen der Ostružná vernahm, lächelte der, welcher nicht alt geworden war, sondern zeitlos. Er verhielt den Schritt, und der Knabe begriff. Langsam trieb er die Schafe weiter, während Wenzel auf einen Stein sank, mit ihm zu verschmelzen schien.

Das Hochufer entlang kam die Nonne. Jenseits ihres flatternden Umhanges klebte die Festung Velhartice auf dem Bergsporn. Unweit davon stand das Kloster, in dem Ludmilla einst lebendig begraben worden war. Doch heute hatte sie noch einmal den Ruf vernommen und war ihm gefolgt. Jetzt, da sie den Hirten erkannte, streckte sie die Hände aus. Wenzels Körper löste sich vom Stein; ruhig und sicher wie ein Sehender schritt er ihr entgegen. So vereinigten sie sich noch einmal, über all ihr Leid hinweg.

Später, der Abend kündigte sich bereits an, las er den Gedanken, den sie nicht auszusprechen wagte. „Nein!" flüsterte er. „Nicht noch einmal hinter Mauern! Auch wenn du dort jetzt die Äbtissin bist. Es wäre dennoch etwas, das schwindet . . ."

Sie nahm es hin, fragte bloß noch: „Was aber bleibt dann?"

Stumm deutete er auf die Wälder im Süden, wie streichelnd schien seine Hand die bepelzte Silhouette der hohen Šumava nachzufahren.

Ludmilla verstand und ging ohne ein weiteres Wort. Der Seher wartete, bis ihm, mental, ihre Gestalt, die Berge und der jetzt schon nächtliche Himmel zu einer Einheit verschmolzen. Dann machte auch er sich wieder auf den Weg. Er schritt ins Sternglänzen hinein, aber er nahm nicht die Richtung, in die der Knabe und die Herde weitergezogen waren. Er hatte einen Zustand erreicht, in dem er keinerlei führende Hand mehr benötigte. So näherte er sich dem Punkt seiner Vollendung, seines Ursprungs und seiner Befreiung.

Im Rund einer namenlosen Wüstung, tief im Herzen der Šumava, fand er den Nabel. Einst hatte die Pest hier gewütet, nunmehr war über die verfallenen Grundmauern der Ansiedlung der Moosfriede gewachsen. Und in diese webende Stille, die zugleich kosmische Brücke war, ging der Heimgekehrte ein und schloß im Angenommenwerden den Kreis, der seine Bestimmung gewesen war.

Anmerkungen

[1]) Die Festung Degenberg, heute nur noch Burgstall, lag im Vorwald bei Bogen, Landkreis Straubing-Bogen. Bis zum späten 15. Jahrhundert war das Adelsgeschlecht der Degenberger sehr einflußreich in Ostbayern.

[2]) Palas = ritterlicher Wohntrakt einer Burg.

[3]) Die Grafen von Bogen starben Mitte des 13. Jahrhunderts aus. Zur Handlungszeit des Romans befand sich ihre Stammburg bereits in wittelsbachischem Besitz.

[4]) Ministeriale(n) = nichtadlige Dienstleute eines Edelgeschlechts in bedeutender Verwaltungsfunktion. Später bildete sich ein Ministerialenadel aus.

[5]) Die Oberpfalz war das „Ruhrgebiet des Mittelalters". Das dort gewonnene und verarbeitete Erz wurde nach halb Europa vertrieben.

[6]) Die genannten Kleriker und Adligen bildeten das Kurfürstenkollegium, dem im Mittelalter das Recht zufiel, den deutschen König zu wählen.

[7]) Man glaubte im Mittelalter, daß Könige und Kaiser ihren Herrschaftsanspruch von göttlicher Gnade ableiten konnten. Deswegen sprach man auch von Gottesgnadentum.

[8]) Nordwald = Böhmerwald. Der Begriff schließt den Bayerischen Wald mit ein.

[9]) Zwinger = Mauerzug, meist am Rand einer Burganlage. Eingedrungene Feinde sahen sich zwischen der Zwingermauer und etwa einem weiter innen stehenden Turm plötzlich in der Falle, da die Zwingermauern stets einen kleinen Abschnitt völlig umgrenzten.

[10]) Scharpie = zerrupfte Leinwand als Verbandsmaterial.

[11]) Profos(en) = Verwalter der Militärgerichtsbarkeit, auch Henker.

[12]) Karlsdiadem/Karlskrone = Reichskrone. Die deutschen Kaiser leiteten ihre mystische Herkunft von Karl dem Großen ab, sahen sich stets als seine Nachfolger. Seine Krone war deswegen ein Symbol ihrer Macht.

[13]) Zille = flachbödiges Flußboot, noch heute in Gebrauch.

[14]) Šumava = Die Rauschende (tschechisch). In der tschechischen Sprache steht Šumava für den Böhmerwald.

[15]) Badestuben gab es auf den europäischen Burgen seit der Kreuzzugszeit. Man hatte diese Art der Körperpflege von den Orientalen übernommen.

[16]) Die Burg Trausnitz im Tal liegt bei Nabburg in der Oberpfalz und ist nicht zu verwechseln mit der Wittelsbacher-Festung Trausnitz in Landshut.

[17]) Reichsvikar = hoher Beamter des Reiches. Zur Zeit der Romanhandlung vertrat Bertold von Marstetten den König in Italien.

[18]) Avignon war seit 1309 Sitz der Päpste. Nominell herrschten sie freilich immer noch in Rom, wo sie sich im Regelfall durch Legaten vertreten ließen.

[19]) Konrad von Marburg war der erste Hexenjäger und vom Papst eingesetzte Inquisitor in Deutschland. Er wurde 1233 von aufgebrachten Adligen erschlagen.

[20]) Fähnlein = kleine militärische Einheit; Gefolge eines Ritters.

[21]) Ghibellinen = kaisertreue Partei in Italien. Ihre Gegenspieler waren die papsthörigen Guelfen.

[22]) Das Vorkosten war ein weitverbreiteter Brauch; Adlige sollten dadurch vor Giftanschlägen geschützt werden.

[23]) Der Mordanschlag des Stephano Visconti auf Ludwig den Bayern ist historisch, ebenso das Eingreifen Montforts und der Tod des Visconti.

[24]) Der Streit zwischen Ludwig dem Bayern und dem Papst über die Armut des Jesus von Nazareth und seiner Jünger bewegte die ganze damalige Welt. Während Ludwig im Verein mit dem Franziskanerorden logischerweise auch die Armut der Kirche aufgrund des Evangeliums forderte, betrachtete das Papsttum diese Sicht der Dinge als „Ketzerei". Avignon versuchte sogar nachzuweisen, daß auch Jesus und die Apostel reich und mächtig gewesen seien. Der Grund für diese Mißachtung der jesuanischen Lehre lag mit Sicherheit darin, daß das Papsttum die politische Herrschaft über Europa anstrebte und dafür seinen immensen Reichtum benötigte.

[25]) Interdikt = Kirchenstrafe. War über ein Land das Interdikt ausgesprochen, durften die Kleriker keine Taufen oder Beerdigungen mehr vornehmen, keine Messen mehr abhalten und auch nicht die Beichte hören. Die Menschen des Mittelalters, in ihrem religiösen Wahn, wurden dadurch in Höllen- und Verdammungsängste getrieben. Das Interdikt wurde vom Papsttum oft als politisches Druckmittel und zur Durchsetzung der eigenen weltlichen Ziele gebraucht.

[26]) Gemeint ist das Kapitol, ein Burghügel in Rom mit zwei Kuppen und traditioneller Versammlungsort der Römer.

[27]) Friedrich II. aus dem schwäbischen Geschlecht der Staufer (1194–1250) war einer der ungewöhnlichsten Herrscher des Mittelalters und seiner Zeit politisch und philosophisch weit voraus. Selbst vermutlich völlig religionsfrei, versuchte er religiöse Toleranz durchzusetzen. Als erster Kaiser setzte er in der Reichsverwaltung auf Beamte und steuerte damit der Adelswillkür. Als der Papst einen Kreuzzug, also einen Angriffskrieg, von ihm verlangte, einigte er sich mit dem Sultan von Ägypten (damals Herr über Palästina) friedlich. Er schaffte es, daß christliche Pilger Jerusalem und die anderen „heiligen" Städte unbehelligt aufsuchen konnten. Der Papst bannte ihn daraufhin, weil er den Ausgleich gesucht und nicht die Ausrottung der „Heiden" betrieben hatte. Ohne den Widerstand der Kirche hätte Friedrich II. Europa wohl schon im 13. Jahrhundert in die Neuzeit zu führen vermocht. Doch Rom bekämpfte ihn unbarmherzig und rottete durch die Enthauptung seines Enkels Konradin im Jahr 1268 das Geschlecht der Staufer in seinem letzten legitimen Zweig aus.

[28]) Vierung = Raumteil einer großen Kirche, gebildet durch die Kreuzung von Längs- und Querschiff.

[29]) Felonie = Treuebruch, Verrat, besonders gegenüber einem hohen Lehensherrn.

[30]) Die in Anführungszeichen gesetzten Stellen sind Zitate aus den Verwünschungen, die Papst Johannes XXII. von sich gab.

[31]) Der Reichsapfel war eines der kaiserlichen Herrschersymbole. Er stand für die Weltkugel.

[32]) Das Papsttum hatte sich erst ungefähr seit dem Jahr 1000 absolut etabliert. Bis dahin war der Bischof von Rom als „Oberhaupt der katholischen Kirche" nur soweit anerkannt, als seine Macht jeweils reichte. Um die erste Jahrtausendwende setzte sich die Papstmacht durch Gewalt und Bestechung dann total durch. Diese historische Entwicklung könnte für die heutige ökumenische Diskussion noch einmal sehr interessant werden: Der Primat des Papstes stammt nicht aus der Anfangszeit des Christentums, sondern ist eigentlich eine späte Fehlentwicklung . . .

[33]) Die Papstwahl in der geschilderten Form war legitim. Da ja rechtlich lediglich ein Bischof von Rom gewählt wurde, war es nur natürlich, daß der Klerus der Stadt dies tat. Dies war sogar der traditionelle Weg. Die Papstwahl durch ein Kardinals-

kollegium (oft vom Kandidaten gekauft) war erst im 11. Jahrhundert durch Leo IX. eingeführt worden. (Vergleiche auch Anmerkung 32!)

[34]) Der Ostgote Theoderich (454–526) regierte als König unter byzantinischer Oberhoheit Italien und andere Teile des ehemaligen Weströmischen Reiches. Sein Herrschaftsgebiet umfaßte auch das heutige Altbayern. Theoderich bescherte seinem Land eine 30jährige Friedenszeit, trat für geistige Freiheit und weltanschauliche Toleranz ein. Heiden, Juden und Christen waren in seinem Reich gleichberechtigt. Dies trug ihm freilich die Feindschaft der katholischen Kirche ein. (Folgen: Siehe Anmerkung 35!)

[35]) Nach dem Tod Theoderichs des Großen betrieben die römischen und byzantinischen Katholiken eine Ausrottungspolitik gegenüber dem ostgotischen Volk. Der Grund lag darin, daß die Goten sich zur arianischen Lehre bekannten, einem geistigen Weg des Christentums, der von den Katholiken als Ketzerei verteufelt wurde, obwohl gerade der Arianismus dem Urchristentum noch sehr nahe stand. In der Mitte des 6. Jahrhunderts kam es dann zum katholischen Völkermord an den Ostgoten. Es war der erste seiner Art in der langen Geschichte des Katholizismus und wurde von dem byzantinischen Feldherrn Narses mit ungeheuerlicher Präzision durchgeführt. Die letzten Reste des ostgotischen Volkes begingen in ihrer Verzweiflung einen kollektiven Selbstmord in einem Nebenkrater des Vesuv. Lediglich in den Alpen überlebten einige abgelegene gotische Siedlungen.

[36]) Hier folgt der Text den Prophezeiungen des Hellsehers Alois Irlmeier aus Freilassing. Die entsprechende Stelle lautet im Original: „Hinter dem Papst ist ein blutiges Wasser und tote Priester mit weißen Haaren." – Aber auch der blinde Hirte von Prag hat derartige Dinge vorausgesagt, wenn er vom Untergang a l l e r Fürstenthrone sprach. Nach dem Verständnis seiner Zeit waren die beiden herausragendsten Fürstenthrone der kaiserliche und der päpstliche. Sie teilten sich die Herrschaft über die Welt. Die Prophezeiung des Hirten kann also nur den Untergang des Papsttums bedeuten.

[37]) Der Papstpalast in Avignon verfügte über weitläufige Verliese, die heute noch zu besichtigen sind.

[38]) Auch hier wurde wieder eine Prophezeiung Irlmeiers verarbeitet. Der Originaltext lautet: „Der Papst flieht nach Südosten oder über das große Wasser."

[39]) Atahualpa und Moteczuma waren die letzten Herrscher der Inkas bzw. der Azteken. Sie wurden von der katholischen Conquista ermordet, ihre Reiche vernichtet. Man muß in beiden (und vielen anderen) Fällen auf dem amerikanischen Kontinent wiederum von Völkermord sprechen.

[40]) Malachias war ein irischer Priester des Mittelalters, der eine weltberühmte Prophezeiung über die Zukunft des Papsttums tat. Danach ist Johannes Paul II. der drittletzte Papst.

[41]) Der französische Hellseher Nostradamus sagte das Folgende voraus: „Der letzte Papst wird in die Jauche geworfen werden." Der Begriff Jauche ist möglicherweise so zu erklären, daß der Tiber in Rom heute entsetzlich verschmutzt ist.

[42]) Haus Anjou = französisches Königshaus.

[43]) Schallern = offener Helm.

[44]) Stalin hatte, nach Augenzeugenberichten, einen sehr schweren Tod.

[45]) Das Mal auf der Stirn Gorbatschows. Erstaunt über seinen Friedenswillen und seine revolutionären Taten, glauben Esoteriker, daß Gorbatschow ein Wiedergeborener von Atlantis sei. – Der Autor gesteht ein, daß er sich in dieser Frage vornehm auf seinen Agnostizismus zurückzieht.

[46]) Diese Stelle bezieht sich auf den Mordaufruf Khomeinis gegen den Schriftsteller Salman Rushdie. – Die Assassinen waren eine mittelalterliche Mörderorganisation des Islam; die heutige Hisbollah („Partei Gottes") etwa steht durchaus in ihrer Tradition.

[47]) Mit dem Begriff des Davidsreiches oder des Großreiches Israel operieren immer wieder die religiösen Fundamentalisten im heutigen Staat Israel. Besonders in der objektiv unrechtmäßigen Siedlungspolitik wird dies deutlich. Die Fundamentalisten verschweigen dabei, daß das Reich des Königs David niemals bis ans Mittelmeer reichte. In Richtung Jordanien hatte es eine größere Ausdehnung als das heutige Israel. Wären die Fundamentalisten ehrlich, dann könnten sie zwar – zumindest nach ihrer obskurantistisch-religiösen Doktrin – Land im Osten beanspruchen, müßten dann aber die Küstenregionen an die Philister = Palästinenser zurückgeben. – Der Autor möchte hier ausdrücklich betonen, daß für ihn das Recht des jüdischen Volkes auf den eigenen Staat Israel unbestritten ist. Die gegenwärtige Siedlungspolitik (diese Zeilen wurden im Juni 1992 geschrieben) gefährdet aber die Existenz des jüdischen Staates! In dieser Sorge ist sich der Autor mit seinen israelischen Freunden einig.

[48]) Der Staatskatholizismus in Polen war in der Vergangenheit einer der rigorosesten Europas. 1991 versuchte die polnische Bischofskonferenz seine Wiederherstellung. Die demokratische Trennung von Staat und Kirche sollte wieder aufgehoben werden. Das Vorhaben scheiterte (noch einmal?) am polnischen Parlament.

[49]) Ombrone = Fluß in der Toskana. An seiner Mündung ins Mittelmeer liegt Grosseto.

[50]) Castruccio war zur Zeit der Romanhandlung Reichsvikar, Nachfolger des Bertold von Marstetten.

[51]) Condottieri = Berufskrieger, die für Gold jedem Herrn dienten.

[52]) Papst Nikolaus V. kam in Pisa nicht ums Leben, sondern gelangte nach Avignon, wo er, der Minorit (Franziskaner), seinen Papsttitel an Johannes XXII. verkaufte und anschließend als steinreicher Privatier lebte.

[53]) Zelter waren Pferde mit einer sehr weichen vierten Gangart. Sie wird als Tölt bezeichnet, wovon sich auch das Wort Zelter (Tölter) ableitet. Von den heutigen Pferderassen beherrschen die Isländer zumeist noch diesen angenehmen Schritt.

[54]) Pfahl = 160 km langer Quarzitrücken im Bayerischen Wald, teilweise unterirdisch, im Fall etwa von Weißenstein riffartig ausgewittert. Der Pfahl ist ein sehr seltenes Naturwunder.

[55]) Die Burg Velhartice in Böhmen wurde in der ersten Hälfte des 14. Jahrhunderts erbaut. Viele bayerische und böhmische Adelsgeschlechter dieser Zeit waren miteinander verwandt. Deswegen waren auch Besitzstreuungen über die Grenze hinweg üblich, und es ist bekannt, daß die Degenberger auch Grundeigentum im Raum Schüttenhofen/Sušice hatten.

[56]) Im 14. Jahrhundert war der idealisierende Minnegesang bereits einer ungleich realistischeren und derberen Form gewichen.

[57]) Ötting = das heutige Altötting.

[58]) Die Baumeister der Burgen kamen zumeist aus Italien, wo sich noch einiges an antiken Fertigkeiten erhalten hatte.

[59]) König Johann von Luxemburg regierte Böhmen von 1310 bis 1346. Er war mit der Přemyslidin Elisabeth verheiratet.

[60]) Die Přemysliden waren das älteste böhmische Herrschergeschlecht. Unter ihnen wurde Böhmen um 1200 zum erblichen Königreich.

[61]) Die Grenzen des damaligen Niederbayern (Unterland) verliefen anders als heute.

[62]) Pfahlbürger = Städter, die hinter einem „palus“ (lat.: Pfahl) lebten, einer Palisade oder Mauer also. Im Mittelalter beinhaltete der Begriff auch die Stadtrechte, die Bürgerfreiheit.

[63]) Waibel = Feldwebel, auch einer Bürgerwehr.

[64]) Gemeint sind die beiden fürstbischöflichen Festungen Niederhaus und Oberhaus. Sie wurden beide im 13. Jahrhundert errichtet.

[65]) Der Reliquienkult des Mittelalters kann nur als irrsinnig bezeichnet werden. Man verehrte nicht nur vorgebliche Splitter des Kreuzes Jesu und dergleichen harmlose Dinge, sondern u. a. auch Milch von der „Mutter Gottes“ oder die Vorhaut Christi, von welcher an verschiedenen Orten gleich mehrere Exemplare gezeigt wurden. Im Prinzip war der Schwindel des Reliquienkults eine immense Einnahmequelle für die Kirche.

[66]) Chodisch/Choden. Gemeint sind die Grenzwächter im östlichen Teil des Böhmerwaldes, deren Brauchtum noch heute lebt, zum Beispiel in Domažlice/Taus.

[67]) Zur Zeit der Romanhandlung zeigte sich Velhartice noch nicht in der heutigen Ausbauform. Wenzel sah vermutlich nur den ältesten, rückwärtigen Wohnturm, direkt über dem Steilhang hinunter zur Ostružná. Die vorderen Festungstürme mit der kühnen Bogenkonstruktion dazwischen wurden wohl erst später errichtet. Die Burg erhielt dann in der Folge Renaissance-Umbauten, fiel anderswo in Ruinen und wird derzeit teilrestauriert, so daß sie sich in Zukunft tatsächlich halb verfallen und halb intakt zeigen wird.

[68]) Auswärts = Frühjahr.

[69]) Der heutige Veits-Dom stand zur Zeit der Romanhandlung noch nicht. Erst 1344 begann der spätere König und Kaiser Karl IV. mit dem Bau dieser gotischen Kathedrale. Ihre Vorgängerin, die romanische Veits-Basilika, stammte aus dem 11. Jahrhundert.

[70]) Ausstäupen = Prügelstrafe.

[71]) Kurat = niedriger katholischer Priester, der nicht über alle Pfarrerrechte verfügt.

[72]) Montsegúr = Hauptfestung der Katharer im Frankreich des 13. Jahrhunderts. Auf dem Montsegúr brach der letzte Widerstand der katharischen Gläubigen gegen die Kreuzheere der Katholiken zusammen. Diejenigen, die sich Rom nicht unterwerfen wollten, wurden verbrannt. – Die Katharer hatten ein jesuanisches Leben mit Elementen des Buddhismus und des Manichäismus zu verbinden versucht. – Unter Languedoc versteht man die südwestlichen Regionen des heutigen Frankreich.

[73]) Siddharta = indischer Prinz, der ein kontemplatives Leben führte, den Buddhismus begründete und selbst zum Buddha wurde. Sein Leben hat Hermann Hesse in seinem Roman „Siddharta“ mitreißend dargestellt.

[74]) Jeschu = der eigentliche, jüdische, Name des Jesus.

[75]) Hippo Regius war die Bischofsstadt des Kirchenlehrers Augustinus (354–430) und lag in Nordafrika. Augustinus prägte durch seine Schriften das Christentum immens und führte es unumkehrbar vom Jesuanismus weg. Er ist, zumindest in den Augen des Autors, einer der ärgsten Verfälscher des Evangeliums. Unter anderem

behauptete Augustinus (und machte dies damit zur Kirchenlehre), daß ein Krieg dann gerecht sei, wenn er der Verbreitung des katholischen Glaubens diene.

[76]) Mani = Begründer des Manichäismus. Im 3. Jahrhundert entstandene Erlösungsreligion, die auf dem Gegensatz zwischen Gut und Böse und der Überwindung des Bösen durch das Gute beruhte. Gewisse Elemente des Manichäismus scheinen sich heute wieder in der Esoterik niedergeschlagen zu haben.

[77]) Adler und Schlüssel = Reichsadler und Schlüssel Petri. Die beiden Symbole stehen für das Reichs- und das Kirchenwappen, ebenso für Reichs- und Kirchengewalt.

[78]) Vyšehrad = zweite große Burganlage neben dem Hradschin in Prag. Der Vyšehrad geht auf das 10. Jahrhundert zurück.

[79]) Der Litauer = Der Pole. Den heutigen Staat Polen gab es zur fraglichen Zeit noch nicht. An seiner Stelle existierte das Herzogtum Litauen.

[80]) Fünf Jahrhunderte Gottesgnadentum, ein Jahrtausend Christentum. Gemeint sind zwei Eckdaten der europäischen Geschichte. Im Jahr 800 wurde Karl der Große zum Kaiser gekrönt. Da diese Zeremonie der Papst vornahm, war Karl der erste Herrscher, der behauptete, er sei durch göttliche Gnade zur Herrschaft berufen worden. Damit war das sogenannte Gottesgnadentum entstanden. Zur Zeit der Romanhandlung war dieser Glaube etwa 500 Jahre alt. – 1000 Jahre herrschte zur gleichen Zeit das Christentum. In seiner machtgierigen Ausformung war es nämlich erst im 4. Jahrhundert aus dem Bündnis zwischen spätrömischem Kaisertum und der katholischen Kirche entstanden.

[81]) Die Lüge, daß die Juden die Mörder Jesu gewesen seien, wurde den neuesten religionsgeschichtlichen Erkenntnissen zufolge in die Evangelien hineingefälscht. Die Kirche wollte damit die rivalisierende jüdische Religion treffen. In Wahrheit handelte es sich bei dem Prozeß Jesu um ein rein römisches Militärgerichtsverfahren. Die Juden hätten unter der römischen Besatzungsmacht gar nicht das Recht gehabt, den Tod Jesu von Pontius Pilatus zu fordern. Dennoch wurden die Israeliten von der katholischen Kirche zu „Sündenböcken“ gemacht, damit diese Kirche dann mit der römischen Staatsmacht paktieren konnte. Die Wahrheit über den Prozeß Jesu hat Weddig Fricke in seinem Werk „Standrechtlich gekreuzigt“ (Reinbek, 1988) ausführlich dargestellt.

[82]) So lautet im Wortlaut der Text einer der „Gedenktafeln“, die erst vor wenigen Jahren aus der Deggendorfer Grabkirche entfernt wurden! Das Deggendorfer Judenpogrom von 1337 ist historisch gesichert. Die Wallfahrt der Katholiken zur Feier des Judenmordes bestand bis in die unmittelbare Gegenwart herauf, wenn auch nominell zur Verherrlichung der „Eucharistie“, und wurde erst 1992 vom Regensburger Bischof in ein allgemeines Pilgertum umgewandelt.

[83]) Papst Pius XII. war als sehr deutschfreundlich bekannt.

[84]) Lidice = Bergarbeiterdorf westlich von Kladno in der Tschechei. Als Vergeltung für das Attentat auf Heydrich wurde es 1942 völlig zerstört, alle männlichen Einwohner ermordet, die Frauen in Konzentrationslager verschleppt.

[85]) Gemeint sind Karl IV. und das spätere Haus Habsburg. Karl stammte mütterlicherseits von Guta von Habsburg ab. Vier Generationen nach ihm kam diese Familie mit Ferdinand I. von Habsburg endgültig zur Macht. Die Dynastie regierte Böhmen, Ungarn und Österreich dann praktisch bis zum Ende des Ersten Weltkrieges und stellte außerdem bis 1806 in Erbfolge die Kaiser des Heiligen Römischen Reiches Deutscher Nation.

[86]) Fünf Menschenalter (150 Jahre) nach 1347 ergibt das Jahr 1497. In dieser Zeit, um 1500, kam der Humanismus in Mitteleuropa zur Blüte.

87) Wiederum eine Generation später löste Luther die Reformation aus.

88) Luther wurde bald zum Judenhasser, nachdem dieses Volk sich auch von ihm nicht „bekehren“ lassen wollte. Im Bauernkrieg (1524/25) stellte er sich – in der alten Tradition des Bündnisses von Thron und Altar – auf die Seite der Fürsten und rief in seiner Hetzschrift „Wider die räuberischen und mörderischen Rotten der Bauern“ zum bedenkenlosen Mord an den ersten deutschen Freiheitskämpfern auf.

89) In den Vorbergen des Bayerischen Waldes nördlich der Donau wurde vom Mittelalter bis in die Neuzeit Flußspat abgebaut. Dieses Mineral wurde zur Glasherstellung verwendet. Glashütten gab es nachweislich im Bereich der Degenberger Herrschaft.

90) Die künischen (königlichen) Freibauern erfüllten auf bayerischer Seite im Böhmerwald eine ähnliche Funktion wie jenseits die Choden. Die Geschichte beider Volksgruppen ist in dem Roman „Šumava“ des Autors ausführlich dargestellt.

91) Schachten = Waldlichtungen, die als Weidegründe genutzt wurden.

92) Hund = Transportkarren im Bergbau.

93) Domažlice = Taus. Historisch bedeutende Stadt im Böhmerwald südwestlich von Pilsen.

94) Saufeder = Spieß, der zur Wildschweinjagd diente.

95) Neunzackige/siebenzackige Kronen = Grafen- bzw. Baronskronen. Spitze Hörner (Büffelhörner) zierten oft die Helmkronen in den ritterlichen Wappen.

96) Zweieinhalb Menschenalter (75 Jahre) nach 1340 ergibt das Jahr 1415. Damals wurde der böhmische Reformator Jan Hus durch die Konzils„väter“ von Konstanz ermordet. Als Folge brach der Hussitenaufstand in Böhmen aus; der katholische Klerus und Adel dort wurde vertrieben.

97) Trapezunt = Stadt am Schwarzen Meer. Diese christliche Metropole wurde 1344 von den Türken angegriffen. Der Fall von Konstantinopel zeichnete sich damals bereits ab.

98) Konstantinopel wurde 1453 von den Türken erobert. Es war die Metropole des griechisch-orthodoxen Glaubens, der ältesten Lehre des Christentums – und damit dessen Herzstück.

99) Der oströmische Kaiserthron in Konstantinopel wurde im frühen 4. Jahrhundert von Konstantin begründet; 1453 (siehe oben!) ging das Ostreich unter.

100) Im Jahr 1529 belagerten die Türken erstmals Wien.

101) Mit dem Zerbrechen Roms ist die Reformation gemeint. Das Jahr 1529 steht auch für Luther.

102) Rinascimento (ital.: Wiedergeburt) = Renaissance.

103) Gemeint ist Ulrich von Hutten. Er wurde 1488 geboren und war einer der führenden Köpfe des deutschen Humanismus.

104) In seiner Schrift „Nemo“ legte Hutten folgendes Bekenntnis ab, das für seine Zeit ungeheuerlich revolutionär war: „Nemo (Deckname für Hutten, d. A.) glaubt nicht an Christus und ist trotzdem ein guter Mensch.“

105) In seinem Pfaffenkrieg, den er zusammen mit dem Ritter und Humanisten Franz von Sickingen führte, versuchte Hutten die militärische Befreiung Deutschlands vom Katholizismus. Siegreich blieb allerdings die Kirche, die im Erzbischof von Trier den fähigeren Feldherrn besaß.

[106]) Nach dem verlorenen Pfaffenkrieg floh Hutten in die Schweiz. Auf der Insel Ufenau im Genfer See starb er kurz darauf. Wenn man will, lassen sich durchaus Parallelen zum Verschwinden des Königs Artus im See von Avalon erkennen.

[107]) Kaiser Ludwig der Bayer wurde vermutlich 1287 geboren. Einige Quellen geben freilich statt dessen das Jahr 1282 an.

[108]) Einschildner/Einschildritter = niedrigste Stufe des Ritteradels. Ein solcher Kämpfer führte nur seinen eigenen Schild ins Feld; er besaß keine Gefolgsleute.

[109]) Karlštejn = Kaiserburg Karlstein in der Nähe von Prag. Die Festung (1348 bis 1357 erbaut) gilt als die berühmteste der böhmischen Burgen und ist heute Nationales Kulturdenkmal.

[110]) Hier zitiert der Autor sinngemäß Eugen Drewermann (Diskussion Drewermanns mit Hanna-Renate Laurien am 19. 6. 1992 im ZDF).

[111]) Mit der vorletzten Entmachtung der Päpste ist die Zerschlagung des Kirchenstaates im 19. Jahrhundert gemeint.

[112]) Die Burg Rabi liegt zwischen Sušice und Horažd'ovice im mittleren Böhmerwald und wurde zu Beginn des 14. Jahrhunderts erbaut.

[113]) Jagiellonen (Stammvater: Jagiello) = böhmische Herrscherdynastie.

[114]) Yuste = Spanisches Kloster, Sterbeort Karls V. von Habsburg.

[115]) Nach dem Ersten Weltkrieg wurde die Familie Habsburg aus Österreich vertrieben.

[116]) Gebiet der blauen Steine = Alpen.

[117]) Der Einmarsch der Truppen des Warschauer Pakts in die Tschechoslowakei fand am 21. August 1968 (also etwa zur Zeit der Kirschreife) statt. Möglicherweise bezieht sich die Originalprophezeiung des blinden Hirten von Prag darauf.

[118]) Die Trennung der Tschechei und der Slowakei, im Juni 1992 angekündigt, kann durchaus als Spätfolge der Hitlerpolitik gesehen werden. Während des Zweiten Weltkriegs hatten die Nazis einen klerikalfaschistischen slowakischen Nationalstaat installiert. Der daraus resultierende Nationalismus slowakischer Bevölkerungsteile ist eine der Ursachen für die Abtrennungsbestrebungen der Slowakei von der Tschechei.

[119]) Der Religionshistoriker Dr. Karl Heinz Deschner weist nach, daß zumindest Teile der Vatikanhierarchie einen Atomkrieg gegen die UdSSR als mit dem göttlichen Schöpfungsplan vereinbar ansahen. Eugen Drewermann erwähnte am 19. Juni 1992 im ZDF, daß der Vatikan einen Atomschlag gegen China moralisch gerechtfertigt habe!

[120]) Fünfeckiges Haus = Pentagon.

[121]) Daß Karl IV. die Verbreitung der Prophezeiungen verboten hat, ist historisch gesichert.

Die Prophezeiungen

Ihr Kaiser, Könige und Fürsten, ihr armen Leute im Lande, es wird eine Zeit kommen, da werdet ihr wünschen, nicht geboren zu sein.

So viele Leute wird es geben, daß kein Brot mehr für sie da ist. Aber die einen werden fressen und die anderen werden verhungern.

Die Menschen werden einander nicht mehr mögen. Wenn einer sagt: Ruck ein wenig, und der andere tut es nicht, ist es sein Tod.

Böhmen wird die Herrscher wechseln wie der feine Herr das Hemd. Eine und noch eine und eine halbe Zeit werden über Böhmen fremde Herrscher sein.

In einer Zeit, in der einer länger denn sechzig Jahre Herr über Böhmen war, wird durch einen Fürstenmord ein großer Krieg entstehen.

Wird einmal ein Krieg kommen und alles anders werden. Dann fallen die Kronen. Dann werden die gekrönten Häupter wie die Äpfel von den Bäumen fallen.

Wenn im großen Krieg jeder gegen jeden ist, dann beginnt die Zeit, da der Schrecken unser Land nicht mehr verlassen wird.

Dann sind die Burgen verödet, und die hohen Herren greifen zum Pflug. Von da an wird es nicht mehr sein dürfen, daß sich die Leute auf der Welt verstehen.

Sie werden keine Ruhe geben, bis der böhmische Löwe wieder selbst herrscht und niemandem untertan ist.

Zwischen Böhmens Bergen wird ein Volk dem anderen nach dem Leben trachten. Das herrschende Volk wird dem anderen nach dem Leben trachten und ihm keine Freiheit gönnen.

Dann aber kommt einer, der wird die Geißel schwingen über Prag.

Es wird nicht der letzte Krieg sein, aber es wird anfangen die letzten Zeiten.

Es kommt abermals ein großer Krieg zwischen den Völkern der Erde.

Um Böhmen herum wird ein großer Trümmerhaufen sein, denn es wird Feuer hageln. Deutschland wird ein Trümmerhaufen sein, und nur das Gebiet der blauen Steine wird verschont.

Der große Krieg wird zu Ende gehen, wenn die Kirschen blühen. Wenn die Kirschen blühen, wird alles vorbei sein.

In Böhmen aber wird der heimliche Brand nicht ausgehen. Wenn aber die Kirschen reif sind, möchte ich kein Böhme sein.

Zweimal wird das Böhmerland gesiebt werden. Das erstemal bleiben nur so viele Deutsche, wie unter einer Eiche Platz haben.

Die eine andere Sprache reden, werden das Land verlassen.

Wieder wird der böhmische Löwe das Land beherrschen, aber sein Glanz ist zu Ende.

Und immer noch wird Blut fließen unter den Brüdern.

Ein neuer Krieg wird ausbrechen, dieser wird der kürzeste sein.

Die Menschen werden die Welt vernichten, und die Welt wird die Menschen vernichten.

Über das große Wasser wird der Krieg kommen, und die eisernen Rosse werden Böhmens Erde zerstampfen.

Und das Land der Bayern hat viel zu leiden.

Wenn sie meinen, Gottes Schöpfung nachmachen zu sollen, ist das Ende da.

Aber bald wird man Gott loben, daß es nicht schlimmer gewesen ist.

Es wird alles so kommen, weil die Menschen Gott verlassen werden, und Gott wird sie verlassen und läutern.

Es dauert nicht länger, als man dazu braucht, Amen zu sagen.

Die Wilde Jagd braust über die Erde. Die Totenvögel schreien am Himmel. Ihr Mächtigen und Gewaltigen, ihr werdet kleiner sein als der arme Hirte.

Wann es kommt? Es wird lange dauern und noch viel Wasser die Moldau hinunterrinnen. Von uns wird niemand mehr etwas wissen, und der Hirte wird seinen Stecken in den Boden stoßen und sagen: Hier hat Prag gestanden. Wenn es aber kommt, dann wird es einfahren wie ein Blitz in den Ameisenhaufen und wird auch den Hirten nicht verschonen.

Nachwort

Die Quellen über das Leben des blinden Hirten (oder auch Jünglings) von Prag sind eher dürftig. Im Grunde ist nur ein einziger Fakt wirklich gesichert: Der Hellseher stand zur Regierungszeit Karls IV. (1346–1378) in der böhmischen Hauptstadt vor dem Monarchen. Als dritte Person war bei der Audienz ein Schreiber anwesend. Karl IV., von den umstürzlerischen Prophezeiungen schockiert, verbot deren Weitergabe. Es scheinen sich jedoch weder der Hirte noch der Skribent an diese Auflage gehalten zu haben. Die Visionen kamen unters Volk, wurden in Böhmen und Bayern verbreitet und sind bis heute mehr als sechs Jahrhunderte lang lebendig geblieben. Vielleicht auch deswegen, weil sie einer tiefen Sehnsucht der Menschen nach Gerechtigkeit Ausdruck geben.

Genau dies – dieser Mut, den Sturz eines scheinbar für die Ewigkeit zementierten Weltgefüges vorauszusagen, faszinierte mich an der Figur des blinden Hirten. Mit seinen Worten, mit nichts sonst, versuchte er verbrecherische Strukturen zu zerschmettern – und darin decken sich seine und meine Intentionen. So wurde er mir im Roman sozusagen zu einem zweiten Ich, denn wenn einer nicht davor zurückschreckt, den Untergang aller ihm bekannten Machtmechanismen zu prophezeien, dann ersehnt er eine solche Entwicklung auch – anderenfalls hätte er, Vision hin oder her, erschrocken geschwiegen.

So entstanden aus dem Nachdenken über ihn dennoch Konturen über den oben genannten einzigen Fakt hinaus. Daß dazu viel eigene Intuition nötig war, gebe ich gerne zu. Ohne diese poetische Potenz ließen sich solch Ungewöhnliche wie der Hirte oder der Mühlhiasl sowieso nicht fassen. Die Wissenschaft kann in diesen Bereichen bis heute keine Erklärungen liefern, doch das ebenfalls Hellsichtige, das in jedem wahren Künstler steckt, vermag dies zuweilen, indem es sich, ganz wie bei einem Propheten, in Bildern und Metaphern ausdrückt.

Eine Information aus meiner Werkstatt mag dies verdeutlichen. Wenn ich bestimmte Bilder, die mir vom Hirten (oder früher auch vom Mühlhiasl) vorgegeben waren, an meiner Schreibmaschine verinnerlichte, dann rissen sie mich jäh mit sich fort. Eine Art Schreibrausch kam über mich, in dem das Denken sozusagen nur noch am äußeren Rand meines Gehirns stattfand. Aus dem Zentrum aber quollen – tatsächlich wie ein dunkler Quell – diese ungeheuerlichen Schattenrisse, und später, wenn die Passage auf dem Papier stand, fragte ich mich, wer oder was sie eigentlich in Wahrheit geschrieben hatte – ich, oder . . .

Es scheint einen mentalen Bereich zu geben, in dem der Zeitfluß und das Individuelle aufgehoben sind. In dem sich ein Prophet eines längst vergangenen Jahrhunderts und ein Schriftsteller des zwanzigsten zu treffen vermögen. Ich machte diese Erfahrung bei der Niederschrift des vorliegenden Werks nicht zum erstenmal. Und ich weiß auch, daß ich mich auf dem Weg über die intuitive Beschäftigung mit dem Hirten in andere mentale Prozesse meiner Zeit einschaltete. Eugen Drewermann half mit, eine solche Brücke zu errichten. Es ging in Eins zusammen, als ich aufgrund der Prophezeiungen des Hirten, des Mühlhiasl, des Malachias, des Irlmeier, des Nostradamus einen Thron in Rom stürzen sah – und gleichzeitig auf dem 1992er Katholikentag in Karlsruhe nicht nur von Drewermann laut darüber nachgedacht wurde, ob es denn nicht allein das Papsttum sei, das die Einheit der Christen verhindere. Und, vielleicht, einen ungeheuerlichen neuen christlich-heidnischen Aufbruch im Sinne Drewermanns und des apostatischen Giordano Bruno dazu ...

Doch auch in anderen Bereichen bekamen die Dinge – wieder einmal; es ist so erstaunlich! – plötzlich beklemmende Aktualität. „Wieder wird der böhmische Löwe das Land beherrschen, aber sein Glanz ist zu Ende“, hat der Hirte prophezeit. „Und immer noch wird Blut fließen unter den Brüdern.“ Ich schrieb genau an der entsprechenden Passage im Roman, als die Nachricht über den Äther kam, daß die Tschechei und die Slowakei sich trennen wollten. Ob deswegen wirklich Blut fließt, oder nicht – warum geschieht so etwas genau dann, wenn ein Autor des 20. Jahrhunderts sich mit einem Hellseher des 14. beschäftigt? Warum kulminieren auf einmal sechs Jahrhunderte in einem einzigen Punkt?

Ich weiß es nicht. Ich bin, zumindest dort, wo der Verstand mich lenkt, Agnostiker. Aber ich weiß aus eigener Erfahrung, daß es geschehen ist. Was freilich geschehen wird, liegt hinter dem Schleier. Davon bin ich überzeugt, trotz der Prophezeiungen; trotz derjenigen auch, die im Fall des Hirten und anderer Hellseher nachweislich eingetroffen sind. Unabwendbar, unabdingbar sind sie nicht.

Die Kirche könnte leben und müßte nicht vegetieren, wenn sie wahrhaft jesuanisch wäre. Weil sie es nicht ist, wächst die Krise. Solche Entwicklungen sind logisch, sind vom Verstand her zu begreifen. Vieles deutet darauf hin, daß die Papstkirche in naher Zukunft untergeht, so wie es prophezeit ist. Doch diese Entwicklung wäre zu stoppen, würde die Kirche umkehren. Dieser Grundsatz gilt allgemein! Es braucht keine Umwelt-, keine dritte Kriegskatastrophe zu geben, wenn die Menschheit das Ihrige dagegen tut.

Dann wäre auch der Dritte Weltkrieg zu stoppen, der in der Praxis an vielen Orten der Erde ja bereits im Gange ist. Dann müßte die Endzeitvision, von welcher der Hirte abschließend spricht, nicht wahr werden!

Es liegt immer an uns. Und leider, das ist das Entsetzliche daran, an den wenigen Mächtigen dieser Erde. Sie, zum Wohl der Menschheit, endgültig machtlos zu machen – dies ist die wichtigste Lehre, die wir alle aus den Prophezeiungen des Hirten ziehen müssen!

Zwiesel
Juni 1992
Manfred Böckl